Querverlag

Karen-Susan Fessel

Jenny mit O

Roman

Erste Auflage September 2005

Dieser Roman entstand mithilfe des Märkischen Stipendiums für Literatur.

Umschlag und grafische Realisierung von Sergio Vitale unter Verwendung eines Fotos von getty images.
Gesamtherstellung: Druckhaus Köthen
ISBN 3-89656-123-5
Printed in Germany.

Bitte fordern Sie unser Gesamtverzeichnis an:
Querverlag GmbH, Akazienstraße 25, D-10823 Berlin
http://www.querverlag.de

Für Jonny, Bruno, Mario, Tom, Kolja, Mark, Ben und all die anderen Jungs, die mal Mädchen sein mussten … und für alle Mädchen, die eigentlich Jungs sind.

Kapitel 1

1

Ich hätte schon viel früher abhauen sollen. Viel früher.

Na ja, bin ich ja auch. Jedenfalls hab ich's versucht.

Hat bloß nicht ganz so geklappt.

Beim ersten Mal, mit elf, bin ich nur bis Bad Doberan gekommen, dann haben mich die Bullen erwischt und postwendend nach Hause verfrachtet.

Beim zweiten Mal hab ich's nach Berlin geschafft. Drei Wochen war ich da, drei coole Wochen. Dann bin ich von selber zurück. So cool war es dann doch wieder nicht. Zu viel Hunger, zu viel Dreck und viel zu viel Schiss. Nichts für Jenny, 13, aus Rostock-Groß Klein.

Und vielleicht war es auch gut so. Vielleicht war's auch gut, dass ich fast siebzehn Jahre gebraucht hab, um den ganzen Schrott hinter mir zu lassen. Und noch ein Jahr länger, um zu kapieren, was mit mir los ist.

Und wer ich eigentlich bin.

Nicht, dass ich das inzwischen so haargenau wüsste. Aber ich weiß jetzt genug, um was daraus zu machen.

Sicher, vielleicht hätte ich schon früher abhauen sollen, aber ich hab's eben so lange ertragen, bis es echt nicht mehr ging. Und dann war es ein bisschen so wie mit dem Siedepunkt: Wenn man

Flüssigkeit lange genug erhitzt, kocht sie irgendwann über. Hab ich irgendwann mal gelernt. Und mir sogar gemerkt.

So war's auch bei mir: Ich bin übergekocht.

Dabei war ich so cool.

War ich doch, oder?

Jedenfalls meistens.

2

„Gib mal 'ne Kippe, Alter." Ida streckt fordernd die Hand aus, und Jirko stemmt sich neben mir brav aus dem Sand hoch und reicht ihr seine Schachtel. Ida fischt sich gleich zwei Zigaretten heraus, bevor sie sich wieder zu den beiden Typen dreht, die sie seit einer Weile umlagern.

Einen von ihnen kenne ich, den mit der Glatze und dem weißen Lonsdale-Shirt über der Schulter. Robin heißt er, glaube ich. Auf jeden Fall kommt er aus Schmarl, das liegt direkt neben Groß Klein, und bis zu den Ferien ist er da auch in die Hauptschule gegangen. Aber höchstwahrscheinlich wird er in ein paar Tagen gemeinsam mit mir und den meisten anderen aus unserer Klasse zu dem berufsvorbereitenden Schuljahr antanzen, das an unserer Realschule in Groß Klein extra für unseren Jahrgang eingerichtet worden ist. Weil fast keiner aus der Gegend hier eine Lehrstelle gefunden hat, natürlich.

Also sind wir ab Montag wahrscheinlich Klassenkameraden, Robin und ich. Aber das macht ihn mir auch nicht sympathischer.

„Genial heißes Wetter, was?", fragt Ida und beugt sich vor, um sich von Robin Feuer geben zu lassen. Ihr gebräunter Bauch schimmert im Sonnenlicht, und das Piercing im Nabel glitzert.

Robin hält breit lächelnd sein Feuerzeug hoch. „Hier ist noch was ganz Heißes", sagt er, und Ida klopft ihm sofort mit den Fingerknöcheln voll vor die Stirn. Muss echt wehtun, aber Robin zuckt nicht mal zusammen. Er glotzt ungerührt auf Idas Bauchnabel und dann hoch zu ihren Titten. Viel davon ist nicht zu sehen. Ida trägt ein pinkfarbenes Top, knackeng. Steht ihr gut.

Kein Wunder. Ida steht alles.

„Was ist denn los?", fragt Robin und lächelt noch breiter. „Findest du mich etwa nicht scharf oder wie?" So eine Riesenzahnlücke wie seine hab ich selten gesehen. Ausgeschlagen, hundertprozentig.

„Nerv nicht." Ida schnipst die Asche in seine Richtung. „Typen wie du haben die Klappe zu halten, dass das mal klar ist. Ich sag dir schon Bescheid, wenn du mich anbaggern darfst!"

Robin spuckt in den Sand und grunzt verächtlich, aber er ist ganz klar beeindruckt.

Und still ist er auch.

Typisch Ida. So ist sie eben: launisch, rotzfrech und obercool. Die geborene Anführerin und zugleich die absolute Nummer Eins bei den Jungs in der Gegend. Die Kerle reißen sich um sie, und ziemlich oft mit Erfolg. Ida testet die Typen nämlich ganz gern mal. Aber richtig liiert ist sie nie.

„Oder, Jenny?", fragt sie jetzt mich und bläst den Rauch aus. „Typen wie der hier sollen den Ball schön flach halten, stimmt's?"

Ich zucke gelangweilt mit den Schultern und sehe an Ida vorbei zu Kathleen und Jessica, die sich neben ihr im Sand räkeln, schon halb betrunken von diesem ekelhaft süßen Wodkagesöff, das sie sich immer reinziehen. Daneben guckt Dörthe mit ihrem üblichen hungrigen Blick zu mir rüber.

„Jen?", bohrt Ida nach.

„Klar", sage ich schließlich und lasse Sand durch meine Zehen rieseln. „Stimmt hundertprozentig."

Robin spuckt erneut in den Sand. Klar, es passt ihm nicht, dass ich auch was zu melden hab. „Ej, dich kenn ich doch", sagt er angriffslustig und reckt das Kinn vor. „Dein Alter hatte doch früher die Gurkenbude am Bahnhof, oder?" Er bläst die Backen auf und fängt an, laut zu schmatzen.

Ich erstarre, und Jirko neben mir erstarrt gleich mit. Die anderen sind auch ruhig. Robins dämlicher Freund ist der einzige, der lacht.

Dann schwappt das Adrenalin in mir hoch. „Was hast du gesagt?", frage ich leise.

Robin reibt sich die braun gebrannte Brust. Das Arschloch sieht total siegessicher aus. „Dass dein Alter die Gurkenbude am Bahnhof gehabt hat", sagt er grinsend. „Stimmt doch, oder?"

„Na und?", schnappe ich zurück. „Was soll damit sein?"

„Nichts weiter", sagt Robin gelassen. „Ich mein ja nur, dass ich dich kenne, ej. *Gurk, gurk*!" Er fängt erneut an zu schmatzen, lauter noch als zuvor. „Noch eine!", schreit er los. „Komm, noch 'ne Gurke!" Er dreht sich auf den Rücken, strampelt mit den Beinen und stößt seinen Kumpel an. „Schieb sie mir rein, los!"

Sein Kumpel lacht laut, ein hässliches, quietschendes Lachen. Aber das ist leider nicht alles. Auch Ida grinst. Und als sie das sehen, fangen Kathleen und Jessica, die beiden angeschickerten Ziegen, schrill an zu kichern.

Mein Bauch zieht sich zusammen. *Muskeln, sonst nichts. Muskeln in meinem Bauch, die sich von selber bewegen.*

Robin strampelt immer noch mit den Beinen und macht wilde Fickbewegungen dazu, und ich richte mich ganz langsam auf.

Ida kommt mir zuvor. „Okay, du Komiker, das reicht jetzt", sagt sie, immer noch schmunzelnd, und schnipst ihre Kippe direkt an Robins Schädel vorbei in den Sand. „Zieht Leine, ihr beiden. Na los."

Robin hört auf zu strampeln. Ungläubig lächelnd sieht er Ida an, aber dann kapiert er, dass sie es ernst meint, und sein Lächeln rutscht weg. „Was?", fragt er und setzt sich auf. „Wieso denn das jetzt?"

„Versuch's 'n andermal wieder", sagt Ida und wedelt mit der Hand, als würde sie eine lästige Fliege verscheuchen. „Für heute ist Sense."

Robin und sein Kumpel werfen sich einen Blick zu. Aber ganz so blöd sind sie dann doch wieder nicht, denn schließlich stehen sie auf und klopfen sich den Sand von den Klamotten.

„Man sieht sich immer zweimal", knurrt Robin grimmig zum Abschied, aber Ida guckt ihn nicht mal mehr an. Stattdessen blickt sie zu mir.

„Was 'n los? Biste beleidigt?"

Ich sehe schweigend aufs Meer raus. *Tief Luft holen, Jenny.* Glatt und tiefblau breitet sich die Ostsee vor uns aus. Vorne am Ufer laufen kreischende Kinder durch die Wellen, am Horizont zieht ein Frachter vorbei, und von weit, weit hinten nähert sich eine Fähre.

„Komm schon, Jen. Du musst doch einstecken können. Dafür trainierst du doch, oder?“

Ida spielt auf meine Muskeln an. Irgendwann im Frühjahr hat sie mich dabei erwischt, wie ich am alten Kanal meine Liegestützen gemacht habe. Seither passe ich besser auf, aber was Ida betrifft, ist es natürlich zu spät. Sie sucht sowieso ständig nach irgendwas, womit sie mich provozieren kann, und meistens findet sie's auch. Ist schon immer so gewesen – wir haben nun mal ein ganz spezielles Verhältnis. Hassliebe, so könnte man's vielleicht nennen.

„Komm schon, Jen!“, beharrt Ida.

Ich stoße die Luft aus. „Nee“, sage ich. „Ich trainier für Olympia, ist doch wohl klar.“

Jirko, der treue Hund, lacht, Dörthe kichert, und ich lasse mich nach hinten in den heißen Sand fallen.

Eine Weile sagt keiner was. Ich höre das Zischen, mit dem irgendwer ein neues Rigo aufmacht, dann das Klacken von Flasche an Flasche. Dieses widerliche Zuckerzeug. Keine Ahnung, wie man das trinken kann. Und dann noch bei der Hitze!

Ich liege ganz still. Die Augustsonne brennt auf mich herunter, und ganz in der Nähe dudelt ein Ghettoblaster. Sand stiebt auf, als ein paar lachende Kinder vorbeirennen. Um uns herum lagern Leute, Einheimische und Touristen, hauptsächlich Familien, dazwischen Gruppen von Kids in unserem Alter, Paare und Singles. Der ganze Strand ist mit Handtüchern zugepflastert, und von den Strandkörben hinten vor den Dünen steht nicht ein einziger mehr leer, dabei hat die große Urlauberwelle jetzt, Anfang August, gerade erst angefangen.

Für uns aus Meck-Pomm allerdings sind die Ferien schon wieder vorbei. Montag fängt das Schuljahr an. Wenn ich nur daran denke, könnte ich kotzen. Dasselbe Gebäude, dieselben Leute, sogar die meisten Lehrer sind dieselben. Wirklich, zum Kotzen.

Irgendwo tutet eine Schiffshupe. Dreimal lang: Auf Wiedersehen. *Nimm mich mit auf die Reise. Alles, nur nicht mehr das hier.*

Idas Stimme schreckt mich aus meinen Gedanken auf. „Geht ihr in den Club heute Abend?"

„Na logisch", sagt Jessica. „Was denkst 'n du? Ist doch Wochenende."

„Du auch, Jen?" Idas Friedensangebot.

Ich spüre Dörthes hoffnungsvollen Blick. Der *Club 88* ist nicht gerade mein Fall. *Club 88*, das heißt schnorren müssen, um saufen zu können, dummes Gequatsche und reihenweise dämliche Typen. Typen wie Robin und Co.

Aber viel Auswahl ist nicht. Warnemünde Strand ist voller Touristen, Groß Klein öde wie nichts, und zu Hause wartet nur Nerv. In die Stadt reinfahren geht auch nicht. Ich habe kein Geld mehr, und beim Schwarzfahren in der S-Bahn bin ich erst letzte Woche erwischt worden. Danach hat's mal wieder Prügel vom Alten gesetzt.

Also doch *Club 88*.

„Jenny? He, bist du noch da?"

Ich stütze mich auf die Ellbogen auf. „Mal sehen", sage ich vage. „Vielleicht komm ich mit."

Dörthe lächelt glücklich, und Ida nickt zufrieden. Ihre hellen Augen sind wie diese hypermodernen Scheinwerfer, die immer so grellblau strahlen. Wo sie die her hat? Von ihrem versoffenen Alten und der Depri-Mutter bestimmt nicht.

„Ich komm auch mit", sagt Jirko.

Keiner antwortet darauf. Ich auch nicht. Mache ich nie. Macht keiner bei Jirko.

Ich drehe mich auf die Seite. Direkt vor mir gehen ein paar langbeinige Mädchen in Bikinis vorbei. Die Letzte von ihnen trägt einen echt süßen Hintern mit sich herum, und ich starre ihr nach.

Aber damit bin ich nicht die Einzige. „Ej, die geht ja gar nicht, die Braut! Lecker!", sagt Jirko bewundernd und pfeift durch die

Zähne. Er versucht, seine picklige Hühnerbrust weiter rauszudrücken, aber die Mädchen sind sowieso schon längst an uns vorbei.

Ida beobachtet mich immer noch. „Du guckst wie ’n Kerl, Jen“, sagt sie auf einmal laut.

Jessica gluckst, und Kathleen neben ihr lacht hämisch auf. Dörthe schweigt. Ich brauche sie nicht mal anzusehen, um zu wissen, dass sie knallrot geworden ist.

Plötzlich bin ich total abgenervt. „Ach, fick dich doch!“, sage ich rau, greife nach meinen Schuhen und stehe auf.

„Bis später!“, schreit Ida mir nach.

An der Strandmauer, kurz vor dem Leuchtturm, holt Jirko mich ein. „He, Jenny, warte“, ruft er keuchend. „Ich komme mit!“

3

Wir gehen, ohne zu reden, wie meistens. Schweigend laufen wir zwischen den Touristenscharen den Alten Strom entlang, bis es nicht mehr weitergeht, dann über die Gleise und die Werftallee runter. Erst auf dem Trampelpfad, der am Dieselmotorenwerk vorbei zum Hafenbecken führt, sieht Jirko mich vorsichtig von der Seite an und zieht die Nase hoch.

„Ist doch egal, mit den Gurken“, sagt er.

Fast muss ich lachen. Die Gurken! Jirko denkt, ich bin immer noch sauer wegen der Gurken! „Schon gut, Jirko“, winke ich ab. „Längst vergessen. Ist schon okay.“

„Wirklich?“

„Na klar.“

„Dann ist ja gut“, sagt Jirko erleichtert.

Wir haben Glück, die Uferböschung am Hafenbecken ist leer. Jirko und ich klettern über einen Haufen zerbrochener Klinker, die irgendwer mal irgendwann hier aufgestapelt hat, setzen uns an den Rand der Kaimauer ins Gras und lassen die Beine baumeln. Direkt gegenüber, auf der anderen Seite der Unterwarnow, liegt eine der Skandinavienfähren am Anleger vertäut. Die Bugklappen sind geöffnet, und am Terminal stehen lange Autoschlangen zum

Verladen bereit, dahinter die LKW-Reihen. Ich kneife die Augen zusammen, um den Namen oben an der Brücke lesen zu können.

„Guck mal, die *Prins Joachim*."

„Wo fährt 'n die hin?", fragt Jirko.

Unzählige Male haben wir hier schon gesessen, aber trotzdem weiß er nie, welche Fähre wohin fährt. Ich dagegen hab den Fahrplan seit Jahren im Kopf.

„Die fährt nach Gedser. Dänemark", füg ich hinzu. Geographie ist auch nicht so Jirkos Stärke.

Jirko nickt. „Dänemark. Cool", sagt er und zieht sein Hemd aus. Dann legt er sich auf den Rücken und lässt seinen mageren Körper von der Sonne bescheinen.

Ich betrachte ihn nachdenklich. Manchmal bin ich mir gar nicht sicher, ob ich ihn überhaupt mag, diesen schmächtigen Typen mit den strähnigen aschgrauen Haaren, den leicht vorstehenden blassgrünen Augen und dem riesigen Adamsapfel, um den ich ihn heimlich beneide. Wenn ich darüber nachdenke, weiß ich eigentlich gar nicht mehr, wie es dazu gekommen ist, dass Jirko sich so eng an mich angeschlossen hat. Irgendwann im Kindergarten hatte er plötzlich neben mir gesessen, und seitdem ist er ständig in meiner Nähe. Jirko, mein Schatten.

Aber ein Freund, ein richtiger Freund ist er für mich ganz bestimmt nicht. Kann er nicht sein, gibt er einfach nicht her. Manchmal nervt er sogar ohne Ende, wenn er mal wieder nichts peilt. Aber im Großen und Ganzen ist Jirko okay. Und er ist mir ähnlicher als die anderen. Weil er eben auch anders ist. Oder vielleicht seinen Platz einfach nicht findet, genau wie ich auch, keine Ahnung.

Von der anderen Seite des Wassers kommt ein Dröhnen, und ich hebe den Kopf. Die Maschinen sind angeworfen worden, dichter Rauch quillt aus den Schornsteinen der Fähre, und das Verladen hat begonnen. Ein Auto nach dem anderen fährt über die ratternden Metallschienen in den Schiffsbauch hinein und verschwindet. Selbst aus der Entfernung meine ich, die Aufregung und Vorfreude in den Gesichtern der Passagiere da drüben zu erkennen, obwohl das gar nicht möglich ist.

Aber ich weiß genau, wie es sich anfühlen würde: *Wegfahren*. Weg aus Groß Klein. Weg aus Rostock. Aus Deutschland. Weg aus einer Heimat, die für mich keine ist.

Ich weiß einfach, wie sich das anfühlen würde.

Oder wie es sich anfühlen wird. Eines Tages vielleicht.

Jirko liegt neben mir und bewegt sich nicht, während ich still dasitze und zusehe, wie am Ende auch der letzte LKW im Schlund der Fähre verschwindet und die Luken sich schließen. Das mächtige Fahrzeug erzittert. Ein Grollen ist zu hören, das sich rasch verstärkt, dann quillt eine Wolke schwarzen Rauchs aus den Schornsteinen, und der unverkennbare Geruch nach Dieselöl weht zu mir rüber. In einer kaum sichtbaren Bewegung legt die Fähre ab, dreht sich ganz leicht nach links und nimmt rasch an Fahrt auf. Als der riesige Schiffsleib an mir vorüberkommt, lege ich den Kopf in den Nacken.

Oben, auf dem offenen Deck, lehnen die Passagiere dicht an dicht an der Reling. Ein Kind winkt mir zu, und ich hebe die Hand und winke zurück. Und erst, als die Fähre in den engen Seekanal gleitet, der sie ins offene Meer hinausbringt, lasse ich sie wieder sinken.

Neben mir hat Jirko sich aufgesetzt und sieht ebenfalls der Fähre nach. Sein Gesicht ist völlig ausdruckslos.

Komisch ist das. Jedes Mal, wenn wir hier sitzen und die Fähren betrachten, passiert für mich unendlich viel. Aber Jirko sieht immer so aus, als starre er nur vor sich hin.

Vielleicht ist das ja auch so. Und vielleicht ist das auch der Unterschied: Man kann gucken, und man kann etwas sehen.

„He, Kollege“, sage ich schließlich, und Jirko zuckt zusammen. Verlegen kratzt er sich die Brust.

„Wie spät isses denn?“, fragt er verwirrt.

„Gleich Viertel nach sieben.“ Das ist einer der Vorteile, wenn man den Fährenfahrplan kennt: Auf eine Uhr kann ich verzichten.

„Dann geh ich mal los“, erklärt Jirko, langt nach seinem Hemd und guckt in seiner typisch geduckten Art zu mir rüber. „Und du?“

„Ich bleib noch."

Jirko nickt, und dann gähnt er. „Kannst ja noch mitkommen, was essen", sagt er.

Das Angebot macht er mir meistens, und manchmal nehm ich auch an, wenn bei mir zu Hause gerade besonders viel Stress angesagt ist. Bei Jirko ist es zwar auch nicht viel besser – seine Eltern zanken sich ständig –, aber immerhin gibt es da meistens was Gutes zu essen.

Und den Stress dort hab ja schließlich nicht ich.

„Kannst gerne mitkommen, echt", bietet Jirko noch mal an.

Ich schüttele den Kopf. „Nee, danke. 'n andermal gerne."

„Dann bis später." Jirko wuchtet sich hoch. „Du kommst doch in den Club, oder, Jenny?"

„Wahrscheinlich."

Jirko winkt mir zu und schlendert davon. Ich sehe ihm nach, seiner schmächtigen Gestalt mit den hängenden Schultern und dem komisch schlurfenden Gang, den er sich zugelegt hat, seit er in die Höhe geschossen ist, aber nicht in die Breite.

An der Ecke dreht er sich um und winkt mir ein letztes Mal zu. Dann ist er weg, und ich bin allein.

4

Ich sitze so lange am Kai, bis auch die Neun-Uhr-Fähre abgelegt hat, die Sonne lange Schatten wirft und das Gras mit Dunkelheit sprenkelt. Dann ziehe ich los.

Auf dem Nachhauseweg komme ich an meiner alten Grundschule vorbei. Früher bin ich dort gern hingegangen. Es hat Spaß gemacht, lesen und schreiben zu lernen, das weiß ich noch. Seitdem gibt es nicht mehr allzu viel in meinem Leben, was Spaß macht. Und um die Grundschule ist jetzt ein drei Meter hoher Gitterzaun drum. Sieht aus wie ein Käfig.

Und das ist es ja auch. Irgendwie.

Wie ganz Groß Klein.

Groß Klein, das sind nur ein paar Straßenzüge mit Plattenbauten, eingeklemmt zwischen Kanalbett, Hafen, Gleisen und dem anschließenden Ortsteil Schmarl.

Und ein paar Würfelhäuser dazu. Würfelhauser sind übrigens ebenfalls Platten, nur kleiner. Und quadratisch gebaut. Gut zum Leute einsperren. Wie sich's für 'nen ordentlichen Käfig gehört.

Oder vielleicht hab ich den Käfig ja auch nur im Kopf.

Ich gehe die Werftallee weiter runter und an den Platten entlang, zwischen denen ich mich mein ganzes Leben lang rumgetrieben habe. Sonnenverdorrtes Unkraut wuchert zwischen den Blocks, doch die Fassaden selbst sind frisch renoviert und in weiß und hellorange getüncht. Auf ein paar Balkons stehen bunte Sonnenschirme, aber die meisten sind leer. Überall gähnen Fensterscheiben. Wer kann, zieht weg aus Groß Klein.

Meine Mutter und der Alte können jedenfalls nicht. Oder vielleicht wollen sie auch nicht. Keine Ahnung, vielleicht leben sie sogar ganz gern hier. Ich habe sie nicht gefragt. Glaube auch nicht, dass sie mir drauf antworten würden.

Manches hier ist ja auch gar nicht so übel: der Hafen, die Ostsee und die Luft, die nach Meer und Seetang und Dieselöl riecht. Das Rauschen der See bei Nacht, der schrille Klang der Schiffssirenen und das dumpfe Tuten der Nebelhörner. Und schnell weg ist man hier eigentlich auch.

Sieben S-Bahnstationen sind es bis in die Rostocker City, knapp fünf Minuten laufe ich bis zum Hafenbecken hinüber, zehn nach Warnemünde zum Strand. Zweitausendeinhundertundzwölf Meter sind's genau bis zum Leuchtturm, ich hab es gezählt.

Das hat schon was, sicher. Aber mir reicht's nicht.

An der Ecke Groß-Kleiner Allee biege ich nach links ab. Bis hierhin hat's die Sanierungswut der Stadtplaner noch nicht geschafft. Zwei abrissreife Platten stehen noch auf der Wiese, die Türen mit Brettern vernagelt, über und über mit Graffiti bemalt. Und davor ein paar schmutzig braune Würfelhäuser, mit rissigen Fassaden und bröckelndem Putz. Die allerdings sind bewohnt. Unter anderem von meiner wundervollen Familie.

Und von mir leider auch.

5

Oben stell ich mit einem Blick fest, dass der Alte nicht da ist. Seine Treter liegen nicht im Flur rum, und seine nervige Nörgelstimme ist auch nicht zu hören. Dafür aber Kindergeschrei.

Im Wohnzimmer zanken sich Timo und Janina auf der Couch um die Fernbedienung, und im Fernseher plärrt eine Zeichentrickfigur. In der Küche sitzt meine Mutter und tratscht mit ihrer besten Freundin Yvonn, als ich mich lautlos vorbeischleiche. Vor ihnen auf dem Tisch stehen zwei lippenstiftverschmierte Kaffeetassen, und dichter Zigarettenqualm wabert durch die Luft.

Sven liegt in unserem Zimmer in Shorts und Turnschuhen auf dem Bett und blättert 'ne fleckige Zeitschrift durch. Als ich reinkomme, verzieht er das Gesicht. „Mann ej, kann man hier nie mal allein sein?"

„Genau das frag ich mich auch schon seit Jahren", sage ich und steige über einen Haufen dreckiger Klamotten zum Kleiderschrank rüber. Ich ziehe die klemmende Tür auf. Meine neue Cargo, die ich erst gestern frisch gewaschen ins unterste Fach gelegt hab, ist weg. Ich drehe mich zu Sven.

„Wo ist meine Hose?"

„Was für 'ne Hose?"

„Die neue. Wo ist die?"

Sven weiß genau, welche ich meine, aber er antwortet nicht. Stattdessen guckt er mich mit seinen stechenden Augen ausdruckslos an. Zum tausendsten Mal wundere ich mich darüber, dass ein Ekelpaket wie Sven so dermaßen gut aussehen kann. Aber das ist bei seinem Alten genauso gewesen. Sven kommt ganz nach ihm.

Das Schlimme ist nur, er ist auch genauso unangenehm.

„Also? Wo ist meine Hose?"

Sven verzieht höhnisch die Mundwinkel und zuckt mit den Achseln.

Mit zwei Schritten bin ich am Bett, drehe ihm einen Arm auf den Rücken und drücke seinen Kopf tief in die Matratze.

„Au, ej, du brutale Sau, lass mich los!" Sven wehrt sich, aber ich hab ihn bestens im Klammergriff. Mein tägliches Muskeltraining macht sich mal wieder bezahlt.

„Los jetzt, du Penner. Wo ist meine Cargo?"

„Au!" Sven verdreht den Hals, um mich ansehen zu können, und mein Gesichtsausdruck überzeugt ihn offenbar, doch lieber klein beizugeben. „Da, auf dem Boden", keucht er.

Sein sehniger Körper ist glitschig, und ich kann seinen Schweiß riechen. Männerschweiß, kein Kinderschweiß mehr. Vierzehn Jahre alt und riecht schon wie ein ausgewachsener Typ. Bald ist er genauso stark wie ich. Und irgendwann wahrscheinlich noch stärker. Bei dem Gedanken wird mir jetzt schon ganz schlecht.

Ich gucke zum Kleiderhaufen vor dem Bett. Ganz unten entdecke ich tatsächlich einen dunkelgrünen Zipfel, der ganz nach meiner Cargo aussieht. Ich verdrehe Sven noch einmal extra den Arm, dann lasse ich ihn los und stehe auf.

„Blöde Fotze!" Sven versucht nach mir zu treten, aber er trifft nicht.

Ich fische die Cargo aus dem Kleiderhaufen. Bis auf einen kleinen Schmutzfleck unten am Bein scheint sie sauber zu sein. Wortlos werfe ich sie mir über die Schulter, ziehe eins von Timos Jungsunterhemden, ein frisches T-Shirt und Socken aus dem Schrank und greife an meinen Mädchenslips vorbei nach einer von Svens Boxershorts. Dann seh ich zu Sven, der mich die ganze Zeit aus schmalen Augen beobachtet.

„Wenn du die Cargo noch einmal anziehst, mach ich dich platt", sage ich ruhig. „Und das meine ich ernst."

„Die steht mir viel besser als dir", blafft Sven gehässig zurück. „Und überhaupt, zieh du doch mal lieber ein Kleid an und nicht immer so Säcke. Sieht doch Scheiße aus bei 'ner Braut."

„Ach, halt doch die Klappe! Das geht dich sowieso einen Dreck an, Kleiner."

Sven lacht nur höhnisch, dann dreht er sich auf den Bauch und schlägt sein zerfleddertes Heft wieder auf. Beim Rausgehen sehe ich, dass es ein Porno ist.

Im Bad muss ich eine ganze Weile suchen, bis ich ein sauberes Handtuch finde. Dann dusche ich, so schnell es geht, und klatsche mir den letzten Rest Gel in die Haare. Sie liegen trotzdem nicht, aber egal. Ich will los. Keine Minute länger hier bleiben als nötig.

Timo und Janina zanken sich immer noch im Wohnzimmer, aber jetzt hat sich die keifende Stimme meiner Mutter darübergelagert. „Immer dieser Mist mit der Glotze!", brüllt sie. „Jetzt guckt ihr das hier und basta!"

Ich nutze die Gelegenheit und mache einen schnellen Abstecher in die Küche. Yvonn sitzt allein am Tisch und raucht. Neben den Kaffeetassen stehen jetzt eine Flasche Sekt und zwei halb leere Gläser.

„Tagchen, Yvonn."

Yvonn balanciert ihre hochtoupierte Frisur in meine Richtung und starrt mich aus geröteten Augen an. Ich drücke mich an ihr vorbei zum Kühlschrank. Ein Rest angetrockneter Milchreis steht drin, aber da hab ich keinen Appetit drauf. Den Teller mit Koteletts und Kartoffeln rühre ich gar nicht erst an. Für mich ist der garantiert nicht bestimmt.

„Na, Jenny?", lallt Yvonn hinter mir. „Wie ist 'n das mit dir, haste eigentlich 'n Freund inzwischen?"

Ich brauche gar nicht zu antworten. Das übernimmt meine Mutter, die gerade die Küche betritt. „Die?", fragt sie verächtlich und lässt sich auf ihren Stuhl fallen. „Die doch nicht. Ist doch selber 'n halber Junge, siehste doch. Wer will denn so eine schon haben?" Sie fährt sich durch ihre rausgewachsene Dauerwelle und greift nach ihren Kippen. „Lass bloß den Teller stehen!", fährt sie mich an. „Der ist für Vati, weißte ja wohl."

Ich klappe die Kühlschranktür wortlos wieder zu, beuge mich über die Spüle und drehe den Wasserhahn auf. In großen Schlucken trinke ich, um meinen knurrenden Magen zu besänftigen.

Als ich fertig bin, starren Yvonn und meine Mutter mich beide an, Yvonn neugierig, meine Mutter missbilligend. Die mürrischen Falten um ihren Mund sehen wie eingewachsen aus.

Ich kann mich kaum erinnern, wann meine Mutter mich das letzte Mal anders angesehen hat, freundlich zum Beispiel. Vielleicht vor fünf oder sechs Jahren. Bevor Janina zur Welt kam. *Muttis kleine Prinzessin*.

„Tschüss dann", sage ich und schiebe mich aus der Küche.

„Ja, tschüss", sagt Yvonn.

„Wo willst'n du überhaupt hin?", fragt meine Mutter.

„Noch raus."

Meine Mutter seufzt und zündet sich eine neue Zigarette an. „Ach", murrt sie und wedelt mit einer Hand, „ist sowieso egal. Du machst doch sowieso, was du willst. Sieh zu, dass du wegkommst."

Timo steht im Flur, die Fernbedienung in der Hand. „Jenny, kannst du das heilemachen?", fragt er hoffnungsvoll und streckt mir den Apparat entgegen. Das Tastenfeld scheint innerhalb des Gehäuses verrutscht zu sein. Sieht nicht nach einer Sache von zwei Minuten aus. Ich zögere. Für Timo würde ich es ja machen. Er ist der Einzige von der ganzen Bande hier, den ich echt gern hab. Was durchaus auf Gegenseitigkeit beruht. Glaub ich zumindest.

Aber dann denke ich an meine Mutter und den Alten, der bestimmt bald nach Hause kommt, und ich schüttele den Kopf. „Keine Zeit. Ich muss los."

Enttäuscht kratzt sich Timo seinen struppigen Schopf. „Och, gehst du schon wieder?"

Janina kommt aus dem Wohnzimmer gelaufen, mit verheultem Gesicht. „Timo hat die kaputtgemacht", jammert sie. „Hat sie mir weggenommen und kaputtgemacht!"

„Gar nicht wahr, das warst du selber!“, schreit Timo zurück. Janina boxt ihm auf den Arm, und Timo greift nach einer ihrer rosafarbenen Haarschleifen und zerrt heftig daran. Janina kreischt auf, in der Küche fängt meine Mutter an zu schimpfen, und ich seh lieber zu, dass ich verschwinde.

6

Der *Club 88* liegt in Lichtenhagen, und Lichtenhagen wiederum liegt genau gegenüber von Groß Klein, nur durch die Stadtautobahn und die Eisenbahnschienen getrennt. Einmal quer über die Gleise, dann über die Autobahn, ein Stückchen die Straße hoch, und schon bin ich da. Ist der kürzeste Weg, wenn auch ein bisschen gefährlich.

Schon von weitem sehe ich den Pulk Leute, der draußen vorm Eingang abhängt. Ein paar Touristen, die sich aus Warnemünde hierher verirrt haben, sind auch dabei, aber hauptsächlich gammelt das übliche Aufgebot von bulligen Lichtenhagener Jungs und den dazugehörigen Mädchen in der warmen Abendluft und spart sich den Eintritt. Auf den Parkbänken rechts hocken ein paar Glatzen und saufen Dosenbier, links, gleich neben dem Parkplatz, lehnen Ida und die anderen an einer Mauer. Ein paar Jungs stehen um sie rum, quatschen und schieben ’nen Coolen.

Jedes Wochenende das gleiche Bild: kichernde Mädchen und mackrige Typen. Manchmal frag ich mich wirklich, was eigentlich dran ist an den Kerlen. Gar nicht so einfach zu erkennen.

Und trotzdem guck ich mir gern an, wie sie sich bewegen.

„He, Jenny!“ Jirko sitzt auf der Mauer und winkt mir freudig mit seiner Bierdose. Ich schlender zu ihm und den anderen hinüber. Eigentlich bin ich ganz gut drauf, aber meine Laune sinkt schlagartig, als ich sehe, wer bei der Truppe noch abhängt: der bescheuerte Robin vom Strand und sein Kumpel. Ich begrüße alle mit Handschlag, nur die beiden nicht, ist ja klar.

„Cool, dass du da bist“, sagt Kathleen. Jessica lächelt an ihrer Breezerflasche vorbei, Ida taxiert mich stumm, und Dörthes Händedruck ist mal wieder viel zu weich.

„Wusstest du, dass die beiden hier ab Montag auch mit in der Schule dabei sind?", fragt Jessica und deutet auf Robin und seinen Kumpel.

„Was du nicht sagst." Im Umdrehen bemerke ich Kathleens halb verächtlichen, halb bedauernden Blick. Sie ist die Einzige von uns, die einen Ausbildungsplatz gefunden hat. Montag muss sie in einer Bäckerei drüben in Lichtenhagen Dorf antreten, Kuchen verkaufen und Brötchen eintüten. Nicht für 100.000 Euro würde ich mit ihr tauschen.

Ich lehne mich neben Jirko, schnappe mir seine Bierdose und nehme einen kräftigen Schluck.

Jirko klopft auf seinen Rucksack. „Kannste behalten. Ich hab reichlich dabei."

„Im Lotto gewonnen?"

„Nö. Mein Alter ist spendabel. Hat mal wieder 'n paar Touristen geschnappt."

Jirkos Vater ist Kaufhausdetektiv in der City. Für jeden Dieb, den er auf frischer Tat ertappt, bekommt er eine Prämie. Manche allerdings, vor allem Touristen, kaufen sich frei. Geld haben sie immer dabei, sie klauen aus Spaß. So was ist mir ja ein völliges Rätsel.

„Danke, Kumpel." Ich proste ihm zu.

„Aber gerne", sagt Jirko und lächelt breit. Er hat sich fein gemacht, jedenfalls so, wie er es hinkriegt. Das bedeutet gekämmte Haare und ein sauberes weißes T-Shirt. Weil es viel zu groß ist, sieht er noch mickriger damit aus als ohnehin schon.

Die anderen quatschen. Uninteressantes Zeug, über irgend'ne Tussi, die irgend'nen Typ betrogen hat und wie der ihr dann eine gescheuert hat und dann Ärger mit ihrem Typ gekriegt hat und so weiter, das Übliche eben. Als ich tief einatme, kann ich ganz schwach das Meer riechen, mit einem Hauch von Dieselöl darin. Plötzlich habe ich Fernweh. Einfach nur weg sein, das wär's. Ganz egal wo.

Vom Eingang zum Club kommen laute Stimmen. Drei Typen sind gerade dabei, sich mit dem Türsteher anzulegen. Gerade mal zehn Uhr vorbei und noch nicht mal richtig dunkel, und der erste

Stress ist schon im Gange. Noch während ich rübersehe, holt einer von den Dreien aus, aber der Türsteher ist schneller. Der Typ kassiert 'nen sauberen Kinnhaken, kippt fast um, fängt sich wieder. Seine Kumpels grölen los, er springt wieder auf den Türsteher zu, aber der hat schon Verstärkung von drinnen, und gleich darauf ist die Prügelei auch schon wieder vorbei. Die drei Typen verziehen sich, und der Türsteher stellt sich breitbeinig hin und verschränkt die Arme, als wär nichts gewesen.

Ich kenne den schon, seit ich hier auflaufe, seit zwei Jahren oder so. Ein knallharter Kerl. Mich lässt er nie umsonst rein. Ida allerdings immer.

Wahrscheinlich durfte er mal ran oder so. Mann, Ida.

Langsam trinke ich mein Bier aus und nehme von Jirko ein zweites. Ida und die anderen beschließen, 'nen Blick in den Club zu werfen.

„Kommste mit rein?", fragt Ida.

Ich schüttele den Kopf. „Nö. Keinen Bock."

„Aber ich!" Jirko rutscht von der Mauer. „Passt du auf meinen Rucksack auf, Jenny?"

„Hab ich dich etwa gefragt, Schatten?", fragt Ida höhnisch.

Jirko lacht blöd, aber er schließt sich den anderen trotzdem ungerührt an. Er schert sich nie groß drum, wie er behandelt wird. 'ne andere Wahl hat er allerdings sowieso nicht. Stillhalten und drüber wegsehen. Funktioniert ja auch.

Dörthe bleibt neben mir stehen. „Warum kommste denn nicht mit rein?"

„Keinen Bock, hab ich doch gesagt."

Sie durchschaut mich natürlich. „Ich hab Geld dabei", sagt sie. „Ich zahl dir den Eintritt. Komm doch mit rein!"

„Nee, lass mal."

Dörthe lehnt sich neben mir an die Mauer und sieht mich vorsichtig an, mit hochgezogenen Schultern. „Jenny? Wie geht's dir eigentlich?"

Ich trinke einen Schluck Bier. „Was fragst 'n du? Wir haben uns doch gerade heute Nachmittag gesehen."

Dörthes dunkle Locken zittern, als sie den Kopf leicht auf die Seite legt. „Ich frag einfach nur. Du bist so zu in letzter Zeit, ich krieg gar nichts mehr von dir mit."

„Vielleicht will ich das so", sage ich.

Dörthes Augen werden noch größer. „Warum bist du eigentlich immer so komisch zu mir?", fragt sie leise. „Seit wir ... du weißt schon."

Ich trinke noch einen Schluck Bier und sehe zum Eingang hinüber. Die anderen sind schon drin, nur Ida steht noch mit dem Türsteher zusammen. Ich erkenne das Lächeln, das sie ihm zuwirft. Idas typisches Baggerlächeln, breit und verschlagen.

Kann sein, dass ich mich geirrt hab. Vielleicht war er ja doch noch nicht dran. Aber Chancen darauf hat er, so viel ist klar.

„Jenny." Dörthes Tonfall ist bittend.

Im Frühjahr sind wir heimlich ein paar Mal miteinander in der Kiste gewesen, vier oder fünf Mal. Vielleicht auch öfter, ich weiß es nicht. Ich weiß nur, dass Dörthe mich seitdem andauernd mit diesem hungrigen, bittenden Blick ansieht.

Das macht mich bekloppt. Ich kann's einfach nicht ab, wenn sie mich so ansieht. Als wär ich ihr was schuldig.

„Ich bin nicht gemein", sage ich. „Ich bin einfach so."

Dörthe verzieht unzufrieden die Lippen, aber zumindest bohrt sie nicht weiter nach. „Darf ich mal trinken?", fragt sie stattdessen.

Widerwillig reiche ich ihr meine Dose, nicht etwa, weil ich nicht gern teile, sondern weil es mir vorkommt, als würde sie sich so doch noch irgendwas von mir abholen. Dabei will ich ihr nichts mehr geben. Ich bin einfach nicht in sie verknallt. Ich finde sie noch nicht mal mehr süß.

Das mit uns ist eben einfach passiert. Ich könnte gar nicht richtig sagen, warum. Vielleicht, weil's Frühling war. Und die Gelegenheit günstig.

Und vielleicht, weil ich heiß war auf Sex mit 'nem Mädchen.

Als Dörthe mir die Dose zurückreichen will, winke ich ab und nehm mir 'ne neue aus Jirkos Rucksack. Das ist okay, vier Stück sind noch drin. Schweigend stehen wir nebeneinander und sehen zu, wie der Platz vorm Club sich immer mehr füllt. Ein Auto nach dem anderen fährt vor und entlädt noch mehr vergnügungs- oder auch streitsüchtige Typen und ihre Bräute, und aus allen Ecken kommen weitere Leute. Samstagabend in Lichtenhagen eben, völlig normal. Außer dem *Club 88* gibt's hier nicht viel. In der Innenstadt ist das natürlich was anderes. Aber wer will schon immer ganz in die Stadt rein? In der Nähe saufen ist besser.

„Na, ihr Turteltäubchen?" Plötzlich steht Ida neben uns. Ihr wissender Blick fliegt von mir zu Dörthe und wieder zurück. Jessica und Kathleen sind nicht in Sicht, aber Jirko, Robin und sein Kumpel sind auch mit rausgekommen. Und noch einer, ein Großer, Älterer mit Seitenscheitel und eng zusammenstehenden Augen.

„Habt ihr noch irgendwas Brauchbares auf Lager?", fragt Ida und lässt sich von Robin Feuer geben. „Irgendwas, womit man diesen beschissenen Abend besser rumkriegt?"

„Nur mich", sage ich.

Die Typen lachen höhnisch. Ida sieht mich aus schmalen Augen an, dann lächelt sie langsam. Ich gucke lieber weg, bevor sie einen dämlichen Spruch schieben kann. Bei Ida weiß man ja nie.

Jirko schwingt sich neben mir auf die Mauer und greift seinen Rucksack. „Ich hab noch was", ruft er. „Bier!"

„Dann reich mal rüber, Alter." Der Große reißt Jirko den Rucksack aus der Hand und langt hinein. Eine Dose reicht er Robin, eine zweite dessen Kumpel, und sich selbst schiebt er eine in den Hosenbund. Dann öffnet er die vierte und letzte mit einem lauten Zischen und trinkt sie in einem Zug halb leer. Grinsend wirft er Jirko den leeren Rucksack zurück.

Jirko kneift die Lippen zusammen, aber er sagt nichts.

Ich gebe ihm meine halb volle Dose. „Nett", sage ich laut. „Echt nett, ej."

Ida lacht. Der Große glotzt mich an.

„Was?", fragt er.

Ich hebe die Stimme. „Echt nett von dir."

Der Große trinkt gluckernd sein Bier aus. Dann knüllt er die Dose zusammen und schmeißt sie sich über die Schulter. „Wie meinst 'n das?", fragt er lauernd.

„Nett, dass du das ganze Bier abgeräumt hast. Dazu hat mein Kumpel es ja auch mitgebracht", sage ich und spüre, wie Dörthe neben mir zusammenzuckt.

Der Große starrt mich mit seinen komischen Augen an, dann lächelt er und zeigt dabei eine Menge schlecht gewarteter Zähne. „Richtig. Das siehst du völlig richtig, Kleine."

„Na, dann is' ja gut." Ich atme möglichst lautlos und möglichst tief ein.

Der Große starrt mich immer noch an. „Willst du Stunk, Kleine?"

„Nö", sage ich. „Eigentlich nicht."

„Dann ist es ja gut", sagt der Große, und es ist, als ob alle zugleich ausatmen, Jirko, Dörthe und ich, und sogar Ida.

Normalerweise geh ich Auseinandersetzungen nie aus dem Weg. Wer mich nervt, muss damit rechnen, dass ich ihm eine verpasse.

Aber der Große ist kein geeigneter Gegner. Einfach zu groß. Und zu fies. Was immer er draufhaben mag, ich will's gar nicht wissen.

Jirko zündet sich eine Fluppe an, Ida und Dörthe stecken die Köpfe zusammen und tuscheln, um dann gemeinsam zu kichern, und Robin und sein Kumpel saufen gemeinschaftlich Jirkos Bier aus. Robins Blick streift mich kurz. Er kann mich genauso wenig ab wie ich ihn, das ist nicht zu übersehen.

Der Große rülpst noch einmal. „Guck mal, Bongos", sagt er plötzlich. Ich folge seinem Blick zur anderen Straßenseite, wo zwei Schwarze in Sportklamotten und Basecaps vorbeigehen. „He, Bongos!", schreit der Große, und dann stellt er sich breitbeinig hin, schwenkt die Arme wie ein Gorilla hin und her und versucht ein Affengeheul.

Die beiden Schwarzen sehen sich verstohlen um und legen einen Zahn zu, aber das nützt nicht mehr viel. Ein paar von den anderen, die weiter hinten rumhängen, haben sie auch gesehen und fallen in das Geheule mit ein, und im nächsten Moment schallt ein ohrenbetäubendes Geschnatter und Geschrei durch die Straße.

Meine Nackenhaare stellen sich auf. Die beiden Schwarzen rennen fluchtartig los, und das Geschnatter und Geheule verwandelt sich in ein vielstimmiges, hässliches Lachen, als sie um die Ecke verschwunden sind. Ich beiße die Zähne zusammen. Manchmal frag ich mich wirklich, wie ich diese ganze Scheiße hier überhaupt aushalte. Und schon so lange ausgehalten habe.

„Haste gesehen, wie die gerannt sind? Wie die Hasen, ej", grinst Robin und greift Ida übermütig an den Arsch. Ein richtig blöder Anfängerfehler, aber das merkt er nicht gleich. Ida lässt ihm das natürlich nicht durchgehen.

„Fass mich nicht an", sagt sie rau und stößt ihn zurück. „Gib mir lieber 'ne Zichte."

„Hab nur noch eine." Robin lächelt Ida breit an und hält seine brennende Zigarette so dicht vor ihr Gesicht, dass er ihr fast die Nase versengt. Ida zuckt zusammen, und im nächsten Moment ist ihr Lächeln wie weggewischt.

„Leck mich!", zischt sie sauer. „Fick dich ins Knie, du Sack, du!"

Robin hört nicht auf sie. Unter dem beifälligen Gelächter seines Kumpels hält er Ida die Kippe erneut dicht vors Gesicht.

Ich bin nicht gerade der totale Ida-Fan, aber ich hab was dagegen, wie dieser Arsch sie behandelt. „Lass sie in Frieden, du Penner", sage ich und rutsche von der Mauer. „Haste nicht gehört, was sie gesagt hat?"

Robin dreht sich schwankend zu mir um. Erst jetzt merke ich, dass er ganz schön besoffen ist. „Was willst du denn?", knurrt er mich an. „Was bist 'n du überhaupt für eine, ej?"

„Kann dir doch egal sein", sage ich. „Lass sie einfach in Frieden, okay?"

Jetzt lachen alle drei, Robin, sein Kumpel, der Große.

„Lass sie einfach in Frieden!", äfft der Große mich nach. Ich hör gar nicht hin. Seine fiese Stimme gleitet genauso an mir ab wie Dörthes beruhigende Hand auf meinem Arm und das Funkeln in Idas Augen.

Aus dem Augenwinkel sehe ich, dass Jirko die Hände zu Fäusten geballt hatte. Aber mit ihm ist nicht zu rechnen. Schon gar nicht, wenn er getrunken hat. Wenn Jirko säuft, wird er zum absoluten Weichei.

Mich dagegen macht Alk aggressiv. Auf Alk prügel ich mich. Oder mach sonst irgend'nen Scheiß. Einmal, mit dreizehn, hab ich meinen Ellenbogen in eine Fensterscheibe gedonnert. Einfach so, im Vorbeigehen, mit besoffenem Kopf. Die Narbe habe ich heute noch.

Die drei Saftsäcke lachen immer noch fies. „Zwitter", sagt Robin gehässig und spuckt vor mir aus. „Gurkenzwitter." Und dann beginnt er zu schmatzen.

Ich denke gar nicht erst nach. Ich bin zwar nicht besoffen, aber trotzdem hol ich aus und hau ihm voll eine runter. Das Klatschen schallt laut durch die Luft.

Einen Moment lang starrt Robin mich verblüfft an, dann hebt er wie in Zeitlupe die Hand und hält sich die Wange. „Scheiße", murmelt er. „Scheiße, die hat mir eine gescheuert!" Erst jetzt macht er Anstalten, auf mich loszugehen, aber erstaunlicherweise hält der Große ihn zurück.

„Lass", sagt er, „komm, lass. Ist doch nur 'ne dämliche Braut." Seine Augen glitzern gefährlich. Eine Hand drückt er auf Robins Brustkorb, die andere streckt er mir entgegen, die Handfläche auffordernd nach oben gedreht.

Ich weiß, was das bedeutet. Entweder ich mache die Biege, oder es gibt richtigen Stress.

Ich rutsche von der Mauer. „Leckt mich doch alle", sage ich laut und geh los, an der ganzen Horde vorbei. Ich sehe niemanden an.

Und keiner hält mich zurück.

7

Diesmal nehme ich den Weg durch die Unterführung. Ich hab Magenschmerzen vor Wut, und meine Beine zittern. An der Bahnunterführung trete ich mit voller Wucht gegen das Fußgängerschild neben dem Eingang. Es scheppert gewaltig, und die Hälfte des Schildes knickt nach hinten ab. Ein alter Mann, der oben auf dem

Gehweg seinen Hund zu einer mitternächtlichen Runde ausführt, sieht erschrocken zu mir herunter, aber ich werfe ihm nur einen wütenden Blick zu und laufe weiter.

Warum in aller Welt gebe ich mich nur immer wieder mit Ida und den anderen ab? Warum latsche ich mit in den Club, warum zieh ich mir den ganzen Scheiß überhaupt noch rein?

Ich weiß die Antwort natürlich selbst. Sie ist ja auch ganz einfach: Es gibt niemanden anders. Nicht in Groß Klein. Entweder hänge ich mit den anderen zusammen, oder ich bleibe allein.

Und ich bin zwar gerne allein, aber eben nicht immer.

In der Unterführung riecht es wie üblich nach Pisse. Ich leg einen Zahn zu und bin schon fast am Ausgang angelangt, als ich jemanden hinter mir höre. Alarmiert dreh ich mich um.

Aber es ist wieder nur Jirko, der auf mich zurennt. Jirko, mein Schatten. Sein leerer Rucksack baumelt ihm von der Schulter, und sein T-Shirt ist verrutscht.

Ich drehe mich wieder um und gehe weiter. Nach ein paar Schritten hat Jirko mich eingeholt.

„He, Jen", keucht er, „das war voll krass, ej."

„Was?", frage ich grimmig und biege nach links ab, in Richtung Kai. Nach dem Mief in der Unterführung riecht die Luft hier draußen gleich doppelt so frisch.

„Na, wie du dem eine gescheuert hast." Jirko boxt in die Luft. „Wumm!", sagt er begeistert und hickst. Er hat eindeutig einen im Kahn.

Ich stecke die Hände tief in meine Hosentaschen. In den Platten, die neben uns in den nächtlichen Himmel ragen, ist fast alles dunkel. Nur vereinzelt brennen noch Lichter, die meisten ganz oben. So ist das meistens: Nur oben brennt Licht. Eigentlich komisch.

„Echt der Hammer", sagt Jirko zufrieden, und dann peilt er fragend zu mir rüber. „Wohin gehst 'n du? Wollen wir zum Kai?"

„Nee", wehre ich ab, aber nur, weil er es vorgeschlagen hat. Heute Abend nervt er mich einfach. Seine Anhänglichkeit, sein dummes Gequatsche. Dass er mir ständig nachläuft.

„Zum Strand?", fragt er. „Ej, lass uns doch zum Strand! Ich besorg noch ein paar Bier, und wir hauen uns in den Sand da, was hältste davon?"

„Nee", blaffe ich ihn an. Die Idee ist mir zwar auch schon gekommen, aber jetzt will ich nicht mehr. Ich will gar nichts so richtig. Angewidert kicke ich eine zerknüllte Milchtüte aus dem Weg, und dann steuere ich den nächstbesten Grünstreifen am Straßenrand an und haue mich ins ungemähte Gras.

Jirko beugt sich vorsichtig runter und sucht den Grünstreifen ab. „Is hier auch keine Hundekacke?"

„Mann, Jirko, hab dich nicht so."

Jirko zuckt mit den Schultern und pflanzt sich neben mich. „Komm, ich hol noch was Bier", schlägt er vor.

„Nee, danke. Mir reicht's", sage ich und verschränke die Arme vor meinen Knien.

„Was willst 'n du jetzt machen?", fragt Jirko und hickst wieder. Verlegen hält er sich die Hand vor den Mund.

„Erst mal einfach hier sitzen", sage ich.

Jirko sieht mich an. Auf einmal verändert sich sein Gesichtsausdruck. Plötzlich wirkt er ernst, dann fängt er an zu lächeln, und noch während ich mich frage, was dieses seltsame Lächeln bedeuten mag, noch währenddessen streckt Jirko die Hand aus und legt sie auf meinen Arm. Verblüfft sehe ich zu, wie seine Finger sich auf meiner nackten Haut bewegen. Und erst nach einem Moment kapiere ich, was er da eigentlich macht.

Er streichelt mich.

Jirko, die Null, Jirko, mein ewiger Schatten, baggert mich an.

„Sag mal, was soll 'n das jetzt hier werden?", frage ich.

Jirko hält einen Moment inne, dann fährt sein Finger noch weiter meinen Arm hinauf. „Jenny, du bist echt das hübscheste Mädchen weit und breit", sagt er. „Ich find dich echt cool, weißt du das?"

Ich kann's gar nicht glauben. Aber er scheint es tatsächlich ernst zu meinen, der Idiot. „Sag mal, tickst du noch richtig?", frage ich langsam. „Spinnst du jetzt total?"

Jirko schüttelt den Kopf. Seine leicht hervorstehenden Augen glänzen, als hätte er Fieber. „Nö", sagt er. „Nö, das mein ich wirklich, ej, Jen."

Vielleicht ist es einfach der letzte Rest Wut von vorhin; vielleicht gilt der Schlag eigentlich gar nicht ihm, sondern Robin, dem Großen, vielleicht sogar Ida, aber es ist auch egal. Auf jeden Fall hat Jirko im nächsten Moment eine so fette Ohrfeige sitzen, dass der Knall von der Plattenwand widerhallt. Und dann bin ich auch schon auf den Füßen.

Ausnahmsweise kommt Jirko mir dieses Mal nicht hinterher.

Ist auch besser so. Wirklich.

8

Erst an der Ecke Groß-Kleiner Allee halte ich an. Die Straßen sind leer. Kein Auto fährt, niemand ist unterwegs. Ich sehe rüber zu unserem Würfel. Im dritten Stock links sind zwei Fenster erleuchtet. So spät noch Licht heißt, dass der Alte und meine Mutter noch feiern, und das spar ich mir lieber gleich.

Einen Moment lang überlege ich, doch noch zum Strand zu laufen, aber irgendwie ist mir die Lust dazu jetzt völlig vergangen.

Also zum Hafenbecken. Ich drehe mich um und gehe los. Der Himmel über mir ist dunkel bewölkt, der Mond ist nicht zu sehen, noch nicht mal ein einziger Stern. Lustlos trotte ich an der Grundschule mit ihrem hohen Zaun vorbei. Rechts und links tauchen die ersten verdorrten Grasbüschel auf, dann kommt die Brücke über den Kanal in Sicht. Erstaunt bleibe ich stehen.

Auf dem Brückengeländer sitzt jemand. Das Licht der letzten Straßenlampe reicht nicht ganz bis zu der Gestalt, aber ich erkenne sie trotzdem.

Ida. Die Gestalt da drüben ist Ida.

Einen Moment bewegt sich keine von uns. Dann geh ich zu ihr hinüber.

„Na endlich", sagt Ida und gleitet vom Geländer herunter. „Mann, das hat ja gedauert!"

Ich bin immer noch so überrascht, dass ich kein Wort rausbringe. Dann kocht wieder die Wut in mir hoch. Immerhin hab ich Ida den Stress von vorhin zu verdanken.

„Kannste mir mal erklären, wieso du eigentlich immer so komische Typen anschleppst?", fahre ich sie an.

Ida hebt eine Hand. „He, ganz cool bleiben, ja?"

„Was willst du überhaupt?" Ich kann nicht cool bleiben. Jetzt nicht mehr. Nicht an diesem beschissenen Tag! „Wieso hockst du hier rum und bumst nicht mit Robin? Das wolltest du doch eigentlich, oder?"

„Im Moment nicht." Ida kommt näher. Ihr vertrautes Gesicht mit den langen Wimpern über den hellblauen Augen ist jetzt ganz dicht vor meinem. „Bleib doch mal cool", sagt sie sanft.

Es ist wie ein Reflex: Ich stoße sie zurück, und Ida fasst nach meinem Arm und zieht mich zu sich heran, und im nächsten Moment sind wir auch schon in ein Gerangel verwickelt. Ida zerrt an meinen Klamotten, und ich versuche, sie von mir zu schubsen, aber es gelingt mir nicht richtig. Sie ist stärker, als ich gedacht hab. Und wehtun will ich ihr auch nicht.

Ida greift mit beiden Händen in den Kragen meines T-Shirts und bringt ihr Gesicht wieder dicht vor meines. Ihre Augen glitzern im Halbdunkel. „Ej, raffst du überhaupt gar nichts, oder was?", zischt sie, und dann presst sie plötzlich ihre Lippen auf meine. Völlig überrumpelt weiche ich zurück und verliere den Halt, und wir stürzen zusammen die kleine Böschung runter auf die Wiese und kollern weiter, immer noch in unseren wilden Kampf verstrickt.

Ida?, denke ich verwundert, während ich sie von mir zu schieben versuche und sie mich gleichzeitig festhält. Ida, die keine Gelegenheit auslässt, mich zu provozieren, die mich oft genug zur Weißglut gebracht und zu Tode genervt hat?

Im nächsten Moment ist Idas Zunge in meinem Mund, ihre Hände schieben sich unter mein Hemd, und tausend Blitze zucken über meine Haut, den Rücken hoch und wieder hinunter, bis in meinen Bauch hinein und noch tiefer. Überrumpelt schnappe ich nach Luft. Ida leckt mir über die Wange.

„Na, überrascht?“, flüstert sie, und ihr Atem fährt in mein Ohr und von dort aus in Wellen durch meinen ganzen Körper. Ich fange an zu zittern, und um das Zittern zu beherrschen, umklammere ich Ida so fest, wie ich nur kann. Sie stößt die Luft aus und sieht mir einen Moment lang scharf ins Gesicht. „Na, zeig mir doch mal, wie stark du wirklich bist“, sagt sie leise.

Ich kann mir nur zu gut vorstellen, dass sie das Gleiche schon zigmal zu zig Typen gesagt hatte, in genau dieser Situation, aber jetzt, in diesem Moment, kümmert es mich nicht die Bohne.

Stattdessen macht es mich an. Und deshalb drehe ich Ida mit Schwung auf den Rücken, greife nach ihrem Top und ziehe es ihr mit einem Ruck über den Kopf.

Idas Brüste leuchten in der Dunkelheit. Ich habe sie schon oft gesehen, am Strand, wenn Ida sich umgezogen hat, in der Umkleidekabine beim Sport in der Schule. Sie sind verdammt hübsch, das hab ich schon immer gefunden.

Es ist nicht das erste Mal, dass ich Idas Brüste sehe. Aber es ist das erste Mal, dass ich sie berühren werde.

Ida lacht mich herausfordernd an. „Na, was ist?“

Ich weiß zwar nicht recht, was hier jetzt gespielt wird. Aber kneifen werd ich bestimmt nicht.

Ich beuge mich vor. Gleichzeitig stemmt Ida sich hoch, und im nächsten Moment küssen wir uns.

Ida schmeckt gut. Und sie fühlt sich auch gut an.

Verdammt gut sogar.

9

Später liegen wir nebeneinander, immer noch schwer atmend. Der Himmel über uns hat aufgeklart, eine schmale Mondsichel hängt dort oben, und Sterne sind auch jede Menge zu sehen. Weit im Osten zieht schon die Dämmerung auf.

Ich trage noch meine Cargo und mein viel zu enges Unterhemd, aber Ida ist vollkommen nackt. Ihre feuchtschimmernde Haut glänzt im Mondlicht, als sie sich zu mir dreht.

„Haste mal 'ne Kippe für mich?", fragt sie.

Ich hebe den Arsch an und hole eine plattgedrückte Zigarettenschachtel hervor. Ida lächelt, als ich ihr eine ziemlich mitgenommene Zigarette reiche und ihr Feuer gebe.

„Also stimmt's doch", sagt sie und stützt einen Ellenbogen auf.

„Was?", frage ich. Meine Stimme klingt heiser. Und zittrig.

Und viel zu weich.

„Du bist 'ne Lesbe." Ida bläst einen langen Rauchstrahl in die Nachtluft und sieht ihm nachdenklich hinterher.

Einen Moment zögere ich. Aber ich habe einfach keine Lust, ihr irgendwas zu erklären. Schon gar nicht etwas, das für mich selbst schon zu schwierig zu verstehen ist. „Denk, was du willst", sage ich, lege mich auf den Rücken und verschränke die Hände in meinem Nacken.

„Ich weiß das von Dörthe", sagt Ida leise und beobachtet mein Gesicht.

Ich zucke mit den Schultern, soweit das im Liegen geht. Ida nimmt einen letzten Zug, dann wirft sie ihre Kippe in hohem Bogen davon und schmiegt sich an mich.

„Dein Unterhemd ist ja ganz schön eng", flüstert sie in mein Ohr.

„Ich weiß", sage ich, ohne mich zu rühren. Ida küsst meinen Hals. Ihre Lippen sind weich. Und sehr warm.

Aber mir ist plötzlich ganz kalt.

Gleich wird Ida aufstehen und gehen, und danach wird alles wie vorher sein und dann doch wieder nicht. Auf jeden Fall habe ich jetzt ein weiteres Geheimnis zu tragen, eine weitere Last. Wetten, Ida will, dass keiner davon erfährt?

Ein paar Herzschläge wartet Ida ab, dann rollt sie sich von mir weg und steht auf. Schweigend sehe ich zu, wie sie ihre Klamotten zusammensucht und sich anzieht. Schließlich kniet sie sich noch einmal neben mir hin. „Das bleibt ja wohl unter uns, klar?", fragt sie und versenkt ihre hellblauen Augen in meine.

„Klar", antworte ich ruhig. „Klar, keine Sorge."

Ida sieht mich noch einen Moment an, dann küsst sie mich ein letztes Mal auf die Lippen und steht endgültig auf. „Kommst du nicht mit?", fragt sie, und ich kann ein winziges Zögern in ihrer Stimme hören. Und irgendwie bin ich froh darüber.

„Nein", sage ich. „Nein. Ich bleibe noch hier."

„Also dann. Schlaf gut, wo auch immer." Ida zieht ihr Top gerade, winkt mir zu und verschwindet in der Dunkelheit. Ein paar Augenblicke später höre ich ihre Stimme vom Ende der Wiese.

„Jenny?", ruft sie zu mir herüber. „Das war übrigens echt ziemlich heiß!"

„Ja", flüstere ich. „Fand ich auch. Echt ziemlich heiß."

Ich bleibe im Gras liegen und sehe in den heller werdenden Himmel hinauf. Weit über mir zieht ein Satellit seine Bahn durch die Morgendämmerung. Die Ostsee rauscht in der Ferne, und in der Nähe tutet ein Schiff. Schließlich roll ich mich auf die Seite, vergrab meinen Kopf in den Armen und schließe die Augen.

Und irgendwann schlafe ich ein.

10

Die Sonne weckt mich viel zu früh. Mein Mund ist wie ausgetrocknet, und jeder einzelne Knochen im Leib tut mir weh, aber trotzdem bleibe ich eine ganze Weile liegen. Erst als es mir in der Sonne langsam zu heiß wird, mache ich mich auf den Weg. Ich will zum Strand. Aber erst brauch ich ein Frühstück.

Im *Hotel zur Möwe*, wo meine Mutter früher aushilfsweise als Zimmermädchen gearbeitet hat – bis sie durch eine junge Polin ersetzt worden ist, ein guter Grund für meine Mutter und den Alten, auf die Polen und überhaupt auf alle Ausländer zu schimpfen –, schleiche ich mich durch den Hintereingang aufs Klo, bringe meine Zotteln mit Wasser in Form und wasche mir das Gesicht. Dann peil ich im Eingang zum Frühstückszimmer die Lage. Nur ein paar Tische sind mit Gästen besetzt, und die junge Kellnerin, die gerade benutztes Geschirr in die Küche trägt, habe ich noch nie gesehen. Ich gehe lässig zum Büffet und fülle mir einen Teller randvoll, um ihn mit zum Tisch gleich neben dem Ausgang zu nehmen.

Als die Kellnerin zu mir kommt, bestelle ich Kaffee.

„Ihre Zimmernummer?“ Der Akzent ist polnisch. Ich unterdrücke nur mit Mühe ein Grinsen.

„28“, sage ich aufs Geratewohl und beiße mit Genuss in mein Hörnchen.

Das Glück ist scheinbar auf meiner Seite, denn die Kellnerin nickt lächelnd und bringt mir Kaffee, und dann geht sie weg.

Ich schlinge mein Frühstück herunter und schmiere mir gleich noch zwei Brötchen mit Käse, die ich in Servietten einwickele. Die Küche behalt ich im Auge, und als ich die Kellnerin dort auftauchen und mit gerunzelter Stirn zu mir herüberschauen sehe, schlucke ich den letzten Bissen hinunter, stopf mir die Brötchen in die Hosentaschen und stehe rasch auf. Im Rausgehen greife ich mir eine volle Wasserflasche vom Büffet.

„Entschuldigung?“ Die Kellnerin steuert direkt auf mich zu. Ich winke ihr zu und flitze los. Draußen strahlt mir die Sonne entgegen.

11

Den Tag verbringe ich am Strand, ziemlich weit hinten an der Steilklippe, da, wo die Touristen nicht hinkommen. Ab und zu schwimm ich in Unterhemd und Boxershorts weit hinaus, um mich dann treiben zu lassen. Manchmal hocke ich am Ufer und lasse ein paar flache Steine übers Wasser springen. Aber meistens liege ich nur da, starre in den strahlenden Sommerhimmel hinauf und denke nach.

Dass Ida und Jirko plötzlich verrückt spielen, mag schräg sein, ist aber nicht mein Ding. Aber was ist mit mir?

Ich steh doch gar nicht auf Ida. Sie sieht zwar schon sehr cool aus, aber sie ist mir echt einen Zacken zu forsch.

Aber auf Mädchen an sich steh ich tatsächlich, das schon. Jungs sind mir zu eckig. War schon immer so, kann ich nicht ändern. Will ich auch gar nicht.

Das Ding mit Dörthe im Frühling war nämlich nicht die erste Geschichte in dieser Richtung. Mit knapp zwölf war ich, einer netten Familienhelferin sei Dank, bei einer Jugendfreizeit auf

Rügen. Zwei Wochen Glück ohne Ende, dank Sarah aus Stralsund. Sie hatte schwarze Haare und samtweiche Haut, und jede Nacht kroch ich in ihren Schlafsack und durfte sie anfassen, fast überall.

Danach kam ein Mädchen aus einem Jugendtreff drüben in Rostock-Großhaide. Mit der lief echt alles. Aber das war's irgendwie nicht.

Danach kam lange Zeit nichts.

Und dann eben Dörthe.

Und jetzt auch noch Ida.

Mit Typen hab ich auch rumprobiert. Gregor war der Erste, klassischer Fall, besoffen nach der Party zur Jugendweihe hinter 'nem Schuppen. Danach hätte ich kotzen können. Ich hab's nur gemacht, weil ich wissen wollte, wie sich ein steifer Schwanz eigentlich anfühlt.

Tja, jetzt weiß ich's.

Aber weiter hilft mir das irgendwie auch nicht.

Das läuft schon in die richtige Richtung, das Ganze, aber irgendwas stimmt daran nicht. Ich weiß bloß nicht, was.

Den Sonnenuntergang am Strand gönne ich mir auch noch. Dann, gegen halb elf, wird es mir langsam zu kalt. Meine Shorts und das Unterhemd sind nach dem letzten Bad nicht ganz trocken geworden. Und Hunger und Durst hab ich auch. Sogar angetrockneter Milchreis wär mir jetzt recht.

Ich lasse noch einen Stein übers Wasser springen, dann stehe ich auf.

12

Schon von unten kann ich den Fernseher hören, der aus dem offenen Fenster plärrt. Ich schließe lautlos die Wohnungstür auf, darin bin ich ganz groß. Aber jetzt nützt es mir wenig. Der Alte kommt genau in diesem Moment durch den Flur, eine Bierflasche in der Hand.

„He!" Er bleibt stehen. „Wo kommst du denn jetzt her?"

„Vom Strand", sage ich ruhig und will an ihm vorbei.

Der Alte stemmt eine Hand gegen die Wand, um mir den Weg zu versperren. Eine Wolke von altem Schweißgeruch weht von seiner Achselhöhle zu mir rüber, und ich halte die Luft an.

„Und was hast du da zu suchen gehabt?", fragt er drohend.

„Ich hab gebadet", sage ich und versuche, mich seitlich an ihm vorbeizuschieben. Ich schaff's sogar, ohne seinen Fettbauch zu berühren, über dem sich ein verwaschenes graues T-Shirt spannt. Mann, ist der Typ eklig.

„Moment mal, ich rede mit dir!", knurrt er mich an.

Unwillig bleibe ich stehen. Aus dem Wohnzimmer kann ich meine Mutter schrill auflachen hören. So lacht sie immer, wenn sie einen sitzen hat. Zu Anfang lacht der Alte meistens noch mit. Dann fangen sie irgendwann an zu streiten, über alles und nichts. Und dann gibt's nur noch zwei Möglichkeiten: entweder prügeln sie sich. Oder sie bumsen.

Beides find ich zum Kotzen.

Der Alte glotzt mich an, ohne was zu sagen. Langsam wird's mir zu doof.

„Was ist denn?", frage ich.

Der Alte schwenkt seine Flasche. „Ich hab dich 'n paar Tage hier nicht gesehen, wenn ich mich recht erinnere", sagt er. „Wo treibst du dich eigentlich die ganze Zeit rum? In irgendwelchen Betten oder was?"

„Ich war nur am Strand. Ist doch Sommer." Das hier riecht nach Trouble. Der Alte ist in seltsamer Stimmung. Die kann leicht umschlagen, von einer Sekunde zur anderen.

„Am Strand. Klar. Und warum?", fragt er langsam und fletscht sein schlechtes Gebiss zu einem gehässigen Grinsen. „Warum bleibste nicht einfach weg?"

Komisch, aber irgendwie trifft mich das. Ich weiß, dass ich nicht besonders erwünscht bin in diesem Haushalt, aber zu hören brauche ich's nicht unbedingt.

Ich schwinge mich unter seinem Arm durch und laufe rasch weiter, durch den Flur aufs Kinderzimmer zu. Ich muss nur den

Türgriff zu fassen bekommen, dann hab ich's fast schon geschafft. Hinterher kommt der Alte mir meistens nicht.

Aber diesmal habe ich Pech.

Er erwischt mich hinten am Hemd und zieht mich mit einem Ruck zurück. Ich stolpere und stoße mit der Hüfte hart gegen die Garderobe im Flur. Das gibt mit Sicherheit einen fetten blauen Fleck. Ist aber in diesem Moment meine geringste Sorge. Der Alte hat mich nämlich mit beiden Armen umschlungen und presst meinen Rücken an seine Wampe.

„Flittchen", zischt er mir ins Ohr. Von seinem stinkenden Atem wird mir fast schlecht.

Ich muss nur stillhalten. Irgendwann lässt er sowieso los.

Aber ich kann nicht. Ich hass diesen Typ. Ich hass diesen verdammten Alten so sehr. Und deshalb ramm ich meinen Ellbogen nach hinten, so fest ich nur kann. Er versinkt in wabbligem Fleisch.

Im nächsten Moment spannt sich ein stahlharter Arm um meine Kehle.

„Kleine, dreckige Nutte", flüstert der Alte. „Ich weiß doch Bescheid über solche wie dich! Hässlich wie die Nacht, siehst aus wie ein Kerl, aber ein dreckiges Flittchen bist du trotzdem!" Der Gestank nach Bier und Schweiß verpestet den letzten Rest Luft, den ich noch kriege. Hilflos zappele ich mit den Beinen und zerre den Alten am Arm, aber er lacht nur höhnisch. Dann reibt er sich genüsslich an meinem Hintern.

Ich spür seine Wampe. Und noch was Hartes. Und dann, kurz bevor ich anfange zu würgen, lässt das miese Arschloch mich los. Im nächsten Augenblick hab ich auch schon die Klinke zum Kinderzimmer in der Hand, reiße die Tür auf und drücke sie schnell hinter mir zu. Ich schnappe nach Luft, aber die hier im Zimmer ist stickig und heiß. Mit zwei Sätzen bin ich am Fenster, ziehe es weit auf und sauge gierig die würzige Meeresluft tief in mich ein.

Dieses Schwein. Dieses ekelhafte Schwein. Wie ich ihn hasse!

Ich steh eine Ewigkeit da, solange, bis ich mich eingekriegt hab. Dann dreh ich mich um.

Timo schläft im unteren Etagenbett, und auch Sven liegt in seinem Bett, auf dem Bauch, den Kopf fest ins Kissen gepresst. Ich weiß sofort, dass er wach ist. Im Licht der Straßenlaterne kann ich einen Zipfel des Pornoheftes sehen, der unter seiner Bettdecke hervorlugt.

Ich ziehe Schuhe und Socken aus, steige aus meiner Hose und klettere in mein Bett hinauf. Eigentlich hab ich Hunger und Durst, und pinkeln muss ich auch, aber das verkneif ich mir lieber fürs Erste. Als ich mich ausstrecke, spüre ich meine schmerzende Hüfte. Und meine Kehle fühlt sich ganz taub an, dort, wo der Alte mich gewürgt hat.

Dass der mich Flittchen nennt, dieser miese Versager! Was hat denn der schon zu bieten? *Gurken*, denke ich verächtlich. Ich würde gern darüber lachen, aber ich kann's nicht. Obwohl's eigentlich witzig ist, das mit den Gurken.

Vor zwei oder drei Jahren hat der Alte es nämlich mal eine Weile mit einem Gewürzgurkenstand am Lichtenhagener Bahnhof versucht. Gurken, so was Beklopptes! Kein Schwein wollte sie kaufen, natürlich nicht, logisch. Irgendwann hat dann mal so ein Trupp junger Typen am Stand rumgehangen und den Alten gründlich verarscht, von wegen Gurken und wo man sie reinsteckt und ob er auch eine hat und so weiter. Der Alte hatte noch nie ein dickes Fell, und nach 'ner Weile ist er schließlich ausgerastet und hat erst die Gurken wild durch die Gegend geschmissen und dann den Stand kurz und klein geschlagen.

Heute noch lachen die Leute sich schief über die Story. Leute wie Robin, zum Beispiel.

Kann ich ihm nicht mal verdenken. Und wegen der Gurken bin ich vorhin ja auch gar nicht sauer auf ihn geworden, sondern weil er mich mit dem Alten in Verbindung gebracht hat.

Ich hab mit dem Alten nämlich absolut nichts zu tun. Und er mit mir auch nicht. Wir wohnen nur leider in einer Wohnung, und er bumst meine Mutter. Das ist alles. Absolut alles.

Ich liege ganz still da und spüre, wie mein heftig klopfendes Herz sich langsam beruhigt. Nach einer Weile höre ich laute

Stimmen aus dem Wohnzimmer, dann das schrille Lachen meiner Mutter und nicht viel später die polternden Schritte von ihr und dem Alten im Flur und das Klappen der Schlafzimmertür. Für einen kurzen Moment denke ich an Janina, die dort in ihrem Kinderbett schläft. Ich habe nicht viel für sie übrig, diese nervige Göre, aber trotzdem tut sie mir Leid. Wird Zeit, dass sie aus dem Schlafzimmer ausziehen kann.

Aber ob sie hier im Jungszimmer besser dran ist, glaube ich eigentlich auch nicht.

Ich warte noch fünf Minuten, dann schlage ich meine Decke zurück.

Im Küchenschrank finde ich eine angebrochene Packung Knäckebrot, aber im Kühlschrank herrscht gähnende Leere. Nur zwei Tetrapak H-Milch stehen im Türfach. Mit einer davon spül ich das Knäckebrot runter, dann schleiche ich ins Bad, um mir die Zähne zu putzen und endlich zu pinkeln. Das Grunzen und Stöhnen aus dem Schlafzimmer überhöre ich einfach.

Dass der Alte und meine Mutter das Gleiche machen wie ich letzte Nacht mit Ida, ist sowieso unbegreiflich. Sex ist echt 'ne komische Sache.

Als ich wieder im Bett liege, höre ich leise das Meer rauschen. Ich mache die Augen zu und streiche mir über die schmerzende Hüfte. Zum ersten Mal seit Stunden geht es mir einigermaßen okay.

Und dann höre ich noch ein Geräusch: das Knarren von Bettfedern ganz in der Nähe, ein Rascheln, gefolgt von einem Stöhnen.

Sven wichst mal wieder.

Ich ziehe mir das Kissen über die Ohren. Das Stöhnen ist weg. Das Meeresrauschen allerdings auch.

13

Zur Schule zieht es mich am nächsten Morgen nicht gerade, aber zu Hause bleiben geht auch nicht. Meine Mutter weckt mich übelst gelaunt, hinter ihr streiten sich Timo und Sven.

„Wer hat denn die Milch ausgesoffen?", ranzt meine Mutter mich an. „Warst du das?" Sie wartet meine Antwort nicht ab, sondern dreht sich zu den Jungs um und fängt an zu keifen. Ich rutsche aus dem Bett, greife wie benebelt nach meinem Armeerucksack und taumele ins Bad.

In der Küche steht noch ein Rest lauwarmer Kaffee in der Maschine. An die Spüle gelehnt, schlürfe ich ihn runter. Sven schiebt sich wortlos an mir vorbei, pflanzt sich hin und langt nach den Cornflakes, um sie trocken aus der Tüte zu essen.

Mich guckt er nicht an.

Leg ich auch keinen Wert drauf.

Früher, als meine Mutter mich aus dem Heim zurückgeholt hat und Sven noch klein war, da haben wir uns eine Zeit lang echt gut vertragen. Aber das ist vorbei. Absolut und unwiderruflich vorbei. Warum auch immer.

„Ciao", sage ich und stell meine Tasse ab.

Sven antwortet nicht mal.

Im Kinderzimmer schreit meine Mutter immer noch mit Timo herum, und aus dem Wohnzimmer kommen Zeichentrickstimmen. Janina sitzt vor der Glotze, im Nachthemd und mit riesigen Augen. Als ich die Wohnungstür hinter mir zuziehe, ist mir leicht übel. Als hätte ich was Ekelhaftes gegessen.

Draußen an der Ecke steht Jirko und trägt 'ne zerknirschte Miene zur Schau.

„Jenny, he!"

„Morgen." Ich rausche an ihm vorbei. Er trabt natürlich hinter mir her.

„He, Jen", setzt er an und verstummt dann wieder. Dann versuchte er's noch mal. „Du, Jenny, wegen Samstag ..."

„Schon gut." Ich hab keine Lust zu reden, überhaupt keine.

Jirko holt auf und läuft schweigend neben mir her. Ich spüre, dass er mich von der Seite ansieht, aber ich ignorier es komplett. Soll er doch gucken.

Ich bin nicht mal sauer auf ihn. Ich bin nur genervt.

14

Die Schule liegt ein Stück weiter die Straße hinunter, und aus allen Ecken strömen die Kids auf den großen, frisch gestrichenen Kasten zu. Als ich die Eingangspforte passiere, sehe ich Ida, die zusammen mit Dörthe und Jessica neben dem Eingang steht und raucht. Plötzlich sind meine Füße bleischwer.

Ida wirft ihre Kippe zu Boden und verschränkt die Daumen in ihren Gürtelschlaufen. Dann blickt sie auf und entdeckt mich. Auch Dörthe sieht hoch. Und Jessica auch.

Alle drei starren mich an.

Ich höre das Tuscheln und Lachen der Schüler um mich herum, das Schlurfen der vielen Turnschuhe über den Asphalt. Die Geräusche dröhnen und sirren in meinem Kopf, als wären auf einmal Lautsprecher in meine Ohren eingebaut, die nach innen gerichtet sind.

Ida reckt das Kinn, und Dörthe beginnt, verlegen zu lächeln. Meine Füße wiegen jetzt tausend Kilo, und zwar jeder einzelne. Ich bleib einfach stehen. Jirko hält ebenfalls an.

Die Schulklingel fängt an zu schrillen, und die Massen setzen sich in Bewegung. Wie von Magneten gezogen, strömen sie durch die Tür in die Schule hinein.

„Ej, ihr Säcke, ihr steht im Weg“, frotzelt ein Typ von der Seite und drängelt Jirko beiseite.

Schüchtern lächelnd zieht Dörthe an mir vorbei. Jessica winkt. Danach kommt Ida. Ihre Augen sind heller denn je.

„Na?“, fragt sie gedehnt. „Alles geschmeidig?“ Und dann ist sie auch schon am Eingang. Reglos sehe ich zu, wie sie hinter der Tür verschwindet.

„Ach nee“, sagt Jirko neben mir. „Guck mal, wer da im Anmarsch ist!“

Ich drehe den Kopf. Am hinteren Schultor ist ein Trupp Glatzen aufgetaucht und schlurft langsam auf uns zu. Robin geht in der Mitte, sein dämlicher Kumpel hält sich daneben.

Unsere neuen Klassenkameraden. Die Verstärkung aus Schmarl.

„Na, das kann ja was werden! Komm, lass uns mal reingehen. Denen muss ich nicht gerade hier draußen begegnen." Jirko lacht freudlos, dann sieht er mich an und runzelt die Stirn. „Was ist denn mit dir?"

„Ich hab keinen Bock mehr auf die Scheiße hier", sage ich und stecke die Hände in die Hosentaschen.

„Kannste laut sagen", stimmt Jirko mir zu. „Aber nutzt ja nichts. Los, kommste mit?"

Und plötzlich begreife ich: Ich will tatsächlich nicht mehr. Der Alte, meine Mutter, Jirko, Ida, die Schule, Robin und seine Glatzenkollegen da drüben, Groß Klein und überhaupt alles – mein ganzes Leben fühlt sich auf einmal an wie ein zu eng gewordener Rollkragenpulli, der mir die Luft abschnürt. „Geh schon mal vor", sage ich. „Ich ... ich rauch schnell noch eine."

Unschlüssig sieht Jirko mich an. „Äh, soll ich nicht warten?"

„Nee, geh mal schon vor."

„Und die Kollegen da hinten?" Jirko nickt zu Robin und seinen Kumpels hinüber, die langsam näher kommen.

„Mann, bin ich 'ne Schissbüchse oder was?"

Jirko nickt zögernd, dann setzt er sich in Bewegung und trottet zum Eingang hinüber. Ich sehe zu, wie die Tür hinter ihm zuschwingt. Dann drehe ich mich um und gehe los.

15

Vielleicht ist das Schicksal mir endlich mal gnädig, vielleicht ist es nur Zufall, aber zu Hause ist keiner mehr, als ich zurückkomme.

Ich brauche nicht lang, um meine Sachen zu packen. Jeans, Socken, drei T-Shirts, ein paar Jungsunterhemden von Timo, mein Kapuzensweatshirt und die Bomberjacke. Svens Boxershorts räum ich komplett in meinen Rucksack, aber dafür lass ich ihm meine Mädchenslips da. Und zwar alle.

In der Kammer finde ich nach einigem Suchen meinen uralten Schlafsack. Die Taschenlampe vom Alten packe ich auch noch dazu. In der Küche zögere ich, dann zieh ich den Tisch an die

Schrankwand, steige hinauf und greife hoch. Die Weihnachtsdose steht ganz hinten an der Wand, zweiundvierzig Euro sind drin und ein paar Cent. Ich steck alles ein.

Als ich die Tür hinter mir zuziehe, fühl ich rein gar nichts.

Die S-Bahn bezahle ich, sicher ist sicher. Am Hauptbahnhof muss ich nur kurz warten, dann kommt schon der Zug nach Berlin. Ich laufe vor bis zu den 1.-Klasse-Waggons, warte, bis der Schaffner gerade nicht in meine Richtung sieht, dann steig ich rasch ein. Als der Zug sich in Bewegung setzt, liege ich schon längst unter der Sitzbank in einem leeren Abteil.

Ich spüre das Rattern und Rumpeln der Räder in meinem Rücken. Draußen ziehen die letzten Häuser von Rostock vorbei, die Spitzen der Dächer kann ich im Fensterausschnitt gerade noch sehen. Es dauert ein Weilchen, bis nur noch der Himmel das Fenster ausfüllt.

Ich bin auf dem Weg.

Kapitel 2

1

Berlin macht nicht viel her, wenn man von Norden mit dem Zug einfährt. Unzählige Platten, in bunt und neu oder in alt und grau, auf jeden Fall aber hoch. Kaputte Mietshäuser, jede Menge Graffiti auf bröckelndem Putz, und überall reichlich Gestrüpp. Besonders einladend sieht die Hauptstadt wirklich nicht gerade aus. Aber für mich ist's das gelobte Land.

Sicher, Rostock ist eigentlich auch ganz okay. Und auch gar nicht so klein.

Hamburg wär näher gewesen. Und groß.

Aber Berlin ist eben cooler.

Als die ersten Hochhäuser im Fenster auftauchen, krieche ich unter den Sitzen hervor und setze mich hin. Mit klopfendem Herzen starre ich hinaus. Es dauert nicht lang, bis der Fernsehturm in Sicht kommt.

Sieht fast aus wie die Freiheitsstatue, nur schlanker.

Am Ostbahnhof zöger ich kurz, aber dann bleib ich sitzen und fahr durch bis Zoologischer Garten.

2

Schon als ich aussteige und das Gewimmel in der Bahnhofshalle sehe, geht's mir bestens. Viele Menschen, das ist schon mal gut – hier kümmert's kein Schwein, wer ich bin und woher ich komme. Höchstens die Bullen, und von denen halt ich mich fern.

Dank der zwei Wochen, die ich damals hier auf Trebe gewesen bin, find ich mich sofort zurecht. Zur Gedächtniskirche ist es nicht weit. Dort, auf den weitläufigen Treppenstufen um das Gebäude, haben damals immer irgendwelche Straßenkids herumgelungert. Wenn ich Glück hab, ist's immer noch so.

Die Stadt ist proppevoll, klar, jetzt mitten in der Ferienzeit. Dichte Kolonien von Touristen winden sich über die Bürgersteige, und Scharen von schwitzenden Menschen warten an den Ampelübergängen. Ich komm fast nicht durch, andauernd stoße ich gegen prall gefüllte Plastiktüten oder irgendwelche Körper, und ein älterer Mann mit verbissenem Gesichtsausdruck rennt mich fast um. Normalerweise reagier ich auf so etwas allergisch, aber jetzt ist es mir egal. Sollen die anderen doch hetzen. Ich hab es nicht eilig.

Schon von weitem seh ich die Straßenkids auf der Treppe, hauptsächlich Punks mit schwarzen Klamotten und jeder Menge Piercings, aber auch ein paar unauffällig gekleidete Mädchen. Zwei von den Punks haben Hunde dabei, einer 'ne Ratte, die still auf seiner Schulter sitzt. Ein Stück weit entfernt werfe ich meinen Rucksack auf die oberste Treppenstufe und setze mich aufatmend hin.

Die Kids da unten sind alle miteinander ziemlich vergnügt, lachen viel und kabbeln sich im Spaß, und irgendwie macht auch mir das gute Laune. Zufrieden lasse mich von der warmen Nachmittagssonne bescheinen, während ich mir die Leute ansehe, die unten vorbeipilgern: Touristen jeglicher Hautfarbe, shoppende Hausfrauen, Hiphopper, ein schwules Pärchen, wieder neue Touristen. Dann kommt eine Gruppe ziemlich scharf aussehender Mädchen in meinem Alter, danach ein abgerissener Penner und hinter ihm ein dunkelhäutiger Kraftprotz. Er trägt Ringerstiefel, eine Mini-Sporthose und ein Handy in seiner Pranke. Sonst nichts, nicht mal 'n Ring.

Und jeder macht ihm Platz. Dabei sieht der Typ nicht mal mies aus. Nur einfach schräg.

Ich grinse in mich hinein. Berlin, das ist eine echt coole Stadt. Hier geht alles. Das hab ich schon damals mit dreizehn sofort begriffen. In dieser Stadt ist alles möglich, hier gibt es für jeden 'nen Platz. Man muss ihn nur finden.

Und genau das habe ich vor.

Ein Trupp Spießertouristen geht unten vorbei und sieht missbilligend zu den Kids hinüber. Einer der Punkjungs winkt ihnen zu.

„He, ihr trüben Tassen!", ruft er vergnügt. „Guckt nicht so biestig! Die Sonne scheint, und alles ist gut! Das Leben ist Zucker!"

Ich muss schon wieder grinsen, lehne mich zurück und strecke wohlig seufzend die Beine aus.

Recht hat er. Finde ich jedenfalls.

3

Den Rest des Tages bleib ich an der Gedächtniskirche. Nur zweimal ziehe ich los, um mir bei einem libanesischen Imbiss in der Nähe einen Falafel zu kaufen und bei McDonalds aufs Klo zu gehen. Beide Male ist mein Platz noch frei, als ich zurückkomme.

Die Straßenkids haben mich längst bemerkt. Als ich beim zweiten Mal die Treppe hinaufstiefele, lächelt eins der Mädchen mir zu, ein dunkelhaariges mit Rastazöpfen und weiten, abgeschnittenen Jeans. Ich lächele zurück und streichele den schwarzen Hund, der kurz ankommt, um mich zu beschnüffeln, dann geh ich weiter, ohne etwas zu sagen. Fürs Erste will ich einfach für mich sein. Aber ich bin froh, dass die Kids da unten sind. In ihrer Nähe fühl ich mich irgendwie sicher.

Als es dunkel und dann Nacht wird, ziehen sie einer nach dem anderen ab, und schließlich nehm auch ich meinen Rucksack und mache mich auf die Suche nach einem Schlafplatz ganz in der Nähe. Zwischen der Kirchenwand und einem geschlossenen Würstchenstand finde ich schließlich eine schmale Ecke. Den Müll, der sich dort angesammelt hat, schmeiß ich zur Seite, dann verkriech ich mich in meinen Schlafsack.

Laue Sommerluft streicht mir über den Kopf, als ich so da liege. Ich hab mir wirklich die beste Jahreszeit ausgesucht, um abzuhauen: Anfang August, strahlendes Wetter, kein Regen in Sicht. Der Boden unter mir ist ganz schön hart, und bequem ist es auch nicht gerade, aber von meinem Platz aus seh ich tatsächlich den Himmel. Zwar ohne Sterne, und statt Meeresrauschen hör ich Verkehrslärm, aber trotzdem bin ich glücklich.

Niemand mehr, der mich drängelt, nervt oder blöd anschreit. Nur noch tun, was ich will. Meinen eigenen Weg gehen, in meinem eigenen Tempo. Was gibt es Besseres, ehrlich?

Ich schlafe dennoch ziemlich unruhig. Einmal werde ich wach, weil ein Besoffener in der Nähe herumkrakeelt, und ein anderes Mal lugt ein Penner in meine Ecke herein, verzieht sich aber gleich wieder. Ich liege eine ganze Weile mit Herzklopfen wach und nehme mir fest vor, mir sobald wie möglich einen anderen Schlafplatz zu suchen. Aber schließlich schlaf ich dann doch wieder ein.

Am nächsten Morgen streif ich ein bisschen herum und kundschafte die Gegend nach einem geeigneten Frühstückshotel aus, aber diesmal hab ich kein Glück. Hier in der Ecke sind die Hotels einfach zu fein, da fall ich nur auf. Ich sehe mich noch ein bisschen um, aber gegen Mittag zieht's mich zur Kirche zurück.

Die Straßenkids sind schon da. Das dunkelhaarige Mädchen mit den Rastazöpfen grüßt mich und sieht mir nach, als ich die Treppen hinaufsteige und mich ganz oben hinsetze. Sie sagt was zu ihren Kumpels, und dann starrt der ganze Trupp zu mir hoch.

„Ej, was iss 'n mit dir, ej?", grölt einer der Punks, ein etwas Älterer um die Zwanzig mit jeder Menge Piercings im Gesicht und drei kunstvoll geformten schwarzen Haarstacheln, von denen jeder Einzelne mindestens geschlagene zehn Zentimeter in die Höhe ragt. „Was bist 'n du überhaupt?"

„Neu", ruf ich zu ihm runter.

Das findet er gut, denn er lacht, und die anderen auch. Der Stachelpunk kommt zu mir hoch. Bei jedem Schritt klirren die Massen von Ketten, die er überall an seinen schwarzen Klamotten befestigt hat. „Neu biste? So siehste auch aus", sagt er, als er oben ist. „So sauber." Er beugt sich vor und will mir mit seinen dreckigen Fingern durch die Haare fahren, aber ich zucke weg.

„Nicht anfassen!"

Stachelkopf starrt mich an, dann hebt er entschuldigend die Handflächen. „Okay, schon gut, Alter. Schon klar."

„He, Stachel", schreit einer der anderen von unten. „Lass stecken, ja? Nerv nicht rum da oben!"

Stachel betrachtet mich. Jetzt, aus der Nähe, seh ich, dass er doch nicht so alt ist, höchstens siebzehn oder achtzehn. Das Straßenleben hat ihm offenbar ganz schön zugesetzt.

„Also, wenn wat is, kannste runterkommen. Wir beißen nicht", bietet er freundlich an und spuckt zur Bekräftigung aus.

„Danke." Ich nicke und schenke ihm ein Lächeln, und Stachel lächelt zurück. Dann geht er klirrend und rasselnd wieder die Treppe hinunter.

Den Rest des Tages lässt der Trupp mich in Ruhe. Stachel und das Mädchen mit den Rastazöpfen lächeln mich beide immer wieder an, aber das ist auch schon alles.

Ich sitze da und betrachte das Treiben auf der Straße, koste meine neugewonnene Freiheit aus und rauche meine letzten Kippen. Das einzige, was mich nervt, ist, dass es so heiß ist und kein Meer in der Nähe. Ich würd gerne duschen, aber das muss wohl warten.

Gegen Abend kommen ein paar Bullen auf die Treppe zu. Ich greife fluchtbereit nach meinem Rucksack, aber die Straßenkids wirken zu meiner Überraschung völlig relaxt. Die Bullen bleiben stehen und reden eine Weile mit ihnen, dann verteilen sie ein paar Zettel und schlendern weiter. Als sie weg sind, sieht das Rastamädchen zu mir hoch und blinzelt, und ich lächele erleichtert zurück.

Von denen kann ich noch was lernen, das ist schon mal klar.

Gegen Abend, als die Schatten immer länger werden, nehm ich meinen Rucksack und klettere runter. Die Kids begrüßen mich, als würde ich schon immer zu ihnen gehören.

„Da biste ja", sagt Stachel zufrieden, und das Rastamädchen hält mir eine Bierdose hin.

„Willste 'n Schluck?"

Ich setze mich neben sie und schüttele den Kopf. Warmes Bier ist nicht so mein Fall. „Nein, danke."

Ein junger, magerer Typ in viel zu weiten Hosen lacht auf. „Mann, hast du Manieren, ej! Ganz frisch von Muttern, wa?“ Als er wieder lacht, seh ich, dass ihm die Schneidezähne fehlen, und ich schlucke meine barsche Antwort prompt wieder hinunter.

„Mutter? Wie schreibt man denn das?“, frag ich stattdessen.

Das Rastamädchen kichert. „F-U-C-K Y-O-U“, buchstabiert sie, und zwei von den anderen lachen auch.

„Hä?“ Der Junge ohne Schneidezähne guckt verständnislos.

„*Fuck you*!“, klärt das Rastamädchen ihn auf.

„Fick dich ins Knie!“, übersetzt Stachel vergnügt, und jetzt lachen alle.

Neben mir liegt einer der Zettel, die die Bullen vorhin verteilt haben. *Treberhilfe* steht drauf, darunter *Mädchennotruf*, und für beide ist eine Nummer angegeben. Einen Moment überleg ich, den Zettel einzustecken, aber dann lass ich ihn liegen.

„Wo pennt ihr denn eigentlich?“, frage ich in die Runde.

„Gina und Pussy pennen im Heim“, sagt Stachel und zeigt auf zwei Mädchen in bauchfreien T-Shirts, „ganz brav, echt. Und wir anderen hauen uns im Tiergarten hin, aber nur, weil's heut so schön warm ist. Sonst pennen wir mal hier, mal da.“ Er legt den Kopf schief und blinzelt mir zu. „Na, kommste mit?“

Als ich nicke, streckt er die Hand aus und grinst. „Wusst ich's doch! Also, willkommen im Club!“

4

Der Schlafplatz liegt mitten im nahen Tiergarten, in einem geschützten Stück Wäldchen hinter einem steinernen Unterstand. Die Reste eines Lagerfeuers und ein paar leere Flaschen zeugen davon, dass hier schon einige gemeinsame Nächte verbracht worden sind. Ulf, der magere Junge ohne Schneidezähne, klettert aufs Dach des Unterstands und wirft ein paar Rucksäcke, zusammengerollte Schlafsäcke und Isomatten herunter, und wir verteilen uns auf dem knappen Platz, so gut es geht.

Das Rastamädchen – Ronja heißt sie – breitet seinen Schlafsack neben mir aus, Stachel und die anderen Jungs legen sich nebeneinander, und die beiden Hunde rollen sich in der Mitte zusammen.

Die Jungs lassen eine geklaute Flasche Schnaps rumgehen, Ulf dreht einen mickrigen Joint, und ich steuere drei Halbliterdosen Bier bei und eine Schachtel Marlboro, die ich tagsüber an einem Imbiss besorgt hab.

„Sauber", sagt Stachel anerkennend und nickt mir zu, bevor er die erste Dose ansetzt und dann an Ulf weiterreicht. „Wisst ihr übrigens, was mir vorhin beim Schnorren passiert ist?", setzt er an, und ich kapiere sofort, dass er nicht nur der Anführer, sondern auch der Geschichtenerzähler der Truppe hier ist. „Da kommt doch so 'ne feine Schachtel an mit so fett Schminke auf ihrer vertrockneten Fresse" – Stachel hält Daumen und Zeigefinger streichholzbreit auseinander – „und sagt zu mir: *mein lieber Junge, du machst dir deine ganze Zukunft kaputt mit all den Metallringen in deinem Gesicht*!" Stachel klatscht sich auf die Schenkel und lacht vergnügt. „Metallringe, haha! Ick sag nur: Muttchen, meine Zukunft, die liegt in deiner Brieftasche, lass mich mal rinkieken!"

Die anderen lachen beifällig, und Stachel, sichtlich geschmeichelt, fängt gleich mit der nächsten Story an.

Wirklich ein guter Märchenerzähler, der Alte. Aber ich kann mich nicht konzentrieren. Ich bin einfach müde. Müde und geschafft. Und immer noch glücklich.

Ich strecke mich auf dem Rücken aus, und Ronja stützt sich neben mir auf dem Ellbogen auf.

„Kippe?" Sie hält mir eine Schachtel *West light* hin, und als ich zugreife, fängt sie an, mich zuzutexten. Ich lasse sie reden.

Ronja ist 15, kommt aus Dessau und hat von dort nicht viel Gutes zu berichten: langweilige Kumpels, spießige Eltern, nervige Lehrer. Für meine Ohren klingt das alles nicht besonders dramatisch, aber was auch immer sie hergetrieben mag, sie wird schon ihre Gründe haben. Und außerdem hab ich vorhin auf der Treppe die Narben an ihren Unterarmen gesehen, frische Ritzer neben schon verheilten. Gut geht es ihr garantiert nicht, wenn sie sich selber so zurichten muss. Behütetes Elternhaus hin oder her.

Irgendwann fällt ihr schließlich auf, dass ich gar nichts sage, und sie verstummt. „Und du?“, fragt sie nach einem Moment. „Was ist mir dir? Warum bist du weg?“

„Bei mir war's so ähnlich“, sag ich und zucke mit den Schultern.

Ronja sieht mich enttäuscht an. Wahrscheinlich hat sie sich irgend'ne Abenteuerstory erhofft, zumindest eine abenteuerlichere Geschichte als ihre eigene.

„So ähnlich?“, bohrt sie neugierig nach.

„Hmm“, brumme ich, und damit ist ihr klar, dass aus mir nicht viel mehr rauszuholen ist. Sie zieht an ihrer Kippe und bläst den Rauch wieder aus.

„Na, jedenfalls, ich find's richtig irre hier“, sagt sie schließlich. „So bald geh ich nicht zurück nach Dessau, und meine Eltern, die können mich mal. Die wollen ja doch nur, dass ich das Gymmi zu Ende mach und studiere und dann genau so einen spießigen Beruf durchzieh wie sie selber. Nee, nicht mit mir!“

„Was machen denn deine Eltern?“, frage ich.

„Meine Mutter ist Lehrerin, und mein Vater ist Museumsdirektor. Kotz, ej!“

Lehrerin und Museumsdirektor! Automatisch stelle ich mir meine Mutter hinter einem Lehrerpult vor und den Alten, wie er in einer Museumshalle eine Eröffnungsrede hält. Ich muss lachen, und Ronja grinst auch.

„Schräg, oder?“, fragt sie.

Ich nicke. „Ja, total schräg.“

Ronja drückt ihre Kippe aus. „Du auch“, sagt sie.

„Wie meinst du denn das?“

„Du bist auch schräg“, wiederholt Ronja. „Ich weiß nicht genau, wie, aber irgendwie bist du schräg.“ Sie lächelt mich an, und dann legt sie sich hin. Offensichtlich hat sie sich endlich müde geredet, denn kurz darauf schläft sie ein, und auch die anderen werden nach und nach still.

Ich betrachte noch eine Weile den Himmel über mir. Komisch, jetzt liege ich zwar mitten im Grünen, aber die Sterne kann ich trotzdem immer noch nicht sehen. Nur grauen Dunst, so wie gestern Nacht, mit einem leicht rötlichen Schimmer.

5

Vielleicht haben andere Leute andere Erfahrungen, aber ich für meinen Teil kann nur sagen, dass Straßenkids gute Kumpel abgeben. Jedenfalls die, die ich bisher kennen gelernt hab.

Auch Stachel und die anderen sind eine eingeschworene Gemeinschaft, die mich ohne zu fragen aufnimmt und mitzieht. Die Zusammensetzung der Gruppe verändert sich ständig, immer wieder kommt jemand Neues dazu, und irgendwer anders verschwindet. Aber der Kerntrupp ist immer derselbe: Stachel, Ronja und Ulf. Klar, sie sind nicht gerade die spannendste Gesellschaft, die ich mir vorstellen kann. Ulf mit seinem Gegacker nervt ganz schön, und Ronjas Gequatsche und Stachels großspurige Erzählungen öden mich bald ziemlich an. Aber im Großen und Ganzen sind die Kids schwer in Ordnung.

Und außerdem gehör ich sowieso nicht richtig dazu.

Weil ich es nicht will.

Und das ist okay so.

Vier weitere Tage hänge ich mit ihnen herum. Kein schlechtes Arrangement – ich bin nicht allein, und ich hab immer jemanden, der auf meine Klamotten aufpasst, wenn ich unterwegs bin. Mein Schlafplatz ist gesichert, und für essen und trinken ist auch meistens gesorgt. Ab und an geht einer auf Klautour und schleppt was Essbares an, oder die anderen betteln bei den Passanten um Geld. Aber das bring ich nicht fertig. Lieber steuere ich ab und zu etwas von meinem kostbaren Eurovorrat bei, der unaufhaltsam vor sich hinschmilzt. Am vierten Tag sind nur noch zweiundzwanzig Euro übrig, und ich werde langsam nervös.

Außerdem fange ich an, mich zu langweilen. Nur rumsitzen, glotzen und quatschen ist lau, und der Dreck nervt mich allmählich auch. Immer nur Katzenwäsche auf irgendwelchen Klos bei McDonalds und Co., das ist echt nicht gerade das Wahre für jemanden, der gewöhnt ist, täglich zu duschen und im Sommer noch mehrfach am Tag in die Ostsee zu springen.

„Duscht ihr eigentlich nie?", frage ich Ronja irgendwann, als wir wieder mal in der Nachmittagssonne auf den Treppenstufen an der Gedächtniskirche sitzen, die dösenden Hunde zu unseren Füßen. Die anderen sind unterwegs, was zu essen besorgen.

Verdutzt sieht Ronja mich an. „Nur wenn's sein muss", sagt sie und zieht an einer ihrer Rastalocken. „Aber wir waren neulich am Flughafensee, und ab und zu kommt ein Bus von so einer Hilfsorganisation, mit 'nem Arzt drin und neuen Spritzen für die Junkies und Kondomen und so, da kann man auch duschen. Ist zwar so ein Sozialarbeiter mit dabei, der will immer quatschen. Aber muss man ja nicht."

„Nee, muss man ja nicht", sagt Stachel, der in diesem Moment neben uns auftaucht, einen Stapel Sandwiches in seinen schmutzigen Händen. „Aber essen muss man. Hier, was wollt ihr, Pute oder Käse?"

„Wo hast du denn das her? Ist ja vom Feinsten!" Ronja nimmt mit großen Augen eins der in Zellophan eingewickelten Sandwiches entgegen. Sieht wirklich gut aus, was Stachel da anbringt: Putenbrust mit knackigem Salat zwischen zwei krossen Baguettescheiben.

„Ich war so frei, mich im Delikatessenladen zu bedienen", grinst Stachel und reicht mir auch ein Sandwich. „Also, guten Appetit!"

6

Der Bus von der Hilfsorganisation kommt am nächsten Abend. Ein paar Junkies, die sich tagsüber auf der anderen Seite der Gedächtniskirche rumtreiben, traben hinüber, und Ulf geht auch hin, um sich eine Wunde am Bein verbinden zu lassen. Ich zögere nur kurz, dann gehe ich auch.

Der Typ, der im Bus hinter einem Klapptisch sitzt, hat eine Halbglatze und einen rötlichen Dreitagebart und sieht mich neugierig an, als er mir ein Handtuch für die Dusche gibt. „Dich kenn ich noch gar nicht."

Ich zucke mit den Schultern.

„Ich bin der Hans", sagt er und streckt die Hand aus. „Und wer bist du?"

„Jenny."

„Gut, Jenny, äh, wenn du hinterher noch ein bisschen quatschen willst, bin ich hier."

Die Kabine ist winzig. Auf dem Boden sind schmutzige Fußabdrücke, und das Wasser fließt nur lauwarm aus dem Hahn, aber trotzdem ist es klasse zu duschen. Während ich das Wasser an mir herunterperlen lasse und immer wieder das Gesicht in den lauen Strahl halte, frage ich mich, wie ich es so lange ohne Dusche ausgehalten hab. Es ist, als ob das Wasser nicht nur all den Schweiß und Schmutz der vergangenen Tage von mir abspült, sondern die letzten Spuren von Groß Klein gleich noch dazu. Mit dem letzten Ostseesand, der gluckernd im Ausguss versickert, verschwinden auch der stinkende Atem des Alten, Jirkos Finger auf meinem Arm, Robins hässliches Lachen, der ewige, ätzende Stress.

Irgendwann pocht jemand an die Tür. „Beeil dich mal 'n bisschen!", ruft eine knarzende Männerstimme. „Mach nicht den ganzen Tank leer, andere wollen auch noch!"

Fast schuldbewusst drehe ich den Hahn zu, lange nach meinem Handtuch und trockne mich hastig ab. Als ich nach meiner Unterwäsche greife, bemerke ich, dass innen an der Tür ein großer Spiegel angebracht ist, und einen Moment lang bleibe ich stehen und sehe mich an.

Die anderen haben sich in den vergangenen Tagen ungeniert vor mir aus- und umgezogen, aber ich hab sorgsam darauf geachtet, dass niemand meinen Körper zu sehen bekam. Nur einmal, als meine Cargo runtergerutscht ist, hat Ronja den dicken blauen Fleck auf meiner Hüfte entdeckt, den ich dem Alten zu verdanken hab. Gesagt hat sie nichts, nur die Augenbrauen gelupft.

Seit Tagen hab ich immer irgendwas an. Aber jetzt bin ich nackt. Und das erste Mal seit ewigen Zeiten stehe ich vor einem Ganzkörperspiegel.

Eigentlich sehe ich ganz okay aus, finde ich. Die Sonne hat meine kurzen dunkelblonden Haare ausgebleicht; es sieht fast aus, als hätte ich Strähnchen. Normalerweise habe ich sehr helle Haut, aber jetzt bin ich leicht gebräunt, nicht zuviel, gerade richtig für meinen Geschmack. An meinem Gesicht mit der leichten Himmelfahrtsnase und den hohen Wangenknochen kann man nicht viel aussetzen – ich bin keine Schönheit, das nicht, aber die Leute gucken mich trotzdem oft an. Ich weiß eigentlich nicht genau, woran das liegt, vielleicht an dem großen Muttermal auf meiner Wange, das ziemlich auffällig ist, vielleicht an meinen sehr hellen Augen, vielleicht auch einfach, weil ich so wenig mädchenhaft ausseh.

Und genau das will ich ja auch: kein Stück mädchenhaft aussehen.

Sondern wie ein Typ.

Mein Blick wandert meinen Körper hinunter. So weit entfernt davon bin ich auch gar nicht. Allein schon meine Größe: Mit knapp 1.80 bin ich größer als viele ausgewachsene Männer. Und muskulös bin ich auch, dank des Schwimmens und der vielen Liegestützen, die ich immer noch täglich mache. Mein Brustkorb ist breit, die Schultern sind gerade, und mit den Titten hab ich auch Glück gehabt: Allzu viel ist nicht dran. Und das, was ich hab, lässt sich ganz gut verbergen – Timos viel zu kleine Jungsunterhemden drücken alles platt, weite T-Shirts darüber killen den Rest.

Nur meine Hüften machen mir Ärger. Sie sind eindeutig zu breit. Und daran lässt sich leider nichts ändern.

Alles in allem kann ich eigentlich nicht meckern, aber trotzdem, jetzt, so nackt, wie ich hier steh, knallt's mal wieder voll in mein Hirn: Mein Körper ist eindeutig weiblich.

Und auch daran lässt sich nichts ändern. Jedenfalls im Moment nicht.

Aber ich arbeite dran.

Wieder pocht es an der Tür, und ich greife endlich nach meinen Klamotten und zieh mich rasch an. Unterwäsche, Socken, auch das T-Shirt sind frisch, nur meine Cargo muss wieder herhalten. Zu dem Schmutzflecken am Rand, den Sven mir hinterlassen hat, sind nun noch andere dazugekommen, und am Hintern hat sich das ursprüngliche Khakigrün schon langsam in Richtung schwarz verfärbt. Die Hose starrt fast vor Dreck, und gut riecht sie auch nicht gerade. Aber leider hab ich keine andere mit. Muss ich mir erst noch besorgen.

Ein grimmig dreinblickender Penner stapft grummelnd an mir vorbei in die Kabine, als ich rauskomme, aber Hans lächelt freundlich hinter seinem Klapptisch hervor.

„Na, das tat gut, was?"

„War gut, ja." Ich nicke und reich ihm das Handtuch.

„Hast du was zu schlafen?", fragt er beiläufig, während er das Handtuch hinter sich in einen Korb wirft.

„So halb", antworte ich ausweichend.

„Sonst, äh, kannst du gern mitkommen nachher", sagt er und kratzt sich an seinem Bart. „Wir haben ein Extrazimmer für Mädchen mit vier Betten, da ist gerade eins frei."

„Bloß nicht!", sagt eine Stimme von hinten, die mir vage bekannt vorkommt. „Iiiih, in die Flohbude bei euch kannst du Jen doch nicht stecken!"

Ich drehe mich um.

Strähniges, braunes Haar, ein bleiches Gesicht, zwei blaue Augen, eine Narbe über der Braue. Dresche! Dresche aus Warnemünde.

Dresche grinst mich an. „Siehste, die Fresse kenn ich doch, hab ich mir doch gleich gesagt!"

Hans sieht ihn fast böse an. „Ich finde das jetzt nicht gut von dir, Dresche, dass du einfach so dazwischenkommst. Die Jenny und ich, wir wollten gerade etwas besprechen."

„Ach, komm, Hans, hab dich nicht so. Du willst die Kleene doch eh nur befingern!" Dresche lacht laut, und Hans kneift kopfschüttelnd die Lippen zusammen und sieht beleidigt drein.

Dresche legt mir einen Arm um die Schultern. „Komm mit, Jenny", sagt er fröhlich. „Ich will gerade los. Du kannst wirklich bei mir pennen, ist schon okay."

Ich werfe einen Blick zu Stachel und Ronja drüben an der Kirche, dann schultere ich meinen Rucksack. „Geht klar. Ich sag nur noch Tschüss."

Ronja guckt ziemlich traurig, als ich mich verabschiede, aber Stachel lächelt.

„War ja ein kurzes Gastspiel", sagt er und klopft mir auf die Schulter. „Aber ich sag dir was: Wir sehen uns wieder! Mach's gut, altes Haus!"

„Mach's auch gut." Ich nicke Ulf zu und streichele den beiden Hunden, die sich an meine Knie gedrängt haben, über die pelzigen Köpfe. Dann gehe ich los, schnurstracks zu Dresche, der schon auf mich wartet.

Ich drehe mich nicht mehr um.

Kann schon sein, dass wir uns wiedersehen. Aber so bald bestimmt nicht.

7

„Mann, wie lange ist das denn jetzt her, dass wir uns das letzte Mal gesehen haben?", fragt Dresche, während wir uns nebeneinander durch die Menschenmassen auf der Tauentzienstraße schieben. „Ein Jahr oder was?"

„Ich schätze, eher mal zwei."

Dresche legt die Stirn in Falten. „Mann, wie die Zeit vergeht, echt. Aber stimmt, ich bin ja schon zwei Jahre hier." Er mustert mich einmal von oben bis unten. „Du hast dich ganz schön verändert, hej. Bist tierisch gewachsen. Aber siehst gut aus, Mädchen!" Er lacht, ein ganz neues Lachen, das ich von ihm nicht kenne: ein bisschen zu laut und ein bisschen zu lange.

Schweigend weiche ich einem Touristenpaar aus. Dass Dresche ebenfalls gut aussieht, kann ich jedenfalls nicht gerade behaupten. Im Gegenteil, Dresche sieht ganz schön kaputt aus. Sein Gesicht ist eingefallen, einer seiner Vorderzähne schimmert bräunlich, und viel zu dünn ist er auch, schon fast mager. Aber am auffälligsten sind seine Augen. Früher sind Dresches blaue Augen immer das Schönste an ihm gewesen, aber jetzt glänzen sie fiebrig und wirken wie verwaschen.

Und richtig ansehen kann er mich auch nicht. Immer nur kurz, dann guckt er gleich wieder weg. Stattdessen blickt er sich andauernd um, als würde er jemanden suchen. Ganz schön nervös ist er geworden. Unruhig war er zwar immer schon, aber nicht so.

In der Schule war Dresche eine Klasse über mir, und manchmal haben wir zusammen rumgehangen, am Strand oder auch nachmittags in der City. Dresche heißt Dresche, weil er zu Hause andauernd Dresche gekriegt hat, und vor zwei Jahren hat es ihm dann gereicht, und er ist ab nach Berlin.

„Haste Hunger? Willste was essen?", fragt Dresche, als wir an einem Imbissstand vorbeitrotten. „Ich lade dich ein." Er zwinkert mir zu. „Hab im Lotto gewonnen." Wieder lacht er sein neues, merkwürdiges Lachen.

Ich lasse mich nicht lange bitten. Während ich gierig zwei Hotdogs und eine große Pommes verschlinge und mit viel Cola runterspüle, verklickert mir Dresche ausführlich, was in den letzten zwei Jahren bei ihm passiert ist. Es klingt alles recht wirr, aber Dresche erklärt, dass es ihm gut geht und dass er mächtig viel Spaß hat. Bis vor kurzem hätte er sogar eine eigene Wohnung gehabt, aber das sei nichts für ihn gewesen, so ein spießiges Leben. „Und deshalb", schließt Dresche und sieht sich rasch um, „bin ich wieder auf Piste. Im Moment wohn ich aber bei einem Pastor in Schöneberg, echt hammermäßig, mit Riesenzimmer und Familienfrühstück und so. Der macht einen auf sozial, der Pastor, aber mir kam's gerade recht, als der mich deswegen angequatscht hat. Sowieso egal, ich zieh hier mein Ding noch ein bisschen durch, und dann hau ich ab in die Staaten." Er lacht zur Bekräftigung, dann trinkt er seine Cola aus und guckt mich das erste Mal seit einer halben Stunde richtig an. „Und du hast es jetzt also auch raus aus der Hölle geschafft, was?"

Ich stecke mir die letzten drei Pommes auf einmal in den Mund und nicke.

„Cool“, sagt Dresche. „Das ist cool, Mann. Und was haste jetzt vor?“

„Mal gucken“, antworte ich ausweichend. Ein Typ, der gerade hinter Dresche vorbeigeht, hustet, und Dresche fährt ruckartig herum und prallt dabei mit der Hüfte so heftig gegen den Stehtisch, dass der fast umfällt.

„Mann, du bist ja tierisch hektisch“, sage ich und trinke meine Cola aus.

Dresche lacht verlegen. „Ach, Quatsch“, sagt er und schüttelt den Kopf. „Biste fertig? Denn komm mal mit. Ich zeig dir meine Butze. Kannst gern ein bisschen bei mir bleiben. Platz ist genug. Musst dich nur ruhig verhalten, das ist alles.“

8

Bis zu Dresches Bude ist es nicht weit. Mittlerweile ist die Dämmerung hereingebrochen, und Dresche lotst mich durch den Hausflur und in die Wohnung hinein, ohne Licht anzumachen. Erst oben, in seinem Zimmer gleich neben dem Eingang, knipst er eine Stehlampe an.

Ich seh sofort, dass er es beim Pastor echt gut getroffen hat. Er hat eine riesige Bude für sich, mit Bett und Sofa und allem Drum und Dran. Sogar ein fetter Kleiderschrank steht in der Ecke, aber da ist kaum was drin, nur ein paar Decken und einige Klamotten. Daneben führt eine schmale Tür in ein eigenes winziges Bad. Ich staune nicht schlecht. „Und was ist hier so Bedingung?“, frage ich und setze mich probeweise aufs Sofa. Es ist fast so weich wie ein richtiges Bett.

„Kein Besuch“, zählt Dresche auf und grinst gleichzeitig mit mir los. „Und morgens muss ich mit der ganzen Family frühstücken, Sonntags auch mittagessen. Ansonsten …“, er breitet die Arme aus und hebt die Handflächen zur Decke, „ansonsten kann ich tun und lassen, was ich will. Cool, was?“

„Unglaublich. Manche Leute haben echt ein Glück!"

„Na klar geht das nicht ewig", sagt Dresche, während er mir eine Fleecedecke auf das Sofa rüberwirft. „So ein Pastor mag zwar von purer Nächstenliebe faseln und was die Christen sich da noch so alles ausdenken, aber wenn er merkt, dass das bei mir nichts fruchtet, ist garantiert irgendwann Schluss. Der will doch auch seinen Erfolg. Und mit mir kriegt er den nicht." Er zieht ein Kopfkissen aus der Bettkiste heraus und wirft es mir zu.

„Meinst du, der will dich bekehren?", frage ich und rolle meinen Schlafsack auf dem Sofa aus. Es sieht gemütlich aus, so mit der Decke drüber und dem Kopfkissen, und ich kann's kaum erwarten, mich hinzulegen.

„Klar", sagt Dresche und geht zum Fenster rüber. „Klar will der mich bekehren. Na und? Soll er's doch versuchen." Vorsichtig zieht er den Vorhang zur Seite und lugt vorsichtig in beide Richtungen, dann erst macht er das Fenster weit auf und beugt sich hinaus.

Dresche schiebt echt Paranoia, das ist unübersehbar. Nur warum, ist mir noch nicht klar.

Ein bisschen quatschen wir noch, dann geh ich ins Bad, pinkele und putze mir die Zähne. Es ist noch nicht besonders spät, vielleicht gerade mal elf, aber ich bin völlig geschafft.

Zurück im Zimmer bleibe ich unschlüssig vor dem Sofa stehen, bis Dresche, der immer noch am Fenster steht und in die Nacht hinaussieht, zu mir rüberguckt. „Leg dich ruhig hin", sagt er, und dann lächelt er, als ich hastig aus meiner Hose schlüpfe und in den Schlafsack krieche. „Keine Sorge, ich lass dich in Ruhe. Sex", er zuckt mit den Schultern, und das Lächeln auf seinen Lippen verwandelt sich in eine merkwürdige Grimasse, „Sex hab ich mir abgewöhnt. Interessiert mich nicht mehr. Ich hab was Besseres zu tun."

Ich frag ihn nicht, was denn das Bessere sein soll, was er angeblich so dringend zu tun hat. Das Sofa ist wirklich himmlisch bequem, und ich stöhne fast vor Behagen. Oben an der Decke ist Stuck, irgendein komisches Muster mit Blumen dazwischen.

„Schlaf ruhig, Jenny", sagt Dresche leise. „Ich sitz hier noch ein bisschen und rauch was." Er kramt ein Döschen aus seiner Hostentasche und hält es hoch. „Oder rauchste noch mit?"

„Nee, bin zu müde."

Dresche nickt und beginnt, sich einen Joint zu bauen. Dann langt er zur Stehlampe rüber und knipst das Licht aus. Einen Moment lang betrachte ich noch seinen schemenhaften Umriss am Fenster, dann schließe ich die Augen. Ich bin echt so alle wie selten.

Bevor ich einschlafe, höre ich Dresches Stimme im Dunkeln, und auf einmal klingt sie ganz dünn. „Du, Jenny? Wie geht es denn Ida und den anderen Arschgesichtern?"

„Gut", sage ich in die Dunkelheit hinein. „Alles wie gehabt. Ida ist cool wie immer, und der Rest – na, du kennst sie ja alle."

„Haste meinen Alten mal gesehen?", fragt Dresche nach einem Moment, und ich kann genau hören, welche Mühe er sich gibt, unbeteiligt zu wirken. „Oder meine Mutter?"

Ich zögere. Sofort sind die Bilder da, von Dresches Vater, der die Strandpromenade entlangwankt, mit vollgepisster Hose und glasigem Blick, und von seiner Mutter, ihrem blaugeschlagenen Gesicht. „Ein paarmal, ja", antworte ich schließlich. „Neulich erst wieder, als ich am Strand war."

„Und", fragte Dresche, immer noch mit dieser dünnen Stimme. „Wie ... wie sahen sie aus?"

„Okay", sage ich langsam. „Wie immer."

Dresche schweigt. Ich höre, wie er an seinem Joint zieht und langsam den Rauch ausbläst, und dann, ohne dass ich was dagegen tun kann, spüre ich, wie ich ganz langsam ins Reich der Träume hinüberdrifte. Bevor ich dort ankomme, hör ich ein letztes Mal Dresches Stimme, ganz aus der Ferne.

„Echt schön, dass mal jemand hier ist", flüstert er vor sich hin.

Ganz leise, aber ich höre es trotzdem.

Ich will antworten, aber ich kann nicht. Ich bin einfach zu müde.

Und dann schlafe ich endgültig ein.

9

Ich hab bald raus, was Dresche den ganzen Tag über so macht. Morgens, nachdem er mit der Pastorenfamilie gefrühstückt hat – außer dem Pastor gibt es laut Dresche noch seine Frau und eine etwa elfjährige Tochter –, bringt er mir ein Brötchen und einen Becher Kaffee, dann peilt er draußen die Lage, und wenn die Luft rein ist, ziehen wir Leine.

Dresche treibt sich meistens am nahe gelegenen U-Bahnhof Kurfürstenstraße herum, und nachdem ich die zwielichtigen Typen gesehen hab, mit denen er sich da abgibt, ist mir auch klar, was eigentlich mit ihm los ist. Und warum er so tierisch nervös ist: Dresche ist auf Droge. Und nicht nur das: Er vertickt auch.

Womit genau er eigentlich dealt, will ich gar nicht erst wissen. Mir reicht schon, ein paar Tage lang zuzusehen, was er sich reinzieht: Morgens pfeift er sich irgendwelche Pillen ein, ab mittags schnieft er Speed oder Koks, und zwischendurch schmeißt er sich auch mal eine XTC ein.

Nur um Alkohol macht Dresche 'nen Bogen. „Das bringt mich bloß runter", erklärt er mir einmal, als ich danach frage, und lacht sein hastiges Lachen. Ich nicke, aber insgeheim denke ich an seinen Vater, diese abgewrackte Gestalt mit dem hochroten Kopf.

Ist nicht mein Ding, was Dresche so macht, aber ich versteh ihn trotzdem ganz gut.

Allerdings, auf dem U-Bahnhof abzuhängen und Dresche bei seinen undurchsichtigen Geschäften zuzusehen, ist mir zu langweilig. In seinem Zimmer bleiben will ich nicht – und darf ich auch nicht, denn Dresche kann es nicht abschließen und hat höllische Angst, dass ich entdeckt werde. Also ziehe ich mein eigenes Ding durch: Morgens lauf ich mit Dresche zum Bahnhof, dann seil ich mich ab und drehe allein meine Runden, durch Wilmersdorf, Friedenau, Schöneberg, die Hauptverkehrsstraßen und Einkaufszonen entlang und durch stille Wohnviertel genauso. So langsam arbeite ich mich nach Osten hin vor, in Richtung Kreuzberg.

Ich sehe mir alles ganz genau an, und zwar nicht nur die Geschäfte, sondern vor allem die Leute: Mädchen, Jungs, Frauen und

Männer. Wie sie gehen, reden und lachen, die Häuser, in denen sie leben, ihre Klamotten. Die Menschen hier, das hab ich bald raus, sind ganz anders als in Groß Klein oder Rostock, und dann doch wieder nicht. Lässiger wirken sie, nicht so verbissen, auch nicht so gefrustet. Aber zugleich auch viel gestresster.

Manchmal hocke ich stundenlang an eine Hauswand gelehnt da und gucke zu, wie die Leute vorbeigehen. Vor allem die Kerle natürlich: die Lederschwulen mit ihrem breitbeinigen Gang, die stets kampfbereite Körperhaltung der Türken- und Arabergangs, das schwerfällige Traben der Prolls, die schlurfenden Schritte der Arbeitertypen. Was mir gefällt, speicher ich ab und probiere es später dann selbst aus, mit Schaufensterscheiben als Spiegeln.

Manches gelingt mir ganz gut, das meiste allerdings nicht. Aber ich hab schließlich noch viel Zeit, um zu üben.

Und meine täglichen Liegestützen sind bestimmt auch nicht verkehrt, um darin schnell besser zu werden.

Später am Nachmittag hole ich Dresche dann am U-Bahnhof ab, und wir ziehen gemeinsam durch die Gegend. Dresche lädt mich immer zum Essen ein, und dann quatscht er mich voll. Aber das ertrag ich geduldig, denn ein paar wichtige Tricks bringt er mir auch bei: Woran man Zivilbullen erkennt – an ihrem unruhigen Blick und den viel zu sauberen Streetwear-Klamotten zum Beispiel – und wie man rechtzeitig vor ihnen abhaut. „Das ist lebensnotwendig", schärft Dresche mir ein. „Lass dich bloß nicht erwischen, sonst bist du im Handumdrehen wieder in Rostock."

Er lehrt mich, die verschiedenen Nationalitäten zu erkennen, und klärt mich ein bisschen über sie auf. „Vor Albanern musst du dich hüten", warnt er mich mehrmals. „Und Araber darfst du nie reizen, die werden schnell sauer. Regel Nummer eins überhaupt: Guck solchen Typen nie in die Augen! Die sind wie Tiere, die greifen dann an."

Und er zeigt mir auch, wie man so richtig clever abzockt.

Geklaut hab ich auch vorher schon, aber Dresche bringt mir die Feinheiten bei – wie man Kaufhausbullen erkennt und mit Hilfe eines kleinen Taschenmessers die Diebstahlssicherungen von Klamotten entfernt. Vor allem Letzteres ist sehr nützlich: Gleich am nächsten Tag klaue ich mir zwei enge Sportbustiers und schmeiße Timos Jungsunterhemden in einen Altkleidercontainer. Soll sich ein Junge im Irak oder Sri Lanka oder sonst wo ruhig drüber freuen. Ich hab jetzt die perfekte Klamotte gefunden: Das enge Gefühl um meinen Brustkorb ist echt geil, und von meinen Titten ist jetzt, wenn ich weite T-Shirts über dem Bustier trage, absolut nichts mehr zu sehen.

Gegen Abend wandern Dresche und ich dann wieder zu seiner Bude zurück. Dresche schließt immer erst vorsichtig die Wohnungstür auf, checkt die Lage und schleust mich dann schnell in sein Zimmer.

Es ist ein merkwürdiges Gefühl, für die anderen Bewohner unsichtbar zu sein, aber es funktioniert. Manchmal hör ich leise Stimmen aus dem Flur, und einmal, als Dresche und ich gerade reingekommen sind, klopft es an der Zimmertür. Wie der Blitz springe ich ins Bad, während Dresche sich Zeit beim Aufmachen lässt. Draußen steht die Tochter des Pastors; ich kann hören, wie sie Dresche im Auftrag ihrer Eltern einlädt, mit ihnen fernzusehen, eine Magazinsendung zum Thema Jugend und Drogen. Dresche, cool, wie er so ist, nimmt die Einladung glatt an und kriegt sich hinterher vor Lachen fast nicht mehr ein.

Aber das ist eine Ausnahme. Sonst setzt Dresche sich meistens ans Fenster und textet mich zu, während er einen Joint nach dem anderen kifft und unruhig die Straße bewacht. Über seine krummen Geschäfte reden wir nie, nur über seine Träume: dass er eines Tages in die Staaten abhauen und da rumreisen wird. „Immer auf Tour", erklärt er dann jedes Mal, „das ist das Schärfste. Nie irgendwo versauern. Das Abenteuer findest du nur auf der Straße!"

Ich hör mir alles brav an und denk mir meinen Teil. Dresche scheint sich zu freuen, dass er jemanden hat, den er vollreden kann, und ich bin dankbar für den Schlafplatz und seine Hilfe.

Und für seine Gesellschaft, das auch. Aber das ist ein zweischneidiges Schwert: Von Tag zu Tag wird Dresche mir vertrauter, aber andererseits spüre ich gleichzeitig immer mehr, wie fremd er mir eigentlich ist. Es ist seltsam, ihn andauernd um mich zu haben, seinen mageren Körper zu sehen, seine nikotinfleckigen Finger, die wässrigen Augen, das nervöse Zucken in seinem Gesicht.

Und er wirkt so verdammt einsam.

Immer wieder denke ich darüber nach. Warum bloß ist Dresche so einsam? Immerhin sind wir beide, jeder für sich, doch auch deswegen nach Berlin abgehauen: um hier neue Leute zu finden. Freunde. Vielleicht auch so was wie eine neue Familie, selbst ausgesucht.

Aber das hat Dresche anscheinend, so sieht es für mich jedenfalls aus, nicht geschafft.

Oder doch?

Eines Abends frage ich ihn schließlich.

„Sag mal, Dresche, was ist eigentlich mit Freunden?“ Ich liege wie üblich auf dem Sofa, und Dresche hockt am Fenster und kifft.

„Freunde?“, fragt Dresche zurück. „Was soll damit sein?“ Er fährt sich durchs Haar und zieht hastig an seinem Joint.

„Hast du welche gefunden, hier in Berlin? Ich mein, in der Zeit, seit du hier bist? Oder ...“, ich suche nach Worten, „oder wolltest du nicht?“

Dresche starrt eine ganze Weile schweigend auf die Straße hinaus. „Ach, ej, Freunde“, sagt er schließlich, gerade als ich schon gar nicht mehr damit rechne, dass er überhaupt noch antwortet. „Freunde, was heißt 'n das schon?“

„Na ja – Leute, die dich mögen, denk ich mal. Auf die du dich verlassen kannst.“

Dresche lacht höhnisch auf. „Scheiß drauf!“ Für einen Moment blitzen seine Augen so auf wie früher, voll Leben sind sie auf einmal. „Das kannst du vergessen! Eins sag ich dir, Jenny: Verlassen kannst du dich auf keinen. Nur auf dich selbst. Du bist dein eigener Freund. Wenn überhaupt. Und sonst niemand.“

Einen Moment lang starren wir uns an, dann dreht Dresche sich wieder zum Fenster zurück. Ich rolle mich auf meinem Sofa zusammen und betrachte den Stuck an der Decke. Und auf einmal, jetzt erst, nach so vielen Tagen, erkenn ich das Muster:

Winzige Engelsgestalten tanzen da oben, umringt von Blumengirlanden.

Vielleicht hat Dresche ja Recht, denke ich und schließe die Augen.

Wahrscheinlich sogar.

Aber ich hoffe trotzdem, dass es nicht stimmt.

10

Am neunten Tag erwischt mich der Pastor.

Dresche ist schon den ganzen Tag über besonders nervös gewesen. Er hat nicht gewollt, dass ich ihn vom U-Bahnhof abhole, stattdessen haben wir uns am Wittenbergplatz getroffen. Essen wollte er auch nicht, und nachdem ich eine Pommes hinuntergeschlungen hab, gehen wir früh am Abend zu seinem Zimmer. Aber dort tigert er unruhig umher, und schließlich greift er nach seiner Jacke und trabt wieder zur Tür.

„Ich muss noch mal los, Jen", sagt er, ohne mich anzusehen.

Das hat er in den vergangenen Tagen noch nie gemacht, und irgendwie habe ich sofort ein komisches Gefühl. „Ärger?", frage ich.

Dresche antwortet nicht. Seine Augen irren an mir vorbei zum Fenster.

„Soll ich mitkommen?", versuch ich's noch mal, aber Dresche schüttelt den Kopf.

„Nee. In einer halben Stunde bin ich zurück. Verhalt dich einfach ganz still, ja? Ciao. Bis dann."

Als er weg ist, öffne ich vorsichtig das Fenster, um die kühle Abendluft reinzulassen. Dann strecke ich mich auf dem Sofa aus. Mein Magen knurrt. Ich hab immer noch Hunger, und der Gedanke an Dresche macht mich nervös.

Nachdenklich ziehe ich mein restliches Geld aus der Hosentasche. Ich weiß genau, wie viel noch da ist, aber trotzdem zähl ich es noch mal durch. Ich bin wirklich supersparsam gewesen, hab so wenig geraucht wie möglich und mir nur ab und zu einen Kaffee oder 'ne Coke geleistet, aber von meinen kostbaren Euros sind nur noch sechs übrig. Irgendwann demnächst muss ich dringend an Kohle. Bloß wie, weiß ich noch nicht.

Hinter mir geht die Tür auf, und erleichtert dreh ich mich um.

Aber es ist nicht Dresche, der da im Türrahmen steht, sondern ein dunkelhaariger Mann mit einem sorgfältig gestutzten Dreitagebart. „Tja, das hab ich mir fast schon gedacht", sagt er und lächelt betont liebenswürdig. „Ein ungebetener Gast. Komm doch bitte mit. Deine Sachen" – er deutet auf meinen Rucksack neben dem Sofa – „darfst du gleich mitnehmen."

Ich weiß, dass Widerstand zwecklos ist, also rolle ich schweigend meinen Schlafsack zusammen und nehme meinen Rucksack hoch.

Der Pastor führt mich in sein Büro. Draußen im Flur steht ein Mädchen und starrt mich mit großen Augen an, und der Pastor täschelt ihm im Vorbeigehen den Kopf.

Ich streck dem Mädchen die Zunge raus, und es weicht erschrocken zurück.

Das Büro ist klein und sehr ordentlich. An der Wand neben dem Fenster hängt ein wuchtiges silbernes Kreuz, hinter einem schmalen Schreibtisch mit einem Telefon darauf steht ein Freischwinger, davor ein Stuhl, und in der Regalwand aus dunklem Holz sind in Leder gebundene Bücher aufgereiht, ordentlich nach Größe sortiert.

„Setz dich doch bitte."

Ich nehme den vorderen Stuhl und lasse meinen Rucksack auf den Boden fallen. Der Pastor schließt sorgsam die Tür und setzt sich hinter den Tisch. Dann streicht er sein beigefarbenes Polohemd glatt und faltet die Hände vor seinem Bauch.

„Meine Tochter", sagt er ruhig, „hat neulich Abend, als wir Donald zu uns ins Wohnzimmer baten, einen Rucksack auf seinem Bett liegen sehen."

Donald. Ich hab ganz vergessen, dass Dresche so heißt. Unwillkürlich muss ich lächeln.

Der Pastor lächelt auch. „Da habe ich natürlich zwei und zwei zusammengezählt", fährt er fort. „Und außerdem" – er lächelt noch breiter –, „außerdem fällt es doch auf, wenn ein junger Mann beim Frühstück zulangt und dann noch ein Brötchen und Kaffee mit in sein Zimmer nimmt, und das Morgen für Morgen." Er sieht mich mit hochgezogenen Augenbrauen an. Ungerührt erwidere ich seinen Blick.

Der Pastor wippt in seinem Stuhl vor und zurück. „Du weißt sicher von Donalds und unserer Übereinkunft, nicht wahr?" Eindringlich sieht er mich an, und ich nicke schließlich.

Der Pastor nickt auch. Es hat was Komisches, dass er mich andauernd nachmacht. „Es ist keine Schikane", sagt er mit sanfter Stimme, „dass wir uns darauf geeinigt haben, dass Donald hier keine Gäste empfängt. Und erst recht keine Schlafgäste. Denn dieser Ort ist ein geschützter Platz. Donald soll hier die Gelegenheit haben, auszuruhen, Abstand zu nehmen. Und das kann er nicht, wenn er die Straße mit hereinnimmt. Verstehst du mich?"

Wieder sieht er mich eindringlich an, aber diesmal nicke ich nicht. Ich bin also „die Straße". In gewissem Sinne stimmt das ja auch. Und vielleicht adelt's mich ja sogar. Ein echtes Straßenkid, wow, das bin ich also schon jetzt in den Augen der Leute. Ging ja verdammt schnell.

Der Pastor sieht mich abwartend an. Erst jetzt fällt mir auf, was für kleine, braune Augen er hat. Sie sehen aus wie die bunten Tonmurmeln, mit denen ich als Kind gespielt habe. Ich hab mir immer welche aus Glas gewünscht, aber ich hab sie nie gekriegt.

„Ja", sagt der Pastor schließlich, als ich immer noch nichts sage, und fängt an, wieder mit seinem Stuhl zu wippen. „Also, was fangen wir denn nun mit dir an?"

Einen Moment lang ist Schweigen. Dann schieb ich meinen Stuhl nach hinten und fasse nach meinem Rucksack. „Ich denke, ich werd dann mal gehen", sage ich und will aufstehen.

„Momentchen, Momentchen", sagt der Pastor hastig und hebt beschwichtigend die Hand. „Nicht so schnell! Warte mal bitte! Die Frage ist doch: Wohin? Wohin gehst du? Und mich würde auch interessieren, woher du eigentlich kommst. Ich nehme an, du wohnst nicht mehr bei deiner Familie?"

Das ist eine dieser Fragen, bei denen ich nie weiß, ob ich sie bejahen oder verneinen sollte. Also zucke ich mit den Schultern.

„Ich weiß, es ist oftmals schwer, darüber zu reden", sagt der Pastor und sieht mich aus seinen kleinen, braunen Kulleraugen verständnisvoll an. „Viele junge Menschen haben Probleme in ihrem Elternhaus, und manchmal gibt es auch keinen anderen Weg, als dieses Elternhaus zu verlassen. Aber dann bedarf es eines anderen Platzes. Gott hat es so eingerichtet, dass jeder seinen Platz auf Erden hat. Manchmal müssen andere allerdings dabei helfen, ihn auch zu finden. Besonders, wenn man noch minderjährig ist, so wie du."

Ich hab noch nie zuvor mit einem Pastor geredet, und eigentlich ist das, was er hier erzählt, gar nicht so viel anders als die Gedanken, die ich in den letzten Tagen in meinem eigenen Kopf hin- und herbewegt hab. Aber die Art, wie er spricht, und vor allem, wie er aussieht – so ordentlich und gepflegt –, macht mich irgendwie wütend. Was weiß dieser Spießertyp hier denn schon von meinem Leben?

„Ja, nun, wohin mit dir?", fragt der Pastor und runzelt die Stirn. Dann beantwortet er seine Frage gleich selbst. „Hier kannst du leider nicht bleiben, das weißt du ja. Auch wenn du sicherlich sehr gern weiter mit Donald zusammen sein möchtest. Ich kann auch verstehen, dass ein Mädchen Donald mag. Er ist ein sehr aufrechter junger Mann, und er wird seinen Weg gehen, da bin ich gewiss." Er legt den Kopf schief und sieht mich fast mit einem verträumten Gesichtsausdruck an. „Ihr könnt euch natürlich auch weiterhin treffen", bietet er großmütig an.

Fast muss ich lachen. Dresche und aufrecht! In diesem Moment steht er keine dreihundert Meter weiter am U-Bahnhof und verscherbelt Drogen. Der Pastor hat überhaupt keine Ahnung, wen er sich da ins Haus geholt hat.

Meine Miene scheint dem Pastor nicht zu gefallen, denn seine Augen verengen sich, und er beugt sich vor. „Wir haben drei Möglichkeiten", sagt er, und seine Stimme klingt jetzt nicht mehr ganz so freundlich. „Entweder, du gehst zu deiner Familie zurück. Oder zum Kindernotdienst. Ober aber zur Mädchenhilfe."

„Und warum lassen Sie mich nicht einfach gehen?“, frage ich. „Meinen Platz, wie Sie es nennen, finde ich schon ganz allein.“

Der Pastor schüttelt langsam den Kopf. „Das kann ich nicht. Ich habe eine Verantwortung. Du bist in meinem Hause, und deshalb trage ich auch die Verantwortung für dich. Und diese Menschen dort werden dir helfen, das kannst du mir glauben. Sie sind für dich da.“

Ich überlege nicht lang. „Okay. Dann zur Mädchenhilfe. Wo muss ich da hin?“

Der Pastor nickt zufrieden und greift nach dem Telefon. „Ich rufe jetzt die Polizei an, und dann wirst du dorthin gebracht.“

„Nein“, sage ich schnell. „Nein, bitte nicht. Ich geh auch ohne Polizeibegleitung dorthin.“

Die Hand des Pastors liegt immer noch auf dem Telefon. Nach einem langen Moment nickt er endlich. „Gut“, sagt er. „Du weißt natürlich, dass über kurz oder lang ohnehin die Polizei eingeschaltet werden muss. Aber fürs Erste mache ich dir einen Vorschlag: Ich bringe dich hin. Ist das okay?“

„Ja, sicher“, sage ich und bemühe mich, meine Erleichterung nicht allzu deutlich zu zeigen. „Klar. Danke schön.“

Der Pastor lächelt und schiebt seinen Stuhl zurück, während ich aufspringe. Als wir das Zimmer verlassen, taucht das Mädchen in der Wohnzimmertür auf und starrt mich schon wieder an. Für einen Moment hasse ich die Kleine von ganzem Herzen. Einfach dafür, dass sie mich so neugierig anstarrt. Und für ihr wohl behütetes Dasein, dafür hass ich sie auch. Und natürlich auch dafür, dass sie gepetzt hat.

„Nicole“, sagt der Pastor zu seiner Tochter, „sag der Mutti doch bitte, dass ich diese junge Dame hier rasch zur Mädchenhilfe bringe und in einer halben Stunde zurück bin. Und dann lesen wir etwas, mein Schatz. Sagst du's der Mutti?“

Nicole nickt folgsam. Der Pastor streicht ihr erneut zärtlich über den Kopf, dann folgt er mir zur Tür. Als er sich zur Garderobe hin umdreht, um seine Jacke zu nehmen, liegt meine Hand schon auf der Klinke. Lautlos öffne ich die Tür.

Ich höre das Mädchen noch rufen, aber da bin ich schon unten im Hausflur.

11

Ich renne die ganze Strecke bis zum U-Bahnhof durch. Die Abendluft ist immer noch so aufgeheizt, dass mein Schweiß fast noch während des Laufens wieder trocknet. Ich schlittere um den U-Bahnhofeingang herum, greife in letzter Sekunde nach dem Geländer und bremse erst auf der Treppe ab. Eine ältere Frau muss mir ausweichen und keift mir giftig hinterher, aber ich kümmer mich nicht weiter darum. Keuchend hetze ich die letzten Stufen hinunter. Unten im Tunnel atmete ich einmal tief durch. Prüfend seh ich mich um. Oben am Aufgang bleibt alles ruhig. Sicher sein kann ich nicht, aber zumindest hab ich einen ganz guten Vorsprung.

Im U-Bahnhof fällt mattes Licht aus den Lampen und wird von den schmutzigen Kacheln an den Wänden nur schwach reflektiert. Ein starker Luftzug kündigt eine herannahende Bahn an und wirbelte herumliegendes Papier auf, und gleich darauf ist das typische Grollen eines einfahrenden Zuges zu hören. Nur ein paar Leute stehen wartend auf dem Bahnsteig. Ganz hinten, am anderen Ende, entdecke ich einige zusammenstehende Gestalten. Ich kann's auf die Entfernung nicht genau erkennen, aber einer von Dresches zwielichtigen Kumpeln scheint auch darunter zu sein. Langsam gehe ich auf ihn zu.

Das Grollen wird lauter. Die Leute rechts von mir treten von der Bahnsteigkante zurück, und gleich darauf rauscht der Zug von hinten an mir vorbei und kommt mit kreischenden Bremsen zum Stehen. Im gleichen Moment bildet sich zwischen den Gestalten hinten am Bahnsteig eine Lücke, und ich erkenne Dresche, der in der Mitte steht und mit beiden Händen wild gestikuliert.

Die Türen der Waggons neben mir springen auf, und einige Fahrgäste steigen aus. Eine blecherne Stimme kommt aus den Lautsprechern, und wieder wirbelt ein aufkommender Windzug umliegenden Unrat auf. Erneut ist ein dumpfes Grollen zu hören.

Hinten am Bahnsteig scheint Dresche sich leicht zu ducken, und die beiden Typen vor ihm verändern kaum merklich ihre Haltung.

Etwas ist hier nicht in Ordnung. Ganz und gar nicht in Ordnung.

Einen Moment lang bin ich unschlüssig, dann lege ich einen Zahn zu. Das Grollen aus dem Tunnel hinter Dresche wird lauter.

Dresche weicht einen Schritt zurück. Hinter ihm kann ich jetzt den Widerschein der sich nähernden U-Bahn erkennen, der sich an der Kachelwand spiegelt. Neben mir steigen die Fahrgäste in den wartenden Zug ein, und hinten am Bahnsteig hebt Dresche die Hände. Einer der Typen vor ihm tritt zurück. Der andere bleibt stehen.

In den Lautsprechern knackt es. „Einsteigen bitte", sagt die blecherne Stimme. Das Grollen der einfahrenden U-Bahn dröhnt in meinen Ohren, und wieder ertönt die Lautsprecherstimme, diesmal deutlich lauter: „Von der Bahnsteigkante zurücktreten bitte!"

Dresche sieht auf.

Ich fange an zu laufen.

Und dann ballt der Typ vor Dresche die Fäuste und holt aus, und Dresche springt rückwärts. Ich bin nur noch zehn, fünfzehn Meter von ihm entfernt, und ich kann den verzweifelten Ausdruck auf Dresches Gesicht genau erkennen, als er den Halt verliert und nach hinten ins Leere tritt.

„Zurück!", schreit die Lautsprecherstimme. „Nein, nein! Zurück!"

Einen Moment lang hängt Dresches Umriss vor den Scheinwerfern der U-Bahn wie ein Scherenschnitt in der Luft. Dann reißt die U-Bahn ihn mit sich, und Dresche ist fort.

Stolpernd halte ich an. Plötzlich kann ich kaum noch atmen.

Bremsen kreischen. Der Typ, der nach Dresche hat schlagen wollen, steht wie erstarrt da. Der andere Typ dreht sich um. Sein Blick fällt auf mich, und einen winzigen Moment lang sehen wir uns in die Augen. Etwas sehr Dunkles, Eisiges ist in seinem Blick, und bevor es mich erreicht, dreh ich mich seitwärts, mache einen riesigen Satz und springe in die immer noch wartende Bahn. Einen Moment später schlagen die Türen mit einem harten Knall hinter mir zu, und der Zug fährt ruckelnd an. Ich greife nach einer Haltestange und kneife die Augen zusammen.

Ich kneife sie ganz fest zusammen.

Und noch fester.

Und fester.

So fest, dass es wehtut.

12

Ich weiß nicht, wie viele Stationen ich fahre. Jedes Mal, wenn die U-Bahn in einen Bahnhof einfährt und abbremst, dreht sich mir der Magen fast um. Und jedes Mal, wenn sie erneut anfährt, steigt mir ein Würgereiz in die Kehle, aber ich schlucke ihn wieder hinunter.

Und die ganze Zeit über mach ich die Augen nicht auf.

Unablässig schrillt das Kreischen der Bremsen in meinen Ohren, und hinter meinen geschlossenen Lidern tritt Dresche immer wieder von neuem rückwärts ins Leere. Immer wieder sehe ich seinen verzweifelten Gesichtsausdruck, sehe seinen Umriss im grellen Licht der Scheinwerfer, sehe, wie er einen Moment in der Luft hängt.

Irgendwann rempelt mich jemand an, und das bricht endlich den Bann. Ich mache die Augen auf. Zuerst sehe ich nur verschwommen, dann entdecke ich Lichter und nächtlichen Himmel. Die U-Bahn hat den Tunnel verlassen und rattert jetzt hoch über der Straße entlang. Auf wackeligen Beinen mache ich ein paar Schritte zur nächstbesten Sitzbank, nehme meinen Rucksack ab und setze mich hin.

Mir gegenüber sitzt ein junger Typ mit schwarz gefärbten Haaren und einem Ring durch die Nase. Er beobachtet mich mit einem Lächeln, und ich weiche seinem Blick aus und starre wie blind aus den schmutzigen Fenstern. Meine Augen tun mir weh, aber trotzdem sehe ich alles ganz deutlich: die Lichter von draußen, hochaufragende Häuser, dazwischen die Schatten von Bäumen und Himmel.

Und Dresche, der immer noch fällt.

Ich kneife die Augen schnell wieder zusammen.

Und diesmal ist es dahinter jetzt dunkel.

Niemand, der fällt. Nur Dunkelheit. Ab und zu von rötlichen Lichtern erhellt.

Ich mache die Augen erst wieder auf, als mich jemand an der Schulter rüttelt.

„He, komm mit! Kontrolettis, mach schnell!“, flüstert eine hektische Stimme.

Ruckartig springe ich auf. Eine Hand zerrt mich am Ärmel hinaus, irgendwo sind Körper, gegen die ich stoße, ein Fluchen, jemand ruft etwas. Und dann bin ich auch schon auf dem Bahnsteig, wieder schlagen die Türen hinter mir zu, und die U-Bahn fährt ruckelnd an. Im davongleitenden Waggon kann ich ein paar Uniformierte erkennen.

Der schwarzhaarige Typ mit dem Ring durch die Nase steht vor mir und grinst. „Echt gutes Timing, nicht wahr?“, sagt er zufrieden und streckt die Hand aus. „Hi! Gestatten, mein Name ist Kai, der Engel vom Dienst. Und wer bist du?“

Kapitel 3

1

Kaum jemand würde Kai für einen Engel halten, und das ist er ja auch eigentlich nicht. Aber an diesem Abend bedeutet er für mich wirklich die Rettung.

Wie benommen folge ich ihm aus dem Bahnhofsgebäude hinaus auf den staubigen Vorplatz. Die Dämmerung hat längst eingesetzt, und die ersten Autos fahren mit abgeblendeten Scheinwerfern vorbei. Ich kann es kaum ertragen, in die Lichter zu sehen; automatisch muss ich jedes Mal an Dresche denken, Dresche vor den Scheinwerfern der einfahrenden U-Bahn. Deshalb betrachte ich lieber Kai.

Ein bisschen sieht er aus wie eine Mischung aus Gruftie und Punk, mit seinen pechschwarzen, hochtoupierten Haaren, dem hageren Gesicht und den durchdringenden grünen Augen, die ziemlich dunkel wirken, weil er Kajal aufgetragen hat. Der dunkle Bartschatten auf seinen Wangen betont seine blasse Haut. In seinem linken Ohr stecken mindestens sechs Silberohrringe, und durch Augenbraue und Mundwinkel sind Piercings gezogen.

Plötzlich fällt mir auf, dass Kai mich ebenfalls mustert. Eine Weile stehen wir da und betrachten uns gegenseitig, dann fangen wir gleichzeitig an zu lächeln.

Kai lässt seinen Blick an mir heruntergleiten, und ich weiß genau, was er sieht: ein nicht mehr ganz sauberes, weißes T-Shirt, eine weite, schmutzige Cargo, die knapp unterhalb meiner Hüftknochen hängt, und ziemlich mitgenommene Adidas, die früher mal weiß gewesen sind. Kai zieht eine Braue hoch, als er den alten Armee-Rucksack zwischen meinen Füßen entdeckt, aus dem mein Schlafsack hervorlugt.

„Auf Wanderschaft, wie?“ Er lacht wissend und zwängt die Daumen in den Bund seiner kurzen, schwarzen Turnhose. Erst jetzt fällt mir auf, wie merkwürdig er eigentlich angezogen ist – unter seiner Turnhose hat er schwarze Netzstrumpfhosen an, und über die Schäfte seiner riesig aussehenden Lederstiefel sind neonrosa Socken gerollt. Dazu trägt er über einem weißen Unterhemd ein enges ockerfarbenes Kragenshirt, auf dessen Brusttasche in bunten Farben der Name „Frank“ eingestickt ist.

„Na, wat kiekste?“, fragt er in breitem Berlinerisch. „Jefall ick dir, oda wie?“

„Geht so“, sage ich und muss aber doch lachen. Ich hol eine zerdrückte Zigarettenpackung aus meiner Hosentasche, ziehe mir eine Kippe heraus und halte Kai die Schachtel hin. Kreischend hüpft er rückwärts.

„Ih, bloß nicht! Dieses Giftzeug! Ich bin doch kein Schornstein.“ Er zieht eine angeekelte Grimasse, bläst die Backen auf und formt beide Zeigefinger zu einem Kreuzzeichen, als wäre ich Dracula, und schon wieder muss ich lachen. „Du rauchst also nie?“

„Doch“, sagt Kai. „Joints, und davon jede Menge!“ Er grinst breit. „Wie ist es – Bock auf was zu trinken?“

Ich denke an meine sechs verbliebenen Euro. Egal. Irgendwann sind sie sowieso alle. „Klar. Gute Idee.“

„Dann los!“ Kai setzt sich in Bewegung. „Mein Leib dürstet, und meine Seele will baden.“ Das ist mit Sicherheit ein Zitat, aber ob es von ihm selber stammt oder aus einem bedeutenden Werk der Weltliteratur, weiß ich natürlich nicht. Ich nehme meinen Rucksack auf und folge ihm.

„Woher wusstest du eigentlich, dass ich kein Ticket hatte?“, frage ich, als ich zu ihm aufgeschlossen bin.

„So was sieht man", sagt Kai abgeklärt und wirft mir einen listigen Blick zu. „Mann, ich war schließlich gut mit dir beschäftigt die Fahrt über. Hab die ganze Zeit überlegt, ob du 'n Kerl oder 'ne Frau bist. Na ja, schade. Pech gehabt."

„Wieso Pech?"

„Na ja ..." Kai kickt eine zerbeulte Bierdose aus dem Weg. „Wenn du ein Typ wärst, hätte ich dir einen blasen können."

Ich muss ihn ziemlich blöd anglotzen, denn Kai grinst sich eins. „Da staunste, was? Komm, leg 'n Schritt zu. Ich verdurste!"

Ob er den Spruch eben ernst gemeint hat oder ob's bloß ein Spaß war, verrät er mir nicht, und ich frag auch nicht weiter. Vermutlich beides.

Kai lotst mich die viel befahrene Straße entlang bis zu einer Seitenstraße, in der sich Kneipe an Kneipe reiht. Draußen sind Bänke und Tische aufgestellt, und zahlreiche Gäste feiern den lauen Sommerabend. Die meisten tragen schlabbrige Klamotten und zottelige Haare, und eine Menge Hunde wuseln um sie herum. Schließlich bleibt Kai stehen und kneift die Augen zusammen.

„Was willste denn haben?", fragt er mich. „Bier oder was anderes?"

„Bier ist schon okay", sag ich und greife in meine Hosentasche, um ihm meine sechs Euro zu geben, aber Kai dreht sich bereits um und klatscht laut in die Hände.

„He, Kumpels, alle mal herhören!", ruft er, und die Leute an den Tischen vor uns verstummen augenblicklich. „Wer ist denn so edel und versorgt mich und meine Braut hier mit was Flüssigem?"

Gut zwei Dutzend Gesichter heben sich. Ich laufe rot an, aber Kai kommt jetzt erst richtig in Fahrt. Er stellt sich breitbeinig hin und zieht sein Hemd hoch, und zum Vorschein kommt seine dicht behaarte, wenn auch magere Brust. „Ihr dürft auch alle mal gucken!", ruft er vergnügt. „Und der erste, der uns zwei Bierchen ausgibt, darf sogar anfassen! Ist das ein Angebot?"

Jemand ruft: „Iiih!", aber die meisten lachen wohlwollend. Trotzdem macht niemand Anstalten, auf Kais Angebot einzugehen, und sofort erhöht er.

„Na los!“, ruft er und geht näher an den ersten Tisch ran. „Fühl mal, echte Merinowolle! Das ist doch zwei Bier wert, oder? Ihr könnt auch zusammenlegen!“ Er beugt sich zu einer langhaarigen Blonden vor, und sie hebt zaghaft eine Hand und streicht unter den Anfeuerungsrufen der Umsitzenden vorsichtig über Kais Brusthaar. Kai seufzt in gespieltem Wohlbehagen und wirft ihr einen Kussmund zu. Verlegen lächelnd zieht sie die Hand weg, und Kai sieht den Typen neben ihr an. „Na, was ist? Auch mal?“

Der Typ schüttelt lachend den Kopf, aber dann fasst er doch in die Hosentasche und zieht in paar Münzen heraus, um sie Kai in die Hand zu drücken.

„Danke schön!“, flötet Kai und tänzelt ein paar Schritte zurück. „Na, wer hat noch nicht, wer will noch mal?“

„Mensch, Kai“, ruft ein junger Punk mit Irokesenschnitt. „Leg mal 'ne andere Platte auf.“ Aber trotzdem wirft auch er eine Münze auf den Tisch, und ein paar andere tun es ihm gleich.

Ein halbes Dutzend Euro kommen so schließlich zusammen, und Kai nimmt das Geld mit einer tiefen Verbeugung und verschwindet im Innern der Kneipe. Einige Minuten später, in denen ich peinlich verlegen von einem Fuß auf den anderen trete und nur hoffe, dass mich keiner ansieht, kommt er mit zwei Bier in den Händen zurück.

„Prost!“ Er reicht mir eine Flasche. „So einfach ist das!“ Er setzt sich an den Rinnstein, und ich hocke mich neben ihn.

„Machst du das immer so?“, frage ich.

„Na klar!“ Kai sieht mich fast vorwurfsvoll an. „Was denkst du denn? Du etwa nicht?“

Ich schüttele den Kopf und trinke einen Schluck. Mein letztes Bier hab ich noch mit Stachel und den anderen gezischt, pisswarme Plörre, die eklig geschmeckt hat. Aber das hier rinnt richtig schön kalt durch meine Kehle.

Kai betrachtet mich erstaunt. „Wie, du schnorrst nicht? Na, dann wird's aber Zeit, dass du das lernst! Willst du bei mir in die Lehre?“ Er blinzelt mir vergnügt zu und setzt sein Bier an.

Nachdenklich betrachte ich ihn beim Trinken. Jetzt, wo Dresche nicht mehr da ist, jetzt gibt es niemanden mehr, an den ich mich halten könnte. Kai aber hat etwas an sich, das mir gefällt. Ein schräger Vogel ist er, ganz klar, aber ein witziger schräger Vogel. Irgendwie cool.

„Eigentlich gar keine schlechte Idee“, sage ich schließlich. „Solange du mich nicht noch mal Braut nennst.“

Kai guckt überrascht von seinem Bier auf. Wahrscheinlich hat er selbst nicht recht geglaubt, dass ich seinen Vorschlag ernst nehmen würde, denn er grinst erfreut.

„Na, dann – ist gebongt, *Sir*!“, sagt er und stößt seine Bierflasche klirrend gegen meine. „Auf unser gemeinsames Glück!“

2

Kai hat sein Lager in einer Fabriketage gleich in der Nähe des S-Bahngeländes aufgeschlagen. Um dorthin zu gelangen, müssen wir uns erst am Vorderhaus vorbeischleichen, in dem eine Polsterei und zwei Baufirmen untergebracht sind. Auf einem seiner Streifzüge, so erzählt mir Kai, während wir die Treppe hinaufgehen, hat er das leer stehende Hinterhaus entdeckt und die oberste Etage gleich in Besitz genommen.

Sie besteht aus einem großen, staubigen Raum mit zwei kleinen Holzverschlägen in der Ecke. In dem einen Verschlag entdecke ich eine ziemlich ramponierte Toilettenschüssel, in dem anderen hängt ein zerkratztes Stahlbecken an der Wand. Ich staune nicht schlecht, als ich den Wasserhahn aufdrehe und ein schmales Rinnsal hinauszutröpfeln beginnt.

„Tja, fließend Wasser, sogar im Klo“, sagt Kai stolz. „Muss der letzte Mieter wohl vergessen haben abzumelden. Ganz schöner Luxus, was?“

„Genial!“ Ich bücke mich unter den Hahn und probiere das Wasser. Ein bisschen schmeckt's zwar nach Metall, aber ansonsten ist es okay.

„Ich bin für jeden Tag dankbar. Wenn die Quelle versiegt, ziehe ich weiter.“ Kai zuckt mit den Schultern. „He, du kannst sogar duschen, wenn du willst!“ Er deutet auf eine angeschlagene Emaillewanne in der Ecke, neben der ein zerbeulter Eimer steht. „Ich spiel dir den Duschkopf." Er stellt sich in Positur und deutet mit den Armen Schnabel und Henkel einer imaginären Kaffeekanne an, aber ich schüttele den Kopf.

„Nee, danke, lass mal gut sein."

Kai lässt die Arme sinken. „Ein wenig genant, die Dame, was?"

„Geht dich nichts an." Das kommt ziemlich grob heraus, aber Kai lächelt nur.

„Keine Bange, Baby", sagt er. *„Frauen* zwinge ich nie zum Sex." Und dann zwinkert er mir zu und lacht fröhlich los.

Kais Lager besteht aus einer Isomatte und einem Schlafsack, der noch billiger aussieht als meiner. Aber daneben liegt ein ansehnlicher Haufen Klamotten. Das meiste von dem Zeug ist nagelneu, das seh ich sofort.

Kai lächelt geschmeichelt, als ich anerkennend durch die Zähne pfeife. „Ich sag doch, ich bin Profi. Wenn du dir irgend'ne neue Klamotte wünschst, kein Problem – sag's einfach Onkel Kai, der zeigt dir, wie's geht."

3

Ich nehme Kai beim Wort. Schon am nächsten Tag besorge ich mir, nachdem er mir ein paar hilfreiche Tipps gegeben hat, in einem Sportgeschäft am Alex einen Pack neuer Socken und genau die dunkelblaue Adidas-Trainingsjacke, die ich schon in einem Geschäft am Ku'damm tagelang bewundert hatte. Kai steuert zwei coole T-Shirts bei, und kaum ist die erste Woche um, bin ich schon vollständig neu eingekleidet. Sogar neue Turnschuhe hab ich, ein brandneues Modell von Nike. In dem Sportgeschäft in der Friedrichstraße liegt jetzt mein altes Paar in einem Karton und wartet darauf, dass ein argloser Verkäufer ihn öffnet. Dessen Gesicht würde ich zu gerne sehen.

„Siehste", sagt Kai, der mir den Trick mit dem Karton vorher erklärt hat, „geht doch!" Er nickt stolz wie ein Lehrer, dessen missratener Schüler unter seiner Anleitung dann doch die Abschlussprüfung geschafft hat.

In anderer Hinsicht sind Kais Versuche, mir die Feinheiten des Straßenlebens beizubringen, allerdings weniger erfolgreich. Immer wieder führt er mir vor, wie man schnorrt, aber nach einigen fruchtlosen Versuchen meinerseits gibt er es auf. „Wenn du mit so einer Trauermiene die Hand ausstreckst, dann können die Leute doch nur vor dir abhauen!“, ruft er. „Frust steckt an, weißt du das nicht? Die Leute geben ihr Geld lieber glücklichen Menschen. Oder witzigen! Solchen wie mir.“

Klar hat er Recht. Aber mir gelingt's einfach nicht, lächelnd um Almosen zu bitten. Ich glaube, tief im Herzen schäme ich mich dafür, und das sieht man mir eben an, ob ich es nun will oder nicht.

Kai selbst ist jedoch der geborene Schnorrer. Er hat eine fantastische Art, die Leute aus sich herauszulocken. Für jeden findet er den passenden Spruch, er scheut sich nicht, die merkwürdigsten Verrenkungen und Tanzschritte vorzuführen, und sobald er jemanden zum Lachen bringt, hat er sowieso schon fast gewonnen. Ich staune immer wieder darüber, wie viel Geld er zusammenbekommt. Es reicht immer für Essen und Trinken und manches Extra darüber hinaus.

Trotzdem begegnen ihm die meisten Menschen natürlich voller Argwohn und Abscheu, aber Kai lässt sich davon nie die Laune verderben. Er macht sich einen Spaß daraus, die Leute aufzuziehen, und manche ärgern sich natürlich darüber. Mehr als einmal droht irgendwer, die Bullen zu rufen, dann rennen wir lachend davon.

Orte, an denen wir willkommen sind, gibt es schließlich genug. Kai ist in ganz Friedrichshain bekannt wie ein bunter Hund, und fast an jeder Ecke kennt er 'nen Laden, in dem er was umsonst kriegt: Bier, etwas zu essen, mal auch die eine oder andere Packung Zigaretten. Die reicht er immer gleich an mich weiter.

„Teufelszeug das, aber haste dir wirklich verdient. Hier, dein Arbeitslohn!“, verkündet er großzügig.

Das ist nicht einmal ganz aus der Luft gegriffen. Viel Kohle oder Essen steuer ich zwar wirklich nicht bei, aber ich bin ein verdammt guter Wachtposten. Ich geb Acht, dass Kai mit seinen Scherzen nicht an die Falschen gerät – aggressive Typen erkenn ich schließlich auf zehn Meilen gegen den Wind, klar, bei der guten Schulung in Groß Klein. Ich pass auf unsere Klamotten auf, wenn Kai in irgendeiner Kneipe kurz mal mit einem Typen im Klo verschwindet, um dann mit einem grimmigen Grinsen und einem Zehner oder Zwanziger zurückzukehren. Ich hab ein Auge auf die Bullen und ein anderes auf Skins und Abzocker, und ich sorge dafür, dass nichts und niemand uns überrascht.

Und Kai weiß das zu schätzen.

„Seit du da bist, hab ich nicht einmal was aufs Auge gekriegt", sagt er gelegentlich zufrieden, wenn wir nachts in unseren Schlafsäcken liegen und durch das große, schmutzige Fenster in den orangegrauen Himmel starren. „Vorher hatte ich ständig Ärger. Jeden zweiten Tag mindestens, puh. Nicht schlecht, so ein Kumpan!"

Draußen, auf der Straße, ist Kai immer gut drauf, aber mit der Zeit entdecke ich auch seine anderen Gesichter. Ich sehe den leeren Blick, den er manchmal drauf hat, wenn wir irgendwo draußen auf einer Bank sitzen und der Himmel sich über uns langsam dunkel färbt. Mir fällt auf, wie das Lächeln plötzlich von seinen Lippen rutscht, wenn er sich unbeobachtet fühlt, und ich krieg mit, wie er manchmal mit finsterem Blick an seinem Zungenpiercing saugt und verbissen vor sich hin schweigt.

Kai, der Engel, hat auch eine finstere Seite. Aber solange sie nur manchmal ans Licht kommt, ist es in Ordnung für mich. Schließlich hab auch ich meine dunklen Momente.

Und überhaupt, wer hat die nicht?

4

So einfach es gewesen ist, uns zusammen zu tun, so unkompliziert funktioniert auch unser Miteinander. Wir sind wirklich ein gutes Team, Kai und ich, und wir haben mächtig viel Spaß miteinander. Bereits nach ein paar Tagen ist es, als wären wir schon immer zusammen gewesen, als hätten wir immer schon die Tage damit verbracht, gemeinsam durch Friedrichshain und Mitte zu streifen, zu schnorren und uns zu amüsieren, als wären wir immer schon Morgen für Morgen nebeneinander auf dem staubigen Fußboden einer leer stehenden Lagerhalle aufgewacht.

Sogar die Erinnerung an Dresche verblasst mit jedem Tag mehr. Vielleicht ist das auch normal; viel Zeit hab ich schließlich nicht mit ihm verbracht – zehn Nächte hab ich auf seinem Sofa geschlafen, und richtig nah sind wir uns dabei trotzdem nicht gekommen.

Die Erinnerung an Dresche selbst verblasst, das ja, aber nicht die Erinnerung an seinen Unfall. Immer wieder, vor allem beim Einschlafen, sehe ich ihn vor mir, wie er nach hinten tritt und ins Leere fällt, und jedes Mal frage ich mich wieder von neuem, ob er Angst gehabt hat, in dieser allerletzten Sekunde, bevor die U-Bahn ihn fortriss. Und ich frage mich, was aus diesen beiden Typen geworden ist, die bei ihm waren. Der fiese Blick des einen hängt mir immer noch nach. Manchmal taucht er in meinen Träumen auf, und dann schrecke ich schweißgebadet hoch und bin froh, Kai zu entdecken, der friedlich neben mir liegt und leise vor sich hin schnarcht.

Nach gut einer Woche bekomme ich halbwegs eine Antwort auf meine Fragen. Kai und ich sind, wie so oft, am Alex gelandet. Kai hat ein paar Stunden geschnorrt und ist dann im Kaufhaus verschwunden, um auf Toilette zu gehen, und ich räkele mich in der warmen Spätsommersonne und guck den Mädchen hinterher. Eine kleine Blondine blinzelt mir im Vorbeigehen zu, und ich hab den Verdacht, dass sie mich für einen Typen gehalten hat – wegen meines neuen Basecaps vielleicht, das ich mir am Vortag geklaut hab. Es ist schwarz und mit verschlungenen asiatischen Schriftzeichen vorne bestickt, und ich bin mächtig stolz darauf. Zufrieden ziehe ich mir den Schirm noch ein wenig tiefer ins Gesicht, als Kai wieder zurückkommt.

„He, Sportsfreund!“, sagt er und rückt seinen Schottenrock gerade. Darunter trägt er knallgrüne knielange Sportshorts und rosafarbene Socken in seinen Boots. Nicht ganz mein Geschmack, wie der Junge sich anzieht, aber schräg auf jeden Fall, das muss ich ihm lassen. „Komm“, sagt er jetzt, „lass uns was essen.“

Ich nicke fragend zu der Currywurst-Bude gegenüber, aber Kai schüttelt den Kopf.

„Nee“, sagt er, „was Richtiges.“ Er klopft auf seinen Rockbund, unter dem es sich verdächtig wölbt, wie ich jetzt sehe. „Ein richtiges Menü mit Vorspeise und Nachtisch und allem Drum und Dran.“

„Was ist denn jetzt los?“, frage ich verwundert, steh aber willig auf und klopf mir den Staub von der Cargo. Mittlerweile hab ich mir zwar noch ein paar andere coole Hosen zugelegt, aber die Cargo ist und bleibt meine Lieblingshose.

Kai tut geheimnisvoll. „Reden ist silber“, sagt er. „Aber schweigen, mein Schatz, ist manchmal Gold!“

Wir ziehen zu einem neu eröffneten chinesischen Restaurant ein paar Straßen weiter. Kai macht ganz auf Krösus und bestellt Vorsuppe, Bier und Cola und schon mal im Voraus gebackene Bananen zum Nachtisch für uns beide, und dazu sucht sich jeder von uns noch ein fettes Hauptgericht aus. Ich lass mir das gern gefallen, ich hab mächtig Hunger.

Während wir unsere Suppe löffeln, sieht Kai sich skeptisch um. „Das Viertel hier, Mitte, wird echt bald zu schnieke“, sagt er kopfschüttelnd, während er die goldverzierten Säulen vor uns betrachtet. „Das ist bald Geschichte für unsereins, echt. Nur noch Politiker oder Schnösel.“ Er leckt seinen Löffel ab und deutet auf die einzigen anderen Gäste, ein gutangezogenes junges Paar. „Aber die Suppe, die war echt gut, keine Frage.“

Das ganze Essen über redet Kai weiter über Mitte und die Hauptstadtpolitiker – alles Idioten, seiner Meinung nach, und leider noch nicht mal zum Ausnehmen geeignet, weil sie immer nur mit Kreditkarten bezahlen –, aber ich hör nur mit halbem Ohr zu. Der Tag in der Sonne hat mich müde gemacht, und das heiße Essen tut sein Übriges dazu. Ich beschränke mich darauf, gelegentlich zustimmend zu brummen, und erst als der Nachtisch kommt, verstummt Kai, um sich verzückt die honigtriefende Banane auf der Zunge zergehen zu lassen.

Ich ziehe meine Schale zu mir heran und fische mir gleichzeitig die Tageszeitung aus dem Ständer neben dem Tisch. Beiläufig blättere ich sie durch, während Kai genüsslich seufzend seine Schale auskratzt. Gerade, als ich den ersten Löffel gebackene Banane essen will, finde ich die Meldung auf der dritten Seite des Lokalteils. *U-Bahn-Unfall doch kein Mordversuch* steht dort über einer kurzen Notiz.

Mein Herz fängt an zu klopfen. Ich lege den Löffel wieder hin.

Zwei junge Männer sind vom Verdacht freigesprochen worden, einen 19-jährigen Wohnungslosen am 25. August auf dem U-Bahnhof Kurfürstenstraße vor eine einfahrende U-Bahn gestoßen zu haben. Wie berichtet, war der 19-Jährige, der zuletzt in einem kirchlichen Hilfsprojekt gewohnt hatte, in den späten Abendstunden auf die Gleise gestürzt, überrollt und getötet worden. Zwei 23- und 26-jährige Männer sind unmittelbar danach unter dem Verdacht auf Totschlag festgenommen worden. Hinweise von Zeugen, wonach sie den jungen Mann, der selbst dem Drogenmilieu zugerechnet wurde, absichtlich vor die Bahn gestoßen hattne, erhärteten sich zwar nicht, der Verdacht auf schweren Drogenhandel bestätigte sich jedoch. Die beiden Verdächtigen bleiben bis auf Weiteres in Untersuchungshaft und müssen mit längeren Haftstrafen rechnen.

Ich starre solange auf die Zeitung, bis Kai sie mir schließlich aus den Händen zieht.

„Was ist denn los?", fragt er stirnrunzelnd. „Du siehst so aus, als hättest du ein Gespenst gesehen!" Er überfliegt die Seite und blickt dann zu mir auf. Auf seiner Stirn hat sich eine kleine Falte gebildet. „Die Sache mit der U-Bahn?", fragt er. „Ist es das?"

Ich schiebe ihm meinen Nachtisch hin. „Ja", sage ich. Zumindest will ich es sagen, aber heraus kommt nur ein Krächzen.

Kai zieht meine Schale ganz zu sich heran und fängt ungerührt an zu essen. „Erzähl!", sagt er locker, so als wäre alles völlig normal.

Einen Moment lang überlege ich. Ich habe Kai einiges von mir erzählt – dass ich aus Rostock komme, mit dem Alten immer nur Stress gehabt hab und so Zeug. Aber Dresche und die Tage in Schöneberg hab ich ausgespart, ich weiß selbst nicht, warum.

Aber dann erzähl ich Kai doch die ganze Geschichte.

Er hört schweigend zu, ohne mich anzusehen, und isst dabei meinen Nachtisch auf. Dann schiebt er die Schale beiseite und blickt zu mir auf.

„Scheiß-Spiel", sagt er.

Sonst nichts. Und irgendwie tut das gut.

Schweigend trinken wir unsere Getränke aus, dann winkt Kai dem Kellner, zieht eine prall gefüllte Brieftasche hervor und legt sie auf den Tisch. Augenblicklich sind meine Gedanken an Dresche und den Unfall wie weggewischt.

„Wo hast du denn die her?" Ich starre die Brieftasche an. Sie ist dunkelbraun und schon ein wenig abgegriffen, und als Kai sie aufklappt, sehe ich eine ganze Reihe Kreditkarten in ihren Fächern. Im obersten Fach steckt ein Foto, das zwei kleine blonde Mädchen zeigt, die zahnlückig in die Kamera lächeln.

„Wo hast du die her?", versuch ich's noch mal.

Kai antwortet nicht. Er zieht ein nicht gerade dünnes Bündel Geldscheine aus der Brieftasche und zählt es durch. Ungefähr die Hälfte davon schiebt er mir rüber, den Rest steckt er selbst ein. Einen Fünfziger legt er beiseite.

Ich sehe das Geld an, das vor mir auf dem Tisch liegt.

„Los, nun nimm's schon", sagt Kai drängend. „Muss ja nicht jeder sehen, dass wir reiche Leute sind."

Da ist natürlich was dran. Ich nehme das Geld und schiebe es in meine Hosentasche, aber ich hab ein ungutes Gefühl dabei. In Geschäften klauen ist eine Sache, aber Leute direkt zu bestehlen – ich weiß nicht recht.

Der Kellner kommt mit der Rechnung. Kai reicht ihm den Fuffi und winkt großzügig ab, als der Kellner ihm das Wechselgeld geben will. Dann beugt er sich vor und sieht mich eindringlich an. „Mann, Jenny, jetzt hab dich nicht so. So ist das eben – die Großen fressen die Kleinen, aber manchmal fressen die Kleinen eben auch was von den Großen." Als wir aufstehen und gehen, lässt er die Brieftasche liegen.

„So kriegt der reiche Sack sie wenigstens wieder", sagt er draußen und sieht mich mit gerunzelter Stirn von der Seite an. „Bist du jetzt beruhigt?"

Ich nicke. Aber gut damit fühl ich mich immer noch nicht.

Den ganzen Heimweg über brennt das Geld in meiner Hosentasche wie Feuer. Aber ich werde es ausgeben, klar. So viele Scheine, das sind mindestens zwei Stangen Kippen, Bier, Wasser, Eis und reichlich zu essen.

Ich bin kein Deut besser als Kai.

Aber ich wär's gern.

5

Kai und ich sind fast ununterbrochen zusammen. Manchmal ziehen wir auch getrennt los, aber das passiert nur höchst selten. Dagegen hängen wir ab und zu auch mit ein paar Freunden von Kai rum, von denen es eine ganze Reihe gibt, wie ich nach und nach merke. Die meisten sind ähnlich schräge Typen wie Kai selbst, ein bisschen angepunkt, ein bisschen gruftig, irgendwie ziemlich zeckig – linke Schmuddelgenossen jedenfalls, eigentlich nicht so mein Fall.

Ich hab's lieber sauber und flippig, jedenfalls von außen. Aber Zecken sind allemal besser als Spießer und Nazis.

Und sie sind nun mal Kais Kumpel.

Ein paar Mädchen sind übrigens auch dabei, aber mit denen hab ich nicht viel zu tun. Überhaupt halte ich mich meistens abseits, so wie ich's eigentlich schon immer gemacht hab. Ich bin zwar dabei und hör zu, aber mehr nicht. Und daran stört sich auch keiner. Und wenn doch, krieg ich's nicht mit.

Anfang September wird es noch einmal so richtig knallheiß, und an einem besonders schwülen Tag machen Kai und ich uns auf zum Grunewaldsee, um ein paar von den anderen zu treffen. Wir sind spät dran – Kai hat sich mal wieder nicht entscheiden können, was er anziehen soll, und sich am Schluss für ein Ringertrikot und eine knielange Armeehose entschieden –, aber trotzdem legen wir an einem Supermarkt nahe der S-Bahnstation einen kurzen Zwischenstopp ein, um Proviant und Getränke zu kaufen. Kai wartet draußen, während ich reinspringe.

Der Supermarkt ist nahezu leer. Ich tauche in die kühlen Gänge ein wie ein Fisch in glasklares Wasser. Jetzt, hier drin, hab ich's auch gar nicht mehr so eilig. Langsam schlendere ich an den Regalen entlang und bleibe schließlich vor dem Gemüsestand stehen. Was da alles ausliegt: Gurken, Avocados, Möhren, Tomaten. Fleischige, knallrote Tomaten, glänzend und rund. Mir läuft das Wasser im Mund zusammen, und ich reiß gleich ein paar durchsichtige Plastiktüten vom Spender und fang an einzupacken, von allem ein bisschen. Aber hauptsächlich Tomaten.

An der Kasse kram ich mein restliches Geld aus der Hosentasche hervor. Knapp neun Euro, das ist alles, was mir von Kais gestohlenem Geld geblieben ist. Es reicht für das Gemüse, ein bisschen Obst und zwei große Flaschen Wasser. Das Sechserpack Bier stelle ich zurück, sonst sind keine Kippen mehr drin.

Die Verkäuferin nimmt mit spitzen Fingern die Münzen aus meiner verschwitzten Handfläche und sortiert sie in die Kasse ein, und ich klemme mir meine Einkäufe unter den Arm. Für eine Tüte hat die Kohle auch nicht mehr gereicht, und während ich umständlich die Tür aufstoße, beschließe ich, dass bald mal Schluss sein muss mit dem Leben auf Pump.

Kai lehnt, faul wie immer, im Schatten an einem Baum. Er pfeift durch die Zähne, als er sieht, was ich eingekauft hab. „Mmmh, endlich mal ganz gesund! Und wo ist der Alk?"

„Gibt's heute nicht", sage ich und fang an, das Zeug in meinem Rucksack zu verstauen. Fast alles passt rein, nur für die Gemüsetüte ist wirklich kein Platz mehr. „Ist sowieso zu heiß."

Kai widerspricht nicht. Er guckt zu, wie ich den Rucksack schultere, aber er macht keine Anstalten, mir irgendwas abzunehmen. Auch gut. Viel Schleppen macht Muskeln.

Nach den paar Minuten im Schatten trifft mich die glühende Mittagshitze wie ein Schlag. „Nächste Woche such ich mir einen Job“, erkläre ich, während wir in den Trampelpfad einbiegen, der zum Grunewaldsee führt. „Ich brauch endlich eigene Kohle.“

„Wozu das denn?“, fragt Kai und wischt sich den Schweiß aus der Stirn. Sein Piratentuch, das er sich um die Stirn geschlungen hat, ist schon völlig durchfeuchtet.

„Ich will dir nicht mehr auf der Tasche liegen.“ Die Gemüsetüte schneidet mir in die Finger, und ich wechsele die Hand.

Kai zuckt mit den Schultern. „Wenn du unbedingt meinst, dann such dir halt ’nen Job. Aber wenn du wirklich Kohle machen willst, wüsste ich da was Besseres“, sagt er mit einem fast teuflischen Grinsen.

„Nee, danke, lass mal.“ Ich winke ab. Für Dealen bin ich nicht geeignet, und was er sonst noch gemeint haben könnte, will ich gar nicht erst wissen.

„Schon gut, war ja nur ein Vorschlag. Komm, reich mal rüber das Zeug.“ Kai streckt die Hand aus. „Aber wenn du willst“, sagt er und nimmt mir jetzt doch die Tüte mit dem Gemüse ab, „dann hör ich mich mal nach einem Job um. Einem ganz soliden, für junge Damen geeignet.“

Die junge Dame lass ich ihm ausnahmsweise durchgehen. Ist heute einfach zu heiß zum Streiten. „Das wäre nett“, sage ich höflich.

„Aber nett bin ich doch immer.“

„Wie man’s nimmt.“

„Was?“ Kai langt nach mir, aber ich bin schneller. Vergnügt laufe ich los.

„Los, fang mich doch!“, rufe ich, aber Kai schüttelt den Kopf.

„Sport ist Mord!“, schreit er mir nach. Ich lauf einen Bogen und drehe dann wieder um. Irgendwie hat er ja Recht. Auch zum Laufen ist es heute zu heiß, nicht nur zum Streiten.

6

Der Bereich um den Grunewaldsee ist Hundeauslaufgebiet, und Kais Freunde Ralle und Nonno gehen hier wegen ihrer Hunde gern hin. Schon von weitem schallt uns vielstimmiges Gebell entgegen. Überall auf den schattigen Wegen laufen aufgeregt wedelnde Hunde aller Größen und Rassen umher, mit weit heraushängenden Zungen, gefolgt von ihren schwitzenden Herrchen und Frauchen. Kais Freunde haben sich am Badestrand im Schatten einer ausladenden Ulme breit gemacht.

„Mann, dass ihr überhaupt noch mal kommt!", ruft Ralle, ein spindeldürrer Typ mit Rastalocken und einem rot gefärbten Ziegenbärtchen. „Wir warten schon seit Stunden!"

„Ich musste mich doch noch ein bisschen aufhübschen für euch!" Kai reicht ihm die Gemüsetüte, um sich dann neben Ralles Freundin Debbie in den Sand zu hauen.

„In einer knappen Stunde müssen wir doch schon wieder los, zur Demo", sagt Nonno vorwurfsvoll.

„Was für eine Demo?" Kai packt einen der Hunde mit beiden Händen an den Ohren und schüttelt ihn mit einem gespielten Knurren. Der Hund wedelt begeistert, und Kai küsst ihn schmatzend auf den flachen Kopf, bevor er ihn wieder loslässt.

„Na, wegen diesem Typ da, der in Ghana im Knast sitzt", erklärt Nonno und wirft seine Zottelmähne zurück. „Du weißt doch, der Journalist, dem sie die Todesstrafe aufdrücken wollen."

„Hmm, ach ja, klar", brummt Kai. Ich bin mir sicher, dass er genauso wie ich keine Ahnung hat, wovon Nonno redet, und dass es ihn eigentlich auch nicht interessiert. Debbie und Ralle und die anderen scheinen immerzu auf irgendwelche Demos zu gehen. Zeit dazu haben sie wahrscheinlich genug; soweit ich weiß, arbeitet keiner von ihnen. Die meisten kassieren Bafög für Schulen, die sie nie besuchen, und fast alle wohnen in ehemaligen besetzten Häusern.

„Wow!" Till, ein ungesund aussehender Großer mit raspelkurzen, grün gefärbten Haaren, guckt skeptisch in die Gemüsetüte. „Richtig Ökotheke hier draußen! Nur Bioscheiß, oder wie?"

„Brauchst du ja nicht zu essen", sage ich leicht beleidigt.

„Genau, friss doch weiter deine ekligen Döner!", ruft Ralle und lacht hämisch, während er gleichzeitig in die Tüte greift, um eine Tomate herauszuziehen.

„Fleisch ist geil, ej! Und außerdem sind da total viele wichtige Sachen drin", verteidigt sich Till. Aber auch er greift in die Tüte, und gleich darauf ist auch schon eine hitzige Diskussion über die Vorteile und Nachteile des Fleischverzehrs in vollem Gange.

Ich klinke mich aus. Stattdessen entpelle ich mich bis auf Boxershorts, Bustier und Unterhemd und mache, dass ich ins Wasser komme. Es ist lauwarm und riecht leicht modrig, und nicht im Entferntesten ist es mit den erfrischenden, salzigen Fluten der Ostsee zu vergleichen, aber trotzdem macht es mir Spaß zu baden. Ich schwimm einmal durch den See auf die andere Seite und langsam wieder zurück. Kurz vor dem Ufer lege mich auf den Rücken, guck in den wolkenlosen Himmel und rechne nach, wie lange ich nicht mehr im Wasser gewesen bin. Fast auf den Tag genau fünf Wochen. Vor fast fünf Wochen war mein letzter Tag am Strand.

Für einen Moment hab ich plötzlich heftiges Heimweh. Ich schüttel es ab, drehe mich auf den Bauch und schwimm hastig ans Ufer zurück.

Es gibt nichts, wonach ich Heimweh haben sollte. Nicht das Geringste.

Die anderen diskutieren immer noch, als ich aus dem Wasser komm, aber jetzt nicht mehr über Fleisch, sondern über Musik. Ich ziehe mein Handtuch aus dem Rucksack, trockne mich flüchtig ab und breite es in der prallen Sonne aus. Dann hole ich mir die letzte Tomate aus der Tüte – der Rest ist schon verputzt, so viel zum Thema Bioscheiß – und lege mich auf mein Handtuch, so wie ich bin, in meinen nassen Klamotten.

Gelangweilt hör ich zu, wie Kai und die anderen mit halblauten Stimmen über irgendwelche Bands reden, die ich noch nicht mal dem Namen nach kenne. Die pralle Sonne macht mich schläfrig. Schließlich ziehe ich mir mein feuchtes Unterhemd übers Gesicht, und irgendwann nicke ich ein.

Ich schrecke auf, weil mir jemand aus nächster Nähe ins Ohr pustet. Schlagartig bin ich hellwach, und im nächsten Moment springe ich auch schon auf und schlage reflexartig um mich.

„Hau ab!" Erst jetzt erkenne ich Ralle, der mit verdattertem Gesichtsausdruck im Sand hockt und sich den Ellbogen reibt. Die anderen stehen hinter ihm im Kreis, die hechelnden Hunde neben sich. Nur Kai sitzt noch im Schatten.

„Was soll denn der Scheiß?", brülle ich Ralle an. Mein Herz klopft mir bis zum Hals.

Ralle hebt entschuldigend eine Hand und rappelt sich auf. „Schon gut, reg dich ab, ja? Ich wollte mich doch nur verabschieden, Mann", sagt er mürrisch, steht auf und klopft sich beleidigt den Sand von seiner zerrissenen Armeehose.

„Aber doch nicht so, du Idiot! Das ist ..." Es fällt mir schwer, den richtigen Ausdruck zu finden, ich bin so wahnsinnig wütend. „Ekelhaft ist das, echt. Total ekelhaft."

„Mann, ich hab dich doch nur angepustet! Man kann sich aber auch anstellen!"

Wutentbrannt starre ich ihn an, immer noch mit erhobenen Fäusten. Aus dem Augenwinkel bemerk ich, dass Kai nachdenklich zu mir aufsieht. Und im gleichen Moment geht mir auf, warum Ralles dämliche Aktion mich so auf die Palme bringt. Genau das hat der Alte von Sven damals gemacht: mich angepustet, mit seinem ekelhaft heißen, stinkigen Atem. Mitten in der Nacht hatte er plötzlich an meinem Bett gestanden und mich angepustet.

Es war nie weiter was passiert, er hatte immer nur dagestanden, halb über mich gebückt, mir ins Gesicht geatmet und mich mit seinen fiesen, hellen Augen angestarrt. Keine Ahnung, was ihn davon abgehalten hat, mich zu begrapschen. Vielleicht hatte er mir bloß Angst machen wollen. Das hätte zu ihm gepasst.

Und wenn er das gewollt hat, ist's ihm auch gelungen.

Ich lasse die Fäuste sinken. „Okay", sage ich. „Okay, vergiss es."

Ralle nickt, aber ich kann ihm ansehen, dass er mich total bescheuert findet.

„Bis denn. Wir gehen jetzt zur Demo“, sagt Nonno, und der Trupp zieht Leine. Im Weggehen guckt Debbie sich noch einmal nach mir um, und dann blickt sie zu Kai, bevor sie sich wieder umdreht. Wahrscheinlich fragt sie sich, was in aller Welt Kai eigentlich an mir findet, wo ich doch entweder überhaupt nichts sage oder gleich einen Wutanfall kriege, wenn man bloß ’nen harmlosen Spaß mit mir macht.

Das frag ich mich allerdings auch ab und zu. Kai ist ganz schön beliebt, und ich schätze, dass eine Reihe von Leuten gern mehr Zeit mit ihm verbringen würde. Aber daran ist er nicht interessiert. Offensichtlich hängt er lieber mit mir ab.

Kai rafft seine Klamotten zusammen, kommt zu mir rüber und setzt sich neben mich in die Sonne. Erst jetzt fällt mir auf, dass er sich ausgezogen hat und nur noch einen knappen schwarzen Slip trägt.

„Na, wieder besser?“, fragt er.

Ich nicke knapp. Neben uns pfeift jemand laut und wirft seinem Hund einen rotgepunkteten Ball ins Wasser, und gemeinsam gucken Kai und ich zu, wie der Hund ihn gekonnt wieder rausholt.

Kai seufzt zufrieden und legt genießerisch den Kopf in den Nacken. „Willste dir nicht mal das nasse Zeug ausziehen?“, fragt er mit einem Seitenblick auf meine immer noch klatschnassen Klamotten.

„Nee.“

„Oh, ein Ziermich!“ Kai verdreht die Augen, und ich strecke ihm die Zunge heraus.

„Wenn du irgendwen nackt sehen willst, dann geh in ’ne Peep-Show“, sage ich, aber Kai lacht bloß.

„Nee, lass mal“, winkt er ab. „Schon gut!“

Im Gegensatz zu mir zeigt Kai seinen Körper ziemlich gern. Kann er auch ruhig – er sieht echt klasse aus, schlank und sehnig, kein Gramm Fett zu viel, aber auch nicht zu knochig. Er trägt übrigens nicht nur im Gesicht Piercings, sondern auch im Bauchnabel und den Brustwarzen, aber sie verschwinden fast unter den dichten schwarzen Haaren, die seine Brust und den Bauch bedecken.

Auch auf den Armen und im Gesicht ist sein Haarwuchs phänomenal, und das scheint das Einzige zu sein, was ihm an sich selbst nicht besonders gefällt. Jeden Morgen flucht er nämlich wie ein Berserker, weil er sich zweimal täglich rasieren muss. Auch jetzt sieht er missbilligend an sich herunter.

„Irgendwer in meiner verdammten Familie ist garantiert Italiener oder Türke gewesen, und den Mist muss ich jetzt ausbaden", grummelt er und streicht sich anklagend über die Brust. „Mann, ich will so glatt aussehen wie du! Keine Haare, kein Flaum, gar nichts! So müsste man aussehen!" Er langt zu mir herüber und berührt mich sanft an der Innenseite des Ellbogens, und unwillkürlich erschauere ich. Ich ärgere mich wieder einmal über mich selbst. Warum reagiert eigentlich mein Körper, obwohl ich das nicht will?

Kai grinst und zieht eine Braue hoch. „Na?", haucht er gedehnt. „Soll ich noch mal?"

„Verpiss dich!", sage ich halb im Ernst und will ihm 'ne Kopfnuss verpassen, aber Kai duckt sich gerade noch und betrachtet erneut seinen Bauch.

„Mein Körper passt einfach nicht zu mir", sagt er theatralisch und zupft an seinem Brusthaar. „Ich hätte ein großer, unbehaarter blonder Typ sein müssen. Oder ein Mädchen!" Er spreizt die Finger und posiert affektiert, aber mir ist plötzlich das Lachen vergangen. Kais locker dahingesagter Spruch hat einen Nerv in mir getroffen.

Für ihn ist das nur Spaß, für mich ist es viel ernster.

Vielleicht, denke ich und starre aufs Wasser hinaus, vielleicht hat Kai nicht den Körper, den er sich wünscht. Aber das geht vermutlich den meisten Menschen so. Jeder wünscht sich die eine oder andere Verschönerung. Nur mir, und das kapier ich in diesem Moment schlagartig, mir geht es nicht um Verschönerungen. Das, was mich an mir stört, lässt sich nicht wegzaubern, nicht mit Kosmetik, nicht mit einer kräftigen Rasur noch mit täglichem Kraftsport.

Mein Körper an sich ist schon okay. Aber für mich ist er trotzdem nicht richtig. Es ist nur ein Gefühl, aber ich hab es schon immer, und ich werde es einfach nicht los.

Kai sieht mich prüfend an. „He, Jen. Ist was mit dir?"

Ich schüttele rasch den Kopf. „Nee, alles okay. Ich bin nur müde." Und dann drehe ich mich auf den Rücken und schließe die Augen. Hinter meinen Lidern ist ganz schwach Dresche zu sehen, wie er rückwärts ins Nichts tritt.

Und komischerweise bin ich in diesem Moment sogar dankbar dafür, dass der Anblick mich ablenkt.

7

„Geradeaus", sagt Kai und stößt mich sanft vorwärts. „Komm schon, das wird dir gefallen!"

Ich bin mir da nicht so sicher. Vor uns liegt ein schier endloser, dunkler Gang, eine schwarze Höhle, aus der ohrenbetäubende Bässe dröhnen. Ganz am Ende scheint schwaches Licht.

Langsam setze ich einen Fuß vor den anderen und betrete den Gang. Dunkle Gestalten hasten vorüber. Jemand stößt gegen meine Schulter, und einer raunt mir im Vorbeigehen etwas Unverständliches zu. Je näher wir dem Licht kommen, desto stärker spüre ich das Vibrieren der Bässe unter meinen Füßen. Und nicht nur dort. Die Musik ist nicht nur in der Luft, sie ist überall: im Fußboden, den Wänden, in meinem ganzen Körper.

Kai schiebt mich weiter, und dann erreichen wir endlich das Ende des Ganges. Vor uns eröffnet sich ein riesiger, schwarz gestrichener Saal. Er ist so groß, dass ich nicht einmal erkennen kann, wo er eigentlich aufhört. Und voll ist er auch. Voller Musik, voller Leute, voll schlechter Luft. Ich kann jetzt schon kaum atmen, und ich bin noch nicht mal richtig drin in dem Schuppen.

Zwei Jungs mit rasierten Schädeln sitzen an der Kasse. Als der eine sich bückt, um sich die farbbekleckseten Docs fester zu schnüren, seh ich das dünne Rattenschwänzchen an seinem Hinterkopf. Gott sei Dank, keine Rechten.

Kai palavert ein bisschen mit den beiden herum, dann nickt der mit dem Zopf schließlich und winkt ihn durch. Als ich ihm folgen will, legt der andere mir die ausgestreckte Hand auf die Brust.

„Acht Euro“, blafft er. Seine Hand liegt so weit oben auf meinem Brustkorb, dass er unmöglich meine Brüste spüren kann. Offensichtlich denkt er, ich wäre ein Typ. Ein Mädchen würde er bestimmt nicht so berühren.

„Die gehört zu mir“, ruft Kai gegen den Lärm an, und der Glatzkopf nimmt zögernd die Hand weg. Irritiert mustert er mich von oben bis unten, dann zeigt er wortlos mit dem Daumen über die Schulter nach hinten.

„Bist du blöd“, sagt Kai, als ich ihn eingeholt hab, „steh da doch nicht so rum wie ’n Ölgötze! Fast hätten wir wieder rausgemusst, ej. Die lassen sonst so gut wie nie einen umsonst durch!“

„Und warum uns?“

Kai zuckt mit den Schultern und weicht einem besoffenen Punk aus, der schwerfällig vorbeitrottet. „Ich hab den mit dem Zopf mal gebumst“, sagt er und kramt in seiner Hosentasche, um schließlich einen zerknitterten Fünf-Euro-Schein hervorzuziehen. „Los, komm, ich spendier einen. Bier, oder was?“

Ich drehe mich noch einmal zur Kasse um. Der mit dem Zopf steht also auf Typen, zumindest manchmal und zumindest auf Kai? Hätte ich gar nicht gedacht.

Kai ordert zwei Biere, stößt mit mir an und stürzt sich dann in die Menge, aber ich bleibe lieber am Tresen stehen. Die Musik knallt mir direkt in den Schädel, dumpfe Bässe, mit schrillen Höhen dazwischen. Wie man darauf abtanzen kann, ist mir ein Rätsel. Aber es geht offensichtlich. Die Tanzfläche ist knackevoll.

Es war natürlich Kais Idee, hierher zu kommen. In letzter Zeit hat er eine Vorliebe für PogoSlash entwickelt, jene neue, knallharte Mischung aus Hardcore und Drum’n’Bass, die mir hier direkt in die Ohren donnert. Vor einer Weile hat Kai sich sogar auch einen MP3-Player angeschafft und streift mir jetzt gelegentlich seine Kopfhörer über, um mich „musikalisch zu bilden“, wie er sagt. Kann ja sein, dass ich in dieser Hinsicht echte Bildungslücken habe – kein Wunder eigentlich bei jemandem, der in seinem Leben noch keine Anlage oder auch nur einen Discman besessen hat –, aber dem Krach kann ich echt nichts abgewinnen. Und hier auf der Slashparty im *SO36* sieht es nicht so aus, als würde sich das noch groß ändern. Im Gegenteil.

Ich seh mich nach Kai um, aber von ihm ist nichts zu entdecken. Stattdessen fremde Gesichter ohne Ende, hübsche Gesichter und coole, weiche und harte, Frauen- und Männergesichter, gepierct und tätowiert, mit Narben und ohne. Köpfe mit Glatzen, Haare in jeder Farbe, kurz oder lang, Rastalocken und Irokesen, lockig und glatt. Und alle tanzen. Sogar die Leute, die eigentlich nur rumstehen. Alles zuckt und wippt, und jeder stößt gegen jeden. Gegen mich leider auch. Andauernd werd ich angerempelt, von allen Seiten. Und die Stimmung ist auch irgendwie seltsam.

Direkt vor mir brüllen sich zwei Punks an, drüben an der Wand gleitet eine Frau mit glasigen Augen zu Boden und wird von ihren Freunden wieder hochgezerrt, ein Stück weiter schubsen sich zwei Redskins herum, linksgerichtete Skinheads mit Nazioutfit, wie Kai mir erklärt hat. Nach Spaß haben sieht mir das alles nicht gerade aus, aber vielleicht peil ich auch bloß nicht, wie das hier abläuft. Wahrscheinlich sind die hier alle tierisch gut drauf, und ich raff es nur nicht.

Die Musik nervt mich total. Die Leute nerven mich irgendwie auch. Und außerdem ist mir zu heiß.

Wieder sehe ich mich nach Kai um, aber ohne Erfolg. Ich stell meine Flasche ab und schieb mich zum Ausgang, um mich mal ein bisschen in der Nachbarschaft umzusehen. Kai läuft mir nicht weg, und zur Not – den Nachhauseweg findet er auch ohne mich.

Die Septemberluft draußen ist angenehm kühl nach der stickigen Hitze im Saal. Ich atme tief ein und blicke zum Himmel auf. Erstaunlicherweise ist er hier, mitten über den Kreuzberger Straßenschluchten, nicht orangegrau wie sonst, sondern tatsächlich dunkel. Ich kann sogar ein paar Sterne erkennen, schwach nur, aber immerhin.

Langsam schlendere ich die Oranienstraße entlang, die Hände tief in den hinteren Taschen meiner Jeans vergraben. Zahlreiche Leute sind unterwegs, und die Tische vor den Kneipen sind gut besetzt. Der Sommer ist eigentlich vorbei, aber es ist immer noch warm genug, um draußen zu sitzen.

Direkt vor mir küsst sich ein schwules Pärchen ausgiebig mitten auf dem Bürgersteig, und ich muss einen Schlenker um sie herum machen. Ich bin noch nicht an ihnen vorbei, als die beiden sich voneinander lösen und lachend eine kleine Treppe hinaufsteigen, die in eine Bar hinaufführt. Durch die offene Tür erkenne ich bunte Lichter, ein Stück von der Theke, an der jemand mit einem Basecap sitzt, und an der Wand dahinter ein Hirschgeweih. Musik perlt auf die Straße hinunter, Soul, soweit ich das erkenne. Kein Hardcore. Kein Drum'n'Bass. Und schon gar kein PogoSlash.

Ich zöger nur einen Moment, dann steig ich ebenfalls die Treppe hinauf.

8

Der Schuppen gefällt mir auf Anhieb. Bunte Lampions beleuchten die plüschverkleideten Wände, und ein Sammelsurium aus verschiedensten Stühlen und Tischen verbreitet echte Wohnzimmeratmosphäre. Auch dieser Laden platzt fast aus den Nähten, aber die Stimmung ist eine ganz andere als drüben im *SO*. Keiner schreit, keiner kippt besoffen um, und die meisten Leute lachen und unterhalten sich miteinander. Als ich noch unschlüssig dastehe, windet sich ein junger Typ hinter mir vorbei, und anstatt mich grob wegzudrängen oder sogar zu schubsen, wie es einer der Punks drüben machen würde, fasst er mich kurz an den Hüften und dreht mich leicht zur Seite. Das gibt den Ausschlag: Ich beschließe, ein bisschen zu bleiben.

Am Tresen bestelle ich beim Barmann 'ne Cola, und während ich darauf warte, seh ich mich um. Punks sind kaum welche da, dafür ziemlich viele Typen mit rasierten oder ganz kurzgeschorenen Köpfen. Aber das, so viel weiß ich inzwischen von Kai, sind garantiert keine Rechten und auch keine Redskins. Das hier sind einfach Schwule, und der nackte Schädel ist bei ihnen gerade Mode, sonst nichts.

Die Typen sind in der Überzahl, aber Frauen gibt's auch. Die meisten, vor allem die jüngeren, haben kurze Haare und ziemlich coole Klamotten an, Bomberjacken, T-Shirts mit Aufdrucken und weitgeschnittene Jeans. Direkt neben mir lehnt eine etwas Ältere am Tresen. Sie hat ein scharfgeschnittenes Gesicht mit auffällig hellen Augen, und sie trägt ihre dunklen Haare mit viel Gel glatt nach hinten gekämmt, eine echt gute Frisur. Die Klamotten sind auch nicht schlecht: Rippenshirt, Workerjeans, klobige Stiefel. Alles in schwarz.

Als sie bemerkt, dass ich sie verstohlen betrachte, lächelt sie mich an, und ich lächele zurück, um mich dann schnell weiter umzusehen. Direkt gegenüber, auf einer erhöhten Bank hinterm Tresen, sitzen zwei schlanke, blonde Frauen und knutschen. Daneben fängt jemand meinen suchenden Blick auf und hält ihn fest. Ein Mädchen, nicht viel älter als ich, mit dunklem, halblangem Haar und großen goldenen Ohrringen. Sie sieht mir genau in die Augen, und sofort werde ich verlegen.

Im gleichen Moment stellt mir der Barmann meine Cola hin. „Zwei Euro", sagt er, und als ich seine Stimme hör, merke ich, dass er gar kein Typ, sondern 'ne Frau ist. Eine sehr große, blonde Frau.

„Zwei Euro?", frage ich verwirrt, und noch während ich in meine Hosentasche greife, fällt mir siedend heiß ein, dass ich gar kein Geld mehr hab. Mein letztes Kleingeld ist vorhin für Zigaretten draufgegangen. Scheiße, ist das peinlich!

Ich schieb die Cola wieder zurück. „Sorry, aber ich ...", druckse ich herum. „Ich ... ich hab mein Geld vergessen, tut mir Leid."

Die Barfrau mustert mich ungerührt. „Soso. Vergessen, aha", brummt sie langsam.

„Ja", sage ich und hasse mich dafür, dass meine Stimme so kläglich klingt. „Ich hab 'ne andere Hose angezogen, und da ... in der anderen war mein Geld." Ich versuche ein Lächeln, aber die Barfrau sieht mich weiterhin ausdruckslos an.

„Und wer nimmt mir jetzt die Cola ab?", fragt sie kühl.

Ich trete den Rückzug an. „Sorry", wiederhole ich. „Wirklich, das war keine Absicht ..."

Im gleichen Moment beugt sich die dunkelhaarige Frau neben mir nach vorn. „Ach, komm, Moni, jetzt sei mal nicht so“, sagt sie mit einer überraschend dunklen Stimme. „Kann doch jedem mal passieren. Ich zahl unserm Nachwuchs hier die Cola und gut is‘.“

„Biste sicher, Mascha?“ Die Barfrau mustert mich abschätzig.

„Klar.“ Mascha schiebt die Cola zu mir hinüber. „Zum Wohl.“

Zögernd trete ich wieder einen Schritt vor und nehme das Glas. „Danke. Das ist echt nett. Kriegen Sie wieder.“

„Um Gottes willen!“ Sie fängt an zu lachen, und auch die Barfrau grinst. „Hör bloß auf, mich zu siezen! Willst du mich in eine Midlifecrisis stürzen?“

Ich muss lächeln. „Nee, bestimmt nicht“, sage ich, und dann trink ich die Cola in einem Zug halb leer.

Mascha beobachtet mich schmunzelnd. „Na, das war dringend, was?“

Ich nicke und riskiere einen Blick zur Bank gegenüber. Die hübsche Dunkelhaarige ist nicht mehr da. Hoffentlich hat sie die Aktion gerade nicht mitbekommen.

Mascha betrachtet mich immer noch. „Bist du hier auf Besuch?“, fragt sie.

Ich schüttele den Kopf. „Vor zwei Monaten hergezogen.“ Ich übertreibe ein bisschen, aber fünf Wochen klingt einfach zu kurz.

„Woher?“

„Rostock.“

„Schöne Stadt.“ Mascha sieht zu, wie ich meine Cola austrinke. „Möchtest du noch eine?“, fragt sie.

Ich werfe ihr einen kurzen Seitenblick zu. Hoffentlich will sie nichts von mir. Ich steh nicht auf Alte. Auch wenn Mascha wahrscheinlich gar nicht so furchtbar alt ist. Aber mindestens fünfzig wird sie wohl sein. Oder vielleicht doch eher vierzig? Ich kann Ältere nie besonders gut schätzen.

Mascha lächelt. „Keine Angst“, sagt sie. „Musst du mir nicht wiedergeben.“

„Dann“, sage ich und verlagere mein Gewicht auf das andere Bein, „aber dann hätte ich lieber ein Bier.“

„Sollst du haben." Mascha winkt Moni, der Barfrau, und bestellt zwei Bier, und Moni bedenkt mich diesmal mit einem deutlich freundlicheren Blick, als sie die Flaschen vor uns auf den Tresen stellt.

„Seit wann stehst 'n du auf Küken?", fragt sie Mascha, und Mascha lacht.

„Ich doch nicht! Das weißt du genau!"

Moni zieht eine Braue hoch. „Na", sagt sie und mustert mich mit schiefgelegtem Kopf. „Bei so was Niedlichem könnte man ja mal glatt überlegen." Dann zwinkert sie mir zu, und ohne zu überlegen, zwinkere ich zurück. „Nicht schlecht, Kleine", sagt Moni, hebt lächelnd einen Daumen und geht zum anderen Ende des Tresens, um eine Bestellung aufzunehmen.

Sie und Mascha halten mich für 'ne Lesbe, eindeutig. Ob ich das wirklich bin, steht für mich zwar auf einem anderen Blatt, aber wenn ich mich so umsehe, passe ich hier tatsächlich so einigermaßen hinein, mit meinen Sportklamotten und den kurzen Haaren. Jedenfalls besser als ins *SO* oder zu Kais Kumpeln und den Zecken aus Friedrichshain. Und auf jeden Fall besser als nach Groß Klein.

„Du bist zum ersten Mal hier, oder?", fragt Mascha und prostet mir zu.

„Nein. Ich bin eigentlich eher zufällig hier. An sich war ich drüben im *SO*, mit einem Freund."

Mascha zieht die Augenbrauen hoch. „Du stehst auf Pogo-Slash?"

Ich schüttele heftig den Kopf. „Eben nicht. Deshalb bin ich ja hier. Und du? Du bist öfter hier, oder?"

Mascha nickt. „Das ist quasi mein Wohnzimmer. Ich wohne gleich um die Ecke. Sag mal, warst du schon mal auf einer von den Frauenpartys drüben im *SO*?"

Ich schüttele wieder den Kopf. „Frauenparty? Wie oft sind denn die?"

„Einmal im Monat", sagt Mascha. „Jeden ersten Freitag. Solltest du dir nicht entgehen lassen, das könnte dir gut gefallen."

Ich will sie schon fragen, warum sie das glaubt, aber in diesem Moment fällt mein Blick auf Moni, die mit zusammengekniffenen Augen an mir vorbei zur Tür starrt. Ich drehe mich um.

Im Türrahmen steht Kai und sieht sich suchend um. Sein linkes Auge ist zugeschwollen, und ein dünnes Rinnsal Blut läuft an seiner Wange herunter.

Bevor er mich entdeckt, stell ich mein Bier ab. „Danke noch mal, aber ich muss leider los!“ Ich nicke Mascha und Moni zu, und dann bin ich auch schon an der Tür.

9

„Drei...“

Die Sonne scheint durch das große, offen stehende Fenster, und milde Herbstluft weht in den Raum. Ich atme tief durch, dann spanne ich meine Arme wieder an und sinke vorsichtig nach unten.

„...und...“, zische ich zwischen meinen zusammengebissenen Zähnen hervor. Meine Arm- und Bauchmuskeln zittern, und einen Moment lang glaube ich nicht, dass ich wieder hochkomme. Aber dann gelingt es mir doch.

„...fünfzig!“, keuche ich triumphierend, bevor ich zusammensacke und flach auf den Boden klatsche. Erschöpft stoße ich die Luft aus, rolle mich auf den Rücken und sehe zu Kai, der nur mit seiner Unterhose bekleidet mitten im Sonnenlicht sitzt und mit Leidensmiene sein blaues Auge betastet.

„Dreiundfünfzig! Hast du gesehen, Kai? Das ist Rekord! Morgen schaff ich fünfundfünfzig.“

Kai nickt desinteressiert. „Ja, toll“, murmelt er und befühlt seinen Kiefer. „Wenn du so unglaublich stark bist, dann könntest du mich das nächste Mal ja auch verteidigen, wenn ich von wildgewordenen Idioten angegriffen werde, anstatt in irgendso'nem Homoschuppen zu hocken und mit alten Weibern zu flirten.“

„Ersten hab ich nicht geflirtet“, sage ich gelassen und richte mich auf. „Zweitens hab ich keinen Kindermädchenvertrag mit dir abgeschlossen, soweit ich mich erinnere, und drittens kommt das davon, wenn du immer dein Maul so weit aufreißt!" Ich stütze die Handflächen auf, gehe in die Hocke und springe mit lang gestreckten Beinen nach hinten.

„Gar nicht wahr", sagt Kai beleidigt. „Das kommt davon, wenn du mich allein lässt!"

Bei seiner Prügelei im *SO* zwei Abende zuvor hat er außer dem blauen Auge und einer Platzwunde an der Stirn auch ein schmerzendes Kinn und eine Menge blauer Flecken davongetragen. Kaum hatte ich das *SO* verlassen, so hat er mir später berichtet, war er mit einer Truppe von besoffenen Punks aneinander geraten. Kai hatte sie provoziert, indem er ihren ziemlich plumpen Tanzstil spaßeshalber imitiert hatte, und dann hatte ein Wort das andere gegeben. Als er einen der Punks, einen Zweimetermann mit fliehendem Kinn und niedriger Stirn, schließlich „Neandertaler" genannt hatte, war das Maß voll gewesen. Der Neandertaler hatte sich auf ihn gestürzt, und nur dessen Kumpanen, die schließlich dazwischengegangen waren, ist es wahrscheinlich zu verdanken, dass Kai nicht in der Rettungsstelle des Krankenhauses gelandet ist.

„Aber immerhin", keuche ich, während ich nach vorne zurückspringe, „immerhin hab ich dich sofort nach Hause gebracht. Das ist doch schon was! Andere wären geblieben und hätten sich weiter amüsiert." Meine Bauchmuskeln brennen, aber das ist ein gutes Gefühl. Ich steh da total drauf, wenn ich merke, wie mein Körper sich anstrengen muss, um das zu bringen, was ich von ihm will.

Kai betrachtet mich mit mürrischer Miene. „Scheint dir ja prima gefallen zu haben in dem Schuppen."

„Stimmt. Ja und? Was ist denn dabei?"

Kai schweigt und betastet erneut sein lädiertes Kinn. Ich mache noch einen Sprung und noch einen, dann halte ich kurz inne und schnappe nach Luft. Schließlich spring ich wieder mit gegrätschten Beinen nach hinten.

„Was ist eigentlich mit dir?", fragt Kai auf einmal. „Wie bist du denn eigentlich drauf?" Sein Tonfall klingt verändert, und ich verharre mitten im Sprung und sehe zu ihm hinüber.

„Wieso? Was soll mit mir sein?“

Kai lässt seinen Blick langsam an mir entlangwandern. Auf einmal ist es, als hätte er Röntgenaugen, und plötzlich bin ich froh, dass ich lange Trainingshosen und ein T-Shirt trage.

„Irgendwie bist du schräg, Jen“, sagt Kai schließlich und deutet mit dem Kinn auf meine ausgestreckten Beine. „Immer dieses Geturne da, wie so ein Muskelheini. Und überhaupt ...“ Er verstummt und sieht aus dem Fenster in den Herbsthimmel hinaus. Dann fragt er, beinahe beiläufig und immer noch ohne mich anzusehen: „Bist du eigentlich ’ne Lesbe, Jenny?“

Ich mache noch zwei Sprünge, dann gehe ich in die Hocke und setze mich schweratmend hin.

Komischerweise hab ich keine Antwort auf seine Frage.

„Mir kannst du‘s ja verraten“, sagt Kai. „Ich mein, du weißt ja, wie ich selber drauf bin.“ Er lacht ein merkwürdig raues Lachen, das abrupt abbricht, und dann ist er wieder still.

Meine Beine zittern, als ich schweigend aufstehe und zum Waschbecken hinübergehe, aber ich bin mir nicht ganz sicher, ob das Zittern vom Training kommt. Ich drehe den Wasserhahn auf und trinke ein paar Schluck Wasser. Es schmeckt metallisch, wie immer, aber immerhin stillt es den Durst.

Klar, ich küss lieber Mädchen als Jungs, und ich geh auch lieber mit Mädchen ins Bett. Und, egal wie ich trainiere und wie ich mich anzieh und gebe, ich selber bin schließlich auch eins. Ein Mädchen. Von außen zumindest.

Aber bin ich deswegen lesbisch?

Ich drehe den Wasserhahn zu und betrachte nachdenklich mein Gesicht im halb blinden, fleckigen Spiegel über der Spüle.

„Was ist denn?“, fragt Kai hinter mir. „Bist du jetzt etwa sauer?“

„Nö“, sage ich knapp. „Ich denk nur nach, das ist alles.“ Mein Gesicht im Spiegel ist vollkommen ausdruckslos. Als würde ich jemanden Fremdes ansehen.

Ein bisschen ist es auch so.

Ich weiß eigentlich nicht recht, wer ich bin. Ich hab nur so eine Ahnung.

„Denk bloß nicht zu viel nach, das ist nicht gut für den Kopf", sagt Kai und lacht wieder dieses merkwürdig raue Lachen.

Ich betrachte mein Gesicht immer noch im Spiegel. Nie zuvor haben Kai und ich über dieses Thema geredet. Ich nehm an, dass er bi ist, aber genau weiß ich es eigentlich nicht. Auf jeden Fall steht er auf Typen. Auf manche Mädchen allerdings auch. Gelegentlich bringt er so Sprüche, wenn eine Niedliche vorbeigeht.

Aber mich hat er nie angebaggert, zum Glück. Und ich hab auch nie mitgekriegt, dass er sich einen runtergeholt hat, so wie mein dämlicher Halbbruder Sven. Wenn Kai überhaupt wichst, dann macht er das offensichtlich woanders. Oder vielleicht macht er's auch gar nicht. Vielleicht reicht es ihm ja, gelegentlich mit irgendwelchen Typen im Gebüsch oder auf 'nem Kaufhausklo zu verschwinden, dem einen oder anderen einen zu blasen und dafür einen Zehner einzustecken.

Oder vielleicht reicht es Kai ja, genauso wie mir, von einem anderen Menschen zu träumen. Von jemandem, in den er verliebt ist und der das erwidert.

Aber so jemanden gibt's nicht.

Nicht für Kai.

Und für mich auch nicht.

„Ist auch egal", sagt Kai plötzlich. „Ist egal, Jen. Vergiss es, Kumpel." Seine Stimme klingt jetzt ganz leise, irgendwie traurig und erschöpft, und vielleicht ist es das, was mich schließlich doch dazu bringt, ihm zu antworten.

Ich drehe mich zu ihm um. Kai sieht mich vorsichtig an.

„Ich weiß nicht, ob ich 'ne Lesbe bin", sage ich ruhig. „Irgendwie ja. Aber andererseits auch überhaupt nicht." Und das ist, zumindest zu diesem Zeitpunkt, die einzige Antwort, die ich ihm geben kann. Die einzige, die annähernd stimmt.

10

Kai hält Wort. Eines Tages, als er von einer seiner Solotouren zurückkommt, drückt er mir einen Zettel in die Hand. „Da kannst du dich mal melden zwecks Arbeit", sagt er. „Der Typ hat einen Schuppen in der Grünberger Straße und braucht eine Aushilfe."

„Und was soll ich da machen?", frage ich und betrachte nervös die Telefonnummer auf dem Zettel.

„Keine Ahnung." Kai zuckt mit den Schultern. „Computerprogramme erstellen, glaube ich." Als ich ihn verdutzt ansehe, lacht er vergnügt und schüttelt den Kopf. „Na, was denkst du denn? Klo putzen oder so, natürlich. Irgendso 'n Schrott. Meinst du, die Welt wartet auf dich mit astreinen Jobs? Geh halt hin und guck dir den Schuppen mal an. Frag nach Jörn. Das ist der Chef. Bei dem hab ich noch was gut." Er blinzelt mir zu. Was er bei Jörn guthat und warum, sagt er natürlich nicht. Aber ich will's auch gar nicht wissen.

Der „Schuppen" entpuppt sich als ziemlich heruntergekommene Kneipe mit 24-Stunden- und Frühstücksbetrieb, und der Chef, Jörn, braucht tatsächlich 'ne Putze: Fegen soll ich, wischen und die reichlich unappetitlichen Toiletten säubern. Jörn, ein großer, hagerer Blonder mit einem Gesicht voller Aknenarben, bietet mir sechs Euro die Stunde dafür, dass ich an vier Tagen die Woche morgens um sieben auf der Matte stehe und meinen Job erledige, bevor der Laden sich mit Frühstücksgästen füllt. Erst zögere ich ein wenig – immerhin bin ich seit Monaten gewohnt, jeden Tag auszuschlafen und erst dann aufzustehen, wann ich Lust dazu hab. Aber dann, als ich die rundliche Köchin sehe, die mir lächelnd aus der Küche zunickt, willige ich ein.

„Ich frag dich nichts weiter", sagt Jörn und guckt mich kühl an. „Aber wenn hier irgendwelche Schnüffler auftauchen, ziehst du sofort Leine. Und lass dich bloß nicht erwischen."

„Geht klar."

Eine Hand wäscht die andere – und die Bullen kann ich schließlich genauso wenig gebrauchen wie Jörn.

Der Deal ist, das find ich bald raus, gar nicht so schlecht. Die Arbeit an sich ist zwar erbärmlich – die Klos stinken widerlich, und Morgen für Morgen finde ich die gleichen ekelhaften Hinterlassenschaften besoffener nächtlicher Kunden vor –, und das frühe Aufstehen ist auch ganz schön heftig, vor allem, weil Kai und ich oft bis tief in die Nacht hinein unterwegs sind. Aber allmählich gewöhne ich mich daran. Und außerdem stimmt schließlich die Kohle, und ein Frühstück von der freundlichen Köchin gibt's auch. Was will ich mehr?

Also steh ich von Montag bis Donnerstag um kurz vor sieben in der Kneipe, kippe einen schnellen Kaffee hinunter und mach mich an die Arbeit. Sobald ich die Klos betrete, versuche ich, meine Geruchsnerven auszublenden, und mit der Zeit lerne ich, die Schüsseln zu putzen, ohne überhaupt hinzusehen.

Jörn behandelt mich wie Luft, wenn ich mit meinem Feudel durch die Kneipe wische, aber als er merkt, wie schnell und zuverlässig ich arbeite, legt er mir gelegentlich eine Packung West zu meinen zwölf Euro, die ich mir nach getaner Arbeit in der Küche abhole. Da steht dann immer ein Teller mit superleckerem Rührei für mich bereit, und während ich ihn mit Heißhunger in mich hineinschlinge und die Köchin mir ein bisschen Tratsch erzählt, guck ich mir die frühen Gäste an, die nach und nach eintrudeln: Handwerker mit schlafverquollenen Gesichtern zum Morgenkaffee und angetrunkene Nachtschwärmer, die sich auf dem Weg ins Bett noch den Bauch mit Rührei und Speck vollschlagen wollen.

Wie gesagt, der Deal ist nicht schlecht. Aber ein Traumjob ist es auch nicht.

11

An einem Donnerstagmorgen bin ich gerade damit fertiggeworden, das Herrenklo zu wischen, als ein wuchtiger Schatten sich vor mir in den engen Raum schiebt und die Tür hinter sich zudrückt. Den Gast hab ich noch nie gesehen. Es ist ein Riese mit dunklen Haaren und einem dicken Bierbauch, der über dem Bund seiner fleckigen Jeans hervorquillt.

„Ach, guck mal an, wen haben wir denn hier?" Er grinst fies und starrt mich aus kleinen Schweinsaugen an. Ich kann den Restalkohol in seinem Atem riechen. Bestimmt ein Nachtschichtler auf dem Heimweg.

Ich wringe den Feudel aus und nehm den Eimer hoch. „Darf ich mal bitte durch?“

Der Riese rührt sich kein Stück von der Stelle. „Kannst du auch noch was anderes als putzen?“, fragt er anzüglich.

Ich fasse den Feudelstiel fester. „Lassen Sie mich durch“, sage ich laut.

Dann geht alles blitzschnell. Mit einem raschen Griff, den ich ihm gar nicht zugetraut hätte, packt der Riese meinen Feudel, dreht ihn herum und presst mich damit an die Wand. Grinsend beugt er sich nach vorne. Sein säuerlicher Atem dringt mir in die Nase, und ich höre das leise Ratschen, mit dem er seinen Hosenstall öffnet.

„Du kannst bestimmt noch was anderes als putzen“, flüstert er und drückt mich an der Schulter die Wand hinunter. Er hat Bärenkräfte, und ich kann mich nirgendwo festhalten. Und wehren kann ich mich auch nicht. An meinem linken Bein spüre ich den Eimer mit Wischwasser, und in einem hilflosen Versuch, mich zu befreien, stoße ich ihn um.

Den Riesen über mir kümmert das nicht. „Los“, flüstert er und stellt sich breitbeinig hin, während er mich mit einer Hand noch weiter hinunterdrückt. Seine andere Pranke umspannt mein Kinn, so fest, dass es wehtut. „Mach den Mund auf, du kleines Miststück! Na los!“

Ich kneife die Lippen zusammen und versuche den Kopf zur Seite zu drehen, aber es gelingt mir einfach nicht. Etwas Feuchtwarmes, muffig Riechendes streift meine Wange, Würgereiz steigt in mir auf.

Ich könnte schreien, na, klar, aber ich mach den Mund lieber nicht auf.

Auf gar keinen Fall.

„Mund auf!“, zischt der Riese über mir und klemmt meine Schultern mit seinen Knien fest gegen die Wand. Sein widerlicher Schwanz stößt erneut gegen meine Wange, seine dicken Finger drücken sich schmerzhaft in meinen Kiefer und hebeln sie langsam auseinander, und auf einmal weiß ich genau, dass es nur noch eine Frage der Zeit ist, bis ich den Mund aufmachen muss.

Doch das wird der Riese bereuen, das schwöre ich mir.

Aber plötzlich, eine Millisekunde, bevor ich nachgeben muss, höre ich ein dumpfes Geräusch, dann wird der Riese von mir weggerissen, und ich sacke auf dem Boden zusammen. Wie durch Nebel sehe ich eine Faust, die auf der platten Nase des Riesen landet, und dann Jörn, der ihn am Kragen gepackt hält und aus der Toilette hinauszerrt.

Ich bleibe solange an die Wand gelehnt sitzen, bis das wütende Geschrei draußen verklungen und wieder Ruhe eingekehrt ist. Schließlich rappel ich mich auf und wasch mein Gesicht mit Flüssigseife und kaltem Wasser, einmal, dann noch mal und noch mal. Als ich mich abtrockne, geht die Tür auf und Jörn sieht herein.

„Alles okay?"

Unsere Blicke begegnen sich im Spiegel. Meine Beine sind wie aus Gummi, mein Herz flattert wie wild, und mir ist leicht übel. Aber ich nicke.

„Ja, alles okay. Danke."

Jörn nickt mit unbewegtem Gesicht, dann sieht er zu Boden, auf dem das umgekippte Wischwasser eine große Lache bildet.

„Wisch das auf", sagt er ruhig. „Draußen wird's langsam voll." Und damit lässt er die Tür wieder hinter sich zufallen.

Ich betrachte mich einen Moment lang im Spiegel. Bis auf zwei kleine, rote Druckstellen zu beiden Seiten meines Kinns sehe ich völlig normal aus. Als wär überhaupt nichts passiert.

Und so ist es ja auch. Es ist nichts passiert. Nicht wirklich. Es ist alles okay. Alles ist völlig normal. Nichts ist passiert.

Ich sage es mir so oft vor, bis ich's fast glaube. Dann heb ich den Feudel auf und beginne zu wischen.

12

„Hier!" Ralle hält mir den Joint hin und bläst mit halb zurückgelegtem Kopf hustend eine dichte Rauchwolke in die Luft. Ich nehme die leicht angesabberte Tüte aus seinen Fingern und ziehe zweimal hintereinander. Der süßliche Geruch verursacht einen leichten Würgereiz in meiner Kehle, aber gleichzeitig genieß ich das watteartige Gefühl, das sich fast sofort in meinem Kopf ausbreitet.

„Ej, gibste die Tüte auch noch mal weiter?" Nonno neben mir streckt die Hand aus, und ich reiche ihm den Joint. Kai, der sich schräg gegenüber auf dem durchgelegenen Sofa fläzt, lächelt zu mir rüber.

„Siehste, Jen! Und du wolltest dir das hammermäßige Zeug erst entgehen lassen!"

Ich lächele benommen zurück und lehne mich tiefer in meinen Sessel. Neben Kai kuschelt sich Debbie an Ralle, auf dem Boden liegen die beiden Hunde, und Nonno unterhält sich leise mit zwei langhaarigen Mädels in knallbunten, engen Klamotten, die auf seiner anderen Seite hocken. Ralle hat uns eingeladen, seine fette Bafögnachzahlung bei Bier, Chips und richtig gutem Dope zu feiern. Erst hatte ich nicht mitkommen wollen – ich bin müde vom frühen Aufstehen, und besonders viel kann ich mit Ralle und Co. ja sowieso nicht anfangen. Aber dann hab ich mich von Kai breitschlagen lassen. Und jetzt finde ich es gar nicht so übel.

Das Dope ist echt gut. Alles scheint mir auf einmal sehr weich und ganz friedlich, sogar die wütende Stimme des PogoSlash-Sängers, der in gedämpfter Lautstärke seine zornige Weltverachtung aus den Lautsprecherboxen in den Ecken des Zimmers herausbrüllt.

Einer der Hunde seufzt behaglich, und der Fernseher in der Ecke flimmert. Der Ton ist ausgestellt, und bläuliches Licht taucht den Raum in einen unwirklichen Schimmer. Auf dem Fensterbrett flackern ein paar Kerzen im Luftzug.

„Echt krass", sagt Ralle zufrieden. „Bafög ist schon 'ne coole Nummer, was? Die nächsten zwei Jahre hab ich ausgesorgt. Dabei war ich genau ein einziges Mal an der Uni, zum Einschreiben, und dabei wird's auch bleiben." Er kichert, unüberhörbar bekifft.

Leicht benebelt starre ich auf den Bildschirm und hör mit halbem Ohr zu, wie Kai einen Witz über das ach so anstrengende Studentenleben reißt und Ralle und Debbie gackernd darüber lachen.

Das Emblem der Tagesschau erscheint auf dem Bildschirm, und dann kommt der Sprecher ins Bild. Unter ihm wird das aktuelle Datum eingeblendet: *12. Oktober*. Mein Blick bleibt darauf hängen, während der Sprecher schnell den Mund auf- und zumacht und mit ernster Miene in die Kamera sieht.

Ein Film wird eingespielt, in dem weinende, verschleierte Frauen mit weit ausholenden Gesten auf ein ausgebranntes Gebäude im Hintergrund weisen. Dann rückt wieder der Sprecher ins Bild, und mit ihm auch noch einmal das heutige Datum.

Plötzlich klickt es in meinem Hirn. *12. Oktober* – heute ist der 12. Oktober! Vor genau einem Monat hab ich Geburtstag gehabt, ohne auch nur eine Sekunde daran gedacht zu haben. Seit einem Monat bin ich siebzehn.

In der Glotze ist jetzt ein zerbrochener Tanker zu sehen, der inmitten einer Öllache treibt. Ich nehme einen Schluck von meinem Bier und streiche mir gedankenverloren über den Kopf. Die kurzen Stoppeln fühlen sich erstaunlich weich an. Vor ein paar Tagen hab ich zehn Euro von meinem bei Jörn sauer verdienten Geld genommen und mir bei einem Friseur am Frankfurter Tor eine Glatze scheren lassen. Sie sind schon wieder ein paar Milimeter nachgewachsen, aber ich bin immer noch total begeistert.

Siebzehn!, denke ich, während die anderen über irgendwas lachen und auf der Mattscheibe wieder der Sprecher auftaucht. Nur noch elf Monate, nicht mal mehr ein Jahr, dann bin ich endlich volljährig und brauche mich nicht mehr zu verstecken. Dann bin ich meine Mutter und den Alten endgültig los.

Ich werfe einen Blick zu Kai, der gerade an einem frischen Joint zieht und Debbie gleichzeitig am Fuß kitzelt. Kai ist auch siebzehn. Jetzt sind wir gleich alt, aber er weiß nichts davon. Wir haben nie darüber geredet, wann wir Geburtstag haben, und ich habe meinen ja sogar selbst vergessen. So viel hat sich also gar nicht geändert, was das angeht – in Groß Klein hat mir auch meistens kein Schwein gratuliert. Entweder hat es keiner gewusst oder sie haben's vergessen.

„Ej, guck mal, das darf doch nicht wahr sein!“ Nonnos Stimme reißt mich aus meinen Gedanken. „Diese Faschoschweine, echt! Ekelhaft!“ Er greift nach der Fernbedienung und schaltet den Ton ein.

Auf dem Bildschirm ist eine Menge wild gestikulierender Menschen zu sehen, die meisten mit kurzen Haaren oder Glatze. Einer lacht wie irre in die Kamera, die anderen halten Steine und Bierflaschen in den Händen und scheinen Parolen zu skandieren. Hinter ihnen flackert Feuerschein.

„Scheiß-Nazis! Was ’n da wieder los?“ Ralle greift hinter sich und stellt die Musik aus. Nur noch die aufgeregte Stimme des Fernsehreporters ist zu hören. Alle im Zimmer starren gebannt auf den Bildschirm.

„Die Polizei hält sich weiter zurück!“, ruft der Reporter, und dann schwenkt die Kamera zur Seite und nach oben, an einer Häuserfassade hoch, unverkennbar ein Plattenbau, aus dessen Fenstern ängstliche Gesichter herunterstarren. Es sind asiatische Gesichter, und noch bevor die Kamera weiter zur Seite schwenkt und die riesigen Mosaiksonnenblumen auf der Fassade ins Visier nimmt, geht mir auf, was ich da sehe. Kai kapiert es im gleichen Moment.

„Lichtenhagen!“, sagt er und zeigt mit seiner Bierflasche auf den Bildschirm, wo jetzt wieder der Parolen schwingende Mob zu sehen ist. „Das is‘ ’ne Dokumentation oder so. Ganz klar Lichtenhagen. Die Krawalle, ihr wisst schon.“

„Ach so!“ Debbies Stimme klingt richtig enttäuscht, als sie in die Chipstüte neben sich greift. „Lichtenhagen! Ich dachte schon, das wären neue Krawalle. Lichtenhagen, pah, das ist doch uralt.“

Eine Überschrift wird eingeblendet: *Rostock-Lichtenhagen, 25. August 1992*. „Insbesondere das Nicht-Eingreifen der Polizeikräfte führte letztendlich dazu, dass die Situation sich in den frühen Morgenstunden zuspitzte“, erklärt ein Sprecher mit getragener Stimme aus dem Off.

Ich setze mich aufrecht hin. Die benebelnde Wirkung des Haschs ist auf einmal wie weggewischt, und ich spüre ein leichtes

Kribbeln im Nacken. Lichtenhagen – das ist jener Stadtteil von Rostock, gleich gegenüber von Groß Klein, wo im August '92 der Mob aufgelaufen war, sich eine tagelange Schlacht mit den Bullen geliefert und die Zentrale Anlaufstelle für Asylbewerber angesteckt hatte. Um ein Haar sind damals ein Haufen Vietnamesen und ein Kamerateam vom Ersten verbrannt.

Die Platte mit der riesigen Sonnenblume an der Seite hätte ich zu Hause von meinem Zimmer aus sehen können, wenn nicht eine andere Platte davor stünde. Die Platte übrigens, in der Ida und Jessica wohnen. So ist das mit den Platten: Irgendwie versperren sie einem immer die Sicht.

Nonno pfeift durch die Zähne, als die Kamera einen jungen Skin heranzoomt, der weit ausholt und einen brennenden Molotowcocktail hoch in die Luft wirft. Mit angehaltenem Atem verfolgen wir die Flugbahn der Feuerbombe, die in einem offenen Balkon landet und ihn sofort in Brand setzt.

„Scheiß-Rechte", brummt Ralle und zieht an dem Joint, den Kai an ihn weitergereicht hat. „Und das Üble ist, so was passiert immer noch da in Meck-Pomm. Erst vorigen Monat haben sie wieder einen vietnamesischen Imbiss überfallen. Miese Gegend, da oben." Er schüttelt den Kopf und bläst genüsslich den Rauch aus.

Mag ja stimmen, was er da sagt, trotzdem ärgere ich mich darüber. So mies ist die Gegend da oben um Rostock nun auch wieder nicht. Und woanders ist es schließlich auch nicht viel besser.

Die Kamera gleitet über die grölende Menge hinweg und holt dann einen blonden Mann in T-Shirt und Jogginghose in Nahaufnahme heran, der ein kleines Kind auf den Schultern trägt und breit grinsend das Spektakel verfolgt. Ich halte die Luft an, aber dann, als das Kind aufschaut und direkt in die Kamera sieht, stoße ich sie wieder aus. Das Kind da oben auf den Schultern des Mannes hat zwar blonde Haare und ist ungefähr vier oder fünf, aber es ist eindeutig ein Junge, kein Mädchen.

„Mann, sehen die fies aus, echt!" Krachend beißt Debbie in ihre Chips und sieht mit sensationslüsternem Gesichtsausdruck zu, wie die Kamera weiter zu den anderen Zuschauern hinüber gleitet, alten Frauen, Müttern mit kleinen Kindern an der Hand, Teenagern, Männern mittleren Alters in bunten Freizeitanzügen. Die meisten klatschen Beifall, einige pfeifen, andere schwenken Bierdosen.

„Da sieht man doch wieder, dass die alle mit dabei waren", sagt Nonno angeekelt und schüttelt den Kopf. „Wenn du mich fragst, sind das alles Faschos, die Leute da oben. Alle, durch die Bank weg."

„Du hast doch keine Ahnung", sage ich leise.

Ruckartig drehen sich die Köpfe der anderen zu mir herum.

„Was?", fragt Nonno verdutzt. „Was hast du gesagt?"

Ein paar Augenblicke lang suche ich nach Worten. Es ist nicht nur die immer mehr nachlassende Wirkung des Dopes, die es mir schwer macht, mich auszudrücken.

„Das sind nicht alles Faschos da oben", sage ich. „Das sind ..." Ich zucke mit den Achseln. „Ganz normale Leute. Die meisten. Jedenfalls."

Nonno und Ralle lachen, und auch die beiden Freundinnen von Nonno lächeln herablassend.

„Ja ja, ganz normal, sieht man ja!" Ralle deutet zum Fernseher hinüber, wo wieder eine fliegende Brandbombe zu sehen ist.

„So was hätte auch woanders passieren können", sage ich. „Ist es ja auch, oder?"

Die anderen starren mich an. Debbies Miene verzieht sich angewidert, und Ralle schüttelt ungläubig den Kopf.

„Das kannste doch gar nicht vergleichen, was woanders passiert ist", sagt er herablassend. „Das da oben, das war Lynchjustiz, nichts anderes. Wie im Wilden Westen."

„Ja ja, der wilde Osten! Das wilde Meck-Pomm!" Eine der langhaarigen Freundinnen von Nonno kichert, und die anderen fallen mit ein. Nur Kai nicht. Aufmerksam sieht er zu mir herüber.

„So wild ist das da gar nicht. Immerhin komm ich von da", sage ich.

Einen Moment lang sind sie alle ganz still. Nur die Stimme des Reporters aus dem Fernseher ist noch zu hören. „Die Prozesse gegen die Verantwortlichen wurden über Jahre hinausgezögert und entwickelten sich zu einem ausgewachsenen Justizskandal. Erst im Jahr 2003 wurde …"

„Iiih, ej! Kein Wunder, dass du da weg bist", sagt Debbie schließlich und nimmt sich noch eine Hand voll Chips.

Wie selbstgefällig sie einfach so über andere urteilt! „Kennst du dich da oben so gut aus, ja?", frage ich scharf.

Debbie lässt die Chips krachen. „Wir sind da mal in Urlaub gewesen, von Zwickau aus", erklärt sie achselzuckend und mit vollem Mund. „Als ich klein war. Da fand ich's da auch schon komisch."

Ich stoße zornig die Luft aus. „Ach, du hast doch überhaupt keine Peilung", sage ich laut.

„Sag mal, verteidigst du den Mob da eigentlich, oder wie?", fragt Ralle. Eine steile Falte ist jetzt auf seiner Stirn.

„Quatsch!" Ich schreie fast, so geladen bin ich.

„Sag bloß, dass du das gut fandest, die Aktion da?" Nonno beugt sich vor. Aus blitzenden Augen sieht er mich an. Er ist der Denkerkopf der ganzen Truppe hier, und ein bisschen mulmig wird mir schon, als er mich so aufs Korn nimmt.

„Nein", wehre ich hastig ab, „nein, absolut nicht! Aber ich … das war nicht so, wie immer erzählt wird. Klar, die Sache war absolut Scheiße, aber es gibt auch eine Vorgeschichte dazu, die ein bisschen was erklärt."

„Ach ja? Welche denn?", fragt Nonno spöttisch, und seine langhaarigen Freundinnen prusten höhnisch.

„Na ja, das muss man auch mal im Zusammenhang sehen", sage ich und versuche, meine Stimme ruhig zu halten. „Die Asylanten wurden da oben einfach abgeladen und das war's dann. Gab nicht mal genügend Unterkünfte oder Essen, einfach abgeladen wurden die. Und dann sollten die Lichtenhagener zusehen, wie sie damit klarkamen. Das konnte ja nur schiefgehen, oder?"

Nonno winkt ab und lehnt sich zurück. „Ach, komm", sagt er abschätzig. „Komm uns doch nicht damit! Die armen, armen Lichtenhagener, ja? Mir kommen gleich die Tränen!"

Ich hole tief Luft. Sicher bin ich von da oben auch abgehauen, weil ich mit den Leuten nicht klarkam, den Normalos und den

Rechten besonders. Aber trotzdem find ich's nicht gut, wenn eine ganze Stadt, eine ganze Region durch die Bank weg verteufelt wird. Mir bleibt nur eins: zu versuchen, aus den Geschichten, die ich früher so oft über die ganze Sache gehört habe, jene Fakten herauszufiltern, die den anderen vielleicht eine neue Sichtweise auf das Ganze vermitteln können.

„Unruhen", so haben die Leute aus unserer Ecke die üble Geschichte damals immer genannt. Alle waren sich einig darüber, dass das Ganze zwar schlimm, aber eben ganz anders abgelaufen sei, als darüber berichtet wurde. Zigfach hab ich das gehört: dass wochenlang Busse mit Asylanten ankamen, mit Rumänen und Zigeunern, die überall hinschissen und alles klauten, was nicht niet- und nagelfest war. Dass gegen die Vietnamesen keiner was gehabt habe, die seien ja schon länger dagewesen und hätten sich schließlich immer gut benommen. Nur gegen die andern sei es gegangen. Und gegen den Staat, der sich um nichts gekümmert habe, keine Wohnungen, keine Decken, keine Zelte, keine Klos für die Neuankömmlinge beschafft habe. Es sei kein Wunder gewesen, dass die Asylanten dann irgendwohin gemacht und geklaut hatten – das habe man ja sogar verstehen können, aber irgendwann habe es einfach gereicht. Und dann hatte es eben geknallt.

So wurde es mir zumindest erzählt. Und egal, wieviel auch immer an der Version dran ist – entschuldigen kann sie zwar nichts, dafür war es einfach zu heftig. Aber erklären vielleicht, zumindest ein bisschen.

„Das hing sicherlich auch mit der ganzen Situation da zusammen", sage ich in das eisige Schweigen der anderen hinein. „Die Wende war gerade voll im Gange, die meisten Leute hatten plötzlich keine Arbeit mehr, die fühlten sich verraten und verkauft. Und dann wurden sie auch noch damit allein gelassen. Das ist ... das war irgendwie übel. Alles. Alles war übel." Meine Kehle ist wie ausgedörrt, und ich trinke einen Schluck Bier und blicke vorsichtig in die Runde.

Jetzt sind sie erst recht gegen mich eingenommen, das sehe ich ihren ablehnenden Mienen an. Mein Versuch, ein wenig Verständnis zu wecken, ist komplett in die Hose gegangen. Im Gegenteil, jetzt denken sie, ich bin auch rechts. Na, prima – seit Monaten haben Debbie, Nonno und die anderen nach einem Grund gesucht, mich Scheiße zu finden. Und jetzt haben sie ihn endlich gefunden.

Immer noch sagt keiner was. Aus der Glotze kommt getragene Musik. Der Abspann zu der Dokumentation über Lichtenhagen läuft, und dann kommt eine dunkelhaarige Moderatorin ins Bild, die einen neuen Beitrag ankündigt.

„Ach, ist doch eh egal", murmele ich und trinke mein Bier aus.

„Ej, du warst wahrscheinlich sogar dabei!" Ralle lacht albern, wahrscheinlich in einem Versuch, die angespannte Situation aufzuheitern, ohne dass es gelingt. Ralle weiß genau wie ich selbst, dass ich viel zu jung war, um damals aktiv mitgemacht zu haben.

Aber komischerweise hat er Recht. Ich war tatsächlich dabei.

Svens Alter hat mich damals mitgeschleppt, so haben sie's mir erzählt. Jedes Mal, wenn ich einen Beitrag über Lichtenhagen sehe, halte ich nach mir Ausschau, aber bislang hab ich mich noch nicht entdeckt.

Es ist ein seltsames Gefühl, Augenzeuge gewesen zu sein, ohne sich daran zu erinnern. Knapp fünf war ich damals. Zwei Jahre vor der Wende bin ich geboren – Verzweiflungstat oder Hoffnungsschimmer, kommt drauf an, wie man's sehen will.

Oder einfach ein Fehltritt, so kann man's auch sehen.

Eher so, würd ich mal sagen.

„Na ja, kein Wunder, deine Einstellung, bei der Frisur!" Nonno will mir scherzhaft gegen den Kopf tippen, aber ich ducke mich blitzschnell weg.

„Pfoten weg!"

Nonno zuckt mit den Schultern, Ralle zieht die Haschdose zu sich rüber, und Debbie steht auf und schaltet die Anlage wieder ein. Der heisere Gesang des PogoSlash-Sängers füllt wieder den Raum und überlagert die Stimmen aus der Glotze.

Ich stelle meine leere Bierflasche ab, und plötzlich zieht eine lange, glasklare Gedankenkette durch meinen Kopf. Ich hab keine

Lust mehr, hier zu sein. Was hab ich überhaupt mit diesen Leuten zu schaffen? Ich bin kein Punk, keine Zecke, kein Skin, nicht normal, nicht rechts, aber auch nicht ganz links; ich bin kein richtiges Mädchen, sehe anders aus als die anderen, mag ihre Musik nicht, steh nicht auf die Kneipen, in denen sie rumhängen, finde ihre Gespräche langweilig und ihre Witze genauso. Uns verbindet nichts, überhaupt nichts. Ich weiß nichts über die anderen, und sie wissen nichts über mich. Und keiner von uns hat Lust, das zu ändern.

Ich sehe zu Kai, der immer noch lang ausgestreckt auf dem Sofa liegt und in die Glotze starrt. Mir wird klar, dass er die ganze Zeit über nicht ein Wort gesagt hat. Er hat sich rausgehalten, ganz einfach. Und ich weiß nicht, ob ich das gut finden soll.

„Also, ich geh dann“, sage ich und stehe auf.

Niemand reagiert, nur Kai sieht verdutzt zu mir hoch, und dann schwingt auch er die Beine über die Sofakante. „Na dann“, sagt er gelassen, „komm ich mal mit. Tschüss, ihr Nazischweine!“ Er lacht, und die anderen scheinen das ebenfalls lustig zu finden, denn sie grinsen ihm zu.

Nur mir ist nicht zum Lachen.

13

Kai versucht, mich noch zu einem Bier zu überreden, aber ich will nach Hause. Ich bin müde, ob vom Kiffen, von der nervigen Diskussion oder einfach, weil ich so früh hab aufstehen müssen, weiß ich selbst nicht.

In der Fabriketage ziehe ich mich bis auf die Boxershorts und mein Unterhemd aus und wasche mir am Waschbecken Gesicht und Hände. Kai, der sich bereits auf seinem Lager ausgestreckt hat, beobachtet mich aus schmalen Augen.

„Die Glatze steht dir echt gut“, bemerkt er.

Ich zucke mit den Schultern. Für Komplimente bin ich im Moment nicht zu haben. Außerdem bin ich mit etwas anderem beschäftigt. „Sind das alles eigentlich Wessis, Ralle und seine Kumpels, oder wie?“, frage ich, als ich mich abtrockne.

„Nee, Debbie ist aus Zwickau", sagt Kai. „Haste doch gehört. Ralle kommt genau wie ich aus Frankfurt an der Oder, das weiß ich definitiv. Ich glaub, nur Nonno und seine Tussen sind aus'm Westen."

„Was findest du eigentlich an denen?" Ich knipse die nackte Glühbirne über dem Waschbecken aus und gehe zu meiner Luftmatratze hinüber. Im Halbdunkel ist Kais viel sagendes Lächeln kaum zu erkennen.

„Der Mensch", sagt er, „ist ein Herdentier. Ab und zu muss man diesen Trieb einfach befriedigen, sonst wachsen einem lauter Haare und man wird zum Neandertaler." Er kratzt sich die haarige Brust, dann schnippt er ein kleines Zellophantütchen zu mir rüber. „Hier, ich hab uns was abgezweigt. Zur Entschädigung. Baust du uns einen?"

Ich bin unschlüssig. Eigentlich hab ich genug von dem Zeug, aber der Tag ist eh gelaufen. Warum also nicht?

Mit sorgfältigen Bewegungen drehe ich einen Joint und überlasse Kai den ersten Zug. Dann ziehe ich selbst. Der Rauch brennt einen Moment lang in meiner Kehle, dann verwandelt sich das Brennen in ein angenehmes, dumpfes Gefühl. Ich ziehe noch einmal, reiche Kai den Joint zurück und lege mich hin. „Sag mal, wieso eigentlich ‚zur Entschädigung'?", frage ich. „Du hattest doch keinen Stress. Du hast dich schön rausgehalten."

Kai schweigt einen Moment. Dann nimmt er einen weiteren tiefen Zug und stößt den Rauch langsam aus. „Das war einfach kein Thema für mich", sagt er langsam.

„Für mich auch nicht. Hätte ich gern drauf verzichten können." Der Ärger steigt wieder in mir hoch, aber gegen die Haschdröhnung hat er keine Chance. So wirkt das Zeug bei mir meistens: Kiffen macht mich friedlich. Nur vorhin, bei Ralle, hat es wohl nicht ganz geklappt. „Keine Stellung beziehen ist auch irgendwie feige", sage ich, einfach, um mich nicht ganz geschlagen geben zu müssen.

Kai lacht leise und stützt sich auf einem Ellbogen auf. Seine kajalumrandeten Augen wirken im Halbdunkel noch größer als sonst. „Das ist doch mein Lebensmotto, Jen. Hast du das noch nicht gemerkt? Ich lege mich nie fest. Immer geschmeidig bleiben, Schlupfwinkel suchen, den richtigen Moment abpassen, so kommt man durch." Er reicht den Joint wieder an mich zurück und betrachtet mich mit einem unergründlichen Lächeln. „Du doch auch", sagt er nach einem Moment. „Du legst dich doch auch nicht gern fest."

Ich nehme einen letzten Zug, bevor ich den Joint in der alten Cremedose ausdrücke, die uns als Aschenbecher dient. Dann strecke ich mich auf dem Rücken aus und schiebe einen Arm unter den Kopf. Kai hat Recht, auch ich lege mich nicht gerne fest. Aber ich hab trotzdem keine Lust, ihm zu antworten.

Mein Blick fällt direkt aus dem Fenster in den düsteren Himmel über uns. Dunkle Wolken treiben rasch dahin, fast so schnell wie über dem Meer. Es sieht nach Regen aus. Ein schläfriges Gefühl macht sich in mir breit, und langsam schließe ich die Augen. Mein Ärger auf Kai ist jetzt völlig verflogen, und auch die nervige Diskussion von vorhin und mein unwohles Gefühl scheinen mir eine Ewigkeit her. Nichts kommt mir mehr wichtig vor, außer hier zu liegen und vor mich hin zu dösen.

„Jenny?" Kais leise Stimme ist kaum zu hören. Ich schlage die Augen auf.

Kai ist dicht an mich herangerückt und sieht mich an. Seine Augen sind zu kleinen Schlitzen zusammengezogen, aber seine Pupillen wirken riesengroß. Noch während ich seinen Blick erwidere, streckt er ganz langsam eine Hand aus und streicht mit einem Finger vorsichtig über die weiche Haut meines Unterarmes, vom Ellbogen hinunter zu meiner Hand und wieder hinauf.

Ich bin zu verblüfft, um zu reagieren. Ich liege einfach nur da und starre ihn an.

Kai beugt sich vor und lässt seine Lippen über meinen Oberarm gleiten. Ohne es zu wollen, erschauere ich. Dann finde ich zumindest meine Stimme wieder.

„Hör auf damit!", sage ich rau, aber Kai überhört meinen Einwand einfach.

„Du hast echt gute Muskeln", flüstert er, und dann, als hätte ich ihn nicht abgewiesen, sondern dazu eingeladen, rückt er noch näher an mich heran und schiebt einen Arm unter meine Taille. Seine Lippen berühren meinen Hals, und seine Bartstoppeln kratzen mir ganz leicht über die Wange. Ich will ihn gerade von mir schieben, als er sich plötzlich auf den Rücken dreht, mich auf sich zieht und sich gleichzeitig halb unter mich schiebt. Sein steifer Schwanz, gefangen im Slip, drückt in meinen Bauch.

„He! He, Moment mal, ej!" Ich versuche mich aufzurichten, aber Kai schlingt beide Arme um meine Taille. Seine Augen scheinen noch größer als gerade, und sein heißer Atem kitzelt mich am Kinn, als er die Luft ausstößt.

„Bitte", flüstert er und fasst nach meiner Hand. Ich hab keine Ahnung, worauf er hinauswill. Immer noch bin ich vollkommen verblüfft über das, was hier gerade passiert, und zu allem Überfluss entfaltet das Dope gerade jetzt seine volle Wirkung. Es ist, als ob alles in Zeitlupe geschähe.

Kais riesige Augen bohren sich in meine, während er mein Handgelenk umfasst und meine Hand dann mit sanftem Griff nach unten drückt. Erst, als er sie zwischen unsere Körper schiebt und an seinen Schwanz führt, begreife ich, was er von mir will.

Für Kai bin ich in diesem Moment weder Mädchen noch Frau. Wenn ich das für ihn überhaupt jemals war.

Ich soll sein Kerl sein.

„Halt mich fest", sagt Kai mit heiserer Stimme. Und dann schließt er die Augen.

Einen langen Moment sehe ich auf ihn hinunter, auf sein vertrautes, dunkles Gesicht. Ich spüre sein Herz an meiner Brust schlagen und zugleich das Pochen seines Schwanzes an meiner Hand, durch den dünnen Stoff seines Slips hindurch.

Ich steh nicht auf Kai. Aber das, was er mir anbietet, für ihn zu sein, ist einfach zu verlockend.

Ich atme ein. Und dann schiebe ich langsam meine Finger in den Bund seines Slips.

14

Mir ist kalt. Ein ziemlich scharfer Wind fegt über den Alexanderplatz und wirbelt Plastikfetzen und letzte Reste welken Laubs hoch. In diesem Jahr ist es lange warm geblieben, aber vor ein paar Tagen, Ende Oktober, hat das Wetter endgültig umgeschlagen. In nächster Zeit muss ich mir dringend eine wärmere Jacke zulegen. Ich weiß auch schon, was für eine: Eine stahlblaue Bomberjacke soll's sein. Die gibt es in einem Militaryshop an der Weinmeisterstraße. Klauen ist dort allerdings nicht drin, der Ladeninhaber passt auf wie ein Luchs. Noch vier Wochen putzen bei Jörn, dann hab ich das Geld dafür endlich zusammen.

Auf dem Platz flammen die Straßenlaternen auf und tauchen die abendlichen Passanten in einen warmen Lichtschein. Neben mir tritt Kai gelangweilt gegen die kleine Mauer am Rande des Platzes, auf der ich hocke. Das Geräusch geht mir schon seit einer Weile auf die Nerven.

„Was machen wir eigentlich hier?", frage ich und schnippe meine aufgerauchte Kippe weg. „Wollen wir nicht mal langsam abhauen?"

Kai tritt wieder gegen die Mauer. „Nee", sagt er. „Noch nicht."

„Worauf warten wir denn?"

Kai sieht kurz zu mir rüber, mit dem grimmigen Gesichtsausdruck, den er in letzter Zeit ständig drauf hat. „Das siehste dann schon", sagt er und zieht die Nase hoch. Dann hebt er den Kopf und blickt mit zusammengekniffenen Augen über den Platz.

Viel ist nicht los. Jetzt, um kurz nach sieben, haben die meisten Leute ihre Einkäufe schon erledigt. Einige Hausfrauen tragen hastig große Tüten zu den Grünstreifen hinüber. Aus dem Sportshop kommen zwei Jugendliche mit nagelneuen Sneakern und Basecaps, und nicht weit von uns steht ein Geschäftsmann, die Aktentasche zwischen den Füßen, und spricht in sein Handy.

Ich sehe zu dem riesigen Filmplakat an der Kaufhausfassade gegenüber, auf dem ein ziemlich cool aussehender Typ mit einer Enduromaschine durch eine enge Straßenschlucht rast. *Karacho-Kid* steht in zackigen Buchstaben quer über die Häuser gekliert.

„Den würd ich gern sehen." Ich deute mit dem Kinn auf das Plakat, und Kai wirft einen kurzen, desinteressierten Blick hinüber.

„Haste Kohle?", fragt er mürrisch.

Ich denke an die Bomberjacke. „Nee, dafür nicht."

„Na also." Kai zupft seine Netzstrumpfhose gerade und sieht wieder über den Platz. Der Geschäftsmann hat inzwischen sein Handy eingesteckt und blickt zu uns herüber. Seufzend verschränke ich die Arme vor der Brust. Kai spuckt aus und steckt die Fäuste tief in die Taschen seiner kurzen Lederhose, die er über den Strumpfhosen trägt.

Seit einer ganzen Weile, eigentlich fast seit Rudis Party vor gut zwei Wochen und unserer merkwürdigen Bettgeschichte am gleichen Abend, ist die Stimmung zwischen Kai und mir leicht gereizt. Die Sache an sich war wirklich nicht gerade spektakulär – ich hab ihm einen runtergeholt, und das war's schon –, sie hat sich auch nicht wiederholt, und keiner von uns hat je Anstalten gemacht, darüber zu reden. Aber seitdem liegt eine ungute Spannung in der Luft, eine unsichtbare Kluft ist zwischen uns, die wir einfach nicht überwinden können. Wir unternehmen immer weniger miteinander, und manchmal, wenn ich nachts wachliege und nachdenke, spüre ich, dass Kai neben mir ebenfalls nicht schläft. Aber auch darüber reden wir nicht. Ich weiß nicht, wie. Und Kai geht es offensichtlich genauso.

Wir haben beide gedacht, die Sache würde nichts ändern. Aber wir haben uns geirrt.

Plötzlich richtet Kai sich auf. „Warte hier", sagt er zu mir, und dann trabt er los, direkt auf den Geschäftsmann zu, der immer noch ein Stück weit entfernt steht und Kai jetzt abwartend entgegensieht.

Ich stecke mir eine Kippe an, während ich zusehe, wie Kai breitbeinig vor dem Geschäftsmann stehen bleibt und etwas zu ihm sagt. Der Mann nickt lächelnd. Kai macht eine fragende Geste, der Mann beugt sich vor, und die beiden stecken die Köpfe zusammen.

Es ist nicht das erste Mal, dass ich mitbekomme, wie Kai eine schnelle Nummer in die Wege leitet. Hier am Alex ist sein bestes

Terrain dafür, meistens verschwindet er mit den Männern in der Kaufhaustoilette und kommt nach einer Viertelstunde um zehn oder zwanzig Euro reicher zurück. Es scheint Kai nie etwas auszumachen, und ich hab mich längst an das Warten gewöhnt.

Aber jetzt, bei dem Wind und der Kälte, jetzt ist mir nicht gerade danach, eine weitere Viertelstunde frierend auf dem Mäuerchen auszuharren. Ungeduldig lasse ich meinen Blick über den Platz schweifen, der sich zusehends leert. Ein Trupp Jugendlicher in meinem Alter geht vorbei. Die Jungs tragen verwegene Zottelfrisuren und gefütterte Kapuzenjacken, und eines der Mädchen hat knallgelbe Plateaustiefel an den Füßen und darüber weite Camouflagehosen. Etwas an der Art, wie sie lacht, erinnert mich an Ida, und für einen Moment werde ich wehmütig. Ob Ida noch an unser Abenteuer denkt? Was Jirko wohl macht, so ganz ohne mich? Und ob Kathleen ihre Lehre schon geschmissen hat?

Die Jugendlichen stemmen sich gegen den Wind und laufen lachend an mir vorbei, und wieder einmal, wie so oft in letzter Zeit, wird mir klar, dass ich eigentlich nichts mehr mit ihnen gemein habe. Seit Monaten lebe ich im Untergrund, halte mich versteckt. Rausgefallen bin ich, rausgefallen aus dem richtigen Leben, unsichtbar geworden. Ich schaudere, betrachte noch einmal das Filmplakat und sehe wieder zu Kai und seinem Freier hinüber.

Auch Kai blickt gerade kurz zu mir. Er steht in meine Richtung gedreht, und der Geschäftsmann greift sich mit einem Lächeln in die Innentasche seines Jacketts. Und dann, im nächsten Moment, fasst Kai ihm plötzlich in die Haare, reißt seinen Kopf nach unten und rammt seinen eigenen Schädel von unten dagegen. Ich erkenne ganz deutlich den erstaunten Ausdruck im Gesicht des Mannes, bevor er nach hinten sackt und zu Boden geht. Kai beugt sich über ihn, langt in seine Jackentasche und zerrt etwas heraus, dann spurtet er los.

„Komm!", schreit er mir zu.

Fassungslos starre ich zu dem Mann, der sich auf dem Gehsteig krümmt, die Hände vor das Gesicht gepresst. Zwischen seinen gespreizten Fingern quillt Blut hervor.

„Komm schon!“, schreit Kai mit sich überschlagender Stimme. Ein paar Leute sind aufmerksam geworden und kommen auf mich zu. Ich werfe noch einen letzten Blick auf den Geschäftsmann, dann renne ich los, hinter Kai her.

Erst kurz vor dem Kino International hole ich ihn ein. Gemeinsam wetzen wir um die Ecke beim Outdoorshop, setzen über eine hüfthohe Gartenmauer und laufen um die Hausecke in eine Parkanlage hinein. Hinter einer hohen Buchsbaumhecke bleiben wir schwer atmend stehen.

Erschöpft stütze ich mich auf den Knien auf. „Warum hast du das denn gemacht?“, frage ich keuchend.

Kai klappt ungerührt die Geldbörse des Mannes auf und dreht sie so, dass der Lichtschein einer Laterne genau hinauffällt. Eine Reihe von Kreditkarten wird sichtbar, im Geldfach dahinter steckt ein dickes Bündel Scheine. „Du wolltest doch ins Kino“, sagt Kai lässig und zieht das Bündel heraus.

„Aber deswegen musstest du ihm doch keins überziehen!“ Ich bin immer noch völlig schockiert.

Kai zählt das Geld durch, ohne zu antworten. Nichts in seinem Gesicht verrät mir, was in ihm vorgeht. Nur ein Muskel in seiner Wange zuckte beharrlich.

„Das war absolut mies!“ Ich richte mich wieder auf. „Absolut mies, Mann!“

„Ach, stell dich doch nicht so an, *Mädchen*“, sagt Kai gehässig und sieht auf. Der eiskalte Ausdruck in seinen Augen macht mich für einen Moment sprachlos.

„Ich will mit so was nichts zu tun haben“, sage ich schließlich und trete einen Schritt zurück.

„Hast du aber.“

„Hab ich nicht!“

„Doch, hast du. Du steckst genauso mit drin. Glaub nicht, dass du dich einfach so rausziehen kannst“, sagt Kai mit einer seltsam klaren Stimme, die ich noch nie zuvor an ihm gehört habe.

Wir starren uns an. Kais Augen wirken immer noch kalt, aber dahinter kann ich Verzweiflung entdecken.

„Wir sind ein Team, vergiss das mal nicht", fügt er nach ein paar Sekunden hinzu. Dann lässt er einige Scheine fallen, steckt die Börse ein, dreht sich um und geht los.

Ich sehe ihm nach, seiner drahtigen, schlanken Gestalt, die mit lockeren Schritten auf die Ecke zugeht, sich einen Moment lang sichernd umsieht und dann im Dunkel verschwindet. Auf einmal ist mir unglaublich kalt.

Kai, der Engel, ist nicht mehr da. Jemand anders scheint sich an seinen Platz gesetzt zu haben. Ein düsterer, zerrissener Jemand.

Dann blicke ich zu Boden, auf die Scheine, die dort im feuchten Gras liegen. Langsam bücke ich mich, hebe sie auf und stecke sie ein. Dann folge ich Kai.

15

Zwei Nächte später schrecke ich aus dem Schlaf auf. Kai liegt dicht neben mir, im Schlaf ist er zu mir herübergerutscht und hat einen Arm quer über meinen Bauch gelegt. Vorsichtig schiebe ich ihn zur Seite, stehe auf und tappe zum Fenster hinüber.

Draußen ist alles still. Der Hinterhof liegt im Dunkel, feuchtglänzend vom Regen. Zitternd schlinge ich die Arme um meinen Oberkörper und werfe einen prüfenden Blick auf meine Armbanduhr. Kai hat sie mir geschenkt, vor einigen Wochen erst, zu einer Zeit, als wir uns noch richtig gut verstanden haben und die mir jetzt ewig lang her vorkommt. Die Leuchtzeiger stehen auf zwanzig vor fünf. Noch gut drei Stunden, dann wird es hell.

Ich lehne meine Stirn an das kalte Fensterglas und sehe hinaus. Plötzlich weiß ich, was mich geweckt hat: Meeresrauschen. Im Traum habe ich das Meer rauschen hören, die Ostsee, dieses unablässige, wilde und zugleich besänftigende Rauschen der Wellen, das mich jahrelang in den Schlaf gewiegt hat. Es war immer da, wenn ich nachts aufgewacht bin, oben in Groß Klein. Unzählige Male habe ich dann leise das Fenster geöffnet, auf das Rauschen gehorcht und damit meine Albträume und Ängste vertrieben.

Und jetzt bin ich davon aufgewacht.

Nur gibt es kein Rauschen. Nicht hier, nicht in Berlin.

Für einen Moment schließe ich die Augen. Dahinter sehe ich das Meer. Ich weiß genau, wie die Ostsee jetzt, Ende Oktober, aussieht. Ich kann die Wogen vor mir sehen, die Lichtreflexe, die der Mond auf die aufgewühlte See zeichnet, die scharf geschwungenen Schatten der Möwen im Morgenwind, wenn das erste Licht aufbricht.

Ich vermisse das Meer.

Und trotzdem kann ich nicht mehr zurück.

Ich mache die Augen wieder auf und drehe mich um.

Kai liegt reglos da und atmet tief und regelmäßig. Dann, noch während ich hinsehe, räkelt er sich im Schlaf und streckt die Hand nach mir aus. Als er mich nicht findet, lässt er sie sinken, genau da, wo sie vorher auf meinem Bauch gelegen hat.

Plötzlich muss ich an Jirko denken. Als ich ihn hinter mir gelassen habe, kam stattdessen Dresche. Und als Dresche fort war, kam Kai.

Aber das ist es doch irgendwie nicht, nur die Leute auszutauschen. Eigentlich hab ich doch etwas ganz anderes gewollt.

Ein ganz anderes Leben.

Ich lehne die Stirn wieder gegen die Scheibe und sehe hinaus in die Dunkelheit. Seit drei Monaten bin ich jetzt in Berlin und noch keinen Schritt vorangekommen auf meinem Weg in ein neues, spannendes Leben. Bis auf Kai hab ich niemanden kennen gelernt, der mich interessiert, geschweige denn so ähnlich drauf ist wie ich selbst. Das einzige, was ich aufzuweisen habe, sind ein paar neue Klamotten, die meisten davon geklaut, und eben Kai, der zerrissene Kai mit der hellen und der dunklen Seite. Statt irgendwie weiterzukommen, putze ich an vier Tagen in der Woche in einer billigen Spelunke die Pisse und Kotze von Besoffenen auf, hänge ansonsten auf der Straße herum und gucke zu, wie mein Kumpel schnorrt und Leute beklaut und zur Krönung noch zusammenschlägt.

Tolle Leistung, muss ich schon sagen.

Oben am Himmel zieht ein Satellit vorbei und verschwindet hinter einem grauorange angeleuchteten Wolkenband. Aus irgendeinem Grund muss ich an das *SO* denken und diese Bar daneben, in der ich mich so wohl gefühlt habe und von der ich noch nicht einmal den Namen weiß. Ich bin nicht wieder dort gewesen. Warum eigentlich nicht?

Ich drehe mich um und betrachte Kai. Er liegt ganz friedlich da, mit weichen, entspannten Zügen. Fast wie ein Engel.

Aber das ist er nicht mehr.

Ist er niemals gewesen.

Vielleicht hat er Recht gehabt mit dem, was er neulich gesagt hat: „Glaub nicht, dass du dich einfach so rausziehen kannst. Wir sind ein Team." Auf eine Art sind wir tatsächlich auf Gedeih und Verderb aneinander gebunden. Aus unserer Zuneigung ist eine verzweifelte Hassliebe geworden. Kai wird mich nicht gehen lassen, das ist mir klar.

Es gibt nur eine Möglichkeit, mich zu befreien.

Ich brauche nur ein paar Sekunden, um mich zu entscheiden. Mit leisen Schritten gehe ich zum Bett hinüber, nehme meinen Rucksack und packe fast lautlos meine wenigen Habseligkeiten hinein: ein paar neue Klamotten, eine Schachtel Tampons und meine Zahnbürste, die alte Cargo und das Herrenparfüm, das ich mir neulich zugelegt hab. Dann roll ich den Schlafsack zusammen. Die Luftmatratze lasse ich liegen.

Als ich fertig bin, setze ich den Rucksack auf und nehme die Bomberjacke in die Hand, die ich mir von dem Geld des Geschäftsmannes gekauft hab. Einen Moment lang bleibe ich stehen und sehe auf Kais schlafendes Gesicht hinunter. Ich hab einen Kloß in der Kehle, und so viel ich auch schlucke, er geht einfach nicht weg.

Kai seufzt im Schlaf und räkelt sich wieder, und ich setze mich in Bewegung. Mit leisen Schritten gehe ich zur Tür, mache sie auf und ziehe sie hinter mir zu, ohne mich noch einmal umzusehen. Ich hole tief Luft. Der Kloß in meinem Hals ist immer noch da.

Ich stoße die Luft wieder aus, und dann laufe ich die Treppe hinunter.

Kapitel 4

1

Weit laufe ich nicht. Nur die Warschauer Straße hinunter, über die Oberbaumbrücke und dann einfach geradeaus nach Kreuzberg hinein. Ein bisschen mulmig ist mir schon – in Friedrichshain kenne ich mich mittlerweile richtig gut aus, aber in Kreuzberg bin ich nur zwei- oder dreimal gewesen. Trotzdem ist es besser, gleich den Stadtteil zu wechseln. Friedrichshain gehört Kai, und ich brauche jetzt mein eigenes Viertel.

Es ist immer noch dunkel, aber während ich langsam die Oberbaumstraße hinuntergehe, belebt sich der spärliche Morgenverkehr. Ein paar Lieferwagen zischen an mir vorbei, und einige Frühaufsteher trotten mit schlafverquollenen Gesichtern auf die U-Bahnstation zu. Kurz vorm Schlesischen Tor rollt die erste Bahn quietschend auf der eisernen Brücke über mir entlang, und ich bleibe stehen, lege den Kopf in den Nacken und sehe zu, wie der Zug rumpelnd vorbeirattert. Hinter einer schmutzigen Fensterscheibe blickt ein Mann gähnend zu mir hinunter und reibt sich dabei die Augen. Auf einmal spüre ich, wie müde ich bin.

Eine Weile kundschafte ich die Gegend aus, auf der Suche nach einem abbruchreifen Haus, in dem ich mich aufs Ohr hauen kann. Aber die Kreuzberger Häuser sind besser in Schuss als die in Friedrichshain, und es ist gar nicht so einfach, einen guten Schlafplatz zu finden. An der Köpenicker Straße entdecke ich schließlich eine Reihe alter Werkshallen, aber gerade, als ich die Tür zu einer davon aufziehen will, biegt ein Wachmann um die Ecke, und ich mache mich lieber davon.

Nach einer weiteren Viertelstunde komme ich zu einem parkähnlichen Gelände mit einer großen Kirche in der Mitte. Auf dem Rasenstück dahinter sind ein paar mit Graffitti verzierte Bauwagen um einen Feuerplatz aufgestellt. An den Wäscheleinen, die kreuz und quer zwischen den Wagen gespannt sind, lüften bunte Klamotten, überall liegt Schrott und Holz herum, und ein paar alte, ausgeschlachtete Mopeds stehen aufgebockt in einer Ecke.

Ich betrachte den qualmenden Schornstein, der aus einem der Wagen herausragt. Irgendwie gibt mir die Wagenburg ein sicheres Gefühl, und so rolle ich meinen Schlafsack zwischen einem provisorischen Bretterverschlag und einem Gebüsch aus, schiebe meinen Rucksack hinein, krieche hinterher und ziehe mir die Decke über den Kopf. Ich fröstele ein wenig – immerhin ist es Anfang November und in den letzten Wochen empfindlich kalt geworden –, aber einen Augenblick später bin ich auch schon eingeschlafen.

Und einen Augenblick später, so kommt es mir jedenfalls vor, werde ich auch schon wieder unsanft geweckt. Ein roter Blitz leuchtet mir grell in die Augen, und einen Moment lang sehe ich überhaupt nichts. Dann erkenne ich zwei junge Typen, die sich mit einem fiesen Grinsen über mich beugen. Sie sind nicht viel älter als ich; der Größere von beiden trägt seine dunklen Haare in der Mitte gescheitelt und eine Taschenlampe in der Hand, der andere spielt mit einem ziemlich scharf aussehenden Messer.

„He, aufwachen, Penner!“, sagt der Größere und schaltet die Lampe aus. Der andere stößt mir mit dem Fuß in die Seite. Ich versuche mich wegzudrehen, aber das geht nicht. Das dämliche Gebüsch ist mir im Weg.

„Wat denn, willste etwa abhauen?“ Der Mistkerl tritt noch mal zu und macht eine schnelle Bewegung, und die Messerklinge fährt steil durch die Luft. „Raus da! Los, mach schon!“

Eilig krieche ich aus dem Schlafsack und schlüpfe rasch in meine Schuhe. Angst hab ich keine, ich bin einfach nur total erschrocken. Kaum bin ich draußen, bückt sich der Kerl mit dem Messer und schlitzt meinen Schlafsack der Länge nach auf. Federn stieben hoch. Einen Augenblick lang sieht es aus, als ob es schneit, dann ist der Schnee wieder fort, und ich gucke hilflos zu, wie der Größere sich meinen Rucksack krallt und ausschüttet. Meine wenigen Sachen fliegen heraus, als Letztes die Schachtel mit den Tampons.

Einen Moment lang herrscht Stille, dann heben die beiden Typen die Köpfe und starren mich an.

„Ej, das is' gar kein Penner! Das is'ne Braut!", sagt der mit dem Messer und verzieht angeekelt den Mund.

Der Größere kneift die Augen zu kleinen Schlitzen zusammen. „Tatsache, 'ne Braut!" Er tritt einen Schritt näher, und ich weiche instinktiv so weit zurück, wie es nur geht. Die Zweige des Gebüsches pieksen mir in den Rücken, aber ich krieg es kaum mit. Alles, was ich spüre, ist mein pochendes Herz. Jetzt hab ich doch Angst.

Ich werfe einen Blick zur Wagenburg hinüber, aber leider regt sich dort nichts. Nichts und niemand in Sicht, der mir helfen könnte. Ich bin ganz auf mich gestellt, und an Flucht ist auch nicht zu denke. So eine Scheiße!

Der Größere tritt noch dichter an mich heran. „Was guckst du?", fragt er drohend, als ich ihn wie gebannt anstarre. „Scheißfotze! Was is 'n das hier?" Er schnippt mit einem Finger an meinen rasierten Schädel. Ich bin erstaunt, wie weh das tut. „Biste untern Rasenmäher gekommen oder was?", ruft er. „Oder biste etwa 'ne verschissene Lesbe, he?"

Ich antworte nicht. Was soll ich auch darauf schon sagen? Aber die beiden scheinen auch keine gar keine Antwort zu erwarten. Der mit dem Messer kichert gemein, und der andere bleckt grinsend die Zähne. Einen Moment lang sieht er aus wie ein bissiger Köter kurz vorm Zuschnappen, aber dann lacht er nur laut und tritt wieder zurück. „Los, gucken wir mal, was wir brauchen können von deinem Plunder!", ruft er und bückt sich nach meinen Klamotten.

Während der Kleinere mich mit dem Messer in Schach hält, wühlt der Große meine Sachen durch. Zitternd stehe ich da und bin nur froh darüber, dass ich vollständig angezogen bin und sogar meine Jacke noch anhab. Der Größere steckt das Herrenparfüm ein und richtet sich wieder auf. Abschätzig sieht er an mir herunter.

„Die Uhr her!", befiehlt er und zeigt auf meinen Arm. Folgsam nehme ich meine Armbanduhr ab und gebe sie ihm. Er lässt sie in seiner Hosentasche verschwinden. „Und wo ist die Kohle?"

Einen winzigen Moment lang zögere ich, dann zucke ich mit den Schultern. „Ich hab nichts", sage ich ruhig.

Blitzschnell ist das Messer vor meinem Gesicht. Dann spüre ich die Klinge an meiner Kehle. Schweiß tritt mir auf die Stirn.

„Los!", flüstert der Messertyp drohend. „Sag schon, wo ist die Kohle! Sonst hol ich sie mir auf die harte Tour. Haste verstanden?"

Noch nie habe ich jemanden mit so fiesen Augen gesehen. Und mir ist klar, dass er es ernst meint. „In meiner rechten Socke", sage ich mit zitternder Stimme.

Er bückt sich, sticht die Messerspitze ins Bündchen von meiner rechten Socke und trennt sie mit einem raschen Schnitt durch, die Schnürsenkel meines Turnschuhs gleich mit. Dann fuchtelt er mit dem Messer vor meiner Nase herum. „Los jetzt! Rück rüber!"

Zitternd bücke ich mich und ziehe meine letzten drei sauer verdienten Zehn-Euro-Scheine aus der zerfetzten Socke heraus. Der Typ mit dem Messer schnappt sie mir aus der Hand und reicht sie dem Großen hinüber, der sie gleich einsteckt. Dann starren die beiden mich an.

Ich sehe weg, ich möchte mir lieber nicht ausmalen, was durch ihre miesen Schädel geht. Vorsichtig atme ich die kalte Luft ein und versuche, mich auf die spitzen Gebüschzweige zu konzentrieren, die mich immer noch in den Rücken pieksen. Die Sekunden vergehen unendlich langsam, und schließlich bleibt die Zeit ganz stehen.

Noch einmal atme ich ein.

Dann stößt mir der Messertyp so hart in die Rippen, dass ich nach hinten kippe und im Gebüsch hängen bleibe. Der Große lacht höhnisch auf und spuckt vor mir aus.

Ich bewege mich nicht.

Der Messertyp bückt sich. Drei, vier rasche Schnitte, und wieder fliegt Federschnee durch die Luft.

Noch ein höhnisches Lachen, dann sind sie fort.

Ich sauge wieder die Luft ein, dann befreie ich mich endlich aus dem Gebüsch, sinke in die Knie und lege die Arme um meinen Oberkörper. Meine Rippen schmerzen, und die Stelle an meiner Schläfe, wo der Große mir gegengeschnippt hat, tut immer noch weh, aber sonst ist alles okay.

Ich hab Glück gehabt, das weiß ich genau.

Und deshalb ist es okay.

Der Schlafsack ist nicht mehr zu gebrauchen und eins meiner neuen T-Shirts hat auch einen langen Schnitt abbekommen, aber die anderen Sachen sind noch in Ordnung. Meinen MP3-Player, der in meine Cargo gewickelt war, hat das Arschgesicht glatt übersehen, immerhin etwas. Ich packe meine Klamotten in den Rucksack und mache mich auf den Weg. Den Schlafsack lasse ich liegen.

Als ich an der Wagenburg vorbeigehe, schwingt eine Tür auf, und ein älterer Typ mit langen, verfilzten Haaren tritt heraus.

„Haben die Scheißaraber dich abgezockt?“ Er lacht gickernd und entblößt eine unregelmäßige Reihe gelber Zähne. Ich sehe das irre Leuchten in seinen Augen und gehe schnell weiter.

„Zu schade! Ich dachte schon, ich krieg noch Fleisch zu sehen!“, ruft er mir hinterher und lacht wieder so seltsam. „Schade, zu schade! Fleisch wollte ich sehen, nacktes Fleisch!“

Ein Schauder fährt mir den Rücken hinunter, und ich lege noch einen Schritt zu.

„Fleisch, junges Fleisch! “, schreit der Gruseltyp ein letztes Mal hinter mir her. Dann knallt er die Wagentür zu.

Erst, als ich an eine belebtere Straße komme, werde ich langsamer. Mittlerweile ist es hell geworden, und über mir ziehen graue

Wolken durch einen trübe aussehenden Himmel. An einer großen Kreuzung setze ich mich schwer atmend auf eine Bank. Im gleichen Moment beginnt es zu nieseln. Ich stütze den Kopf in die Hände und sehe auf meine Turnschuhe hinunter. Die durchgetrennten Schnürsenkel des rechten hängen zu beiden Seiten auf den Boden und starren vor Dreck.

Zum ersten Mal, seit ich in Berlin bin, fühle ich mich vollkommen mutlos. Wo soll ich jetzt bloß hin? Und nicht nur heute, sondern überhaupt?

Ein paar Leute gehen an mir vorbei, und ich richte mich auf und blicke mich um. Ich bin auf einem Platz zwischen lauter Geschäften und Kneipen gelandet. Schräg gegenüber, auf der anderen Straßenseite, ist ein Stand mit selbst gemalten Plakaten für Sandwiches, daneben lockt ein asiatischer Imbiss mit Fotos von Sushis. Weiter hinten entdecke ich an einem Hauseingang ein Schild, das mir bekannt vorkommt. *SO36* steht drauf, in großen, blauschwarzen Lettern.

Dann macht es Klick. Ich gucke nach rechts, ein Stück weiter die Straße hinunter. Da ist sie, die Bar. Die bunten Lichterketten hängen auch jetzt über dem Eingang, der um diese Tageszeit natürlich noch verriegelt und verrammelt ist.

Augenblicklich ist meine Mutlosigkeit wie weggeblasen. Ich fasse in meine Hosentasche, fische meine letzten Münzen heraus und zähle sie durch. Viel ist nicht mehr übrig, aber immerhin hab ich noch fast acht Euro. Genug für einen Kaffee. Etwas zu essen. Ein Paar neue Schnürsenkel.

Und für ein Bier heute Abend.

2

Drei Gäste sitzen am Tresen, und ein Lesbenpärchen küsst sich selbstvergessen im hinteren Raum, als ich die Bar um kurz nach zehn betrete. Die Bank auf der Stirnseite des Tresens ist frei, und ich schwinge mich hinauf und werfe meinen Rucksack lässig neben mich. Moni hebt eine Braue, als sie mich sieht. In aller Seelenruhe spült sie eine ganze Batterie Gläser zu Ende, trocknet sich die Hände ab und kommt zu mir rüber.

„Du schon wieder“, sagt sie und stützt die Hände flach auf dem Tresen auf. „Gehörst du nicht bald ins Bett?“

Ich schenk ihr mein coolstes Lächeln. „Mit achtzehn kann man aufbleiben, solange man will. Ist doch so, oder?“

Sie mustert mich eine ganze Weile, dann nickt sie schließlich, immer noch, ohne zu lächeln. „Und, was soll's sein? Oder hast du wieder die falsche Hose an?“

Ich schüttele den Kopf. „Ein Bier“, sage ich und lege feierlich meine letzten drei Euro auf den Tresen. Moni wischt die Münzen in ihre Hand und dreht sich weg. Einen Moment später steht eine kalte Flasche Bier vor mir, und die nächste Stunde verbringe ich damit, mich daran festzuhalten, ab und zu an der immer wärmer werdenden Flüssigkeit zu nippen und zuzusehen, wie der Laden sich füllt.

Das Publikum ist bunt gemischt, aber die Schwulen scheinen in der Überzahl. Manche sind unauffällig gekleidet, in Pulli und Jeans, andere sind schrill frisiert und geschminkt. Ein paar Lederkerle sind auch da, kräftige, bullige Männer in hautengen Lederhosen und karierten Hemden, aber die meisten Typen tragen Sport- oder Markenklamotten und Jeans, genau wie viele der Frauen.

Überhaupt, die Frauen! Bei einigen muss ich dreimal hingucken, um das Geschlecht zu bestimmen, und selbst dann bin ich mir noch nicht sicher. Ich bin total fasziniert – wie kriegen die das bloß hin, so wenig nach Frau und dabei so cool auszusehen? Liegt das nur an den Klamotten und den Kurzhaarschnitten, oder gehört da noch etwas anderes dazu?

Bei den Männern geht mir das übrigens nicht so, die erkenn ich sofort als das, was sie sind. Nur einen völlig schräg aufgestylten Typen halte ich zuerst für eine Frau, wegen seines übertriebenen Make-ups, des engen Pailletten-Kleids, unter dem sich riesige Titten abzeichnen, und der wallenden Perücke. Aber als er einen den Siebziger-Jahre-Songs laut mitsingt, erkenne ich die Männerstimme.

Gegen elf kommt ein ganzer Schwall ziemlich süß aussehender Mädels herein. Eine davon, eine niedliche Dunkelblonde mit kurzen, fransigen Haaren und ungefähr zehn verschiedenen Piercings im Gesicht, erwidert mein Lächeln, und ich lehne mich zufrieden zurück. Ich fühle mich so wohl wie schon lange nicht. Dieser Schuppen hat mehr mit mir zu tun als jeder andere Club, in dem ich bisher gewesen bin, so viel ist mir klar.

Moni hat inzwischen Verstärkung von einem kleinen, über und über tätowierten Typen bekommen und nutzt die gewonnene Zeit, ausgiebig mit einer blonden Frau in einem schwarzen Kleid zu flirten. Interessiert sehe ich zu, wie sie der Blonden mit einer lässigen Geste Feuer gibt und ihr anschließend tief in die Augen sieht, solange, bis die Blonde errötend den Blick abwendet. Als Moni dann wieder eine neue Bestellung aufnimmt, sieht die Blonde ihr verträumt dabei zu.

Das werde ich mir merken. Von Moni kann ich garantiert noch einiges lernen, was flirten angeht.

Die niedliche Dunkelblonde, die mir zugelächelt hat, verlässt mit ihrer Truppe den Laden und macht einem neuen Schwung Frauen Platz. Moni wechselt die CD und dreht die Regler hoch, und jetzt kommt Bewegung in die Menge. Einen Moment lang bin ich versucht, mir die Ohren zuzuhalten, als ich die schrille Kreischestimme von Marianne Rosenberg erkenne, die meine Mutter früher immer gehört hat. Aber den Leuten hier scheinen die alten Schlagerschinken zu gefallen, denn ein paar der Typen beginnen zu tanzen, und im Handumdrehen hat sich der Laden in eine Schunkelhöhle verwandelt. Nach einer Weile ertappe ich mich sogar dabei, dass ich mitsinge, genauso wie meine Nachbarn auf der Bank, zwei junge Schwule, und der halbe Laden dazu. Ich klappe meinen Mund schnell wieder zu, aber das Grinsen auf meinen Lippen bleibt hängen, das spür ich genau.

Mein Bier ist längst alle, als Moni zu mir herüberkommt. „Noch 'n Bier?"

„Nein, danke."

„Was anderes? 'ne Cola?"

Ich hab ziemlichen Durst, aber ohne Kohle ist nun mal nichts zu machen. Also schüttele ich den Kopf.

Moni räumt meine leere Flasche ab. „Was war denn neulich da mit deinem Kumpel?", fragt sie.

„Der hat was aufs Auge gekriegt", sage ich schnell.

„Aufs Auge? Guck mal an. Soso."

Hinten auf der anderen Seite des Tresens ruft ein Gast mit lauter Stimme nach Moni, aber sie macht keine Anstalten, sich zu ihm umzudrehen. Mit ihren hellen Augen starrt sie mich an, solange, bis ich mich unbehaglich zu fühlen beginne.

„Deinen Kumpel da übrigens", sagt sie nach einem Moment, „den kenn ich. Der war schon öfter mal hier."

Ich bin überrascht. Kai hat mir gegenüber nichts davon erwähnt.

„Das ist ein kleiner Stricher, dein Freund." Moni beobachtet mich.

Es passt mir nicht, was sie da sagt, und wie sie es sagt, passt mir erst recht nicht.

Aber leider hat sie ja Recht. Kai ist schließlich wirklich ein Stricher.

Und trotzdem.

„Nicht nur", sage ich. „Er ist nicht nur Stricher."

„Kann sein." Moni zuckt mit den Schultern, bückt sich unter den Tresen und kommt mit einer Colaflasche wieder hoch. „Aber hier hat er nichts anderes gezeigt", setzt sie hinzu. „Hier ist er immer nur der kleine Stricher. Und woher soll ich wissen, was er sonst noch so zu bieten hat, wenn ich es nicht sehe?" Sie gießt ein Glas voll Cola ein und stellt es vor mir auf den Tresen. „Geschenk des Hauses." Bevor ich Gelegenheit hab, mich zu bedanken, dreht sie sich um und geht zu dem Gast hinüber, der nach ihr gerufen hat.

Nachdenklich trinke ich einen Schluck Cola. Genau das ist es, genau deswegen bin ich von Kai weg: Ich will kein Leben wie er mehr – ein Leben am Rande, im Dunkeln. Ein Leben, in dem ein Teil von mir immer unsichtbar bleibt, in dem niemand sieht, wer und wie ich in Wirklichkeit bin.

Ich will ich selbst sein, was immer das auch heißt. Und das geht nicht, wenn ich unsichtbar bleibe.

„Willst du noch rüber?“ Moni steht wieder vor mir. Wahrscheinlich gucke ich ziemlich verständnislos drein, denn sie zeigt mit dem Daumen zur Tür und fügt erklärend hinzu: „Ins *SO 36*. Zur Frauenparty.“

Ich spüre, wie ein kleiner Schauer der Aufregung mich durchzuckt. „Ist die heute?“

Moni nickt. „Wenn du dich beeilst, kommst du noch umsonst rein“, sagt sie und lächelt mir zu, zum ersten Mal an diesem Abend. „Bis halb zwölf ist der Einlass gratis. Danach kostet's acht Euro.“

Ich trinke hastig meine Cola aus, nehm meinen Rucksack und rutsche von der Bank. „Danke übrigens. Für die Coke. Und überhaupt.“

Moni wirft einen abschätzigen Blick auf meinen Rucksack. „Willst du den etwa mitnehmen? Komm, reich mal rüber.“

Ich zögere keine Sekunde. „Mensch, danke!“

„Aber hol ihn nachher auch wieder ab!“ Moni lächelt schon wieder. „Sonst stell ich ihn auf die Straße, dass das klar ist!“

„Is‘ klar“, sage ich und salutiere. Und dann bin ich auch schon an der Tür.

3

Diesmal kommt mir der lange Gang gar nicht mehr so dunkel vor wie beim letzten Mal. Die fetzigen Rhythmen von irgendeinem brandneuen Dance-Hit knallen mir entgegen, und zwei kichernde Mädchen laufen engumschlungen an mir vorbei. Irgendwie wird der Gang dadurch gleich noch ein bisschen heller.

Hinter dem Tresen sitzen diesmal zwei kurzhaarige Frauen mit gelangweilten Mienen. Eine davon fasst mich am Arm, als ich vorbei will. Ihre eigenen Oberarme sind die reinsten Muskelpakete.

„Stopp. Frauenparty“, sagt sie und lässt ihr Kaugummi knallen.

„Ja, und?“ Abwartend sehe ich sie an. Sie mustert mich von oben bis unten, dann lässt sie mich abrupt los und winkt mich mürrisch durch. Mit einem breiten Grinsen gehe ich vor bis zur Tanzfläche.

Erst die beiden Ärsche, die mich überfallen haben, und jetzt die Türfrau. Schon das zweite Mal an einem Tag, dass ich für einen Typ gehalten werde. Wenn ich das meinen Haarstoppeln zu verdanken hab, soll es mir Recht sein. Zufrieden stecke ich die Hände tief in die Hosentaschen und sehe mich um.

Offensichtlich beginnt so eine Frauenparty ziemlich spät, denn der große Saal ist erst halb gefüllt. Die meisten Frauen stehen rund um die Tanzfläche, auf die sich erst einige wenige Mutige gewagt haben.

Was mir sofort auffällt, sind die Blicke. Manche gucken verstohlen, manche ganz unverfroren, aber alle starren sich gegenseitig an. Und mich eben auch.

Eine Frau mit zwei langen, dunklen Pippi-Langstrumpf-Zöpfen guckt mir direkt in die Augen, als ich meinen Blick über sie hinweggleiten lasse. Ein Stück weiter sitzen zwei kurzgeschorene Mädels mit Nietenarmbändern und zerrissenen Jeans, die mich feindselig anstarren. Und dahinter, an der Wand, lehnen ein paar Girls in bauchfreien Shirts, die bei meinem Anblick die Köpfe zusammenstecken und zu kichern beginnen. Die Dunkelblonde mit den vielen Piercings, die mir in der Bar nebenan zugelächelt hat, steht ein Stückchen daneben und sieht auch zu mir her.

Ich spüre, wie ich augenblicklich erröte, und unwillkürlich sehe ich an mir hinunter: Mein T-Shirt leuchtet weiß unter der Bomberjacke hervor, meine Armeehose sitzt so, wie sie soll, und die Sneakers mit den neuen Schnürsenkeln sehen gut aus. Alles okay. Kein Grund zur Panik.

Ich guck wieder hoch. Die Mädels drüben kichern immer noch, womöglich noch lauter. *Scheißweiber*, denk ich. Und noch während ich mich umdreh und möglichst lässig zum Tresen hinüberschlendere, fällt mir ein, dass ich diesen Ausdruck zigmal von meinem Halbbruder Sven gehört hab. Von Sven und dem Alten. Jetzt benutz ich ihn selbst. Irgendwie ist das beschissen. Aber irgendwie tut es auch gut. „Scheißweiber!“, flüstere ich vor mich hin, und dann muss ich lächeln.

Auf dem Absatz drehe ich mich um und gehe wieder zur Tanzfläche zurück. Die Dunkelblonde steht immer noch da, und der alberne Trupp Girls kichert immer noch blöd. Aber sie hören schlagartig auf damit, als ich mich breitbeinig hinstelle und ein rotzfreches Grinsen zu ihnen rüberschicke. Und einen Kussmund hinterher.

Sofort brechen sie wieder in schrilles Gekichere aus. Nur die Dunkelblonde nicht. Sie wird knallrot und sieht weg. Und ich drehe mich zum zweiten Mal um und gehe wieder zum Tresen zurück. Das hab ich schon mal gut hingekriegt. Vielleicht bin ich neu hier in der Szene, aber unterkriegen lassen, das schwöre ich mir, werd ich mich garantiert nicht.

Die nächsten paar Stunden mache ich nichts weiter, als mir die Frauen anzugucken. Es ist spannend, so viele Lesben auf einmal zu sehen – jedenfalls vermutete ich, dass die meisten lesbisch sind, denn je voller der Laden wurde, desto mehr Paare knutschten miteinander herum. Die DJanes – gleich drei auf einmal, ziemlich hip gekleidete Frauen mit Rastalocken und Basecaps, die hinter ihrer riesigen Anlage oben auf einer Empore herumturnen – legen immer schnellere Songs auf, und bald ist die Tanzfläche zum Bersten voll. Eine knisternde Atmosphäre liegt im Saal, und je mehr er sich füllt, desto mehr heizt sie sich auf. Überall wird geflirtet, gelacht, aber ich sehe auch sich streitende Paare. Und finstere Blicke in Massen.

Aber das, so kapiere ich schnell, gehört einfach dazu. Wer cool sein will, guckt eben finster. So wie Moni vorhin in der Bar nebenan. Auch die hat mich zuerst mit einem Blick angesehen, als würde sie mich am liebsten erdolchen. Und dann hat sie mir eine Cola spendiert.

Beim Gedanken daran kriege ich Durst, und ich geh rüber ins Klo, um Wasser zu trinken. Dann schlendere ich wieder zur Tanzfläche nach vorne. Eine dünne Blonde mit einem Piercing in der Oberlippe stößt mich versehentlich an, wirft mir ein entschuldigendes Lächeln zu und läuft schnell weiter, ihrer Freundin direkt in die Arme. Wo ich auch hinguck, überall küssen sich Frauen. Wer nicht küsst, der flirtet, und jeder hat jemanden zum Reden.

Nur ich, so kommt es mir vor, bin allein.

Die niedliche Dunkelblonde mit den vielen Piercings hab ich auch nicht mehr gesehen. Bestimmt ist sie schon längst weg. Und wenn nicht – mit meiner Aktion vorhin hab ich's mir mit ihr garantiert verscherzt.

Plötzlich hab ich tierische Lust, eine zu rauchen.

Ich mache kehrt und gehe zum Tresen hinüber. Eine Reihe von Schachteln liegt darauf herum, die Besitzerinnen lehnen meist mit dem Rücken dagegen und haben alles im Auge, nur nicht ihre Kippen. Es wäre ein Leichtes, mir eine ganze Schachtel zu klauen. Noch vor ein paar Tagen, mit Kai in der Nähe, hätte ich nicht eine Sekunde gezögert. Aber jetzt geht das irgendwie nicht.

Ich lehne mich ebenfalls gegen den Tresen. Ein Stück neben mir sitzt eine ältere Blondine, und nach ein paar Sekunden geht mir auf, dass es die Frau ist, mit der Moni drüben noch vor kurzem geflirtet hat. Jetzt thront sie wie eine Königin auf ihrem Barhocker, schlürft Sekt auf Eis und blickt mit kühler Miene auf das tanzende Volk. Hinter ihr, direkt in Griffweite für mich, liegt eine Packung goldener *Benson und Hedges*. Ich seh mich kurz um, dann lange ich rüber, klappte die Packung auf und ziehe mir eine Kippe heraus.

„Cool", sagt jemand neben mir. „Besorgst du mir auch eine?"

Ich fahre herum. Ein Mädchen mit struppigen, schwarzen Haaren und schräg geschwungenen, dunklen Augen steht neben mir und betrachtet mich belustigt.

Ich zögere nur kurz, bevor ich ihr mein Beutestück hinhalte. „Hier, kannste haben." Dann stoß ich mich vom Tresen ab.

„He, warte doch!", ruft sie mir nach, aber ich gehe schnell weiter. Rasch drücke ich mich zwischen ein paar durchgestylten Frauen hindurch. Meine Ohren brennen. Peinlich, mich erwischen zu lassen!

Ich schiebe mich an einem knutschenden Pärchen vorbei. Direkt über mir tröpfelt das Ende eines Softsongs aus einer riesigen Box und geht in einen schnellen Gitarrenakkord über, der das nächste Stück ankündigt. Ein paar harte Riffs peitschen mir ins Ohr, und dann, ohne zu überlegen, trete ich auf die Tanzfläche. Und im nächsten Moment tanz ich auch schon.

Mein Körper bewegt sich wie von selbst, perfekt im Rhythmus. Die Musik rauscht durch meinen Kopf, meine Arme, meine Beine, bis hinunter in meine Füße. Ich schließe die Augen und öffne sie wieder. Alles ist bunt, alles bewegt sich, und ich fühle mich plötzlich ganz leicht, wie auf Kiff oder auf Alk. Dabei bin ich vollkommen nüchtern.

Direkt vor mir tanzt selbstvergessen eine ziemlich dicke Rothaarige, ein glückliches Lächeln im Gesicht. Daneben schmeißt eine kleine Punkfrau die Arme hoch über den Kopf und springt hinterher. Eine sehr große Dünne lacht mich an, und ich lächel zurück. Und dann mache ich die Augen wieder zu und weiß, dass ich wahrscheinlich genau wie die anderen aussehe: glücklich, in mich versunken, eins mit mir und meinem Körper, ein Teil dieser brodelnden Menge.

Noch nie zuvor hab ich so gut getanzt. Noch nie zuvor war ich so leicht.

Irgendwann, viel später, taumele ich erschöpft von der Tanzfläche. Als ich mir in der Toilette kaltes Wasser ins Gesicht spritze und mein erhitztes Gesicht im Spiegel mustere, spüre ich, dass mein Magen knurrt. Ich trinke Wasser gegen den Hunger, dann gehe ich zum Tresen, auf der Suche nach Beute.

Ich habe Glück. Monis Blonde ist weg, und das braunhaarige Mädchen, das mich beim Zigarettenklauen ertappt hat, steht auch nicht mehr da. Aber die Barfrau stellt gerade ein paar Gläser mit Salzstangen hin, und ich beuge mich hinter einem verliebten Pärchen vorbei und bediene mich reichlich. Während ich mir gierig eine Hand voll Stangen auf einmal in den Mund zu stopfen versuche, tippt mir jemand auf die Schulter, und alarmiert drehe ich mich um.

„He!“, sagt Mascha und lächelt mich an. „Also bist du es doch! Steht dir echt gut, die Frisur!“

Ich bin selbst überrascht, wie sehr ich mich freue, Mascha wieder zu sehen. „Danke", krächze ich und versuche, die Salzstangen herunterzuschlucken. Aber das ist gar nicht so einfach. Die Hälfte davon scheint mir im Hals festzustecken, der Rest hat sich in einen staubigen Brei verwandelt, und ohne Flüssigkeit ist es verdammt schwer, ihn hinunterzukriegen.

Mascha hält mir ihr Bier hin. „Komm, spül mal nach!"

Dankbar nehme ich die Flasche und trinke gierig. Endlich löst sich der Stau in meiner Kehle, und die Salzstangen sacken nach unten. „Danke!", sage ich heiser und huste.

„Trink ruhig aus", sagt Mascha. „Ich bin ohnehin gerade dabei zu gehen. Ist gleich Feierabend hier."

„Feierabend?" Verblüfft will ich auf meine Armbanduhr sehen, aber dann fällt mir ein, dass sie ja weg ist. Mascha hält mir stattdessen ihre Uhr hin.

Tatsächlich, es ist kurz nach drei.

„Tja, wenn man sich so gut amüsiert, merkt man eben nicht, wie die Zeit vergeht", sagt Mascha. „Wusste ich's doch, dass es dir hier gefallen würde!"

„Stimmt. Guter Tipp!" Ich lächele sie an. „Danke noch mal dafür!"

„Was?" Mascha legt eine Hand an ihr Ohr. Die DJanes haben auf einmal lauter gedreht, zum krönenden Abschluss vermutlich.

„Danke!", schreie ich gegen den Lärm an, und Mascha grinst. „Nichts zu danken." Sie winkt ab, dann legt sie den Kopf schief. „Wie ist es, kommst du mit rüber?", ruft sie. „Auf einen Absacker ins *Roses*?"

Roses! So heißt die Bar nebenan also. Ich denke an meinen Rucksack und nicke. „Klar. Gerne."

„Ich sag nur noch meinen Freundinnen Bescheid." Mascha stößt sich vom Tresen ab, aber dann hält sie noch einmal inne. „Sag mal, wie heißt du eigentlich?", fragt sie.

„Jenny."

„Wie?" Mascha beugt sich vor. Die Musik ist wirklich verdammt laut. „Jonny?"

Jonny. Ich zögere, nur einen Moment. Dann nicke ich schnell. „Ja", sage ich laut und merke, wie sich die feinen Härchen in meinem Nacken aufrichten.

Es geht glatt durch. „Okay, Jonny", sagt Mascha. „Bis gleich." Ich nicke erneut. Die Musik verstummt mit einem krachenden Akkord und setzt gleich darauf mit einem dröhnenden Bass wieder ein, aber ich höre sie kaum, während ich zusehe, wie Mascha zu einer Gruppe Frauen hinübergeht.

Jonny. Na klar. Dass ich darauf noch nie gekommen bin. Dabei ist es so einfach. *Wie Jenny, nur mit einem O. Ganz einfach.*

Na, klar heiß ich Jonny.

Ab jetzt.

4

Moni nickt mir zu, als ich ins *Roses* hineintrotte. Der Laden brummt nur so. Während ich mich hinter Mascha und ihren Freundinnen zum Tresen durchdrängele, wundere ich mich darüber, wie viele Leute in den kleinen Raum hineinpassen. Die Luft ist zum Schneiden, die schrille Soulmusik ohrenbetäubend laut, und niemand scheint auch nur genügend Platz zu haben, um seine Ellbogen ausfahren zu können, aber alle amüsieren sich blendend.

Am Tresen werden gerade ein paar Hocker frei, und dankbar pflanze ich mich hin und lehne erschöpft den Kopf auf meine verschränkten Arme. Mit halbem Ohr höre ich zu, wie Mascha sich mit ihren Freundinnen unterhält – zwei Frauen in ihrem Alter, die mich nur kurz begrüßt und dann nicht weiter beachtet haben –, und dann schließe ich kurz die Augen. Ich will nur einen Moment dösen.

Aber ich muss doch eingeschlafen sein, denn plötzlich stößt Mascha mich vorsichtig an. „He, Jonny, Zeit zu gehen!"

Ich rappele mich auf. „Oh, ich bin eingeschlafen, oder?"

„Kann man so sagen, ja", sagt Mascha schmunzelnd. Ihre beiden Freundinnen sind nicht mehr da, und auch sonst ist nicht mehr viel los in der Bar. Hinter dem Tresen räumt Moni leere Bierflaschen in einen Kasten, gegenüber an der Wand schläft ein Lederkerl mit offenem Mund, und daneben küsst sich ein schwules Pärchen schwankend auf einem Hocker. Die tanzende Menge, die lachenden Leute, die kichernden Transen, alle sind sie wie von Zauberhand verschwunden. Sogar die Musik ist leise gestellt und plätschert nur noch schwach aus den Boxen.

„Ich geh jetzt los“, sagt Mascha und mustert mich freundlich. „Und du siehst auch ziemlich müde aus.“

Ich nicke verschlafen und sehe mit kleinen Augen zu Moni hinüber. Wortlos zieht sie meinen Rucksack unter dem Tresen hervor und schiebt ihn zu mir herüber.

„Danke!“, sage ich.

„Nichts zu danken.“ Moni wendet sich wieder den Bierkästen zu. Mascha wirf einen irritierten Blick auf meinen Rucksack.

„Was ist denn das?“

„Ich zieh gerade um“, sage ich und gähne verstohlen.

„Und wohin?“

Ich zucke mit den Schultern. „Mal sehen“, sage ich. „Weiß ich noch nicht so genau.“

Mascha betrachtet mich einen Moment lang nachdenklich, dann seufzt sie. „Wenn du willst, kannst du heute Nacht bei mir schlafen. Aber wehe, du baggerst mich an! Ich steh nicht auf Jüngere.“ Sie zwinkert mir zu.

„Na, Gott sei Dank“, sage ich und lächele zurück. „Und ich nicht auf Ältere.“

Moni sieht von den Bierkästen auf und von Mascha zu mir und wieder zurück. „Schon ganz in Ordnung, die Kleine“, sagt sie in Maschas Richtung, langt über den Tresen und zieht mich am Ohr. „Wenn nicht, kriegst du echt Ärger. Also benimm dich, okay?“

Ich hebe rasch beide Hände. „Ich schwöre es, Meister!“, ruf ich mit flehender Stimme, und Moni lacht und lässt endlich mein Ohr los.

5

Bis zu Mascha ist es nicht weit. Sie wohnt nur ein paar Ecken entfernt in einem großen Altbau. Der Hausdurchgang steht voller Baumaterialien, und es riecht durchdringend nach Farbe. Maschas Wohnung ist natürlich ganz oben, im vierten Stock. Müde trotte ich hinter ihr her die Treppe hinauf.

„Habt ihr die Handwerker hier?", frage ich und deute auf ein paar Säcke Putz auf dem Treppenabsatz.

„Nein", sagt Mascha. „Das machen wir selbst."

„Wie, ihr, die Mieter? Warum tut ihr euch das denn an?", frage ich verwundert.

Mascha wirft mir einen belustigten Blick zu. „Weil wir keine richtigen Mieter sind. Hier wohnen achtzehn Frauen, und uns allen zusammen gehört das Haus."

„Was – achtzehn Frauen?"

Mascha grinst über meine ungläubige Miene und zieht ihre Schlüssel aus der Tasche. „Achtzehn Frauen, genau. Die meisten von uns sind schon von Anfang an dabei – wir haben das Haus damals besetzt und so lange genervt, bis der Hausbesitzer uns das Ganze verkauft hat. Der Berliner Senat hat uns das Geld vorgestreckt, unter der Bedingung, dass wir das Haus renovieren und sanieren. Und weil wir das nie im Leben bezahlen könnten, machen wir eben den größten Teil selbst. Jede von uns muss ihren Anteil leisten."

„Das Haus gehört euch? Cool!" Ich bin schwer beeindruckt. Muss ein gutes Gefühl sein, wenn so ein großer Kasten mitten in der Stadt einem selber gehört. Zumindest zum Teil. Zum Achtzehntel, genauer gesagt, denke ich und muss darüber lächeln.

Mascha steckt den Schlüssel ins Schloss und schließt auf. „Ja, das ist wirklich nicht schlecht", sagt sie. „Und bald sind wir auch endlich fertig. Nur noch das Treppenhaus, der Keller und der Hof."

„Und du warst bei der Besetzung dabei?", frage ich.

„Klar." Mascha stößt die Tür auf.

„Wann war das denn?"

„1980“, sagt Mascha und schaltet das Licht ein.

Mir bleibt fast die Spucke weg. 1980! Da war ich noch nicht mal geboren!

Offensichtlich hat Mascha einen ähnlichen Gedanken, denn sie fragt mich: „Wie alt bist du eigentlich, Jonny?“

„Achtzehn“, sage ich mit fester Stimme.

„Achtzehn, aha.“ Wenn Mascha mir nicht glaubt, dann lässt sie sich jedenfalls nichts anmerken. „So“, sagt sie und deutet eine Verbeugung an. „Und nun herzlich willkommen in meiner bescheidenen Hütte!“

So bescheiden ist Maschas Wohnung aber gar nicht. Vom lang gestreckten Flur gehen mehrere Türen ab, und während Mascha ihre Stiefel auszieht, sehe ich mich um. Außer einem weißgekachelten Bad und einer gut ausgestatteten Küche gibt es noch ein Wohnzimmer, einen Arbeitsraum und das Schlafzimmer. Alle Räume sind weiß gestrichen und ziemlich karg eingerichtet, aber trotzdem wirkt die Wohnung gemütlich. Vom ersten Augenblick an fühle ich mich wohl, und gerade deswegen kriege ich auf einmal Beklemmungen.

Sich zu wohl zu fühlen könnte gefährlich sein.

Ich muss ziemlich trottelig dastehen mit meinem Rucksack in der Hand, denn Mascha lächelt mich an. „Willst du hier Wurzeln schlagen? Geh ruhig schon mal ins Bad da vorne, ich mache dir inzwischen dein Bett fertig. Handtücher sind im Regal. Wenn du was brauchst, dann frag ruhig.“ Sie verschwindet im Wohnzimmer, und ich streife meine Turnschuhe von den Füßen, ziehe meine Zahnbürste aus dem Rucksack und gehe ins Badezimmer hinüber.

Die vor Sauberkeit blitzende Wanne sieht verlockend aus, aber ich bin viel zu erschöpft für mehr als eine Katzenwäsche. Müde betrachte ich mich im Spiegel, während ich mir die Zähne putze. Meine Haare sind schon wieder nachgewachsen, und ich hab tiefe Ringe unter den Augen, aber trotzdem gefällt mir mein Anblick. Irgendwie wirke ich älter, älter und härter. Vielleicht liegt es daran, dass ich in den letzten Monaten einiges abgenommen und gleichzeitig Muskeln aufgebaut hab – aber ich sehe wirklich fast gar nicht mehr wie ein Mädchen aus. Auf jeden Fall nicht wie das Mädchen, das vor drei Monaten Rostock-Groß Klein den Rücken gekehrt hatte. Eher wie ein Typ, ein junger, etwas hagerer Typ mit hungrigen Augen und einem bitteren Zug um den Mund.

Wie *Jonny* eben.

Ich grinse meinem Spiegelbild zu, und dann trockne ich mich mit einem von Maschas weichen, weißen Handtüchern ab und gehe ins Wohnzimmer zurück.

Mascha hat inzwischen das Schlafsofa ausgezogen und eine kleine Lampe auf den Nachttisch daneben gestellt, und als ich die frisch bezogene Bettwäsche sehe, kann ich es plötzlich kaum erwarten, mich hinzulegen.

„Brauchst du noch was?“, fragt Mascha. „Einen Schlafanzug oder so?“

Ich sehe zögernd an mir hinunter, wahrscheinlich einen Moment zu lang, denn Mascha geht hinaus, ohne meine Antwort abzuwarten, und komm mit einem karierten Flanellschlafanzug wieder. „Der dürfte dir ein bisschen zu weit sein“, sagt sie schmunzelnd, „aber vielleicht wächst du ja noch rein.“ Sie drückt mir den Schlafanzug in die Hand und zwinkert mir zu, und plötzlich, aus heiterem Himmel, schießen mir die Tränen in die Augen, und ich muss schlucken.

Mascha sieht mich prüfend an. „Alles in Ordnung mit dir?“

Ich will antworten, aber ich habe Angst, dass mir die Stimme versagen könnte. Also nicke ich nur und ziehe die Nase hoch, um die Tränen zurückzuhalten. Es klappt tatsächlich, aber nur gerade so eben. „So was Bescheuertes“, sage ich und schniefe. „Wahrscheinlich hab ich mich erkältet oder so.“

Mascha betrachte mich mitfühlend. „Ja, es ist ja auch ganz schön kalt geworden in den letzten Tagen. Hier, da liegen eine paar Tempos“, sagt sie langsam und deutet auf eine Packung Taschentücher auf dem Couchtisch, und ich bin ihr echt dankbar, dass sie meine Lüge mitmacht. Ich nicke heftig und schniefe noch einmal, diesmal aber schon deutlich leiser.

„Vielleicht schläfst du einfach erst mal", sagt Mascha. „Morgen sieht alles schon ganz anders aus." Sie geht rückwärts zur Tür und legt die Hand auf die Klinke. „Also, bis morgen, okay? Du kannst ruhig ausschlafen. Und wenn du früher wach wirst als ich – Kaffee steht im Schrank in der Küche." Sie wirft mir ein letztes Lächeln zu und schließt dann leise die Tür hinter sich.

Kurz darauf bin ich auch schon im Bett, die duftende Bettwäsche bis dicht unters Kinn gezogen. Der Schlafanzug ist mir wirklich ein bisschen zu weit und dafür an den Ärmeln und Beinen ein Stückchen zu kurz, aber er ist weich und warm. Es ist das erste Mal, seit ich klein bin, dass ich einen Schlafanzug trage, und es ist das erste Mal seit drei Monaten, dass ich in einem richtigen Bett liege. Schon wieder schießen mir die Tränen in die Augen, aber diesmal halte ich sie nicht zurück. Ich presse einfach mein Gesicht ins Kissen und lasse sie laufen.

Dass ich aufhöre zu weinen, bekomme ich gar nicht mehr mit. Mittendrin schlafe ich ein.

6

„Möchtest du noch Kaffee?", fragt Mascha und hebt die Kanne.

Ich nicke und halte ihr meinen Becher hin. Sprechen kann ich nicht, weil ich den Mund voll hab. Und zwar mit leckerem Honigbrötchen. Nicht nur, dass ich so gut geschlafen habe wie seit langem nicht mehr, sondern Mascha hat mir auch noch das beste Frühstück vorgesetzt, an das ich mich überhaupt erinnern kann: knusprige Brötchen, köstliches Rührei, Honig, Marmelade, drei Käsesorten, Orangensaft und Kaffee, so viel ich will. Und ich will viel!

Mascha lacht, als ich schlucke und nach dem nächsten Brötchen greife. „Lass dir ruhig Zeit", sagt sie. „Meinetwegen kannst du alles aufessen, was hier rumsteht. Hauptsache, dir wird hinterher nicht schlecht."

„Nö. Bestimmt nicht!" Ich häufele mir den letzten Rest Rührei aufs Brötchen. Mascha schmiert sich Honig auf ihr eigenes, beißt genüsslich hinein und lehnt sich zurück. Die Novembersonne scheint durchs Fenster in die Küche hinein und ihr direkt ins Gesicht. Mascha sieht ein bisschen müde aus, aber gut gelaunt. Sie trägt eine weiße Strickjacke und verblichene Jeans, und ihr Haar ist nicht nach hinten gegelt, sondern hängt strähnig herunter. Das kommt nicht ganz so cool rüber, steht ihr aber auch gut.

Während ich mir den nächsten Bissen in den Mund schiebe, fahre ich mir über den Kopf. Meine Stoppeln sind immer noch ein bisschen feucht. Ich habe vorhin mindestens eine halbe Stunde lang geduscht und mich dabei mehrfach eingeseift, jedes Mal mit einem anderen von Maschas Duschgels. Mascha hat ziemlich viele Sorten davon rumstehen, und Herrenparfums auch. Einem davon konnte ich nicht widerstehen. Ich muss ganz schön stark danach riechen, aber wenn Mascha das aufgefallen ist, hat sie sich jedenfalls jeden Kommentar dazu verkniffen.

Jetzt sieht sie mich nachdenklich an. „So", sagt sie einleitend und trinkt einen Schluck Kaffee. „Und du ziehst also gerade um, ja?"

Ich nicke und schiebe mir das letzte Stück Rühreibrötchen in den Mund, kaue und spüle alles mit Orangensaft hinunter. Dann reibe ich mir prüfend über den Bauch. Leider geht nichts mehr rein, zu schade! Wer weiß schon, wann ich das nächste Mal wieder etwas zu essen kriege?

Mascha betrachtet mich immer noch. Jetzt, bei Tageslicht, sehen ihre Augen viel heller aus. Sie sind gar nicht blau, fällt mir auf, sondern grau. Sogar hellgrau, eine seltsame Farbe. Irgendwie schräg. „Und wohin?", fragt sie mich.

Ich schiebe die Krümel auf meinem Teller mit dem Messer zusammen. „Mal sehen", sage ich vage. „Ich will mir ein paar Sachen angucken gehen." Dass es sich dabei um abbruchreife Häuser oder leer stehende Fabriketagen handeln wird, verschweige ich lieber.

„Und an was denkst du da? An eine Wohngemeinschaft?"

„Genau. So was in der Art." Plötzlich hab ich große Lust auf eine Zigarette. Ich hoffe inständig, dass Mascha nicht weiter fragt. Aber den Gefallen tut sie mir leider nicht.

„Wo hast du denn bisher gewohnt?"

„In Friedrichshain. Mit einem Freund zusammen", sage ich rasch. „Sag mal, darf ich hier rauchen?"

Mascha schüttelt den Kopf. „Dazu musst du raus auf den Balkon."

„Okay." Ich schiebe meinen Stuhl zurück und stehe auf. Um Mascha keine Gelegenheit mehr zu geben, mich weiter auszufragen, stelle ich rasch das benutzte Geschirr zusammen und trage es zur Spüle hinüber.

„Wow, so gute Manieren!", sagt Mascha amüsiert. Ich drehe mich zu ihr um und verbeuge mich fast zum Boden, bevor ich rausgehe. Maschas Lachen klingt mir nach.

Der Balkon geht vom Wohnzimmer ab, und als ich die Tür aufziehe, weht ein Schwall eisiger Luft herein. Es ist eigentlich zu kalt, um nur im Sweatshirt draußen zu stehen, aber ich lehne mich trotzdem an die Brüstung und rauche meine vorletzte Kippe in hastigen Zügen.

Heute Morgen wollte ich am liebsten gar nicht aufstehen, so wohl hab ich mich auf Maschas Sofa gefühlt. Es war schön, die leisen Geräusche zu hören, mit denen sie das Frühstück bereitet hat, und es hat Spaß gemacht, mit ihr am Tisch zu sitzen und zu reden – über Frauenpartys, Moni, Maschas Arbeit als Sozialarbeiterin in einem Frauenhaus. Aber ich hab gewusst, dass irgendwann die Sprache auf mich kommen wird, auf mich und das, was ich vorhab. Das war genauso unvermeidlich wie die Tatsache, dass ich gleich meinen Rucksack nehmen und gehen werde. Zu nichts hab ich weniger Lust. Und ich hab auch nicht die geringste Idee, wohin ich eigentlich soll.

Aber mir bleibt wohl nichts anderes übrig.

Unten auf der Straße läuft eine Gruppe lachender Kinder vorbei, gefolgt von zwei langhaarigen Typen, von denen einer ein klappriges Fahrrad neben sich herschiebt. Ein Stück weiter pinkelt ein alter Mischlingsrüde mit grauer Schnauze ausgiebig an einen mickrigen Baum, während sein Herrchen daneben steht und mit verschränkten Armen zum Novemberhimmel aufsieht. Ich ziehe ein letztes Mal an meiner Kippe und schnippe sie über die Brüstung. Als ich die Tür wieder aufziehe, merke ich, dass ich vor Kälte bibbere.

Mascha kommt in den Flur, als ich gerade meine Bomberjacke vom Haken nehme. „Gehst du schon?"

Ich nicke. „Danke für alles. Das war total nett von dir, mich mitzunehmen. Echt ... äh ... echt cool von dir, wirklich." Ich verstumme. Mir fällt nichts ein, was ich noch sagen könnte, und deshalb ziehe ich schweigend meine Jacke an.

„Was hast du denn jetzt vor?", fragt Mascha. Ihre hellen Augen scheinen mich zu durchbohren, und plötzlich kann ich irgendwie nicht mehr weiter auf lässig machen.

„Falsche Frage", sage ich und lächele schief. Dann schultere ich meinen Rucksack. „Okay, also dann." In meinem Bauch ist ein hohles Gefühl. Ich will nicht raus in die Kälte. Ich will nicht gehen. Ich will am liebsten zurück ins Wohnzimmer rennen, mich in den weichen Decken vergraben und so lange schlafen, bis es wieder Sommer ist und ich volljährig bin.

Und alles anders wäre. Das vor allem.

Mascha sieht mich nachdenklich an. „Warte mal, Jonny", sagt sie. „Ich zeige dir was." Sie geht zu einer schmalen Tür neben der Küche hinüber und macht sie auf. Dann winkt sie mir, näher zu kommen. „Na, komm schon!"

Zögernd lass ich den Rucksack von der Schulter rutschen und gehe zu ihr hinüber. Hinter der offenen Tür liegt eine kleine Kammer, vielleicht zwei Meter breit und vier Meter lang. An der Wand sind ein paar Kartons gestapelt, und ein bisschen Gerümpel steht in einer Ecke. Ich betrachte das kleine, schmutzige Fenster, den schmalen Schrank daneben, die dünne Matratze, die hochkant an der Wand lehnt.

„Und, was hältst du davon?", fragt Mascha.

Ich nicke unsicher. „Nett."

Mascha schmunzelt. „Ich wollte schon immer mal hier drin aufräumen und ein Gästezimmer draus machen. Vielleicht kannst du mir ja dabei helfen, wenn du nichts anderes vorhast. Wie sieht es aus, bist du handwerklich begabt?"

Mein Herz fängt an zu klopfen. Ich kann kaum glauben, was Mascha mir hier anzubieten scheint. „Doch, bestimmt", sage ich, und meine Stimme überschlägt sich fast vor Eifer. „Auf jeden Fall bin ich ziemlich stark. Und was ich nicht drauf hab, kann ich ja immer noch lernen."

Mascha lächelt mich an. „Das ist die richtige Einstellung! Du bekommst auch was dafür. Sagen wir mal, fünf Euro die Stunde?"

Ich schüttele heftig den Kopf. „Ich will kein Geld! Auf gar keinen Fall! Du hast mir schon ... genug geholfen!" Für einen winzigen Moment schießt mir Kai durch den Kopf. Ich weiß genau, was er jetzt sagen würde: *Bist du bescheuert? Nimm die Kohle, du Trottel!*

Aber mit Kai und seinen krummen Dingern hab ich nichts mehr zu tun. Auch deshalb bin ich schließlich von ihm weg. Von nun an drehe ich mein eigenes Ding. Auf meine ganz eigene Weise.

Und dazu gehört vielleicht auch, nicht nur zu nehmen, sondern auch was zu geben.

Mascha fährt mit dem Zeigefinger über einen staubigen Karton. „Gut", sagt sie. „Dann machen wir einen Deal, wenn es dir recht ist: Du bringst die Kammer auf Vordermann und machst ein richtig schönes Gästezimmer draus, und solange kannst du hier wohnen und essen. Einverstanden?" Sie streckt mir die Hand hin, und ich starre einen Moment lang darauf nieder. Das hier ist zu schön, um wahr zu sein. Vielleicht ist es auch gar nicht wahr? Irgendwo ist der Haken, bestimmt.

„Na, los", sagt Mascha lächelnd. „Oder hast du irgendwelche Bedenken?"

„Nein", sage ich. „Keine!" Und dann schlage ich ein.

Haken hin oder her.

7

Ich brauche den ganzen Tag, um die Kammer gründlich aufzuräumen und alles, was nicht mehr benötigt wird, in den Keller zu schleppen. Mascha kommt beim ersten Mal mit hinunter und zeigt mir ihren Verschlag, und bei der Gelegenheit stellt sie mich auch gleich zwei Frauen in Blaumännern vor, Mitbewohnerinnen, die ihren Anteil an Eigenarbeit ableisten, indem sie das Treppenhaus streichen.

Die größere von beiden, Inga, eine kräftige, lustige Frau, ist von Beruf Malerin und Lackiererin, und als Mascha am nächsten Morgen zur Arbeit geht, sehe ich Inga erst mal ein bisschen bei der Arbeit zu, bevor ich mich daran mache, die Kammer zu streichen. Inga ist verdammt nett und zeigt mir gleich ein paar Tricks – wie ich den Pinsel und die Rolle halten muss, um nicht zu kleckern, und ähnliches Zeug –, und so komm ich dann auch ganz gut klar. Nach drei Tagen ist die Kammer tipptopp.

„Wow, das ist ja ein richtiges Schmuckstück geworden!", ruft Mascha begeistert, als ich ihr das Ergebnis zeige. Ausgiebig bewundert sie die zitronengelben Wände, das blitzsaubere Fenster und die taubenblau lackierten Fußbodendielen. Sogar den Schrank hab ich in der gleichen Farbe gestrichen, die Matratze wieder hinein geräumt und eine kleine Kommode, die ich im Keller gefunden hab, daneben gestellt.

„Wie wäre es, wenn du unser neues Gästezimmer gleich mal testest?", fragt Mascha und legt die Stirn in nachdenkliche Falten. „So was braucht allerdings ein paar Tage. In der Zwischenzeit könntest du noch das Bad und den Flur streichen. Was hältst du davon?"

Einen Moment lang starre ich sie verblüfft an „Äh ... gute Idee. Klar. Mach ich gern."

„Oder hast du was anderes vor?", fragt Mascha geradezu scheinheilig. „Ich will dich ja nicht aufhalten oder so."

„Nö", sage ich lässig und zucke mit den Schultern. „Ein paar Tage gehen immer."

Dann lächeln wir uns einvernehmlich an. Ich würde alles tun, um länger bleiben zu können, und Mascha weiß das wahrscheinlich genau.

In Windeseile räume ich mein Bettzeug vom Wohnzimmer in die Kammer, und als ich an diesem Abend das Licht lösche, liege ich noch lange mit offenen Augen im Halbdunkel. Fahles Licht scheint durch das kleine Fenster herein, und draußen im Hof rascheln die letzten Blätter an der großen Kastanie. Ich drehe mich auf die Seite und kuschele mich tief in die Kissen, und plötzlich geht mir auf, dass ich zum ersten Mal in meinem Leben ein eigenes Zimmer habe. Es misst zwar nur zwei mal drei Meter, aber es gehört mir, mir ganz allein.

Zumindest für eine Zeit.

Und weiter will ich auch erst mal nicht denken.

8

In den nächsten Tagen streiche ich das Bad und den Flur, und dann lackiere ich auf Maschas Bitten hin auch noch die Türen. Die Arbeit macht mir großen Spaß, und Mascha lässt mich weiterhin ungestört vor mich hinwerkeln. Sie scheint volles Vertrauen in meine Fähigkeiten zu haben, und ich gebe mir alle Mühe, sie nicht zu enttäuschen. Das fällt mir nicht schwer – ich hab eigentlich schon immer gern mit den Händen gearbeitet, und jetzt merke ich von Tag zu Tag mehr, dass mir die handwerkliche Arbeit wirklich liegt. Außerdem lerne ich schnell dazu, und nach zwei Tagen komme ich mir schon wie ein alter Hase vor. Und als Inga, die gelegentlich vorbeikommt und meine Fortschritte begutachtet, mich lobt, geht mir das runter wie Butter.

„Also, wenn du mal 'ne Lehrstelle suchst, frag mich ruhig, vielleicht weiß ich da was", sagt sie eines Morgens und klopft anerkennend auf die perfekt gestrichene Badezimmertür. „Mein Partner und ich, wir könnten durchaus einen guten Auszubildenden gebrauchen."

„Nee, danke! Erst mal nicht." Ich ziehe eine Grimasse, und Inga lächelt amüsiert.

„Freiheitsdrang, oder was?"

„Genau!"

Inga zwinkert mir zu, dann nimmt sie ihre Farbeimer hoch und geht zur Wohnungstür. „Kann ich verstehen. Aber wenn du's dir mal anders überlegst, sag mir Bescheid, ja?"

Ich nicke und mache mich wieder an die Arbeit. Eine Lehrstelle, bloß nicht! Die zehn Jahre Schule haben mir voll gereicht, und bis ich mich freiwillig wieder irgend'nem Drill aussetze, muss erst echt was passieren.

Aber nett von Inga find ich das Angebot schon. Und wer weiß, eines Tages – man kann ja nie wissen, oder?

Auch mit Mascha komm ich gut klar. Morgens gegen halb neun verlässt sie die Wohnung, um zu ihrer Arbeit im Frauenhaus zu gehen, und meistens kommt sie erst spät am Abend zurück. Oft sitzen wir dann noch eine Weile in der Küche und unterhalten uns. Das heißt, eigentlich ist es Mascha, die mich unterhält – ich selbst rede nicht viel, und von mir erzähle ich so gut wie gar nichts. Aber das fällt auch weiter nicht auf, denn Mascha hat genug Interessantes zu berichten – von ihrer Arbeit, über die Szene, und vor allem über alte Zeiten: Hausbesetzungen, Frauen- und Friedensdemos, die Hochzeiten der Schwulen- und Lesbenbewegung. Manches klingt völlig schräg: dass die Bullen früher bei den 1.-Mai-Demos die Leute bis auf die Dächer gejagt haben, um sie dort zu verprügeln, oder dass auf den Christopher-Street-Day-Demonstrationen Anfang der achtziger Jahre nicht einmal hundert Schwule und Lesben durch die Stadt gelaufen sind und von den Umstehenden angespuckt wurden.

Den Christopher-Street-Day – den CSD – kenne ich nur aus der Glotze. Dieser farbenfrohe Umzug mit Zigtausenden von feiernden und tanzenden Leuten, den man da jedes Jahr zu sehen kriegt, war also früher 'ne richtige politische Demo und nicht nur *fun*!

Die achtziger und neunziger Jahre in Berlin müssen eine coole Zeit gewesen sein. Schade, dass ich die nicht mitgekriegt habe.

„Alles zu seiner Zeit", sagt Mascha, als ich das einmal bedaure, und hebt ihr Weinglas. „Und deine fängt gerade erst an!"

Ich stoße mit meiner Cola gegen ihr Glas. „Also, dann Prost! Auf neue Zeiten!"

Manchmal bekommt Mascha abends auch Besuch – von Inga, mit der sie eng befreundet ist und die ich wirklich gut leiden kann, von ein paar anderen Freundinnen und ab und zu auch von ihrer Geliebten Tina, einer hageren Dunkelhaarigen, die mich stets finster anguckt. Wenn sie da ist, verziehe ich mich lieber schnell in meine Kammer oder nach draußen, wo ich ziellos durch die Gegend streife. Halbherzig sehe ich mich bei diesen Gelegenheiten auch nach einer neuen Bleibe um, aber schon allein bei dem Gedanken schüttelt's mich.

Zum ersten Mal begreife ich, was das heißt, Zeit zu schinden. Denn genau das mach ich gerade: Ich schinde Zeit. Und ein bisschen ist es auch, als wäre ich auf Kur oder Genesungsurlaub oder so. Ich muss mich erst mal erholen, bevor ich mich wieder auf die Straße hinauswage.

Und außerdem ist da noch etwas. Tief in mir ist eine Unruhe, die ich nicht fassen kann. Als ob ich mich verwandeln würde, in jemanden, den ich noch nicht kenne. Und bevor dieser neue Jemand sich zeigt, will ich nicht wieder auf die Straße hinaus.

Solange es irgendwie geht.

9

Ich ziehe die Arbeiten in die Länge, so gut ich kann, aber schließlich ist dann doch alles fertig, und es bleibt für mich nichts mehr zu tun. Außer meine Sachen zu packen.

An jenem Tag ist Mascha früh von der Arbeit gekommen, und kurz darauf hat Tina geklingelt. Die beiden sitzen im Wohnzimmer und unterhalten sich, und während ich im Flur den letzten Rest Krepppapier vom Türrahmen ziehe und meine Malerutensilien zusammenräume, höre ich auf einmal, wie Tina die Stimme hebt.

„Ich weiß echt nicht, was du dir dabei denkst, Mascha", sagt sie mit schneidender Stimmte. „Du bist viel zu leichtgläubig. Nachher räumt die dir noch die Bude aus!"

Ich spüre, wie mir das Blut ins Gesicht schießt, und ganz vorsichtig stelle ich die Farbdosen nebeneinander in die Ecke.

„Dann hätte sie das längst getan", sagt Mascha im Wohnzimmer.

Tina stößt wütend die Luft aus, so laut, dass ich es bis in den Flur hören kann. „Du hast doch keine Ahnung", giftet sie. „Du weißt doch gar nicht, wer dieser halbe Junge da eigentlich ist! Kommt von irgendwoher, völlig abgerissen, aber in teuren, nagelneuen Klamotten, macht sich hier breit und liegt dir frech auf der Tasche."

„Jonny liegt mir nicht auf der Tasche", sagt Mascha ruhig. „Erstens hab ich sie eingeladen, hier zu bleiben. Und zweitens arbeitet sie für mich. Und zwar sehr gut."

„Was weißt du denn schon, was sie hinter deinem Rücken treibt? Wer weiß, ob sie nicht längst mit irgendwelchen miesen Kumpels verabredet hat, deine Bude auszuräumen?"

Lautlos richte ich mich auf. Offensichtlich haben die beiden vergessen, dass die Tür offen steht. Es ist mir total unangenehm, ihr Gespräch mit anzuhören, aber ich bringe es trotzdem nicht fertig, mich zu verziehen. Stocksteif bleibe ich stehen und lausche weiter.

Als Mascha antwortet, klingt ihre Stimme sehr leise und beherrscht, und ich muss mich vorbeugen, um sie verstehen zu können. „Das glaube ich nicht. Ich habe Inga gebeten, ein Auge auf sie zu haben, und Inga sagt, dass sie weder die Wohnung verlässt noch irgendwelchen Besuch kriegt. Sie telefoniert ja noch nicht mal."

„Woher willst du das denn wissen?", faucht Tina.

„Das weiß ich von der Wahlwiederholungstaste in meinem Telefon", sagt Mascha, und ich kann das Lächeln in ihrer Stimme hören. „Ganz so leichtgläubig bin ich nun auch wieder nicht."

Meine Ohren brennen. Mascha vertraut mir also doch nicht so sehr, wie ich dachte. Aber eigentlich, denke ich im gleichen Moment, finde ich das gar nicht so schlimm. Vielleicht würde ich an ihrer Stelle auch ein bisschen vorsichtig sein. Immerhin kennt sie mich kaum.

Im Wohnzimmer bleibt es still. Dann fragt Mascha: „Warum bist du bloß so höllisch misstrauisch, Tina?"

„Weil ich es nicht leiden kann, dass du dich von so einem kleinen Schmarotzer einfach ausnehmen lässt!", ruft Tina aufgebracht.

„Psst!“, versucht Mascha sie zu beruhigen. Dann höre ich Schritte, und im nächsten Moment bin ich auch schon bei der Kammer, gleite hinein und schließe lautlos die Tür hinter mir.

Ich liege schon eine ganze Weile auf meiner Matratze ausgestreckt, die Hände unter dem Kopf verschränkt, und sehe mit leerem Blick aus dem Fenster, als Mascha klopft.

„Jonny?“, fragt sie und stößt die Tür einen Spalt auf. „Kann ich reinkommen?“

„Klar.“ Ich setze mich auf und mache ihr Platz. Es ist das erste Mal, dass Mascha mich in der Kammer besucht, und erst jetzt fällt mir auf, dass die viel zu klein für zwei Personen ist.

Mascha setzt sich neben mich und blickt sich um. „Und, wie macht sich die Kammer denn nun als Gästezimmer?“

„Bestens“, sage ich. „Wirklich toll.“ Obwohl ich mir alle Mühe gebe, klingt mein Tonfall trotzdem nicht gerade begeistert. „Ist Tina weg?“, frage ich, obwohl ich das Türklappen gehört habe.

„Gerade gegangen.“ Mascha tippt mit der Schuhspitze an meinen Rucksack, der neben der Matratze steht. „Schon gepackt?“

Ich nicke schweigend und mustere meine Hände. Unter den Nägeln sind noch Reste von Lack, und am rechten Ballen habe ich eine Blase. In ein paar Tagen wird sie verschwunden sein. Ich frage mich, wo ich dann bin.

„Du willst mich also verlassen“, stellt Mascha fest. Ihre Stimme klingt seltsam, und ich sehe argwöhnisch zu ihr auf. Aber Maschas Gesicht, das ich in den letzten Tagen so gut kennen gelernt hab, verrät mir trotzdem nicht, was sie denkt.

„Ja“, sage ich zögernd, und dann gebe ich mir einen Ruck. Ich habe lange darüber nachgedacht, ob ich sie wirklich fragen soll, nach dem, was ich vorhin mit angehört habe. Aber jetzt mach ich es einfach. „Sag mal, Mascha, kann ich heute Nacht vielleicht noch hier schlafen? Dann verschwinde ich gleich morgen Früh.“

Mascha nickt langsam. „Hast du schon ein Zimmer gefunden?“

„Noch nicht“, sage ich ausweichend. „Aber bald.“

Einen Moment lang schweigen wir beide, dann räuspert sich Mascha. „Du bist ein seltsames Mädchen, Jonny“, sagt sie und verbessert sich gleich darauf: „Ein seltsamer Mensch. Still, verschlossen, freundlich“ – sie hebt die Hände und schließt mit einer ausholenden Geste die gesamte Kammer mit ein – „und ziemlich geschickt. Aber in Wirklichkeit“, sie sieht mir direkt ins Gesicht, und ich wende verlegen den Blick ab, „in Wirklichkeit hab ich keine Ahnung, wer du eigentlich bist.“

Ich auch nicht, denke ich, aber ich hüte mich, das zu sagen. Maschas Tonfall ist ernst. Vermutlich hat Tina sie doch überzeugen können, mich lieber möglichst rasch loszuwerden. Und ich kann's ihr noch nicht mal verdenken.

Aber lieber gehe ich selbst, bevor sie mich an die Luft setzt.

„Okay“, sage ich und schiebe mich nach vorne auf die Kante. „Dann werd ich wohl heute schon losziehen. Danke für alles.“

„He, warte mal. So war das nicht gemeint.“ Mascha legt mir die Hand auf den Arm, und ich zucke zusammen. „Mir ist eigentlich nicht wohl bei dem Gedanken, dass du ohne eine neue Bleibe losziehst“, sagt sie. „Eigentlich kommen wir ja ganz gut klar miteinander, findest du nicht? Ich schlage dir was vor: Du bleibst hier, bis du was anderes hast.“

Ich starre sie an und warte auf die Bedingungen, die sie mir stellen wird. Aber es kommen keine. Stattdessen betrachtet Mascha mich prüfend.

„Du hast meinen Streit mit Tina mitgehört, stimmt's?“, fragt sie.

„War nicht zu überhören.“

Mascha lächelt. „Glaub ich dir. Tja, Tina hat ihre Meinung, und ich hab meine. Manchmal kommt das nicht ganz zusammen. Aber hör mal, Jonny – du bist gar keine achtzehn, oder?“

Ich beiße die Zähne zusammen. Dann schüttele ich den Kopf.

„Wie alt bist du wirklich? Sechzehn?“

„Nein“, sage ich hastig. „Siebzehn.“ Ich hebe zwei Finger zum Schwur, als ich Maschas misstrauischen Blick sehe. „Ehrlich, ich bin siebzehn. Am 12. September werde ich achtzehn.“

„Na, das ist ja nicht mal mehr ein ganzes Jahr!“, sagt Mascha ironisch, aber gleich darauf wird sie wieder ernst. „Du bist abgehauen von zu Hause, stimmt's?“

Ich zögere einen Moment, dann nicke ich.

„Weiß irgendjemand von deiner Familie, wo du eigentlich steckst?"

„Nein", sage ich leise. „Aber wenn du mich den Bullen meldest, dann muss ich zurück. Und das mache ich nicht. Auf gar keinen Fall!" Bei den letzten Worten ist meine Stimme lauter geworden, und Maschas Finger drücken sich beruhigend in meinen Arm.

„He, reg dich doch nicht gleich auf!", sagt sie beschwichtigend. „Ich werde dich bestimmt nicht gleich bei der Polizei melden, keine Sorge. Aber ich könnte mich mal erkundigen, was es für dich für Möglichkeiten gibt – Jugendwohngemeinschaften oder betreutes Wohnen oder so, keine Ahnung. Ich habe Freunde, die sich in dem Bereich auskennen, die könnte ich mal fragen." Sie macht eine Pause. „Du kannst nicht ewig untertauchen, Jonny", sagt sie dann. „Deine Eltern machen sich doch bestimmt Sorgen."

„Die?" Ich lache höhnisch auf. „Bestimmt nicht."

Mascha sieht mich einen Moment lang stumm an. Dann sagt sie: „Von Rechts wegen müsste ich dich natürlich wirklich bei der Polizei melden. Immerhin bist du minderjährig. Und außerdem hast du kein Geld. Ist doch wahr, oder?"

„Das ist nicht das Problem", sage ich rasch. „Ich bin auch so durchgekommen, monatelang. Geld kriegt man immer irgendwoher."

Auf einmal hat Mascha einen harten Zug um den Mund. „Keine krummen Dinger, solange du bei mir wohnst", sagt sie streng, dann fährt sie fort. „Pass auf, wir machen es so: Ich erkundige mich erst mal, und dann sehen wir weiter. Solange bleibst du hier – bei frei Kost und Logis, so nennt man das doch, oder? Ich finde, das hast du dir verdient, bei der ganzen Arbeit, die du für mich gemacht hast."

Am liebsten würde ich ihr um den Hals fallen. Aber so vertraut sind wir nun auch wieder nicht. Also lächele ich nur. „Okay. Und wenn ich dir auf den Nerv geh, sag einfach Bescheid. In fünf Minuten bin ich dann weg."

„Glaub ich dir aufs Wort." Mascha steht auf und geht zur Tür. „Gut, dann lass uns Abendbrot essen. Ich hab jedenfalls tierischen Hunger."

Aber ich bin noch nicht ganz so weit. „Mascha?"

„Ja?" Die Klinke in der Hand, bleibt sie stehen und sieht mich fragend an.

„Warum machst du das eigentlich? Ich meine, du kennst mich doch kaum?"

Mascha zieht die Nase kraus, dann zuckt sie mit den Achseln. „Frag mich was Leichteres. Aber vielleicht ... vielleicht mag ich dich einfach." Sie lächelt mich an, dann geht sie hinaus.

Ich bleibe noch einen Moment sitzen. Mir ist ganz warm.

Und das kommt von innen.

10

Gleich am nächsten Morgen suche ich mir einen Job.

Bei einem meiner Streifzüge in den vergangenen Tagen ist mir an einem Lebensmittelladen in der Nähe ein kleiner handgeschriebener Zettel in der Tür aufgefallen: *Schüler zur Aushilfe gesucht*. Die meisten Geschäfte hier in der Gegend gehören Türken oder Arabern, aber dieser Laden, der ein wenig versteckt in einer Seitenstraße liegt, scheint einen deutschen Besitzer zu haben. Jedenfalls sieht der dicke, verschwitzte Typ, der von seiner Kasse aufguckt, als ich hereinkomme, kein Stück südländisch aus. Aber auch er ist kein Deutscher, das merke ich, sobald er den Mund aufmacht.

„Hallo, hallo", ruft er mir zu. „Was möchtest du, hä?" Sein Tonfall klingt recht grob, aber sein Gesichtsausdruck ist eigentlich ganz freundlich. Der Akzent kommt mir vage bekannt vor. Ich tippe auf Polnisch. Vielleicht auch Russisch.

Ich werfe einen Blick auf die prall gefüllten Regale, die den kleinen, verwinkelten Laden noch enger machen, als er ohnehin schon ist, dann schiebe ich meine Schultern unter der Bomberjacke ein bisschen vor und stelle mich breitbeinig hin. „Ist der Aushilfsjob noch zu haben?"

Der Dicke hebt eine Braue, mustert mich von oben bis unten und verschränkt dann die Arme vor der Brust. „Kommt drauf an", sagt er mit rollendem R und legt den Kopf schief.

„Worauf denn?" Ich lächele versuchsweise, aber der Dicke geht nicht darauf ein. Stattdessen kneift er seine kleinen Schweinsäuglein misstrauisch zusammen.

„Bar auf die Hand, ja? Oder was?"

Ich brauche einen kleinen Moment, um zu kapieren, was er meint. Dann fällt bei mir der Groschen – er will wissen, ob ich schwarz arbeiten werde. „Ja, sicher, bar auf die Hand", sage ich vorsichtig. Immerhin kann's ja sein, dass das genau die falsche Antwort ist.

Aber sie ist offensichtlich richtig, denn der Dicke nickt und reibt sich zufrieden das Doppelkinn. „Viel kann ich sowieso nicht zahlen. Vier Euro fünfzig." Listig beobachtet er mich.

Wenn ich cooler wäre, würde ich jetzt natürlich handeln, aber ich traue mich nicht. Vier Euro fünfzig, das ist verdammt wenig. Trotzdem besser als nichts. „Ist okay", sage ich.

Der Dicke nickt erneut, dann legt er schon wieder den Kopf schief, eine Marotte wahrscheinlich. „Was bist denn du überhaupt?", fragt er lauernd. „Junge oder Mädchen?"

Damit habe ich nicht gerechnet. Einen Moment weiß ich nicht, was ich antworten soll, dann nehme ich meinen Mut zusammen und lass es drauf ankommen. „Sehen Sie das nicht?", frage ich frech.

Mit gerunzelter Stirn starrt der Dicke mich an. Ich starre zurück. *Nicht schlucken*, denke ich und schaffe es, nicht einmal zu blinzeln. *Bloß nicht schlucken. Nicht jetzt.*

Der Dicke reibt sich seinen Schmerbauch, kratzt sich nachdenklich die Brust und lässt seinen Blick langsam an mir herunter gleiten und dann wieder hinauf. Wie alt er wohl sein mag? Zwischen dreißig und fünfzig kommt alles in Frage. Komisch, dass man das bei dicken Leuten so schwer einschätzen kann. „Junge, ja?", fragt er schließlich.

„Klar." Meine Stimme klingt ein bisschen zittrig, aber er scheint es nicht zu merken.

„Ganz schön mickrig!“ Er verzieht das Gesicht. Dann lächelt er breit. „Aber, na gut. Mädchen kann ich nämlich nicht brauchen. Ist harte Arbeit hier! Viel schleppen und so.“ Er deutet auf die prall gefüllten Regale, in denen sich Suppendosen, Reispakete und Blechkästen mit bunten Aufdrucken bis an die Decke stapeln, und ich atme erleichtert aus, ganz leise, damit er‘s nicht hört.

„Na, prima“, sage ich lässig. „Also, was für Arbeit steht an?“

Mag sein, dass Tina mich Schmarotzer genannt hat. Und vielleicht war ich das ja sogar auch.

Aber ab jetzt bin ich's nicht mehr.

11

In den nächsten Wochen sehe ich zu, dass Mascha so wenig wie möglich von mir mitbekommt – umso weniger Grund hat sie dann nämlich, mich loswerden zu wollen. Und umso weniger Grund, sich nach Möglichkeiten zu erkundigen, wo ich unterkommen könnte. Nicht, dass ich vorhätte, darauf einzugehen: Wenn Mascha mit einem komischen Vorschlag ankommt, hau ich sowieso ab. Oder ich mach ihr 'nen Gegenvorschlag.

Aber da arbeite ich noch dran.

Im Moment aber läuft es echt prima. Tina guckt mich zwar immer grimmig an, wenn ich ihr über den Weg laufe, aber mit Mascha versteh ich mich bestens. Morgens, wenn sie zur Arbeit gegangen ist, frühstücke ich gemütlich und lese nebenbei Zeitung, richtig klassisch, das Ganze. Dann räume ich auf, putze und sauge. Das ist meine Art, mich zu bedanken, und Mascha freut sich jeden Abend tatsächlich von neuem darüber.

Wenn alles in der Wohnung blitzt, mache ich mich auf die Socken. Meistens helfe ich erst ein paar Stunden im Laden aus – Percovic, so heißt mein dicker Ladenchef, hat fast täglich etwas für mich zu tun, von Kisten schleppen bis fegen und wischen –, dann ziehe ich durch die Gegend und sehe mich um.

Kreuzberg gefällt mir, sogar besser als Friedrichshain. Hier sind mehr Türken und Araber unterwegs, aber auch Schwule und Lesben und ausgeflippte Leute in Massen. Aber jeder lässt jeden in Ruhe, das ist ziemlich nett. Klar weiß ich, dass das nur nach außen hin so friedlich und harmonisch aussieht – immerhin hab ich ja gleich in meiner ersten Nacht Bekanntschaft mit ein paar echt miesen Kreuzbergern gemacht – aber trotzdem fühle ich mich hier wohl. Keiner glotzt mich blöd an, und wenn doch, dann glotze ich blöd zurück.

Aber dazu kommt es nur selten. Viel eher passiert es, dass mich jemand neugierig ansieht. Vielleicht liegt es daran, dass ich immer muskulöser werde, von der Arbeit und von meinem täglichen Training, vielleicht liegt's auch am lässigen Gang, den ich mir zugelegt hab, an meinen Klamotten oder den Haaren – sie sind ein Stück nachgewachsen und stehen jetzt struppig vom Kopf ab, was ziemlich cool aussieht, wie ich finde. Vielleicht liegt es auch an allem zusammen, aber immer mehr Leute halten mich für einen Typ.

Nicht nur Percovic, der übrigens weder Russe noch Pole ist, sondern Kroate. Und trotz seiner Macken ein echt lustiger Zeitgenosse. Aber irgendwas an mir kommt ihm wohl spanisch vor, denn er beäugt mich oft verstohlen, vor allem dann, wenn er glaubt, dass ich's nicht mitkrieg.

„Muskeln haste ja", sagt er, als er mich eines Tages dabei beobachtet, wie ich eine ganze Batterie von Fünf-Kilo-Reissäcken ins Regal wuchte. „Aber irgendwie", er kratzt sich am Kopf und kneift seine Schweinsäuglein zusammen, „irgendwie bist du auch 'ne schräge Nummer, Junge."

Schweigend hebe ich den nächsten Reissack an. Der Job hier kann gut und gern mein tägliches Muskeltraining ersetzen.

„Sag mal, Jonny", sagt Percovic und legt mal wieder den Kopf schief. „Du bist auch nicht ganz sauber, was? Bist du vielleicht einer vom anderen Ufer?"

Der Reissack rutscht mir fast aus den Händen, und mit Ach und Krach bekomme ich ihn ins Regal. Dann drehe ich mich zu Percovic um und wische mir die Hände an der Hosennaht ab. „Nee!", sage ich. „Auf gar keinen Fall. Wenn ich eins sicher weiß, Herr Percovic, dann das: Schwul bin ich nicht."

„Gut, gut", sagt Percovic und nickt so heftig, dass sein dickes Kinn in lauter unappetitliche Falten gepresst wird. „Ist mir auch lieber so. Guter Junge, findest du bestimmt liebes Mädchen und machst viele Kinder."

„Na ja, also das weiß ich nicht. Eher nicht", sage ich und verkneife mir mit Mühe ein Grinsen. Dann heb ich den nächsten Sack an.

12

Ob bei Percovic oder sonst wo, ich genieße es total, als Typ durchzugehen. Vor allem dann, wenn Mädchen in meinem Alter mir auf der Straße nachgucken. Manche von ihnen flirten richtig mit mir, und das ist ein absolut geiles Gefühl. Andere starren einfach nur, wieder andere kichern, besonders, wenn sie zu zweit oder in Grüppchen unterwegs sind, aber auf jeden Fall gucken sie mich ganz schön oft an. Und so allmählich kapiere ich, dass ich als Typ ganz gut aussehen muss.

Nur blöd, dass ich keiner bin.

Kein richtiger jedenfalls. Kein Original. Ich seh bloß so aus.

Und ich geb mich auch so.

Was Mascha darüber denkt, weiß ich nicht so genau. Über mein Aussehen verliert sie kein Wort, und das finde ich gut. Immerhin ist das ganz allein meine Sache.

Nur mit Inga kommt das Thema eines Tages zur Sprache. An einem späten Nachmittag, als ich gerade von einem meiner Streifzüge zurückkomme, bittet sie mich, ihr kurz zu helfen. Ich stelle mit ihr zusammen die sperrige Leiter auf und befestige auf ihre Anweisung hin eine Verdeckklappe an der Verteilersteckdose ganz oben in der Flurecke. Und weil ich schon einmal oben stehe, malere ich gleich den letzten Winkel der Decke, der noch gefehlt hat. Und das ganz ohne Farbspritzer.

Ich bin richtig stolz, als ich wieder von der Leiter heruntersteige, und Inga boxt mir leicht gegen die Schulter.

„Tausend Dank! Du gäbst wirklich einen ganz guten Maler ab, Jonny“, sagt sie anerkennend. Und dann verbessert sie sich: „Oder eine Malerin natürlich.“

Ich denke gar nicht groß nach, bevor ich antworte. „Das Erste geht auch“, sage ich und reiche Inga den Pinsel zurück.

Inga sieht mich nachdenklich an, dann zieht sie einen zerknitterten Zehn-Euro-Schein aus der Hosentasche. „Schon klar. Umsonst heißt du ja wohl auch kaum Jonny“, erwidert sie ruhig und fährt sich durch die kurzen, blonden Haarsträhnen. „Wie sieht's aus, Kollege, hast du Lust, uns was zu trinken zu holen? Für mich Cola und ein Bier. Hol dir auch was. Ich lade dich ein.“ Und damit ist das Thema gegessen.

Als ich losflitze, fühle ich mich gut. Inga stört sich nicht dran, dass ich einen auf Typ mach. Und das ist schon mal Klasse.

13

Überhaupt fühle ich mich zusehends wohler, mit jedem Tag mehr. Tagsüber bin ich unterwegs, und die meisten Abende verbringe ich zu Hause, unterhalte mich mit Mascha, sehe fern oder lege mich in meiner Kammer mit einem Buch aufs Bett.

Lesen ist eigentlich bisher nicht so ganz mein Fall gewesen, aber wenn ich ehrlich bin, hab ich auch wenig Gelegenheit dazu gehabt. In der Schule haben wir bloß grauenhaft langweilige Bücher über blinde Kinder und Widerstandshelden und so weiter vorgesetzt bekommen, bei denen einem das Lesen gleich vergehen kann. Und bei uns zu Hause hat es, soweit ich mich erinnere, nur zwei Bücher gegeben: ein Haushaltskochbuch aus DDR-Zeiten und die Geschichte von Rostock, weiß der Geier, wer die angeschleppt hat. Und ein paar Bilderbücher von Janina, die standen auch noch irgendwo rum. Gesehen hab ich mein nerviges Schwesterlein damit allerdings nie.

Mascha aber besitzt Unmengen von Büchern. Gleich zwei Wohnzimmerwände stehen voll mit Regalen, und einiges, was ich beim Herumstöbern darin finde, klingt ganz interessant. Rita Mae Browns Lesbenbücher zum Beispiel, ein paar superspannende Krimis von Henning Mankell und ein ziemlich guter Roman über zwei Kids in Kanada, die mit Hundeschlitten herumziehen. Und ein Fotoband über Hermaphroditen, Leute mit zwei Geschlechtern. Den sehe ich mir immer wieder an, jedes Mal mit 'nem komischen Prickeln im Bauch. Daneben steht ein dickes Sachbuch über Geschlechterrollen. Das ziehe ich oft aus dem Regal und blättere darin herum, aber nach ein paar Seiten stell ich's immer wieder weg. Ist mir ein paar Zacken zu schwierig, das Teil. Von den vielen Fremdwörtern schwirrt mir nur so der Kopf.

Aber nicht, dass ich nur zu Hause rumhänge und lese. Manchmal gehe ich auch ins *Roses*, trink dort ein, zwei Bier oder eine Cola und lümmele mich vorzugsweise auf der Bank rum, um die Leute zu beobachten. Und zwar nicht nur die Frauen, sondern vor allem die Typen. Von den Lederschwulen zum Beispiel guck ich mir einiges ab – mit einer Hand ein Benzinfeuerzeug zum Brennen zu bringen, zum Beispiel. Oder sparsam zu lächeln, dann aber im richtigen Moment.

Und von Moni lerne ich auch was, so wie ich's mir vorgenommen habe. Sie ist ziemlich umschwärmt, und das, obwohl sie gar nicht so supergut aussieht. Ich vermute, es liegt an ihrer Art: Sie ist locker und unverbindlich, dabei aber unglaublich charmant.

So will ich auch gerne sein.

Und auch da arbeite ich dran.

Am liebsten aber gehe ich in die *Zickenbar* gleich neben dem *SO*, wo mehr Kids in meinem Alter unterwegs sind, die meisten schwul oder lesbisch. Ich hab die Bar eines Abends durch Zufall entdeckt und bin gleich dort hängen geblieben. Sie ist eine Mischung aus Kneipe, Milchbar und Imbiss, und wenn ich Geld übrig hab, genehmige ich mir immer einen superleckeren Mozzarellaburger. Und dazu 'ne Cola. Ansonsten häng ich dort stundenlang rum, blättere in den ausliegenden Magazinen und guck mir die Mädchen an, die dort aufkreuzen.

Manche gucken zurück. Und mit manchen komm ich auch ins Gespräch. Mehr aber nicht. So richtig ist einfach keine dabei. Oder ich traue mich nicht, keine Ahnung. Ist aber nicht so wahnsinnig wichtig.

Hauptsache, ich bin unter Leuten.

14

Eines Abends Mitte November hab ich schon eine Weile in der *Zickenbar* rumgehangen und will gerade hinausgehen, als jemand die Tür so heftig von außen aufstößt, dass sie mir voll gegen den Kopf knallt. Einen Moment lang sehe ich nur Sterne. Dann erkenne ich einen Punk in meinem Alter mit wild abstehenden knallblauen Haaren und einem breiten Nasenring.

„Oh, Mann, Scheiße, tut mir Leid!", ruft er. „War echt keine Absicht! Ich bin voll der Trottel! Sorry! Tut's weh?" Er starrt mich besorgt an und legt mir tröstend die Hand auf die Schulter, während ich meinen lädierten Schädel reibe.

„Geht schon wieder", murmele ich und will an ihm vorbei, aber er hält mich fest.

„Ich geb dir einen aus! Tut mir echt Leid, ej! So was passiert mir andauernd! Ich weiß auch nicht, warum. So ein Mist!"

Der ganze Laden starrt uns an. Obwohl mir der Schädel noch ziemlich dröhnt, muss ich lächeln. Der Typ ist irgendwie süß, so aufgeregt, wie er ist.

„Gott sei Dank kann er noch lachen!", ruft er und schlägt mit übertriebenen Gesten ein Kreuzzeichen. Dann zieht er mich am Ärmel zum Tresen. „Zwei Jägermeister für mich und meinen Kumpel hier!", schreit er dem Kellner zu und wendet sich wieder zu mir. „Geht's besser?"

„Ja doch", sage ich und muss schon wieder lächeln. „Schon gut, du kannst dich abregen. Und loslassen kannst du mich auch!"

Aber dazu macht er keine Anstalten. Stattdessen starrt er mich verwundert an. „Ej, bist du etwa ein Weib?", fragt er verdutzt. Ich komme gar nicht zum Antworten, denn er redet gleich weiter. „Krass! Sieht man ja fast gar nicht, echt! Da musste schon die Lupe nehmen! Wie haste denn das hingekriegt? Oder …" Für einen winzigen Moment verstummt er. „Oder ist det gar keine Absicht? He, musste nur sagen! Dann sag ich nicht Kumpel, sondern Kumpeline." Er lacht vergnügt los und reißt dabei den Mund so weit auf, dass ich sein silbernes Zungenpiercing sehen kann.

Noch nie hab ich einen Typen kennen gelernt, der so viel quatscht. Ich nehme die beiden Jägermeisterfläschchen, die der Barmann uns hingestellt hat, und drücke dem Jungen eins davon in die Hand. Jetzt endlich lässt er meinen Ärmel los.

„Bleib ruhig bei Kumpel. Jonny heiß ich", sage ich. „Und du?"

„Bifi!" Er grinst, und dann stoßen wir an. Gleichzeitig kippen wir die Jägermeister herunter. Unwillkürlich schüttele ich mich. Was für ein Gesöff!

„Bifi?", frage ich und wische mir die Lippen ab. „Was ist das denn für 'n Name?"

Bifi reicht dem Kellner ein paar Münzen und winkt ab. „Scheißname, weiß ich. Aber kommt davon, wenn man früher reihenweise diese ekligen kleinen Würste da gefressen hat. Kennste die?"

„Na klar. Ich komm ja nicht vom Mond!"

„Und woher dann?"

„Rostock. Und du?"

„Na, ick bin Berliner! Hörste det nich?" Bifi grinst schelmisch übers ganze Gesicht. „He, in Rostock war ich noch nie. Wie is 'n das so da oben? Irgendwas Gutes am Start?"

Ich muss lächeln. „Ja, schon. Also: die Ostsee. Der Hafen. Die Fähren nach Dänemark rüber und Schweden, das ist schon genial, wenn man die ablegen oder einlaufen sieht. Aber sonst …"

„… sonst nicht so viel, was?", führt Bifi meinen Gedanken zu Ende. „Na, sonst wärst du ja auch wohl nicht hier, wenn's da oben so unglaublich toll wär!"

„Genau." Wir lachen uns an, dann sieht Bifi sich plötzlich hektisch um. „Shit, wo ist denn mein Karton? Ich Idiot!" Mit zwei Sprüngen ist er bei der Tür, wo er einen halb eingerissenen Karton mit Flyern aufhebt und eine Hand voll davon auf dem Fensterbrett verteilt. Dann kommt er zu mir rüber. „Das ist mein Job, weißt du, Flyer verteilen. Und jetzt muss ich weiter, hab noch die ganze Tour vor mir. Geht's wirklich wieder mit deiner Birne?"

„Alles wieder paletti." Einen Moment zögere ich, dann füge ich hinzu: „Schade, dass du schon wieder abhaust."

Bifi zieht eine bedauernde Grimasse. „Ej, find ich auch." Dann hebt er den Karton. „Aber ich muss echt weiter, bin schon in Verzug."

„Kann man nichts machen. Vielleicht sieht man sich ja mal wieder."

Bifi runzelt die Stirn. „Vielleicht, vielleicht. Klar! Aber komm mich doch einfach mal besuchen! Methfesselstraße 4, das ist auch Kreuzberg. Gleich hinter der alten Brauerei, das rote Backsteinhaus. Frag einfach nach Bifi!" Er lächelt mir zu und geht rückwärts zur Tür, wo er um ein Haar mit einer süßen Dunkelhaarigen zusammengestoßen wäre, die eben hereinkommt. „Ich freu mich auf dich!" ruft er vergnügt. „Lass mich bloß nicht zu lange warten!" Dann dreht er sich um und springt munter die Vortreppe hinunter. Einen Augenblick später ist er verschwunden.

Zufrieden schiebe ich die leeren Jägermeisterfläschchen zum Kellner hinüber, der sie gleich abräumt. Zum ersten Mal, seit ich Kai verlassen hab, ist da jemand, mit dem ich mich vielleicht anfreunden könnte. Jemand in meinem Alter. Ein Typ. Ein Kumpel, vielleicht.

Ich rutsche vom Hocker und sehe hoch. Die Dunkelhaarige, mit der Bifi fast zusammenstoßen ist, steht immer noch an der Tür, und jetzt erst fällt mir auf, dass sie mich anguckt. Sie hat 'ne witzige Frisur, lauter winzige Zöpfe, die ineinander verdreht sind. Und ein verdammt niedliches Gesicht. Und wunderschöne dunkle Augen, die hat sie auch.

Ich kann gar nichts dagegen machen, ich muss einfach lächeln.

Die Dunkelhaarige lächelt tatsächlich zurück. Dann zieht sie eine Packung Kippen aus der Tasche, klopft sich eine heraus, steckt sie sich in den Mund und sieht wieder zu mir.

Das hier ist echt mein Glückstag. Ich gebe mir einen Ruck, ziehe mein Feuerzeug raus und geh auf sie zu. Dicht vor ihr bleibe ich stehen. „Feuer gefällig?“, frage ich lässig.

15

An diesem Abend gehe ich nicht einfach die Treppen zu Maschas Wohnung hinauf.

Sondern ich schwebe.

Als ich die Tür aufschließe, muss ich den Kopf einziehen. Ich bin ungefähr vier Zentimeter gewachsen.

Ein Date. Ich habe ein Date!

Mascha sitzt im Wohnzimmer auf der Couch, und der Fernseher läuft. Sie lächelt, als sie mich sieht. Aber nur kurz. Dann greift sie zur Fernbedienung, stellt den Ton aus und sieht wieder zu mir, und ich schrumpfe zurück auf Normalmaß und lande mit beiden Füßen fest auf dem Boden.

Der Aufschub ist um. Mascha hat das Thema bislang nicht wieder angesprochen, aber an diesem Abend steht's an. Das ist mir sofort klar.

„Jonny, ich hab mich erkundigt“, sagt sie und klopft neben sich aufs Sofa.

Von meinem wunderbaren Schwebezustand ist wirklich nicht das Geringste mehr übrig. Meine Füße wiegen zwei Tonnen, als ich zu Mascha rübergehe und mich brav neben sie setze.

„Also, so sieht es aus: Du könntest in eine betreute Jugend-Wohngemeinschaft ziehen“, fängt Mascha an. „Ein Freund von mir arbeitet bei einem freien Träger, der zwei solche WGs eingerichtet hat. Da wird immer mal wieder ein Platz frei. Aber dazu musst du als Erstes zum Jugendamt und dort einen Antrag stellen. Und deine Eltern müssen auch einwilligen, darum kümmert sich das Jugendamt dann.“

Ich gucke zum Fernseher rüber, wo eine langhaarige Frau etwas in die Kamera erzählt. Sie hat schiefe Zähne, aber sie sieht trotzdem nicht schlecht aus.

Mascha sieht mich abwartend von der Seite an. „Jonny?"

Die Frau im Fernsehen redet immer noch. Ich hole tief Luft. „Ach, weißt du, Mascha, ich glaub, ich pack lieber meine Sachen und gehe. Okay?"

„Jonny", sagt Mascha sehr ruhig. Nur dieses eine Wort. Meinen Namen. Er hallt in meinem Kopf wider wie ein Pingpongball, der in einer Trommel umherspringt. Oder wie eine Wallbreakerkugel. Wallbreaker, das hab ich früher ganz gern mal gespielt. Auf Idas Handy. Irgendwann werde ich mir selber eins zulegen. Irgendwann. Irgendwann, irgendwann.

Aber was ist jetzt?

„Jonny?"

Die Langhaarige im Fernsehen verschwindet vom Bildschirm, und ein junger Typ mit dunklen, kurzen Haaren taucht auf. Er trägt ein Matrosenhemd und lächelt glücklich in die Kamera.

„Jonny, sag doch mal was!"

Ich drehe den Kopf und sehe Mascha an. Ihr Gesicht ist sehr ernst. „Ich kann das nicht, Mascha", sage ich. „Ich kann nicht in irgendeiner Jugend-WG sitzen und mit irgendwelchen Betreuern über meine schreckliche Kindheit reden und in irgendeine beschissene Schule gehen, wo irgendwelche desinteressierten Lehrer mir irgendwelchen Scheiß beibringen wollen."

„Wow!" Mascha lächelt verhalten. „Das kommt ja echt flüssig."

Ich schiebe meine Hände zwischen die Knie und sehe darauf hinunter, um Maschas hellem Blick zu entgehen. „Ich kann das nicht", wiederhole ich. „Irgendwann später vielleicht. Aber jetzt ... jetzt geht das noch nicht. Können wir nicht einen Deal machen? Nimm mich als Untermieter. Ich mach mich unsichtbar, noch mehr als bisher." Ich merke selbst, wie verzweifelt ich mich anhöre, aber ich kann jetzt nicht aufhören. „Du kriegst überhaupt nicht mit, dass ich da bin", sage ich hastig. „Wir verabreden eine Zeit, okay? Drei Monate. Oder zwei. Oder einen. Einen Monat, ja? Ich geb dir auch Geld", schlage ich vor. „Ich zahle Miete. Sag mir, was du haben willst, ich besorg's. Und du kannst mich jederzeit raussetzen. Und ..."

„Jetzt warte doch mal, Jonny!“, unterbricht mich Mascha. „Darum geht es doch gar nicht!“

„Worum denn? Nerv ich dich? Dann hau ich sofort ab.“ Ich will aufspringen, aber Mascha legt mir beschwichtigend die Hand auf den Arm.

„Ich kann die Verantwortung für dich einfach nicht auf Dauer übernehmen“, sagt sie. „Das ist das Problem. Kannst du das nicht verstehen?“

„Verantwortung?“ Ich muss fast lachen. „Die übernehm ich selber, keine Sorge. Ich kann gut auf mich selbst aufpassen.“

„Ja, sicher!“, sagt Mascha gedehnt. „Klar. Ich weiß. Aber wenn dir was passiert ...“

„Mir passiert schon nichts.“

„Und wenn doch?“

Darauf hab ich keine Antwort. Ich gucke zum Fernseher. Auf dem Bildschirm ist wieder der junge Typ mit dem Matrosenhemd zu sehen. Jetzt trägt er Jeans und ein T-Shirt und spielt mit einem kleinen Jungen Fußball, während die Langhaarige ihnen dabei zusieht.

„Jonny, du bist minderjährig“, erklärt Mascha. „Eigentlich mache ich mich strafbar, weil ich dich seit Monaten hier wohnen lasse, ohne die Polizei zu informieren. Immerhin bin ich Sozialarbeiterin, eigentlich sollte ich so was wirklich besser wissen. Weiß ich ja auch. Aber ich mach's trotzdem. Nur, ewig geht das nicht so weiter.“

Dagegen kann ich nichts sagen. Schweigend sitze ich da und starre auf den Bildschirm, wo der kleine Junge dem Dunkelhaarigen den Ball zuschießt, und der wiederum kickt ihn hoch in die Luft und lacht direkt in die Kamera. Er sieht ziemlich sympathisch aus, finde ich. Wie jemand, den ich gern kennen lernen würde.

„Irgendwann musst du sowieso zum Amt“, fährt Mascha neben mir fort. „Spätestens wenn du 'nen Pass brauchst oder eine Wohnung beziehen willst oder irgendwas anderes anliegt. Oder willst du bis in alle Ewigkeit untertauchen? Nie sauberes Geld verdienen, keine Arbeit haben, keine Lehrstelle, keine Versicherung, nichts?“

Ich antworte nicht. Stur starre ich auf den Bildschirm, wo der sympathische Typ gerade seine langhaarige Freundin küsst. Seit Monaten versuche ich, genau daran nicht zu denken, wovon Mascha jetzt redet: an meine Zukunft. Das ist verdammt schwer zu ertragen.

„Und außerdem wüsste ich noch nicht mal, wen ich informieren sollte, wenn was mit dir ist", sagt Mascha leise.

Ich reiße meinen Blick vom Fernseher los und sehe sie an. „Niemanden", sage ich fest. „Du brauchst niemanden zu informieren."

Denn das ist doch die Wahrheit, oder nicht? Es gibt niemanden, der mir wirklich nah steht. Groß Klein ist Vergangenheit, Dresche ist tot, Kai hab ich verlassen. Es ist niemand mehr da.

Aber vielleicht stimmt es ja doch nicht so ganz, denn plötzlich fällt mir Bifi ein, der süße Punk, den ich vorhin kennen gelernt hab. Und die Dunkelhaarige, Nina. Der Gedanke an sie macht mir ein Kribbeln im Bauch, aber ich schiebe ihn schnell wieder weg.

Mascha hat die ganze Zeit nachdenklich neben mir gesessen. „Was ist mit deiner Mutter?", fragt sie jetzt.

In den letzten Wochen hab ich ihr ein kleines Bisschen über mich erzählt. Nicht viel, nur die groben Daten, so ungefähr: Alter, Schulbindung, Anzahl der Geschwister. Halbgeschwister, natürlich. Und dass ich's in Groß Klein nicht mehr ausgehalten hab. Aber mehr weiß Mascha nicht über mich. Muss sie auch nicht.

„Meine Mutter? Die interessiert sich nicht für mich", antworte ich, und meine Stimme klingt rau. „Hat sie noch nie gemacht. Wenn irgendjemand ein Fehltritt ist, dann ganz bestimmt ich."

„Aber immerhin hat sie dich aufgezogen", gibt Mascha zu bedenken.

Ich lache auf. „Wenn man das aufziehen nennen will – klar, logisch! Aber eigentlich war ich immer nur unerwünscht, ehrlich. Wie es in den ersten drei Jahren war, weiß ich nicht mehr. Dann kam Svens Alter, und ich wurde ins Kinderheim verfrachtet. Wahrscheinlich kann ich noch froh drüber sein." Ich höre selbst, wie verbittert ich klinge.

Mascha sieht betroffen aus. „Und dann?", fragt sie leise.

„Dann kam der Alte von Timo und Janina", fahre ich fort, „und das Geld wurde knapp. Also holten sie mich wieder raus. Viel Kindergeld bring ich zwar nicht, aber das bisschen können sie natürlich trotzdem gebrauchen. Für sich. Nicht für mich, ist ja klar. Aber frag mich nicht, warum das alles so ist und was für ein Ding meine Mutter eigentlich mit mir zu laufen hat", setz ich hinzu. „Ich hab echt keine Ahnung. Wegen meinem Alten vielleicht. Weil er abgehauen ist. Aber ist auch egal."

„Und wo ist er jetzt?"

„Wer?"

„Dein Vater", sagt Mascha.

„Vater?", frage ich zurück. „Wie schreibt man denn das?" Und dann muss ich lächeln, weil Mascha so schön schockiert aussieht.

Aber Mascha lächelt nicht mit. Stumm sitzt sie neben mir und starrt vor sich hin. Langsam wird mir das alles zu viel. Ich gucke wieder zum Fernseher rüber.

Auf dem Bildschirm hockt der Dunkelhaarige jetzt auf einer Pritsche, offensichtlich in einem Untersuchungszimmer, und neben ihm steht ein Arzt. Sie reden irgendwas, und dann zieht der Dunkelhaarige sein Hemd aus, und ich erstarre. Augenblicklich ist mein Gespräch mit Mascha vergessen.

Der Junge da im Fernsehen hat Brüste! Er sieht aus wie ein Typ, aber er ist 'ne Frau. Ich kann's gar nicht fassen.

Erschrocken saug ich die Luft ein, und Mascha blickt auf. Im Fernseher ist der Mädchentyp jetzt in einem Krankenhausbett zu sehen. Er scheint zu schlafen, und die Langhaarige sitzt neben ihm auf der Bettkante und spricht mit dem Arzt.

Mascha sieht mich von der Seite an, dann greift sie nach der Fernbedienung und schaltet den Ton ein.

Laute Discomusik ist zu hören. Das Krankenhausbett ist jetzt weg, und der Mädchentyp steht irgendwo rum und zieht sich gerade sein T-Shirt aus.

Seine Brüste sind weg. Ich kann gerade noch zwei breite Narben erkennen, dann kommt ein Schnitt, und der Mädchentyp lacht in die Kamera. „Ich bin jeden Tag wieder aufs Neue heilfroh, dass ich diesen Schritt gegangen bin", sagt er mit einer ganz normalen Jungsstimme und lacht noch einmal. Und dann folgt der Abspann.

„Jonny?", fragt Mascha neben mir.

Ich antworte nicht. Wie gebannt starre ich auf den Abspann, auf die Fotos, die jetzt in rascher Folge eingeblendet werden, Fotos aus verschiedenen Lebensphasen des Mädchentypen anscheinend: Mit langen Haaren grinst er erst als Teenie in die Kamera, dann werden die Haare kürzer, die Gesichtszüge härter und männlicher, mit jedem Bild mehr. Bis er am Ende so aussieht wie im Film ganz zuletzt – einfach ein Typ. Ein sympathischer, witziger Typ. Ein Schriftzug, *Ines und Paul*, erscheint auf dem Bildschirm. Dann wird er schwarz.

„Jonny?", fragt Mascha noch einmal. „Alles okay?"

Einen langen Moment kann ich mich nicht rühren. Dann atme ich durch. „Ich weiß nicht", sage ich leise. „Ich weiß eigentlich gar nichts. Nur, dass ich gern hier bleiben würde. Noch ein bisschen. Bis Anfang des Jahres."

Mascha schweigt lange, so lange, dass ich schon glaube, sie wird mir nicht mehr antworten.

Aber dann antwortet sie doch.

„In Ordnung, Jonny", sagt sie leise. „Bis Anfang des Jahres."

16

Achtung: Heterofreie Zone steht auf einem handgemalten Schild mitten auf der schweren Metalltür. Daneben sind ein paar Sticker gepappt, aber eine Klingel oder Namensschilder kann ich nirgends entdecken. Ich setze die Kopfhörer ab und schalte den Discman aus, aber gerade, als ich die Tür aufziehen will, wird sie von innen aufgestoßen, und eine riesige Blondine auf Stöckelschuhen fliegt mir entgegen.

„Huch!", kreischt sie und schlägt die Hand vor den Mund. „Hast du mich erschreckt, Kleiner!" Grüne Augen mustern mich von oben bis unten, dann tritt ein breites Lächeln auf die voll geschminkten Lippen. „Süüüß!“, flötet sie, jetzt mit überraschend tiefer Stimme. „Du siehst ja so süß verloren aus! Kann ich dir helfen?“ Sie blinkert mir zu, und schlagartig fällt bei mir der Groschen. Eine Transe! Das hier ist eine Transsexuelle, ein ehemaliger Mann. Aus der Nähe hab ich so jemanden noch nie gesehen, nur ein paar Mal von Ferne im *Roses*. Ich muss aufpassen, dass ich nicht glotze.

„He, Schätzchen, hast du die Sprache verloren?“, fragt sie freundlich.

Ich reiße mich zusammen. „Ich suche Bifi“, erkläre ich rasch. „Der wohnt doch hier, oder?“

Die Blondine rückt ihre Umhängetasche zurecht und seufzt theatralisch. „Bifi, klar. Hat der aber ein Glück! Ständig Besuch von so niedlichen Jungs. Da kann man ja eifersüchtig werden!“

Ich kann gar nichts dagegen machen, dass ich erröte. Die Blonde wirft den Kopf in den Nacken und lacht vergnügt. Dann deutet sie mit dem Daumen über die Schulter. „Treppe hoch, gleich die erste Tür. Viel Spaß noch, mein Kleiner. Vielleicht sieht man sich ja mal wieder!“

Sie stöckelt davon, und ich sehe ihr einen Moment lang fasziniert nach. Ihr kleiner Hintern wackelt, und ihre blonde Mähne weht wie ein schimmernder Vorhang hinter ihr her. Was für eine schräge Person!

Bifi grinst übers ganze Gesicht, als er mir öffnet. „He, Kumpel!“, ruft er vergnügt und boxt mir gegen den Bizeps. „Cool, dass du kommst! Bin gerade fertig mit Poppen! Komm rein, komm rein!“

Ich denke natürlich, dass er Spaß macht, aber im Flur kommt uns tatsächlich ein ziemlich hübsch aussehender Junge mit Glatze entgegen, der seine Jacke in der Hand trägt und mir verlegen zunickt. Bifi umarmt ihn kurz, flüstert ihm etwas ins Ohr und lässt ihn dann ziehen, nicht, ohne ihm noch einen schallenden Kuss auf die Wange zu geben.

„Das ist Rudi, mein Freund“, erklärt er mir, als wir weitergehen.

„Kann der nicht sprechen?“

„Doch. Aber schüchtern ist er. Und das ist auch gut so." Bifi lächelt verschmitzt. „Dann macht er nicht so viel mit anderen rum, verstehst du?"

Automatisch denk ich an das, was die Blonde unten gesagt hat – das von den vielen süßen Jungs, die Bifi besuchen kommen. „Ach, stehst du etwa auf Treue?"

„Klar, ej!" Bifi nickt heftig. „Rummachen mit andern läuft bei mir nicht. Ich will meinen Süßen für mich allein!"

Ich nicke. Sehe ich eigentlich genauso. Für einen Moment tauchen Ninas schöne Augen vor mir auf, aber als ich zwinkere, sind sie wieder verschwunden.

Bloß nicht zu viel an sie denken. Immerhin dauert's noch fast eine Woche, bis ich sie sehe. Und in einer Woche kann verdammt viel passieren.

Im Vorbeigehen zählt Bifi die Namen seiner Mitbewohner auf, an deren Türen wir vorbeikommen – zwei Frauen und noch ein Typ, zwei davon sind Studenten und eine geht noch zur Schule –, dann passieren wir Küche und Bad und gelangen endlich zu Bifis Zimmer am Ende des Flurs. Es ist nicht besonders groß, aber dafür voll gestopft mit allem möglichen Krempel: Büchern, Klamotten, CDs und anderem Zeug.

„Klasse Bude", sage ich und sehe mich anerkennend um. „Ist hier nicht noch was frei?"

Bifi lacht und haut sich aufs Bett, dem einzigen Möbelstück im Raum. „Nee, im Moment leider nicht. Aber hier herrscht fliegender Wechsel. Jim und Ilona zum Beispiel, unsere beiden Studis, haben sich gerade um einen Studienplatz in Paris beworben. Aber ob das hinhaut, steht in den Sternen. Na, wenn mal was frei wird, merk ich dich vor. Ist auch billig – ich zahl nur Hundertfünfzig. Gut, was?"

Ich nicke. Hundertfünfzig Euro, das ist wirklich fast geschenkt. Aber für mich trotzdem unbezahlbar. So viel Miete, Monat für Monat, werde ich mit popeligen Schwarzjobs nie zusammenkratzen können. Schlechte Aussichten – wenn Mascha mich irgendwann raussetzt, heißt es also zurück auf die Straße.

Oder in eine Jugend-WG.

Aber auch daran will ich jetzt nicht denken.

Bifi verschränkt die Hände hinter dem Kopf. „Wirklich cool, dass du vorbeikommst. Erzähl mal, was machst 'n du eigentlich so?"

„Ach, ich hau mich so durch", sage ich ausweichend und beuge mich über eine CD-Sammlung in der Ecke. Jede Menge Punk und dazu ein paar alte Kamellen, Soul aus den Sechzigern und so. Kein PogoSlash, das ist schon mal gut. „Und du? Was machst du so, außer Flyer verteilen?"

„Ich geh noch zur Schule", erklärt Bifi und schnippt einen Fussel von seiner Cargo. „Nächstes Jahr bau ich mein Abi. Wenn's klappt", fügt er grinsend hinzu. „Langsam muss ich mich mal am Riemen reißen, echt."

„Du gehst noch zur Schule und hast schon 'ne eigene Bude?", frage ich beeindruckt.

Bifi nickt und stopft sich das Kissen unter den Kopf. „Letztes Jahr, als ich achtzehn geworden bin, hab ich meine Eltern gefragt und fertig. Die sind ziemlich gut drauf – zahlen mir die Miete und legen noch ein bisschen was drauf, und den Rest jobbe ich mir zusammen."

Für einen Moment verspüre ich so etwas wie Eifersucht – komisch, wie einfach es für andere Leute so läuft.

Aber Bifi gönn ich es wirklich.

Bifi sieht zu, wie ich weiter seine Bude inspiziere. „Wo wohnst du denn überhaupt?", fragt er neugierig.

„Kreuzberg", sage ich ausweichend. „Naunynstraße, kennste vielleicht."

„Klar. Allein?"

„Bei 'ner Freundin." Ich deute zur Ablenkung auf eine reichlich ramponierte Schneiderpuppe in der Ecke. „Was ist denn das da?" Jemand – Bifi vermutlich – hat der Puppe Eishockeyklamotten angezogen: ein blaugemustertes Trikot, dazu passende Hosen und darüber einen Sackschützer.

Bifi springt auf und kommt zu mir herüber. „Na, von mir!", sagt er stolz. „Das ist meine alte Kluft! Wirste nicht glauben, aber ich hab als Kid bei den Eisbären gespielt. Und gar nicht mal schlecht!“

„Und wieso hast du aufgehört?“ Ich streiche über den glänzenden Stoff und berühre verstohlen den Sackschützer. Interessant, so ein Teil.

„Ach, ej, Eishockey ...“ Bifi zuckt mit den Schultern. „Ich weiß nicht, das passt irgendwie nicht mehr zu mir“, sagt er. „Ist echt ’n Männersport. Also, was für richtige Männer. Als Schwuler bist du da doch verloren.“ Er betrachtete mich von der Seite, dann greift er plötzlich nach dem Sackschützer und zieht ihn mit zwei raschen Handgriffen von der Puppe hinunter.

„Lass mal sehen“, sagt er. „So was brauchste doch, oder? Probier mal an!“ Er hält mir das Teil entgegen, und ich weiche verblüfft zurück.

„Ich? Quatsch!“

Bifis Augen glänzen abenteuerlustig. „Ej, wenn schon, Jonny, dann richtig, oder?“, sagt er vergnügt. „Komm schon, Hose runter!“

Ich starre ihn verdutzt an, aber Bifi lacht bloß. „Du willst doch ein richtiger Mann sein, oder?“, fragt er, und plötzlich steckt mich seine gute Laune an. Ich knöpfte meine Jeans auf und schiebe sie mir über die Hüften, und im nächsten Moment hat Bifi mir den Sackschützer mit ein paar geübten Handbewegungen umgelegt und den Gummigurt strammgezogen. „Siehst du, passt doch!“ ruft er. „Los, Hose hoch!“

Ich ziehe meine Jeans wieder hoch und blicke an mir hinunter, auf die leichte Beule vorne in meiner Hose. In meinem Bauch ist plötzlich ein ganz seltsames Gefühl.

Wie Schmetterlinge.

Als wär ich verliebt.

„Komm mit“, sagt Bifi, packt mich an der Hand und zieht mich aus dem Zimmer und bis ins Bad, vor einen großen, leicht fleckigen Spiegel, der an der Wand befestigt ist.

Fasziniert starre ich den großen, schlanken jungen Typen mit den raspelkurzen blonden Haaren an, der mir verwundert aus dem Spiegel entgegenguckt. Ein bisschen weiche Gesichtszüge hat er ja, und die Hüften sind vielleicht einen Tick zu breit, aber ansonsten sieht er schon ziemlich gut aus – groß, schlank, sportlich, mit einer richtigen Wölbung zwischen den Beinen.

„Siehste!", sagt Bifi zufrieden und mustert unsere beiden Spiegelbilder, die wie zwei ungleiche Brüder nebeneinander stehen. „Wusst ich's doch, dass das dein Ding ist. So ein Suspensorium ist doch echt nicht zu verachten. Passt doch wie angegossen! Ich mein, nichts gegen meine Beule, aber nicht schlecht. Sag mal, bindest du dir eigentlich die Titten ab?", fragt er interessiert.

Ich werde knallrot. Wie kommt er bloß dazu, mich aus heiterem Himmel so was Intimes zu fragen?

Aber die Antwort liegt ja eigentlich auf der Hand: Bifi ist einfach das genaue Gegenteil von mir. Ein Typ, der offen über alles quatscht. Hat auch seine Vorteile, sicher, auch wenn's mir im Moment einfach nur superpeinlich ist.

„Nee, ich hab da nicht so viel zu verstecken", sage ich verlegen.

Bifi grinst. „Ej, schon gut, ich will dir ja nicht zu nahe treten. Ich mein ja nur, weil du da oben rum ganz schön flach aussiehst." Er hebt beschwörend die Hände. Ich werfe einen letzten Blick auf mein Spiegelbild, dann nehme ich meine Kopfhörer ab, die mir immer noch um den Hals hängen, ziehe den Discman aus der Tasche und halte beides Bifi hin. „Hier, tauschst du mit mir? Das Teil gegen den Sackschutz?"

Bifi tippt sich an die Stirn. „Spinnst du? Kriegst du geschenkt!" Er sieht mir in die Augen und lächelt breit. Einfach so. Und in diesem Moment weiß ich, dass wir wirklich Freunde sein werden.

Und irgendwie sind wir's ja schon.

„Alles klärchen?", fragt Bifi.

„Alles klärchen", sage ich und lächele zurück.

Im gleichen Moment geht hinter uns die Tür auf, und ein Mädchen kommt herein. Wie angewurzelt bleibt sie stehen und starrt uns an. „Huch! Was ist denn hier los?"

„Darf ich vorstellen?“ Bifi sieht ein bisschen verlegen drein. „Das ist meine Lieblingsmitbewohnerin Hüri. Und das hier ist Jonny, mein neuer Kumpel.“

Hüri legt die Stirn in Falten und guckt mich nachdenklich an. „He, dich kenn ich doch irgendwoher!“

Das geht mir genauso. Ich muss ein bisschen in meinem Hirn herumgraben, bis mir einfällt, wo ich diese struppigen braunen Haare und diese auffallend schräg geschwungenen braunen Augen schon mal gesehen hab. Im *SO36*, bei der Frauenparty neulich, na klar! Hüri, das ist die Braut, die mich beim Kippenklauen erwischt hat!

Wahrscheinlich fällt ihr das im gleichen Moment ein, denn ihr Gesicht hellt sich auf. „Ich hab's – bei der letzten Frauenparty im *SO*, nicht wahr?“

Ich nicke. Hüris Blick gleitet an mir hinunter und bleibt bei der Beule in meiner Hose hängen. Ich muss richtig dagegen ankämpfen, mir nicht die Hände vor den Schritt zu halten. Plötzlich ist mir das Ganze echt unangenehm. Und Hüris nächster Satz macht es nicht gerade besser.

„Und ich dachte, du bist 'ne Lesbe!“, sagt sie und runzelt wieder die Stirn.

Ich spüre, wie mir der Schweiß ausbricht. Hilflos sehe ich zu Bifi. Als ob der mir helfen könnte!

Aber er kann tatsächlich. „Na und?“, fragt er. „Ist doch egal, oder nicht? Jonny ist halt, was er ist. Oder sie. Stimmt doch, oder?“

Ich nicke vorsichtig. Reden brauche ich gar nicht. Meine Stimme ist sowieso weg.

Hüri sieht mich mit schiefgelegtem Kopf an, dann bläst sie sich achselzuckend eine Strähne aus der Stirn. „He, mir ist das doch egal, jetzt mal echt“, sagt sie und lächelt mich an.

Ich lächele schief zurück. Und Bifi rettet zum zweiten Mal hintereinander die Situation. „Was machst du eigentlich Weihnachten, Jonny?“, fragt er hastig. „Is' ja schon bald. Wir schmeißen nämlich 'ne Party. Wie ist es, hast du nicht Lust, mit uns hier zu feiern?“

17

An diesem Abend liege ich noch lange wach. Schwaches Licht fällt durch das kleine Fenster in die Kammer hinein und beleuchtet Bifis altes Suspensorium, das über der Stuhllehne hängt. Irgendwie ist das Teil total daneben.

Aber irgendwie auch total cool.

Ich muss daran denken, wie ich als Kind manchmal versucht hab, im Stehen zu pinkeln – mit Erfolg übrigens, und auch heute noch kann ich das gut – und mir die Unterhose mit Socken ausgestopft und so getan hab, als wär ich ein Junge. Mich hat nie einer dabei erwischt. Und ich hab mich jedes Mal richtig gut damit gefühlt.

Sowieso habe ich eigentlich immer nur Jungsklamotten getragen, denn Kleider hab ich noch nie abgekonnt. Kann ich immer noch nicht – jedenfalls nicht bei mir, Mädchen sehen damit manchmal ja echt süß aus –, und eher würde ich nackt gehen als mit 'nem Kleid oder Rock an.

Eigentlich, überlege ich und drehe mich auf die Seite, eigentlich war es echt gut, dass meine Mutter so überhaupt keinen Wert auf Klamotten gelegt hat. Ich hatte nie den Stress, dass ich Mädchenzeug anziehen sollte. Ob wir nun Hose oder Kleid oder sonst was anhatten, wir Kids, das war ihr eigentlich immer egal. Hauptsache, wir hatten was an.

Ich rolle mich wieder auf den Rücken. Im gleichen Moment fällt mir Janina ein. Janina mit ihren Röckchen und Kleidchen und Rüschenpullovern.

Stimmt wohl doch nicht ganz, dass meine Mutter keinen Wert auf Kleidung legt. Nur bei mir hat sie das nicht getan.

Aber egal. Jedenfalls hab ich mich immer am besten gefühlt, wenn ich mich als Junge verkleidet hab. Jedes Mal war's, als wäre ich endlich genau richtig.

Genau wie in dem Moment, als ich das erste Mal eins von Timos engen Kinderunterhemden übergezogen habe und von meinen Brüsten darunter schlagartig fast nichts mehr zu sehen war.

Oder als ich mir die Haare abrasiert hab.

Oder meine neue Bomberjacke das erste Mal trug.

Oder als Mascha mich Jonny genannt hat.

Jetzt, während ich still da liege und in die dämmerige Nacht hinaussehe, wird mir klar, dass tatsächlich genau das immer die allerbesten Momente in meinem Leben gewesen sind: wenn ich mich in einen Jungen verwandelt habe.

Und das ist kein Zufall. Keine Marotte. Und auch kein Hobby.

Das bin ich. Wirklich ich.

Und genau das ist auch mein Problem.

Ich ziehe meine Hand unter dem Kopf hervor und fahre mir langsam über die Brust. Es ist ein komisches Gefühl, wie jedes Mal, ziemlich unangenehm. Auf meine Brüste, das hab ich schon immer gefunden, kann ich wirklich gut und gerne verzichten. Erst als meine Finger weiter hinunter gleiten und ich meine straffen Bauchmuskeln befühle, verschwindet mein komisches Gefühl. Den Rest weiter unten spare ich mir. Den blende ich sowieso meistens aus. Und wenn ich mich mal da unten anfasse, was nicht gerade oft vorkommt, dann denke ich mir immer was anderes zurecht. Dann mal ich mir aus, was ich da gern hätte. Und das klappt auch einigermaßen.

Alles in allem ist mein Körper trotzdem okay. Ich fühle mich sogar ganz wohl darin, es sei denn, ich hab meine Tage. Dann kann ich mich nicht ausstehen, dann könnte ich nur heulen. Oder alles zusammenkloppen vor Wut.

Aber sonst ist es okay.

Und je weniger man mir ansieht, dass ich als Mädchen zur Welt gekommen bin, umso besser.

Vielleicht, wer weiß, sieht man es irgendwann auch gar nicht mehr. Wenn ich weiter meine Muckiübungen mache, die richtigen Klamotten anziehe, meinen Mackergang perfektioniere, mich dementsprechend bewege und verhalte. Vielleicht sieht man es dann wirklich nicht mehr. Zumindest von außen.

Vorausgesetzt, ich zieh mich nicht aus.

Ich schiebe mir das Kissen über den Kopf. Auf einmal bin ich wahnsinnig traurig.

18

„Hast du den neuen Film mit Jackie Goom gesehen? *Palomino City*?“

„Äh, nö. Noch nicht“, sage ich und zünde mir eine Kippe an, ungefähr die Zehnte an diesem Abend. Nina wirft mir einen kurzen, desinteressierten Blick zu und pult sich ein Stück lose Haut vom Fingernagel.

„Ist nicht schlecht“, sagt sie. „Aber der vorher war besser. *Sechuan*. Spielt in China. Haste den denn gesehen?“

Ich schüttele den Kopf und trinke mein Bier aus. Im gleichen Moment bereu ich's. Jetzt hab ich nichts mehr zum Festhalten, so ein Mist. Unauffällig befühle ich die gesammelten Münzen in meiner Hosentasche. Für zwei Bier reicht's noch. Und dann?

Seit einer geschlagenen Stunde sitze ich Nina gegenüber an einem der vorderen Tische im *Roses*, und mit jeder Minute fühle ich mich unbehaglicher. Mir ist heiß, der Plastikbezug vom Hocker quietscht jedes Mal, wenn ich mich bewege, und Nina sieht von Sekunde zu Sekunde gelangweilter aus.

Es läuft nicht so richtig. Jedenfalls nicht so, wie ich mir das vorgestellt hab. Die Chemie zwischen uns stimmt irgendwie nicht, keine Ahnung, warum. Bei unserer ersten Begegnung in der *Zickenbar* vor knapp einer Woche war das noch anders, aber jetzt ist die Spannung zwischen uns völlig verpufft. Ich finde Nina zwar immer noch superniedlich, vom Aussehen zumindest, und beim Reinkommen hat sie mich auch mit 'nem Küsschen auf die Wange begrüßt. Aber das war's auch eigentlich schon. Irgendwie ist sie schräg drauf, abgelenkt, nicht ganz bei der Sache.

Und wir haben uns einfach nichts zu erzählen. So eine Scheiße!

Bifi hat mir in den letzten Tagen zwar jede Menge Vorschläge gemacht, aber keiner davon kommt wirklich in Frage. Ich meine, ich kann ja schlecht mit Nina über Fußball reden, oder? Also hab ich ein paar hilflose Versuche gemacht, ein Gespräch in Gang zu bringen, aber nichts davon hat gefruchtet. Nina hat sich dann auf Filme als Gesprächsthema verlegt, aber ich hab keinen einzigen davon gesehen.

Heute Abend ist mir zum ersten Mal klar geworden, wie schwierig es ist, wenn man nichts über sich selbst zu erzählen hat. Oder das nicht will.

Nina seufzt, und aufgeschreckt sehe ich sie an. „Gehst du eigentlich gar nicht ins Kino, oder was?“, fragt sie und zieht unzufrieden die Stirn kraus.

„Selten“, antworte ich. Eigentlich stimmt das gar nicht; ich gehe sogar gern ins Kino, immer, wenn ich's mir leisten kann. Aber mir ist schon längst klar, dass ich mit meiner Vorliebe für Actionfilme bei Nina nicht landen werde. Und das will ich irgendwie immer noch gern. Immerhin hab ich gut eine Woche von ihr geträumt.

„Also, ich geh oft“, sagt Nina und zieht ihren Ringelpulli gerade. „Meistens mit meiner Freundin.“

Wumm! Das hat gesessen. „Ach, du hast 'ne Freundin?“, frag ich verblüfft, und die nächste Frage rutscht gleich hinterher, ohne dass ich es vorhab. „Seit wann?“

„Seit einer Woche ungefähr“, sagt Nina, und dann guckt sie mich zickig an. „Wieso? Hast du was dagegen?“

Einen Moment lang bleibe ich stumm. So schnell geht das also. An einem Abend flirtet sie mit mir, was das Zeug hält, eine Woche drauf ist sie schon fest liiert.

Drüben am Tresen legt Moni eine neue CD ein, und die schrillen Töne von *Marilyn Manson* sägen an meinen Nerven, die sowieso auf einmal zum Zerreißen gespannt sind.

„Warum hast du dich denn dann überhaupt mit mir getroffen?“, frage ich.

„Wieso, warum nicht?“, fragt Nina schnippisch zurück.

Ein Gruftie in einem langen schwarzen Mantel schlurft vorbei und rempelt mich dabei an, und ich muss mich beherrschen, um ihn nicht am Kragen zu packen und ihm eine reinzuhauen.

Nina dreht eins ihrer Rastazöpfchen zwischen den Fingern und sieht mich mit einem seltsamen Gesichtsausdruck von unten herauf an. „Ich kann mich schließlich verabreden, mit wem ich will“, sagt sie. „Muss ja nicht immer gleich sonst was bedeuten. Oder?“

Ich zucke widerwillig mit den Schultern und betrachte meine leere Bierflasche. Eigentlich will ich ein neues Bier. Aber dann müsste ich Nina der Höflichkeit halber wohl ebenfalls fragen, ob sie was will. Und dazu hab ich jetzt keine Lust mehr.

Nina beobachtet mich immer noch. „Sag mal", sagt sie plötzlich gedehnt, „du bist doch keiner von diesen Transgender-Typen, oder?"

„Von diesen *was*?" Transgender? Transsexuell, das kenn ich, aber diesen Ausdruck hab ich noch nie gehört.

„Na, von diesen Frauen, die denken, dass sie eigentlich Männer sind." Nina lacht auf, und in ihrer Stimme ist plötzlich ein gehässiger Unterton.

Reflexartig kneif ich die Beine zusammen, und sofort drückt mich das Suspensorium im Schritt. Vielleicht war's doch keine so gute Idee, es anzuziehen.

„So eine bist du doch nicht, oder?", fragt Nina lauernd.

Ich weiß nicht, was ich antworten soll. Ja? Nein? Doch? Vielleicht? Irgendwie gibt es darauf keine richtige Antwort.

Nina mustert mich mit unverhohlener Neugier. „Weil, wenn das so ist, dann läuft das mit uns sowieso nicht", sagt sie lässig. „Ich steh nämlich nicht auf transgender und so, weißt du." Sie hebt eine Augenbraue und lächelt kühl, und auf einmal finde ich sie überhaupt nicht mehr niedlich. „Ich will doch keinen Typ, ej!", sagt sie und fingert wieder an ihrem Zöpfchen herum. „Ich bin doch nicht hetero."

Offensichtlich hat sie die Stimme gehoben, denn drüben am Tresen hebt Moni den Kopf und sieht prüfend zu uns herüber.

Ich schlucke. Und dann schlucke ich noch mal. Das ist es. Genau das ist der Punkt: Nina ist nicht hetero. Aber ich bin's anscheinend. „Ist mir doch egal", sage ich mit kratziger Stimme. „Echt, ist mir doch egal."

Ninas Gesichtsausdruck verändert sich übergangslos. Finster guckt sie mich an. „Na, denn kann ich ja gehen", erklärt sie beleidigt. „Hat doch eh keinen Zweck. Wenn du gleich so stinkig wirst! Man sieht sich, okay?" Sie rutscht vom Hocker, wirft den

Kopf in den Nacken wie ein störrisches Pferd und rauscht hinaus.

Ich bleibe hocken und starre meine Bierflasche an.

Das ist schon echt komisch: Jirko hat mich als Mädchen gewollt. Kai wollte mich als Schwulen. Nina will mich zwar sowieso nicht, aber wenn, dann höchstens als Lesbe.

Nichts von all dem haut hin.

Und was, verdammt, kommt als Nächstes?

Plötzlich spüre ich eine Berührung an der Schulter. Moni ist zu mir herübergekommen.

„Na, abgeblitzt?"

Erst will ich den Kopf schütteln, aber dann nicke ich doch.

Moni stellt zwei Schnapsgläser auf dem Tisch ab und setzt sich mir gegenüber auf den Hocker, auf dem Nina gerade eben noch gesessen hat.

Nina – mein erstes Date in Berlin. Und gleich ein Super-Flop.

„Also, ehrlich gesagt, weiß ich nicht, warum die sich überhaupt mit mir getroffen hat", sage ich.

„Weiber." Moni zuckt mit den Schultern und lächelt mich an, während sie das eine Schnapsglas hochnimmt und mir das andere hinschiebt. „Mach dir nichts draus. Du findest garantiert 'ne Bessere. So gut, wie du aussiehst, Jonny. Komm, darauf stoßen wir an!" Ich stoße mit meinem Glas leicht gegen ihres. „Eine Frage, Moni. Was bedeutet denn eigentlich transgender?"

Moni stürzt den Schnaps hinunter und wischt sich über den Mund. „Transgender?", fragt sie und beobachtet belustigt, wie ich meinen Schnaps ebenfalls hinunterkippe und mich leicht schüttele. „Transgender, das bedeutet, wenn man sich weder weiblich noch männlich fühlt, sondern ganz anders. So wie du."

Ich zucke zusammen.

„Ja", sagt Moni lächelnd. „So wie du: wenn man nicht nur Frau ist und nicht nur Mann, sondern ganz anders oder auch beides zusammen. Und noch viel mehr."

19

An einem bitterkalten Freitag kurz nach Silvester gehen Mascha und ich ins Kino. Der Film, ein richtig schräges Roadmovie, das in Australien spielt und in dem jede Menge aufgemotzte Wagen durch die Wüste rasen, gefällt mir echt gut, aber Mascha hat weniger Spaß dran.

„Ich werde einfach zu alt", sagt sie kopfschüttelnd. „Alt und grau, hu!"

„Quatsch!" Ich weiche einem Pärchen aus, das sich ausgerechnet den Platz direkt vor dem Ausgang ausgesucht hat, um hemmungslos zu knutschen. „Du hast bestimmt noch nie auf Action gestanden, gib's zu!"

Mascha schmunzelt und schlägt ihren Jackenkragen hoch. „Ja ja, du hast Recht", sagt sie und fischt ihren Autoschlüssel aus der Hosentasche. „Aber schließlich war das hier doch dein Weihnachtsgeschenk. Nächstes Mal such ich den Film aus."

Mascha ist erst seit zwei Tagen zurück, sie hat die Weihnachtsfeiertage bei ihrer Familie in Köln verbracht und ist anschließend mit Tina für eine Woche nach Mallorca geflogen. Ich dagegen hab Weihnachten tatsächlich mit Bifi, Hüri und ein paar anderen aus ihrer Truppe gefeiert. Es war richtig genial, mein bestes Weihnachten überhaupt. Wir haben mächtig Spaß gehabt: Rudi, Bifis Freund, hat einen kleinen Tannenbaum angeschleppt, den wir zusammen mit lauter Küchenutensilien und ausgeschnittenen Fotos und anderem Unsinn verziert haben, und Hüri hat unter viel Gejohle einen halb verunglückten Bauchtanz vorgeführt, den sie sich bei ihrer türkischen Oma abgeguckt hat. Und so viele Geschenke wie diesmal hab ich noch nie bekommen: von Bifi ein Footballsweatshirt, das ich ihm den ganzen Monat vorher schon versucht hab abzuschwatzen, von Hüri zwei selbst gebrannte CDs mit Oriental Pop, von Rudi eine Packung blauer Kerzen und von Mascha eine richtig coole Daunenjacke, in deren Innentasche zwei Kinogutscheine steckten. Ich hab darauf bestanden, dass wir sie zusammen einlösen, und Mascha hat eingewilligt, aber nur unter der Bedingung, dass ich den Film aussuche.

Tja, selber Schuld. Das hat sie nun davon.

„Los, rein in die Karre!“ Mascha löst die Zentralverriegelung, und wir steigen gleichzeitig ein und ziehen schnell die Türen hinter uns zu. Der Golf ist kalt wie 'ne Eistruhe.

„Willst du noch etwas trinken gehen oder lieber zu Hause ein Bier?“, fragt Mascha und lässt den Motor an.

Ich blase mir auf die Finger, die auf den wenigen Metern vom Kino zum Auto zu wahren Eisklumpen gefroren zu sein scheinen. „Lieber zu Hause“, sage ich. Percovic hat mich für den nächsten Morgen um neun zu sich in den Laden beordert, und außerdem war ich erst gestern lange aus, mit Bifi bis um zwei in der *Zickenbar*. Wir hatten noch weitergewollt, in einen Club in der Wiener Straße, aber der Türsteher hat meinen Ausweis sehen wollen.

„Ist mir auch recht.“ Mascha fährt an. „Übrigens, Jonny“, sagt sie scheinbar beiläufig, während sie weiter beschleunigt, „mich hat vorhin der Freund angerufen, der bei diesem freien Träger arbeitet. Es gibt demnächst einen Platz in einer Wohngemeinschaft, und zwar eine für junge Schwule und Lesben. Wie sieht's aus, willst du dir das mal ansehen? So ganz unverbindlich?“

Ich blase weiter auf meine geballten Fäuste und sehe aus dem Fenster auf die dunkel daliegende Straße hinaus. Durch die Fensterscheiben sieht die Welt aus wie in Eis geritzt.

Eigentlich bin ich nicht überrascht, dass Mascha das Thema zur Sprache bringt. Klar hab ich die ganze Zeit Angst davor gehabt, aber gleichzeitig ist mir natürlich auch bewusst, dass es so nicht ewig weitergehen kann. Ich kann nicht unbegrenzt in Maschas Kammer bleiben; so unauffällig und still ich mich auch verhalte, auf Dauer störe ich trotzdem, ist ja verständlich.

Aber ich kann nicht mehr zurück auf die Straße, auch das ist mir klar geworden in den langen dunklen Nächten in meiner kleinen gemütlichen Kammer. In den letzten beiden Monaten habe ich mich erholt, Kraft getankt und Selbstvertrauen, das schon. Aber auf die Straße kann und will ich nicht mehr zurück.

Denn das wäre ein Rückschritt. Und ich will schließlich vorwärts.

„Ich hab viel drüber nachgedacht in letzter Zeit“, sage ich schließlich. „Eine WG, das ist vielleicht schon okay. Aber ...“ Ich verstumme, und Mascha sieht fragend zu mir hinüber.

„Aber?“

„Für Lesben und Schwule, ich weiß nicht. Das ist ... das ist irgendwie nicht ganz meins, Mascha.“ Ich werfe einen vorsichtigen Blick zu ihr hinüber, aber Maschas Gesicht verrät mir nicht, was sie denkt. Schweigend gibt sie Gas, überholt einen in zweiter Reihe parkenden LKW und verlangsamt dann wieder das Tempo.

„Und warum nicht?“, fragt sie und lässt den Wagen vor einer roten Ampel ausrollen.

Ich halte meine klammen Finger vor das Gebläse. Warme Luft strömt heraus, wie mit winzigkleinen Nadeln sticht sie in meine Haut. „Ich glaube, ich bin keine Lesbe, Mascha“, sage ich stockend. „Nicht, dass du mich jetzt falsch verstehst, aber ich bin einfach keine. Keine richtige, weißt du.“

Mascha schweigt einen langen Moment. „Und was bist du dann, Jonny?“, fragt sie schließlich. Ihr vertrautes Gesicht schimmert erst gelblich und dann grünlich, als die Ampel umspringt. Aber Mascha fährt nicht los. Prüfend sieht sie mich an.

Seit Wochen denke ich fast über nichts anderes nach, aber auf diese Frage habe ich immer noch keine Antwort. „Ich weiß nicht“, sage ich leise. „Ich weiß es einfach nicht genau.“

Hinter uns hupt jemand, und Mascha zieht eine Grimasse und tritt aufs Gaspedal. „Dann wirst du es eben rausfinden müssen“, sagt sie und beschleunigt.

Direkt vor uns in der Straßenmitte dampft ein Gully, und als wir darüber hinwegfahren, beschlägt die Frontscheibe für einen Moment. Dann ist die Sicht wieder frei.

„Lesben haben es schon schwer, Jonny“, sagt Mascha neben mir. „Glaub ja nicht, dass wir nicht diskriminiert und verachtet werden. Sogar in Berlin, unserer Homohauptstadt, erlebe ich das immer wieder. In all den Jahren, die ich schon hier bin, ist es viel besser geworden, das stimmt. Aber gut ist es noch längst nicht. Und wenn du auch noch zwischen den Geschlechtern stehst – das ist wirklich heftig. Da wirst du abgelehnt, von allen Seiten."

„Das bin ich gewohnt", sage ich. „Damit komm ich schon klar."

Mascha wirft mir einen forschenden Blick zu, aber sie sagt nichts. Zügig biegt sie in unsere Straße ein, und nach einem Moment kommt unser Haus auch schon in Sicht. Mascha schert in eine freie Parklücke direkt davor ein, stellt den Motor ab und zieht die Handbremse an. Dann sieht sie mich wieder an.

„Gib dir ein bisschen Zeit, Jonny", sagt sie. „Du bist, auch wenn das blöd klingt, doch noch verdammt jung. Manchmal fühlen sich die Dinge eine Zeit lang sehr merkwürdig an, und dann kommen sie irgendwann von selber ins Lot. Das kann sich alles noch ändern."

Ich sehe auf die wie ausgestorben daliegende Straße hinaus. „Und was ist, wenn nicht?"

Mascha zieht den Zündschlüssel ab. „Dann", sagt sie und stößt die Tür auf, „dann kannst du es nicht ändern. Dann ist es eben so. Und irgendwie geht es dann auch." Sie klopft mir aufmunternd auf den Schenkel und steigt aus.

Ich bleibe noch einen Moment sitzen.

Irgendwie geht es dann auch.

Sicher. Fragt sich nur, wie.

20

„Noch zwei Kisten, okay?", keucht Percovic und wuchtet einen Stapel Zwei-Kilo-Pakete Oliven aus dem Keller hoch. Er steht in der Falltür hinter dem Tresen, die in den Lagerraum hinunterführt, während ich damit beschäftigt bin, ihm die Waren abzunehmen und oben in die Regale zu hieven. Seit einer guten Stunde füllen wir nun schon gemeinsam die Vorräte in den obersten Fächern auf, eine echt schweißtreibende Angelegenheit. Warum Percovic die schweren Sachen ganz oben in den Regalen lagert und die kleinen Dosen unten im Fußraum statt umgekehrt, ist mir von Anfang an ein Rätsel gewesen. Aber auf meine Verbesserungsvorschläge hat der Dicke recht unwirsch reagiert.

„Du machst deine Arbeit, Junge, und ich mach meine, okay?“, hat er mürrisch gebrummelt, als ich ihn einmal darauf hin angesprochen hab. „Wenn dir zu schwer, sagst du mir einfach. Such ich andere, kräftigere Kerl, ja?“

Ich hab natürlich nichts mehr dazu gesagt. Seitdem betrachte ich die Auffüllungen einfach als zusätzliches Krafttraining für meine Oberarmmuskeln. So ist es auch ganz okay.

Percovic schiebt mir die Oliven zu und verschwindet wieder im Keller, und ich klemme mir einen Stapel Olivenpakete unter dem Arm und steige die Trittleiter hinauf. Ich hab gerade das erste Paket in das Fach gelegt, als das Glockenspiel an der Tür ertönt.

„He, Jonny!“, ruft Bifi, schiebt seinen wirren Haarschopf durch die Tür und sieht sich suchend um.

„Hier oben!“

Bifi dreht den Kopf in alle Richtungen, dann entdeckt er mich schließlich und strahlt mich vergnügt an. „Na, du armes Schwein“, sagt er mitfühlend, kommt herein und zieht die Tür hinter sich zu, um die eisige Winterkälte draußen zu halten. „Wieder am Knechten?“ Er zieht seine Handschuhe aus und reibt sich die Hände, während er grinsend zusieht, wie ich auf der Leiter balanciere, die schweren Olivenpakete in den Armen.

Ich werfe einen raschen Blick zu Percovic hinunter, aber ich kann nur seinen gebückten Rücken und ein Stück von seinem geröteten Nacken in der Falltür erkennen. Percovic sieht es gar nicht gern, wenn ich Besuch während der Arbeitszeit bekomme, und Bifi weiß das auch. Er kommt so gut wie nie vorbei, und wenn, dann guckt er nur kurz rein, checkt die Lage und wartet anschließend draußen auf mich. Aber jetzt, von der Tür aus, kann er weder Percovic noch die offene Falltür sehen.

„Wir füllen gerade auf, Bifi“, sage ich. Langsam werden die Pakete in meinen Armen wirklich zu schwer. Ächzend wuchte ich sie ins Fach hoch und drücke sie ganz nach hinten an die Wand. „Warte doch kurz draußen, ich komme gleich mal raus, ja?“

„Ej, die eine Minute kann ich doch wohl hier drin bleiben, oder?“, fragt Bifi und steckt seine Handschuhe ein. „Wenn der Alte auftaucht, verzieh ich mich gleich, keine Sorge. Aber ich geh eh gleich wieder. War nur gerade in der Gegend. Und ich soll dir schöne Grüße von Hüri ausrichten", plappert er munter weiter.

Ich schiebe keuchend das letzte Paket Oliven ins Fach und drehe mich dann schnell um, gerade rechtzeitig, um Percovic' stämmigen Schädel aus der Luke auftauchen zu sehen. „Bifi, he, warte mal", sage ich warnend, aber Bifi hört gar nicht zu.

„Ich soll dir ausrichten", sagt er und kramt in seiner Jackentasche, „dass nächste Woche wieder Frauenparty im SO ist. Du sollst mit ihr hingehen!"

Percovic' Gesicht taucht über dem Tresen auf. Ich sehe den verblüfften Ausdruck, mit dem er Bifi mustert.

„Bifi!", sage ich laut.

Aber Bifi bekommt es gar nicht mit. Er kramt immer noch in seiner Jackentasche herum, ohne aufzusehen. „Schade, dass ich nie mitkann bei euren Weiberabenden", sagt er vergnügt. „Echt gemein! Dabei bin ich doch viel mehr 'n Mädchen als du!" Jetzt endlich scheint er gefunden zu haben, was er sucht, denn er zieht einen Flyer heraus. „Ich würde ja zu gern mal mit dir tauschen – du kriegst meinen Schwanz und ich deine Titten! Nur für einen Abend, das wär echt cool!" Dann, und erst dann, sieht er zu mir auf. Meine Miene scheint Bände zu sprechen, denn Bifi verstummt augenblicklich. Alarmiert guckt er zum Ladentisch rüber und entdeckt Percovic, der ihn seinerseits anstarrt.

Blitzschnell flackert Bifis Blick zu mir und dann wieder zu Percovic hinüber, auf dessen Stirn sich eine steile Falte gebildet hat.

„Äh ...", fängt Bifi an, und dann verstummt er erneut.

Percovic starrt ihn immer noch an. „Frauenparty?", fragt er mit dröhnender Stimme und rollendem R. „Weiberabend, ja?"

„Nein, ich ..." Bifi sieht hektisch zu mir. „Das ... das war ein Spaß", stottert er. „Nur ein Spaß, ehrlich."

Die Falte auf Percovic' Stirn hat sich vertieft. Schweiß glänzt auf seinem feisten Gesicht, und ich steige ganz langsam von der Leiter hinunter und stelle mich neben Bifi. Percovic ist an sich okay, ich komme gut mit ihm aus, aber mit Toleranz ist es bei ihm nicht weit her. Ich hab mir oft genug seine frauenfeindlichen Sprüche anhören müssen, um zu wissen, dass die Sache hier gelaufen ist.

„Das war nur Spaß, wirklich", versucht Bifi es noch mal, aber Percovic ignoriert ihn komplett.

„Schwanz, ja?", fragt er und sieht mich an. „Titten, ja?"

Ich sage lieber nichts. Bifi tritt schutzsuchend näher an mich heran.

„Du verarscht mich die ganze Zeit?", fragt Percovic drohend. „Drei Monate verarscht du mich hier, ja? Sagst, du bist Junge, ja? *Mann*?"

Bifis Finger tanzen auf meinem Rücken. „Wirklich, das ist nur ein Spaß!", sagt er flehend. „Ich hab doch nur Spaß ..."

Percovic hebt drohend die Faust, und Bifi hält lieber die Klappe.

Percovic' kleine Schweinsäuglein spießen mich auf. Ich kann die Wut darin sehen, Wut und Verachtung. Und noch etwas, das mich tief trifft: Ekel. Percovic ekelt sich vor mir.

Einen Moment lang ist Schweigen, und keiner bewegt sich. Dann öffnet Percovic die Kasse, zieht mit spitzen Fingern einen Fünf-Euro-Schein heraus und lässt ihn auf den Tresen fallen. „Da, dein Lohn für heute", sagt er mit eisiger Stimme. „Und jetzt verschwinde!"

Ich bleibe stocksteif stehen. Bifi zupft mich nervös am Ärmel.

„Geben Sie mir bitte meine Jacke", sage ich ruhig.

Percovic verzieht angewidert die Mundwinkel, dann bückt er sich, fischt meine Jacke unter dem Tresen hervor und wirft sie achtlos hinüber. Bifi springt vor und fängt sie auf.

„Nimm dein Geld da und lass dich hier nie wieder blicken", sagt Percovic zu mir. „Mich verarscht man nicht, ja?"

Ich ziehe die Tür auf. Bifi zwängt sich eilig hindurch.

„Raus!", brüllt Percovic. „Los jetzt! Verschwinde!" Er knüllt den Fünfer zusammen und schmeißt ihn vor mir auf den Boden. „Verschwinde jetzt, hörst du?"

Bifi zupft mich durch den Türspalt hindurch an der Jacke. Ich sehe auf den zerknüllten Schein hinunter, aber ich heb ihn nicht auf. Stattdessen blicke ich zu Percovic.

„Ich hab meine Arbeit immer gut gemacht", sage ich ruhig. „Sie waren immer zufrieden mit mir. Denken Sie bei Gelegenheit mal drüber nach, ja?"

Und dann trete ich rückwärts in die Januarkälte hinaus.

21

Bifi ist am Boden zerstört. Auf dem ganzen Weg zu ihm nach Hause entschuldigt er sich ununterbrochen. „Ach, du Scheiße! Tut mir Leid, Jonny, echt! War nicht meine Absicht. Ich hab ihn einfach nicht gesehen!", jammert er. Sein schmales Gesicht ist kreidebleich, als er mich schuldbewusst ansieht.

„Weiß ich doch, Bifi."

„Ej, das tut mir so Leid! Hättest du doch bloß was gesagt!"

„Mann, Bifi", sage ich und zieh meinen Reißverschluss zu. „Jetzt halt doch mal die Klappe!"

Bifi glotzt mich verblüfft von der Seite an, und dann ist er zum allerersten Mal, seit ich ihn kenne, tatsächlich still. Er sieht so verdutzt aus, dass ich grinsen muss. „Was is 'n?", fragt Bifi beleidigt.

Ich lege ihm den Arm um die Schultern. „Ach, Scheiß drauf, Bifi. Gibt Wichtigeres im Leben, oder? Lass uns erst mal zu dir gehen und Kaffee trinken."

Es gibt wirklich Wichtigeres im Moment als Percovic und meinen 4-Euro-50-Job. Viel Wichtigeres, wirklich.

Hüri ist in der Küche und isst kalte Spaghetti vom Vortag, als wir in die Wohnung kommen. Bifi erzählt ihr die ganze Geschichte, während er Kaffee macht, und kurz darauf hocken wir zu dritt um den Küchentisch, unsere dampfenden Becher in den Händen.

„Schöne Scheiße", sagt Hüri und pustet auf ihren Kaffee. „Und was machst du jetzt?"

„Mal sehen." Ich probier einen Schluck. Der Kaffee ist schwarz und so stark, dass er mir fast den Magen umdreht. Typischer Bifi-Kaffee. „Erst mal zieh ich wahrscheinlich um", füge ich hinzu.

Bifi und Hüri drehen ruckartig die Köpfe und starren mich an.

„Was war das eben?", fragt Bifi. „Wie, du ziehst um? Wohin denn?"

Ich trinke einen weiteren Schluck Kaffee und stelle den Becher ab. „Mascha hat mir einen Platz in einer WG besorgt", sage ich leise.

Einen Moment lang herrscht Schweigen. Nur die altersschwache Heizung knackt und knarrt vernehmlich.

„Ich denke, du willst nicht in eine WG?", fragt Hüri und wuschelt sich mit einer Hand durch die struppigen Strähnen.

„Will ich ja auch nicht. Aber was bleibt mir anderes übrig? Auf die Straße kann ich nicht mehr zurück."

„Zieh doch hier mit ein", schlägt Bifi schnell vor.

Es ist nicht das erste Mal, dass er das vorschlägt. Aber so gern ich's auch würde – solange ich illegal lebe, kann ich mir einfach nichts eigenes leisten, punktum.

„He, Bifi, du weißt doch selbst, dass das Quatsch ist", sage ich. „Ihr könnt mich nicht durchziehen. Ihr kommt gerade mal selber zurecht."

Hüri beobachtet mich aufmerksam aus ihren dunklen Augen.

„Ich hab einfach keine Kohle für ein eigenes Zimmer", setze ich erklärend hinzu. „Vor allem jetzt, so ganz ohne Job."

Bifi kratzt sich schuldbewusst am Kopf. „Oh, Mann, Scheiße, hätt ich doch bloß ...", fängt er wieder mit seiner Litanei an, aber Hüri bringt ihn mit einem Knuff zum Schweigen.

„Und wo", fragt sie, „ist diese WG?"

„In der Alten Jakobstraße. Gar nicht so weit weg."

„Hm." Hüri starrt so angestrengt in ihren Kaffeebecher hinein, als läge dort eine wichtige Erkenntnis verborgen. „Hast du's dir schon angesehen?", fragt sie. „Was sind denn das für Leute?"

„Ich geh nächste Woche hin", sage ich und merke plötzlich, wie froh ich bin, darüber reden zu können. „Im Moment wohnen da noch vier Jungs und drei Mädchen. Zwei von denen ziehen demnächst aus. Der eine nächsten Monat, und das Mädchen noch ein bisschen später. Glaub ich jedenfalls."

„Heteros?", will Bifi wissen.

Ich zucke mit den Schultern. „Keine Ahnung. Wahrscheinlich. Sind doch die meisten, nicht wahr?"

„Und was musst du da machen?", fragt Bifi aufgeregt. „Sollst du zur Schule gehen, oder lassen die dich einfach in Ruhe?"

„Keine Ahnung, was da auf mich wartet", sage ich. „Es gibt da wohl so einen Berufsvorbereitungskurs. Aber erst mal müssen meine Alten einwilligen. Und zum Jugendamt muss ich auch."

Davor hab ich ziemlichen Bammel. Aber am Jugendamt führt kein Weg vorbei. Ohne Jugendamt keine Bewilligung, und ohne Bewilligung kein WG-Zimmer; so einfach ist das.

„O Mann! Du arme Sau!", sagt Bifi mitfühlend.

„Könnte heftig werden, ja", sage ich und nehme dankbar die selbst Gedrehte entgegen, die Hüri mir reicht. „Für die Jungs bin ich womöglich der letzte Dreck. 'n Weib, das glaubt, ein Junge zu sein. Und die Mädels ..." Ich seufze tief auf. Auch Bifi stöhnt, aber Hüri schüttelt den Kopf.

„Könnte doch aber auch ganz nett sein", sagt sie und schnipst mir ihr Feuerzeug rüber. „Jetzt mal ehrlich, warum blasen wir eigentlich Trübsal? Im Grunde ist es doch Klasse. Mann, und wenn es dir nicht gefällt, haust du halt wieder ab."

Bifi sieht mich nachdenklich an. „Und warum", fragt er langsam, „warum gehst du nicht gleich als Typ hin?"

Augenblicklich verschlucke ich mich. Hustend lege ich die Kippe in den Aschenbecher, springe auf und renne zum Waschbecken hinüber. Nach ein paar Schlucken Wasser hört der Hustenreiz endlich auf, und ich gehe zum Tisch zurück.

Hüri und Bifi sitzen da und grinsen mich beide an, Bifi verschmitzt und Hüri aufmunternd.

„Also, wenn du mich fragst, ist das gar keine schlechte Idee", sagt Hüri und zieht an ihrer Zigarette. „Probier es doch einfach mal aus! Ist doch cool. Wenn schon, denn schon!"

Ich setze mich wieder hin. „Ihr meint echt, ich soll da als Typ hin? Und wenn das auffliegt?"

Die beiden blicken sich an, dann zucken sie gleichzeitig mit den Schultern.

Einen Moment lang sagt keiner von uns was. Und dann im selben Moment fangen wir alle drei an zu lächeln.

„Wirklich, vielleicht gar keine schlechte Idee", sage ich laut.

22

Der junge Mann links neben mir gähnt ausgiebig und lehnt sich zurück. Eine nach Schweiß und ungewaschenem Körper miefende Wolke kommt aus seiner billigen Imitatlederjacke, als er die Arme vor der Brust verschränkt, und ich drehe mich schnell weg und halte den Atem an. Auf der anderen Seite zupft eine junge türkische Frau gerade sorgsam ihr Kopftuch über der hoch gesteckten Frisur zurecht. Ausdruckslos starrt sie auf die gegenüberliegende Wand.

Seufzend sehe ich den Flur hinunter auf die große Uhr am Ende des Ganges. Seit geschlagenen siebzig Minuten warte ich jetzt auf meinen Termin. Aber wenn's nach der Reihenfolge geht, in der die Leute hier aufgerufen wurden, dann bin ich bald dran. Der junge Schwarze, mit dem ich gleichzeitig den Eingang betreten hab, ist vor einer Viertelstunde im Amtszimmer verschwunden und noch nicht wieder herausgekommen.

Ich fühle mich ganz schön unbehaglich hier. So viele Monate hab ich mich verborgen gehalten. Die Bullen haben mich nicht ein einziges Mal erwischt, echt 'ne Meisterleistung, muss ich schon sagen. Jedes Mal, wenn's brenzlig wurde, bin ich rechtzeitig getürmt, mit Dresche, mit Kai und auch allein. Und jetzt sitze ich freiwillig in der Höhle des Löwen. Schon komisch, das Ganze.

Der Stinker neben mir räuspert sich, hustet rau und würgt irgendwas Widerliches hoch, und angeekelt springe ich auf. Im gleichen Moment wird die Tür zum Beratungszimmer von innen geöffnet, und der Schwarze kommt raus und trabt den Gang runter, mit supergrimmiger Miene. Hinter ihm erscheint die Sachbearbeiterin im Türrahmen, eine Frau mittleren Alters mit Schmetterlingsbrille, einer kastanienroten Pagenfrisur und gelangweiltem Gesichtsausdruck.

„Jenny Wegener?", fragt sie und sieht sich suchend um. Ihr Blick gleitet über die junge Türkin, den ekligen Stinker und noch ein paar andere Leute hinweg. Und über mich auch.

„Hier", sage ich und hebe die Hand.

Die Sachbearbeiterin guckt mich verdutzt an. „Sie sind Jenny Wegener?"

„Ja."

Sie kneift die Lippen zusammen und winkt mich kopfschüttelnd in die Amtsstube hinein. Offensichtlich hat sie mich für einen jungen Mann gehalten. Das gefällt mir natürlich.

Drinnen sucht die Sachbearbeiterin eine Hängeakte aus einem Wandschrank heraus, setzt sich hinter ihren Schreibtisch und vertieft sich hinein, während ich die Batterie von Grünpflanzen auf dem Fensterbrett betrachte. Fast alles sind Farne in verschiedenen Formen und Größen. Die Frau ist ein Farnfan, eindeutig. Hobbys haben die Leute!

„Sie kommen also wegen eines Antrags auf betreutes Wohnen in einer Jugend-Wohngemeinschaft", stellt die Sachbearbeiterin fest, ohne aufzusehen.

„Genau." Ich stecke die Hände in die Hosentaschen und guck mir den Besucherstuhl an, der ganz an die Wand gerutscht ist, als wäre der Vorbesucher wütend aufgesprungen. So hat er ja auch ausgesehen, der Schwarze, als er rauskam.

Was sie ihm wohl getan hat?

„Und Sie kommen aus ..." Die Sachbearbeiterin blättert in ihren Papieren herum, fährt mit dem Finger eine Spalte hinunter und nickt. „Rostock, aha. Sie wissen vermutlich, dass das dortige Jugendamt für Sie zuständig ist."

„Ja, aber ich habe gehört, dass manchmal Ausnahmen gemacht werden", sage ich möglichst freundlich. „In bestimmten Fällen."

Die Sachbearbeiterin runzelt die Stirn, ohne aufzublicken. „Und Sie wollen also nicht zurück? Ich sehe nämlich gerade, dass es dort einen freien Platz in einer Jugend-Wohngemeinschaft gibt. Ganz in der Nähe Ihres Heimatortes. Wäre das nichts für Sie?"

„Auf gar keinen Fall", sage ich hastig, und dann füge ich hinzu: „Kann ich mich eigentlich setzen, oder muss man hier stehen?"

Erstaunt sieht die Sachbearbeiterin auf. „Ja, natürlich, setzen Sie sich", sagt sie genervt, schüttelt noch einmal unwirsch den Kopf und vertieft sich in meine Akte.

Ich schiebe den grauen Polsterstuhl zurück an den Tisch und setze mich hin. Die Sachbearbeiterin hält ihren Kopf gebeugt, und ich kann sehen, dass an ihrem Scheitel graues Haar aus der kastanienroten Mähne herauswächst.

Ich muss an meine Mutter denken. Die hat sich auch nie rechtzeitig die Haare nachgefärbt. Solange ich sie kenne, läuft sie mit zweifarbigen Haaren herum, wie die meisten anderen Mütter in Groß Klein auch. Als Kind hab ich gedacht, das wäre normal und jede Frau bekäme zweifarbige Haare, wenn sie älter wird.

Die Sachbarbeiterin blättert um. „Sie wollen also in diese WG in der ... Moment." Wieder blättert sie suchend in ihren Papieren.

„In der Alten Jakobstraße."

Die Sachbearbeiterin linst mich misstrauisch durch ihre Brille hindurch an. „Ah, ja, richtig. Eigentlich hätten Sie zuerst zu uns kommen müssen, aber wie ich sehe", sie blickt wieder in die Akte, „ist hier schon ein Vorgespräch mit den Betreuern geführt worden. Das ist nicht der ordentliche bürokratische Weg, aber darüber will ich jetzt mal hinwegsehen. Der Träger der Einrichtung ist uns bekannt und in Ordnung. Und Sie möchten also gerne dort einziehen?"

„Ja. Wenn's geht." Vor ein paar Tagen war ich dort. Die Wohnung ist nicht schlecht, groß, hell, ein bisschen verranzt, aber egal. Von den anderen Jugendlichen hab ich nur einen Typ gesehen, einen Hiphopper namens Ronny, der schnell wieder in seinem Zimmer verschwunden ist, aus dem laute Musik gedröhnt hat. Ich habe keinen richtigen Eindruck von ihm gehabt, aber unsympathisch hat er nicht ausgesehen. Ganz okay eigentlich.

Die Betreuer auch. Der eine, Alfons, scheint nett zu sein, mit beginnender Glatze und einem gemütlichen Ausdruck in den

Augen. Der andere, Micha, ein hyperlässiger Langhaariger mit cooler Ausdrucksweise, ist nicht so mein Fall, und die Frau, Billa, geht gerade so. Aber sie haben alle drei schweigend zugehört, als ich mich vorgestellt und gesagt hab, dass ich Jonny genannt werden möchte und auch Jonny sei, egal, was in meinen Akten steht.

„Gut." Die Sachbearbeiterin nickt und sieht stirnrunzelnd auf ihre Unterlagen hinunter. „Ich habe hier eine Einverständniserklärung von Ihrer Mutter vorliegen. Dieser Punkt wäre also schon mal geklärt."

Das ist mir neu. „Meine Mutter hat nichts dagegen? Das heißt, ich kann in Berlin bleiben?", frage ich verblüfft.

„Richtig", sagt die Sachbearbeiterin ernst und mit einer gewissen Feierlichkeit. Auf einmal ist ihr Blick freundlicher, so als hätte meine spürbare Erleichterung sie erweicht.

Ich atme aus. „Gut", sage ich leise. So lange hab ich mich vor diesem Moment gefürchtet, und jetzt ist er auch schon vorbei. Einerseits bin ich total erleichtert, dass die Alten nicht darauf pochen, mich zurückzubekommen, um weiter mein Kindergeld einstecken zu können.

Aber ein klitzekleines bisschen tut es auch weh.

„Allerdings", sagt die Sachbearbeiterin und blickt wieder auf ihre Akte hinunter, „ist hier ein Vermerk, dass Ihre Mutter einen Diebstahl zu den Akten hat nehmen lassen."

„Was?" Erstaunt starre ich sie an.

„Ja, und zwar handelt es sich da um eine Summe von ... Moment mal ... fünfzig Euro, die Sie bei Ihrem Weggang entwendet haben sollen."

Ich kann gar nicht glauben, was ich da höre. Aber dann fällt es mir ein: das Geld aus der Keksdose, klar! Zweiundvierzig Euro und ein paar Zerquetschte, das weiß ich noch genau. Meine Mutter macht also gleich Fünfzig draus, zack. Meine Güte, was hat sie bloß mit mir zu laufen, dass sie das auch noch anzeigt?

„Ihre Mutter ist aber bereit, die Sache auf sich beruhen zu lassen", erklärt die Sachbearbeiterin kühl, „wenn ihr die Summe von Ihrer Seite zügig zurückgezahlt wird. Ansonsten besteht sie auf Auszahlung von Ihrem Taschengeld. Sie wissen, dass Ihnen als Bewohner ... Bewohnerin", einen Augenblick stockt sie, dann spricht sie schnell weiter, „ein wöchentliches Taschengeld und ein Bekleidungsgeld ausgezahlt wird?"

„Äh, nein", sage ich langsam. „Ich ... ich zahl das zurück, sicher. Nächsten Monat oder so. Hab ich mir sowieso nur geliehen." Ich mache jetzt keinen Stress, ich bin ja nicht bescheuert. Mich würde bloß mal interessieren, ob die Alten noch Kindergeld für mich bezogen haben in der Zeit, seit ich weg bin.

Aber irgendwie kann's mir ja auch total egal sein. Scheiß drauf.

Eins will ich allerdings wissen.

„Hat meine Mutter eigentlich eine Vermisstenanzeige gestellt oder so?", frage ich.

Die Sachbearbeiterin stutzt, sieht mich mit schmalen Augen über den Rand ihrer Brille hinweg an und guckt wieder auf ihre Akte hinunter. „Nicht, soweit ich das ersehe", sagt sie und macht eine Notiz. „Gut, dann vermerke ich das mal hier", sagt sie in abschließendem Tonfall und rückt ihre Schmetterlingsbrille gerade. „Ansonsten steht dem Antrag auf einen Platz in der betreuten Jugend-WG wohl nichts entgegen. Sobald er bewilligt ist, geht Ihnen der Bescheid postalisch zu, an die Adresse, die Sie hier angegeben haben. Bei Ihrer Bekannten." Sie klappt die Akte zu und seufzt auf. „Auf Wiedersehen. Und, ach ja, rufen Sie draußen doch bitte den Nächsten herein."

Wupps, so einfach geht das. Die Sache ist durch. Auch Mascha hat offenbar nichts zu befürchten, weil sie mich aufgenommen hat, ohne es zu melden. Davor hatte ich ziemlichen Schiss.

„Noch Fragen?" Die Sachbearbeiterin runzelt die Stirn, und hastig springe ich auf.

„Nein", sage ich, „nein, alles klar. Echt cool! Danke. Und übrigens – schönen Farn haben Sie da."

Verblüfft sieht die Sachbearbeiterin zu mir hoch. Das Letzte, was ich von ihr sehe, bevor ich hinausgehe, ist ihr überraschtes Lächeln.

Aber ich kann nicht zurücklächeln. Klar bin ich froh, dass alles so prima geklappt hat. Aber zugleich bin ich auch wahnsinnig traurig.

Und dann, als ich die Tür zum Hof draußen aufziehe, weiß ich auch, warum: Gerade eben ist etwas zu Ende gegangen. Ich hab gerade meine Familie verloren. Endgültig.

Die sind froh, dass sie mich los sind.

So wollte ich's ja auch.

Und trotzdem tut's weh.

23

Vorsichtig, so als wäre sie zerbrechlich, falte ich die Bettdecke zusammen und lege sie auf die Matratze. Irgendwie ist mir, als müsste ich zu einer Beerdigung. Ein letztes Mal gucke ich mich in der Kammer um, dann gehe ich in den Flur.

Mascha, die dort auf mich wartet, trägt ebenfalls Trauermiene. „Das hat viele Vorteile für dich, Jonny, wirklich", sagt sie, als müsste sie sich selbst davon überzeugen.

Ich schnappe mir meinen Rucksack. „Sicher", sage ich. „Klar."

Mascha greift nach meiner neuen Reisetasche, in der ich die Klamotten verstaut hab, die sich während der letzten Monate so angesammelt haben: ein zweites Paar Skaterschuhe, eine neue Cargo, die Daunenjacke von Mascha. Wir haben Mitte März, und bis vor einigen Tagen war es noch bitter kalt. Aber in der letzten Woche ist es so warm geworden, dass ich schon wieder meine Bomberjacke tragen kann. Mascha hat das als gutes Zeichen gedeutet – „Aufbruch, neue Zeiten, Jonny, für alle und ganz besonders für dich!" –, aber mich lässt es kalt. Alles lässt mich irgendwie kalt in diesen Tagen. Ich fühle mich wie runtergekühlt.

Mascha zieht unglücklich die Nase kraus. „Ich werde dich vermissen, Jonny. Aber glaub mir, das ist schon richtig so."

„Klar." Ich ziehe Bifis Footballsweatshirt unter der Bomberjacke gerade. Natürlich könnte ich Mascha fragen, warum sie mich fortschickt, wenn sie mich dann doch ach so sehr vermisst, aber ich verkneife es mir. Die Antwort weiß ich schließlich auch so.

Es ist einfach so weit. Die Schonzeit ist um. Jetzt geht es hinaus. Zurück in die kalte, feindliche Welt.

Mascha legt mir den Arm um die Schultern. „Komm schon", sagt sie. „Wenn's gar nicht geht, Jonny, dann kommst du wieder zurück, und wir finden was Besseres für dich."

Ich nicke teilnahmslos.

„Sei nicht sauer auf mich, bitte", sagt Mascha leise. Einen Moment lang sehen wir uns in die Augen, dann straffe ich die Schultern.

„Bin ich gar nicht", sage ich, und erst jetzt spüre ich, dass das auch stimmt. Ich bin nicht sauer auf Mascha.

Ich habe einfach nur Angst. Angst vor dem, was auf mich wartet.

Mascha zieht die Tür auf und prallt erschrocken zurück. Draußen steht Inga in ihren Malerklamotten.

„Oh, gutes Timing! Ich dachte, ich verabschiede mich rasch", sagt sie und streckt mir eine Visitenkarte entgegen. Es ist ihre eigene. Fragend sehe ich sie an.

„Mascha hat mir erzählt, dass du neulich deinen Job verloren hast", erklärt Inga hastig. „Ich denke mir, wenn du dir ein paar Euro dazuverdienen willst, dann kannst du mir hier gern ab und zu ein bisschen zur Hand gehen. Also, ruf an, wenn du willst."

Ich steh ganz still da und betrachte die Visitenkarte. *Inga Moberg, Maler- und Lackiermeisterin* steht drauf, und dann zwei Adressen, die von hier und eine weitere, ebenfalls in Kreuzberg, die Firmenadresse von Inga und ihrem Partner.

Inga sieht zu Mascha, die mit betont unbeteiligter Miene auf ihre Uhr blickt, dann zuckt sie mit den Schultern. „Vorausgesetzt, du hast Lust", sagt sie.

Erst jetzt finde ich meine Sprache wieder. „Hab ich bestimmt", sage ich mit einer Stimme, die wie eingerostet klingt.

Inga nickt. „Fein. Also, mach's gut, Jonny", sagt sie und winkt. „Pass gut auf dich auf. Hals- und Beinbruch und so." Und schon springt sie die Treppe hinauf, zu ihrer Dachgeschosswohnung.

„Danke!“, rufe ich ihr nach. Meine Stimme klingt immer noch wie eingerostet, aber zum ersten Mal seit Tagen durchdringt mich so etwas wie Wärme. Ein Hauch nur, aber der reicht schon aus. Was immer jetzt kommt – es gibt Bifi, Mascha und Inga. Ich hab Freunde gefunden. Einen Platz, an den ich zurückkehren kann. Und einen Job in Aussicht. So schlimm kann's eigentlich gar nicht mehr werden.

Mascha blickt auf ihre Uhr. „Es wird Zeit, Jonny."

„Okay, dann lass uns losgehen“, sage ich, und jetzt endlich klingt meine Stimme wieder normal.

Vielleicht ein bisschen hell für einen siebzehnjährigen Typen. Aber sonst völlig normal.

Kapitel 5

1

„He, schalt mal um!“ Daniel räkelt sich auf dem abgeranzten Sofa und nickt mir auffordernd zu. Einen Moment brauche ich, dann kapiere ich, dass er die Fernbedienung meint, die neben mir auf der Sesselkante liegt.

„Mach doch selber!“ Ich werfe ihm das Teil zu. Daniel hat es gut raus, andere herumzukommandieren. Aber nicht mit mir.

„Lass mal an, ej!“, sagt Ronny, der neben Daniel auf dem Sofa abhängt. „MTV ist doch cool.“ Er zieht seine Baggys ein bisschen höher und fährt sich durchs Haar. Ein paar Strähnen bleiben in der Luft stehen. Ronny sieht immer aus, als wenn er gerade knapp 'ner Windhose entkommen wäre.

„Maul halten!“ Daniel schaltet gnadenlos um. Statt des schwarzen Rappers ist jetzt eine Vorabendserie zu sehen. Daniel steht auf so was, auch wenn er's nie zugeben würde.

„Was soll 'n das?“ Ronny schubst Daniel leicht an. Daniel haut ihm die Fernbedienung auf den Kopf, und schon sind die beiden in eine wilde Kabbelei verwickelt. Kichernd und grunzend wälzen sie sich auf dem Sofa herum, und ich bin nur froh, dass ich ein gutes Stück entfernt in meinem Sessel sitze.

Während Ronny Daniel das Hemd halb über den Kopf zerrt und Daniel mit einem seiner riesigen Skaterschuhe nach Ronny tritt, schnappe ich mir die Fernbedienung, die auf den Boden gefallen ist, und schalte um. Im Ersten kommt die Tagesschau, und ich stelle den Ton leiser. Jetzt kann ich auch Ayshes Stimme hören, die in ihrem Zimmer telefoniert, in Hyperlautstärke wie üblich.

„Ej, du miese Sau!" Jetzt ist Daniel sauer geworden. Verbissen tritt er nach Ronny und boxt ihm in den Magen, und Ronny krümmt sich zusammen. Daniels Gesicht ist zu einer wütenden Fratze verzogen. „Arschloch!", ruft er. „Du mieser Arsch, du!"

„Schon gut, ist doch schon gut, Mann. War doch nur Spaß, Alter!" Ronny weicht zurück, aber Daniel tritt wieder nach ihm. Erst, als Ronny die Hände hebt und um Gnade bittet, lässt er von ihm ab. Mit finsterem Gesicht scheitelt er seinen blonden Pony neu und greift nach seinen Zigaretten, während Ronny sich gerade hinsetzt und sein T-Shirt wieder in die Hose stopft.

So ist das immer. Die beiden kabbeln sich ständig, und jedes Mal rastet Daniel dann aus, und die Sache wird ernst. Ich verstehe nicht, warum Ronny sich überhaupt noch drauf einlässt, aber vielleicht peilt er's einfach nicht. Cleverness ist nicht seine Stärke, das hab ich in den vier Wochen hier längst begriffen.

Ronny ist schon okay. Ab und zu rauchen wir eine zusammen und quatschen 'ne Runde. Er ist ein bisschen nervig, weil er sich nie konzentrieren kann und immer alles vergisst, aber sonst ganz in Ordnung, irgendwie harmlos, mit seinem Hiphop-Getue und seiner Vorliebe für diese dämlichen Handy-Spiele.

Aber Daniel ist nicht mein Fall. Ganz und gar nicht. Er hat was Fieses an sich, und mir ist es auch egal, woher das kommt und was für 'ne beschissene Story er hinter sich hat. Ich kann ihn einfach nicht ab. Und mit seinen hellen, stechenden Augen erinnert er mich immer an irgendwen, aber ich komme einfach nicht drauf, wer es ist. Nur, dass es ein unangenehmer Mensch sein muss. Aber davon gab und gibt's in meinem Leben ja viele.

Bislang aber lassen wir uns einigermaßen in Ruhe, und so haut es hin. Außerdem sehen wir uns nicht oft. Meistens bin ich sowieso unterwegs.

Auch jetzt würde ich hier nicht unbedingt rumsitzen, aber ich muss. Micha und Billa holen gerade unsere neue Mitbewohnerin ab, und bis auf Said, der für zwei Wochen bei Verwandten in Algerien ist, und Sara, die vorhin schlecht gelaunt zu ihrer Therapiesitzung gelatscht und damit entschuldigt ist, sind wir WG-Bewohner verdonnert, hier auf die Neue zu warten. Nur zur Begrüßung, hat Micha gesagt. Länger werde ich hier auch garantiert nicht rumsitzen.

„Wenn du mich noch einmal ohne Erlaubnis anpackst, Alter, dann polier ich dir aber so richtig die Fresse, da kannste Gift drauf nehmen", sagt Daniel mürrisch zu Ronny, fischt sich wortlos die Fernbedienung von meiner Sessellehne und fängt an zu zappen, während er gleichzeitig den Ton wieder lauter stellt. Ronny grunzt verächtlich, zieht sein Handy raus und klinkt sich in eins seiner dämlichen Spiele ein. Die künstlichen Töne aus Ronnys Handy und laute Stimmen aus der Glotze füllen das Zimmer. Mann, nervt mich das ab!

Draußen räkelt sich die Aprilsonne langsam in den Abend hinein. Einen Moment überlege ich, auf mein Zimmer zu gehen. Es ist gar nicht mal übel, mit hellgelb gestrichenen Wänden, einem schlichten Kiefernbett, Schrank, Kommode und Tisch. An die Wände hab ich ein paar Filmplakate gepinnt und Fotos von Bifi, Hüri und Mascha, und mein Fenster geht auf die Straße raus. Viel ist da nicht los, 30er-Zone, kaum Durchgangsverkehr. Auf der anderen Straßenseite steht ein frisch hochgezogener Neubau, wo gerade die ersten Leute eingezogen sind. Abends kann ich zusehen, wie gegenüber eine junge Mutter ihre beiden Minisöhne ins Bett bringt. Wenn sie die Vorhänge mit den Sternen und Monden darauf zuzieht, werde ich jedes Mal entweder wütend oder melancholisch.

Eigentlich hab ich's nicht schlecht getroffen, aber ich fühle mich hier trotzdem nicht wie zu Hause. Eher wie auf der Durchreise. Mich hält hier nicht viel. Ich sitze nur meine Zeit ab.

Bifi sagt immer, das wird sich noch legen. Aber ich weiß nicht recht. Ich bin hier so fremd. Und es ist nicht nur, dass keiner hier ahnt, was für ein Körper wirklich unter meinen Jungsklamotten steckt. Ich hab gar nicht gewusst, wie anstrengend es ist, ein Typ zu sein. Ständig muss ich auf der Hut sein – mich Daniel gegenüber behaupten, Saras Baggerei abwehren und Ronny auf Abstand halten. Der kabbelt sich einfach zu gern, und das nicht nur mit Daniel. Wahrscheinlich die einzige Möglichkeit für ihn, Streicheleinheiten abzuzocken, wenn auch ziemlich ruppige Streicheleinheiten. Aber mit mir läuft das nicht – wenn er dabei versehentlich meine Brüste berührt, fliegt alles auf.

Daniel stellt die Glotze noch lauter, Ronny murrt vor sich hin und stößt wieder nach ihm, und gerade, als die nächste Kabbelei im Anmarsch ist und ich aufstehen und in meinem Zimmer verschwinden will, geht die Tür auf, und Micha kommt rein.

Daniel stellt sofort den Fernseher leiser. Vor Micha hat er Respekt, weiß der Geier, warum.

Micha trägt eine Reisetasche in der Hand und sein typisch lässiges Grinsen im Gesicht, das ich schon in meinen ersten Tagen hier hassen gelernt hab. „Hallöchen allerseits! Na, alles klar?" Er stellt die Tasche ab und hockt sich neben Ronny, um mit auf sein Handy zu gucken. Er hockt sich viel zu nah an ihn ran. Ronny zieht die Schultern hoch, aber Micha merkt nichts. Der Kerl kennt einfach keine Distanz. Einer der Gründe, warum ich ihn nicht leiden kann.

Daniel sagt gar nichts. Sonst quatscht er immer sofort auf Micha ein, wenn der auftaucht, aber jetzt starrt er nur entgeistert zur Tür, wo soeben Billa, unsere Sozialarbeiterin, aufgetaucht ist. Hinter ihr schiebt sich ein Mädchen ins Zimmer.

Und ich hab auf einmal zwei Scanner statt Augen. Was ich damit sehe: eine abgeschnittene Fellweste, einen Ringelpulli, Schlaghosen, Sneakers. Dunkle, halblange Haare, blaue Augen, einen Ring in der rechten Braue.

Ein bisschen pummelig ist sie.

Und süß.

Ihr Blick huscht durchs Zimmer, und noch während sie sich nervös umsieht, beißt sie sich auf die Lippe. Jetzt hat sie Grübchen in beiden Wangen, und komischerweise hat sie auch eins zwischen den Augenbrauen. So was hab ich noch nie gesehen.

„Weiter so, Alter", sagt Micha zu Ronny, klopft ihm auf die Schulter und steht wieder auf. „He, Jungs", sagt er betont fröhlich. „Das hier" – er zeigt auf das Mädchen – „das hier ist eure neue Mitbewohnerin Carolin."

Erst jetzt sieht Ronny von seinem Handy auf. Er nickt kurz, dann guckt er wieder runter.

Kann ich nicht verstehen.

Absolut nicht.

„Das ist Daniel", stellt Micha vor.

Daniel sitzt mit offenem Mund da. Als Carolin ihn ansieht, fängt er blöd an zu grinsen, Marke Machoarsch. Ich kann nicht erkennen, ob das bei Carolin Eindruck macht, Mist. Sie guckt einfach nur freundlich.

„Hi!", sagt Daniel und grinst noch breiter.

Carolin nickt und lächelt ihm zu.

Noch mal Mist.

„Ist Ayshe in ihrem Zimmer?", fragt Billa.

„Logo", sagt Daniel, der Schleimer. Normalerweise schneidet er Billa, weil er sie nicht abkann.

„Und das ist Jonny", sagt Micha und deutet auf mich.

Carolins guckt mich an, und dann lächelt sie noch mal.

Ein total niedliches Lächeln.

Der ultimative Sonnenaufgang.

Shit, denke ich nur. *Das hier kann nicht wahr sein.* Und dann springe ich auf. „Ich sag Ayshe Bescheid. Und dann hau ich gleich ab. Hab noch was vor", lüge ich tapfer. Schnell seh ich zu Carolin rüber. „Hi und tschüss, Carolin."

Dieses süße Lächeln ist immer noch auf ihrem Gesicht. „Hi und tschüss, Jonny", sagt sie zu mir.

Ihre Stimme ist auch süß.

Ich mach, dass ich rauskomm. Supershit, ehrlich.

Carolin.

Shit.

2

„Mann, da musste was machen!“ Bifis Augen leuchten fast, so aufgeregt ist er. „Die musste anquatschen, Jonny, ganz klar!“ Er zieht die Metalltür auf und lässt mir den Vortritt. Draußen nieselt es, und warm ist es auch. Komische Mischung.

„Lad sie ins Kino ein oder so“, sagt Bifi hinter mir, und dann stupst er mich an. „Biste festgewachsen, oder wie?“

Ich schlage den Kragen hoch und linse noch einmal hoffnungsvoll zum Himmel auf. Aber es sieht nicht so aus, als würde es bald aufhören zu nieseln, also bleibt mir nichts anderes übrig, als loszugehen. Nach ein paar Schritten schon ist meine Kopfhaut klatschnass; das kann ich überhaupt nicht ab.

Bifi scheint das Gepiesel nichts auszumachen, denn er hüpft fröhlich neben mir her. „Oder bring sie mal hierher mit“, schlägt er vor.

„Ja, und dann?“ Das Wasser läuft mir an den Ohrmuscheln runter, igitt. Ich lege einen Zahn zu, obwohl das auch nicht viel nutzt. Bis wir unten an der U-Bahn sind, bin ich sowieso völlig durchweicht.

„Na, dann quatschen wir einfach ein bisschen“, überlegt Bifi. „Mann, Jonny, irgendwas fällt einem doch immer ein! Du musst einfach ein bisschen reden mit ihr!“

„Du kannst das ja vielleicht, irgendwas reden. Ich aber nicht“, sage ich mürrisch und stopfe die Fäuste tief in meine Hosentaschen. Ein Auto brettert an uns vorbei, und ich springe hastig zur Seite, um nicht nassgespritzt zu werden.

Seit gut zwei Wochen schleiche ich jetzt um Carolin rum, aber ich hab es tatsächlich immer noch nicht fertig gebracht, auch nur drei Worte mit ihr zu wechseln. Jedes Mal, wenn sie in meine Nähe kommt, krieg ich sofort Panik und verdrücke mich. Aber gleichzeitig hänge ich stundenlang im Gemeinschaftsraum rum, um wenigstens einen Blick auf sie werfen zu können, wenn sie vorbeigeht. Schöne Scheiße, das Ganze.

„Aber du musst einfach was machen!“ Bifi lässt nicht locker. „Damit du rausfindest, ob sie auch auf dich steht, Mensch! Du bist doch total verknallt in die Braut!“

„Jetzt hör doch mal auf!“, sage ich und weiche einer Pfütze aus. Bifi springt mit seinen hochgeschnürten Doc Martens mitten rein. „Das ist doch alles Schwachsinn!“, sage ich. „Und selbst wenn ... selbst wenn Carolin mich auch gut findet, was ich ja nicht glaube ...“

„Nee!“, murmelt Bifi und tippt sich an die Stirn. „Nee, natürlich nicht. Wieso sollte sie auch!“

Ich lasse mich nicht beirren. „Selbst wenn sie mich auch irgendwie gut findet“, sage ich und stapfe mit festen Schritten voran, „sobald sie peilt, was ich in Wirklichkeit bin, ist die Sache doch eh gegessen.“

Bifi bleibt stehen, packt mich am Kragen und zerrt mich herum, sodass ich ihm in die Augen sehen muss. „Wie, was du bist? Was bist du denn?“, fragt er laut. „Ein Monster, oder was?“

„Nee, aber ... Ich bin eben kein richtiger Typ. Am besten, ich lass gleich die Finger davon und schmink mir das ab.“ Ich winde mich aus seinem Griff und laufe weiter, aber an der Straßenecke holt Bifi mich ein und zerrt mich erneut zu sich herum. Seine Augen sind ganz hell, und in seinen Wimpern hängen winzig kleine Wassertropfen.

„Du bist du, Mann, kapier das doch endlich!“, schreit er mich an. „Und wenn die dich gut findet, dann findet die dich gut, egal, was du in der Hose hast, Mensch!“

„Wow“, sagt jemand dicht neben uns. „Das unterschreibe ich sofort! Redet ihr etwa von mir?“

Bifi lässt meinen Kragen los, und wir treten auseinander. Michelle, Bifis blonde Nachbarin, steht vor uns. Sie trägt einen langen, roten Regenmantel und dazu passende Gummistiefel, und neben ihr lehnt ein gutaussehender, dunkelhaariger Typ in ihrem Alter auf eine Kinderkarre gestützt, in der ein niedlicher kleiner Junge sitzt und verwundert zu uns hochstarrt. Der Kleine ist durch eine Plastikhülle vor dem Nieselregen geschützt, der Glückspilz.

„Zwei so süße Jungs wie ihr sollten sich doch nicht streiten!“, sagt Michelle tadelnd und zwinkert erst mir zu und dann Bifi.

„Wir streiten uns ja gar nicht", sagt Bifi. „Wir klären nur was, Jonny und ich."

„Das hört man", sagt Michelle trocken. Dann sieht sie mich mit ihren grünen Augen amüsiert an. „So, und wie war das jetzt – du hast also was Interessantes in der Hose?"

„Äh, nein", stottere ich mit einem verlegenen Seitenblick zu dem dunkelhaarigen Typen, der in sich hineinschmunzelt. „Oder, doch, klar!"

Michelle und Bifi fangen beide an zu lachen. „Na, davon bin ich überzeugt!", sagt Michelle. „Du auch, Luis, wetten?" Sie stupst den Typen an, und er lacht.

„Mensch, Michelle", sagt er und zwinkert. „Nun mach den armen Kerl doch nicht ganz verrückt mit deiner Fragerei!"

„Och, mach ich dich verrückt?", fragt Michelle gedehnt und streichelt mir über den klatschnassen Schopf. Sonst würd ich den Kopf wegdrehen, aber bei ihr lass ich's zu. Irgendwie mag ich sie, diese schräge Person.

„Wie alt bist du eigentlich, Jonny?" Michelle haucht meinen Namen geradezu, und aus dem Augenwinkel sehe ich, dass Bifi sich nur mühsam das Grinsen verkneift.

„Siebzehn. Fast achtzehn."

„Siebzehn!" Theatralisch hebt Michelle beide Hände in den Nieselregen und sinkt dann fast vor mir in die Knie. „Siebzehn Jahr, blondes Haar ...", trällert sie und hört zum Glück gleich wieder damit auf. „Und, du stehst auf Frauen, hat Bifi mir verraten? Dann hab ich doch Chancen bei dir, oder?"

Bevor ich antworten kann, fasst Bifi mich am Ärmel. „Im Moment nicht, Michelle. Jonny ist leider anderweitig am Baggern! Und jetzt müssen wir los, wir wollen ins Kino. Ciao, Luis!"

„Oh, zu schade!", seufzt Michelle und wirft mir vergnügt einen Kussmund zu. „Aber erst mal viel Glück, dass du deine Angebetete erringst! Wenn nichts draus wird, dann denk an mich! Ich bin noch zu haben!"

„Jetzt reicht's aber, Michelle", sagt Luis und schiebt die Karre an. „Komm, lass die Jungs in Frieden! Tschüss, ihr zwei, viel Spaß im

Kino!" Er winkt uns zu, und der Knirps in der Karre macht es ihm nach. Michelle wirft Bifi und mir eine Kusshand zu, dann sind die drei auch schon um die Ecke verschwunden, und Bifi und ich laufen ebenfalls los.

„Wer ist denn dieser Luis?", frage ich. Der Typ war mir ausgesprochen sympathisch.

„Luis? Das ist der beste Freund von Michelle."

„Und der Kleine, ist das sein Sohn?"

Bifi nickt abgelenkt. „Ja, klar, Rasmus!"

„Sieht ihm aber null ähnlich", sage ich, aber Bifi hört überhaupt nicht zu. Mit blitzenden Augen dreht er sich zu mir.

„Siehst du, genau das ist es nämlich!", sagt er. „Guck dir Michelle an! Die ist, was sie ist, und macht sich keinen Kopf. So musst du's auch machen, Mann. Sei einfach du, der Rest regelt sich schon von allein."

Einen Moment lang laufe ich still neben ihm die Straße hinunter. „Du hast gut reden", sage ich dann. „Du bist ja auch wirklich ein Kerl. Keine Mogelpackung wie ich."

Bifi wischt sich das Wasser aus dem Gesicht und nickt nachdenklich. Kurz vorm U-Bahn-Eingang bleibt er stehen und dreht sich zu mir um. „Du hast Recht. Klar hab ich gut reden", sagt er ernst. „Und klar bin ich ein Typ. Aber trotzdem, Jonny – wenn du zu dir selbst stehst, dann haut das schon irgendwie hin. So was steckt an, weißt du."

Ich nicke zögernd. Eins weiß ich: Wenn ich an Gott glauben würde, dann würde ich jetzt beten, dass Bifi Recht hat.

Bifi sieht zum Himmel auf. Sein Gesicht ist klatschnass, aber das kümmert ihn offenbar gar nicht. „Aber erst mal musst du mit deiner Carolin reden. Und guck mal", sagt er zufrieden, „Aprilregen bringt Segen! Sogar der Himmel wünscht dir Glück! Du musst nur endlich was machen! Rede einfach mit ihr!"

„Mairegen bringt Segen, heißt es", verbessere ich ihn. Und dann klopfe ich ihm auf die Schulter und ziehe ihn endlich die U-Bahntreppe hinunter. Nass genug bin ich jetzt wirklich.

3

„Jonny?“

Meine Hand klebt am Kühlschrankgriff, aber bewegen kann ich sie nicht. *Was in aller Welt macht Carolin hier? Warum ist sie nicht in der Schule?*

„Ja?“, frage ich vorsichtig.

„Du, wenn du fertig bist, kannst du mir vielleicht kurz mal was helfen?“

Einen Moment lang glotze ich noch wie blöde in den Kühlschrank, dann hole ich tief Luft, klappe die Tür zu und drehe mich um.

Carolin steht im Türrahmen. Normalerweise ist sie schon längst in der Schule, wenn ich aufstehe, genau wie die anderen. Aber jetzt steht sie hier, mir gegenüber, und sieht mich an, ein kleines, verlegenes Lächeln auf ihren wunderschönen Lippen. „Bei mir ist dieses kleine Regal da überm Bett zusammengebrochen“, sagt sie. „Und Alfons telefoniert gerade, da dachte ich, ich frag mal dich. Oder hast du gerade keine Zeit?“

Noch nie hab ich so blaue Augen gesehen. Obwohl ich genau weiß, dass das nicht stimmt. Trotzdem könnte ich es schwören.

„Jonny?“ Carolin sieht mich verwundert an. Erst nach einem Moment peil ich, dass sie immer noch auf meine Antwort wartet.

„Doch, ja, klar“, sage ich hastig. „Lass mal sehen.“ Und dann bin ich schon an ihr vorbei und raus aus der Küche. Vor ihrer Zimmertür warte ich auf sie.

„Kannst ruhig reingehen, die Tür ist doch offen“, sagt Carolin schmunzelnd, als sie mich eingeholt hat. Ich kann das Grübchen zwischen ihren Augenbrauen sehen und gehe schnell ins Zimmer.

„Das da, das überm Bett“, sagt Carolin und zeigt auf ein Miniregal, das ein wenig schief an der Wand hängt. Ich ziehe meine Schuhe aus – Gott sei Dank hab ich frische Socken an –, steige vorsichtig aufs Bett und guck mir die Sache an. Der Dübel ist halb raus.

„Haste mal Streichhölzer?“, frage ich.

Carolin geht zum Schreibtisch, kramt in einer Schublade und wird fündig. Gekonnt wirft sie mir die Schachtel rüber.

„Gehst du eigentlich nie zur Schule?", fragt sie, während sie zuguckt, wie ich den Dübel mitsamt der Schraube ganz aus der Wand ziehe.

„Was für 'ne Schule denn?" Mit einer Hand halte ich das Regal fest, während ich mit der anderen zwei Streichhölzer in Stückchen breche und die sachte ins Bohrloch schiebe.

„Na, irgendeine. Oder gehst du in dieses Berufsvorbereitungsjahr, da, wo die andern auch hingehen, Daniel und Said?"

„Nee", sage ich und schiebe die letzten Holzstückchen in die Wand.

„Und was machst du dann? Oder machst du gar nichts?"

„Doch, ich ... ich jobbe 'n bisschen rum", sage ich. Das Bohrloch ist jetzt gut gefüllt, aber zum Schrauben kann ich das Regal nicht loslassen, sonst kracht es ganz aus der Wand. Ein bisschen blöd überlegt. „Sag mal, kannst du mal eben einen Kreuzschrauber holen? Liegt in der Küchenschublade, links unten."

„Sofort, *Sir*!", sagt Carolin und verschwindet.

Ich nutze die Gelegenheit und sehe mich im Zimmer um. Die Aussicht ist fast dieselbe wie meine und die Einrichtung auch. Aber sonst ist alles anders: Überall liegen Mädchenklamotten herum, an die Wand über dem Schreibtisch sind lauter Fotos gepinnt, ein Kissen in Herzform liegt auf dem Bett. Und es riecht anders.

Nach Mädchen.

Nach Carolin eben.

Carolin, shit.

„Hier!" Carolin taucht in der Tür auf und reicht mir den Schraubenzieher. Dann setzt sie sich auf ihren Drehstuhl und guckt mir interessiert zu.

Jetzt bloß nichts falsch machen. Behutsam stütze ich das Regal mit meiner Schulter ab, drehe die Schraube aus dem Dübel und passe ihn ins Bohrloch ein. Perfekt!

Ich schraube das Regal wieder an, rüttel noch einmal probeweise daran und steige vom Bett runter. „Eigentlich muss ein dickerer Dübel rein", sage ich und versuche, so richtig schön fachmännisch zu klingen, „aber wenn du nichts allzu Schweres draufpackst, müsste es erst mal so halten."

„Super!" Carolin strahlt mich an.

Ich steh einen Moment dumm da, in Socken, den Schraubenzieher in der Hand, dann lege ich ihn einfach aufs Bett. Carolin sitzt immer noch auf ihrem Drehstuhl und guckt mich an. Ich kann Bifis Stimme geradezu hören: *„Mann, geh ran, Jonny! Red einfach mit ihr!"*

Okay. Also gut. „Und, äh, warum bist du heut nicht in der Schule?", frage ich und schlüpfe wieder in meine Schuhe.

„Ach …" Carolin verzieht die Lippen. „Mir ging's heut nicht so gut."

„Und jetzt, geht es dir wieder besser?"

„Ja", sagt sie und lächelt mich an. Auf ihren Wangen erscheinen diese zwei niedlichen Grübchen, und das zwischen ihren Brauen ist auch wieder da. Ich muss unbedingt irgendetwas sagen, sonst falle ich in Ohnmacht.

„Auf was für eine Schule gehst du denn?", frage ich.

„Klara-Grunwald-Gesamtschule. In Lichtenberg."

„Ganz schön weit zu fahren", sage ich. Lichtenberg ist immerhin am Arsch der Welt. Jedenfalls von hier aus gesehen.

Sie lächelt. „Ich wollte nicht wechseln. Ich hab nur noch zwei Jahre. Und vielleicht … vielleicht kann ich ja auch bald wieder nach Hause. Oder irgendwann."

Das klingt richtig sehnsüchtig. Komisch. Von den anderen Kids hier will keiner nach Hause zurück. Alle sind froh, da weg zu sein – Ayshe, die gerade dem Kopftuch und der Zwangsheirat in der Türkei entkommen ist, genauso wie Ronny, der vor seinem prügelnden Vater abgehauen ist, und auch Sara, Said und Daniel. Und ich. Jeder von uns hat seine Gründe.

„Warum bist du eigentlich hier?" Die Frage rutscht mir einfach so raus. Carolins Gesicht verschließt sich sofort.

Einen langen, viel zu langen Moment schweigt sie. „Ich hab keinen besonders vatermäßigen Stiefvater", sagt sie dann und zieht eine hilflose Grimasse. „Wenn du verstehst, was ich meine."

Ich weiß nicht, ob ich das wirklich verstehe, aber ich kann's mir ungefähr denken, und deshalb nicke ich. „Also, dann werd ich mal ..." Ich will zur Tür, aber Carolin springt plötzlich auf und kommt zu mir rüber.

„Was hörst du denn da?" Sie tippt an meine Kopfhörer, die ich um den Hals hängen habe. Bevor ich antworten kann, fragt sie weiter: „Kann ich auch mal?"

„Klar. Logisch." Ich nehm mir die Kopfhörer ab und reiche sie ihr rüber, und Carolin setzt sie sich auf. Dann sieht sie mich abwartend an, und nach einem Moment peil ich, was sie will. Ich greife in die Seitentasche meiner Cargo und schalte den Discman ein.

Carolin macht ihre Augen halb zu. Ich kann die winzigen Adern auf ihren Lidern sehen, so nah ist sie mir. Ich kann ihren Duft riechen. Und ich kann das Lächeln auf ihren Lippen sehen. Die Musik gefällt ihr, auch das kann ich sehen.

Aber hören kann ich nur eins: mein wummerndes Herz.

„Cool. Was ist denn das?", fragt Carolin schließlich, nimmt den Hörer ab und reicht ihn mir zurück.

Ich schalte aus. „*Zuckerklub*. 'ne Berliner Frauenband, die es schon gar nicht mehr gibt." Inga hat mir die CD selbst gebrannt, eine ihrer Freundinnen hat da mal Bass gespielt.

Carolin schmunzelt, und sofort bin ich verunsichert. „Was ist denn?", frage ich schroff.

„Nichts. Ist bloß ungewöhnlich – 'n Typ, der 'ne Frauenband hört. Aber finde ich gut."

„Was? Dass ich das hör oder die Musik?"

„Das auch", sagt Carolin und sieht mir direkt ins Gesicht. Ganz genau sogar. Ihre Augen sind wie Finger, die ganz langsam mein Gesicht abtasten.

Ich hab Angst zu atmen.

Carolin schweigt.

Ich schweige auch.

Aber ich halt das nicht aus.

„Willste 'ne Weile ausleihen?", frage ich laut und zieh den Discman aus meiner Hosentasche.

Carolin guckt mich nur an. Noch nie zuvor hab ich so blaue Augen gesehen. Ich schwöre es, wirklich, ich schwör's.

„Danke", sagt sie schließlich. „Aber erst mal nicht. Lass mich lieber mal wieder hören, okay?" Und dann lächelt sie mich an.

Und ich lächele auch. Aber nur kurz. Dann nicke ich knapp, drehe ich mich um und flüchte aus Carolins Zimmer, so schnell ich nur kann.

4

„Und die gefällt dir also, deine neue Mitbewohnerin, ja?" Inga reicht mir den Eckenpinsel und sieht zu, wie ich vorsichtig die weiße Farbe um den Fensterrahmen herum auftrage. Als ich fertig bin, nickt sie anerkennend. „Du bist schnell", sagt sie. „Du wirst immer schneller. Prima."

Ich zucke mit den Schultern. Lob kann ich eigentlich nicht ab. Ich glaub, ein bisschen denke ich immer, dass es gelogen ist, wenn mich jemand lobt. Obwohl Inga es bestimmt sogar ernst meint.

„Die ist süß, die Kleine, ja?", fragt sie schon wieder. „Für die ich die CD brennen soll."

Hätte ich bloß nicht davon angefangen! Aber viel hab ich gar nicht gesagt. Nur, dass Carolin süß ist. Hat schon gereicht; Inga hat sofort Lunte gerochen.

„Wie süß denn?" Sie kann ganz schön hartnäckig sein.

„Ziemlich", sage ich widerwillig und rücke die Leiter ein Stückchen weiter.

„Gut, gut, ich merke schon, das Thema ist noch Tabu! Gut, machen wir Pause. Lass uns Kaffee trinken bei Mascha, okay?" Sie räumt unsere Farbeimer beiseite, und ich klappe die Leiter zusammen und lehne sie in die Ecke.

„Und du machst das mit der CD?", frage ich.

„Aber natürlich." Inga zwinkert mir zu. „Wenn's helfen soll, deine Braut zu umwerben, mach ich doch alles!" Ich brumme vor mich hin, aber sie lacht nur.

„Übrigens, Jonny“, sagt sie, als wir kurz darauf die Treppe zu Maschas Wohnung hinaufgehen. „Ich kann es nur noch mal sagen: Wenn du doch Lust auf eine Lehre haben solltest, dann melde dich einfach. An dir ist ein guter Maler verloren gegangen, das weißt du ja.“

„Ja, weiß ich. Klar, danke. Vielleicht komm ich drauf zurück“, sage ich und schiebe das Ganze sofort weit nach hinten in meinen Gehirnkasten. Irgendwie freu ich mich zwar über Ingas Angebot, aber ich glaube trotzdem nicht, dass eine Lehre was für mich wäre. Jeden Tag früh aufstehen und immer das Gleiche machen, womöglich bis zur Rente – nee, das ist mir zu spießig.

Aber merken kann ich's mir ja trotzdem.

„Was ist denn mit diesem Berufsvorbereitungskurs, wo du eigentlich hingehen sollst?“ Inga drückt auf die Klingel. „Warst du inzwischen mal da?“

Ich schüttele den Kopf. In Maschas Wohnung bleibt alles still. Aber wenn mich nicht alles täuscht, kann ich Kaffeeduft riechen.

Inga läutet erneut. „Kriegst du nicht Ärger, wenn du da nie auftauchst?“, fragt sie.

„Doch. Garantiert.“ Ich zucke mit den Schultern und pule mir einen Rest weißer Farbe vom Mittelfinger.

Inga betrachtet mich nachdenklich und bläst sich eine blonde Strähne aus der Stirn. „Und warum gehst du nicht einfach mal hin und guckst es dir an?“, fragt sie.

„Was soll ich denn da?“, frag ich zurück.

Inga guckt ein bisschen sauer, aber dann muss sie lachen. „Mensch, weiß ich doch nicht, keine Ahnung“, sagt sie achselzuckend. „Einfach mal gucken vielleicht.“

Plötzlich geht die Tür auf, und Mascha steht vor uns. „Als hätt ich's geahnt!“, sagt sie munter. „Kommt schnell rein! Der Kaffee ist fertig! Fühlt euch ganz wie zu Hause!“

Und das, so merk ich, als ich meine farbbespritzte Jacke ausziehe und an die Garderobe hänge, das mache ich wirklich. Ich wohne zwar nicht mehr bei Mascha, aber hier in ihrer Wohnung bin ich trotzdem mehr zu Hause als irgendwo sonst.

In der Jugend-WG fühle ich mich nicht wohl. Ich halte dort einfach nur durch.

Jedenfalls war es bisher so. Seit Carolin da ist, hat sich das geändert.

Aber irgendwie ist es noch komplizierter gewordern.

„Jonny?" Mascha und Inga sehen mich beide an. Komischerweise weiß ich nicht, wer von ihnen gesprochen hat.

„Ja?"

„Alles okay?"

Ich sehe von einer zur anderen, dann hebe ich die Schultern und lasse sie wieder fallen. „Ich weiß nicht", sage ich. „Ich weiß eigentlich gar nichts. Aber Kaffee ist auf jeden Fall schon mal gut!"

5

„Ronny, sei so nett und leg dein Handy weg", bittet Billa. „Wir sind noch nicht fertig."

Ronny zieht 'ne Grimasse, aber er legt das Teil gehorsam zur Seite und fläzt sich tiefer ins Sofa. Said, der neben ihm hockt und den ganzen Abend schon keinen Ton gesagt hat, rutscht angewidert ein Stück zur Seite.

„Prima, cool von dir", sagt Micha schleimig, und dann klatscht er aufmunternd in die Hände und sieht lächelnd in die Runde. „So, das wär's für heute. Noch Fragen, Anmerkungen, Wünsche?"

Keiner antwortet. Said guckt mit seiner typisch depressiven Miene aus dem Fenster und zwirbelt seine Stirnlocke, Ayshe pult an ihren Fingernägeln, Carolin sieht gedankenverloren vor sich hin. Dann, als hätte sie gemerkt, dass ich sie ansehe, schweift ihr Blick zu mir rüber, und schnell guck ich weg.

„Nichts? Gar nichts? Alle wunschlos glücklich? Is' ja scharf." Micha lacht und rempelt Daniel, der mit mürrischem Gesicht neben ihm sitzt, kumpelhaft an. „Du auch keine Frage mehr, Kollege? *Everything's cool here?*"

Ich möchte mal wissen, warum mich seine ewig gut aufgelegte Miene derartig abnervt. Micha ist wirklich ein Typ, dem ich ständig eine reinballern könnte.

Daniel schüttelt den Kopf. Vorhin hat er 'ne geschlagene Viertelstunde lang eine Bekleidungsgelderhöhung gefordert, ohne Erfolg, war ja klar. Das Geld kommt von der Stadtverwaltung, nach Alter gestaffelt. Wer mehr will, muss seine Eltern anhauen. Aber das hat bei Daniel nicht viel Zweck. Seine Eltern leben von Sozialhilfe, wie meine. Und wie Saras alkoholkranke Mutter. Und Ayshes drei Brüder, vor denen sie abgehauen ist.

„Also, wie gesagt, Kollege“, Micha klopft Daniel aufs Knie. „wir Erzieher können in puncto Kohle gar nichts machen. Das liegt echt an ...“

„Kann ich jetzt los?“, unterbricht ihn Sara ungeduldig und saugt an ihrem Zungenpiercing.

Micha richtet seine blassblauen Augen auf sie. „Hast du noch was vor, ja? Einen draufmachen?“

Sara rollt mit den Augen und stopft ihren Tabak in ihre Umhängetasche. „Geht dich doch nichts an, ej“, faucht sie und wirft sich die Tasche um. Dann hebt sie eine blau gefärbte Braue und sieht Micha auffordernd an.

Sara ist 'ne richtige Berliner Rotzgöre. Die halbe Zeit hängt sie am Zoo bei den Junkies rum. Würd mich nicht wundern, wenn sie auch anschafft.

Aber das ist ja nicht mein Ding. Und ich will's auch gar nicht wissen. Bloß nicht.

„Tja, wenn weiter nichts ansteht, dann heben wir das Plenum jetzt auf“, sagt Micha und klopft Daniel noch mal aufs Knie.

Sara springt hoch und sprintet zur Tür, dicht gefolgt von Said. Ronny greift nach seinem Handy, und Ayshe und Carolin hieven sich aus dem Sofa. Die beiden haben das ganze Plenum über nicht viel gesagt, ich allerdings auch nicht. Ich hab nicht mal protestiert, als ich zum Wochenabwasch eingeteilt worden bin, dabei hätte ich viel lieber die Einkäufe übernommen. Aber ich konnte nichts sagen.

Das liegt an Carolin. Ich kann immer noch nicht gut reden, wenn sie in der Nähe ist. Und wenn sie mich ansieht – und das hat sie heute Abend ein paar Mal getan –, kann ich kaum atmen.

Die Mädchen gehen zur Tür. Als ich hinterher will, tippt Billa, unsere Sozialarbeiterin, auf die Schulter. „Jonny, kommst du bitte mit ins Beratungszimmer? Du hast nächste Woche einen Termin beim Berufsberater, wir würden gern kurz mit dir darüber reden."

„Wozu das denn?", frage ich unwillig.

„Wozu, du Penner?", mischt Daniel sich hämisch ein. „Damit du mal arbeiten gehst, du Faulenzer!"

„Fresse", sage ich, ohne ihn anzusehen.

„Ej!", Daniel will aufspringen, aber Micha hält ihn zurück. „Ihr beiden!", sagt er kopfschüttelnd. „Wie Katz und Maus. *Keep cool, boys!*"

„Jonny? Kommst du bitte?" Billa wartet schon an der Tür. Neben ihr steht Carolin.

Ich mache keinen Aufstand. Achselzuckend folge ich Billa. Als ich an Carolin vorbeikomme, lächelt sie mich an. Ich lächele zurück, aber gleichzeitig krieg ich kaum Luft. Irgendein komisches Stöhnen kommt aus meiner Kehle, und Billa dreht sich besorgt zu mir um.

„Bist du erkältet, Jonny? Hast du dir etwa die Sommergrippe eingefangen?"

„Nee", sage ich und trabe schnell weiter, um Daniels hässlichem Grinsen zu entgehen. Es ist nur eine Frage der Zeit, bis wir mal so richtig aneinanderrasseln werden.

Aber dann mach ich ihn platt.

6

Micha kommt Billa und mir gleich hinterher. Er hockt sich auf einen der beiden Sessel, Billa nimmt auf dem Drehstuhl hinter dem Schreibtisch Platz, und ich soll mich, ihrer einladenden Geste zufolge, neben Micha in den anderen Sessel setzen. Aber ich bleib lieber stehen.

„Jonny, um gleich zur Sache zu kommen: Du bist jetzt schon über zwei Monate hier und hast beide Termine mit dem Berufsberater versäumt, die wir für dich vereinbart hatten“, fängt Billa an und wischt sich über die Stirn. Die Luft ist stickig, obwohl das Fenster weit aufsteht. Im Radio hab ich gehört, dieser Junianfang sei der heißeste seit siebzig Jahren. Endlich ist Sommer, und dann auch so früh im Jahr.

„Und beim Berufsvorbereitungsjahr bist du auch noch nicht aufgetaucht“, fügt Micha hinzu. „Was ist denn los, Alter, keinen Bock oder wie?“

Ich kann das nicht ab, wenn er so redet. Als hätte er vergessen, dass er kein Jugendlicher mehr ist, sondern ein alter Sack Ende vierzig.

Billa fächelt sich angestrengt Luft zu. „Kannst du uns vielleicht sagen, woran das liegt, dass du unsere Angebote nicht annehmen möchtest?“, fragt sie mit ihrer sanften Stimme.

Seltsam, irgendwie kann ich sie nie richtig ernst nehmen. Ich weiß, dass das gemein ist, aber ich kann's einfach nicht ändern. Billa ist mir zu soft, Micha zu nervig. Der einzige, mit dem ich gut klarkomme und mich gern unterhalte, ist Alfons, ein gemütlicher, bärenhafter Typ. Aber der hat heute frei.

„Im Moment geht's einfach nicht“, sage ich und zupfe an meinem T-Shirt. Mann, ist das stickig hier drinnen. Kleine Räume im Sommer sind einfach Scheiße. „Ich hab genug mit mir selbst zu tun, ich hab keinen Kopf für so Sachen.“

Das ist sogar wahr. Dass ich mich von solch gewichtig klingenden Projekten wie „Berufsvorbereitungsjahr für schwer integrierbare Jugendliche“ nicht angesprochen fühle, sage ich allerdings nicht. Es würde ja sowieso nichts daran ändern, dass ich nicht hingehe. Ich ziehe mein Ding hier durch, sitze meine Zeit ab, passe mich an, soweit ich das hinkriege. Aber mehr mache ich nicht.

Mehr geht einfach nicht.

Micha nickt nachdenklich. „Schön und gut. Aber, John, dich komplett verweigern, das läuft hier nicht.“

„Jonny", berichtige ich ihn.

„Jonny, gut, klar", sagt Micha. „Hab ich vergessen, *sorry*. *Take it easy, okay?* Aber im Ernst jetzt, dich völlig verweigern, das geht nicht. Irgendwas", sagt Micha mit seiner eindringlichen Sozialarbeiterstimme, „irgendwas musst du machen, John. Und schau mal, wir machen dir ja auch Angebote. Wir bemühen uns immer, euch Jugendliche dort abzuholen, wo ihr seid!"

Mich braucht keiner abzuholen. Und ich hasse es, wenn jemand „schau mal" sagt. Langsam wird mir das Stehen unbehaglich, und ich lehne mich vorsichtig gegen das Aktenregal. Micha nimmt das anscheinend als Zeichen meiner Redebereitschaft.

„He, Jonny", beginnt er erneut und bläst sich eine verschwitzte, lange, graue Strähne aus dem Gesicht. „Verstehst du, Mann, wir wissen, dass du es nicht leicht hast und so. Aber das Berufsvorbereitungsjahr ist echt cool, ehrlich. Kannst Daniel und Said fragen, die gehen ja auch hin."

Fast muss ich lachen. Said ist ja ganz in Ordnung, auch wenn wir uns nicht gerade viel zu sagen haben, aber Daniel, mein ewiger Widersacher – den frag ich nun wirklich bestimmt nicht. „Nee, danke, ich glaub nicht, dass die beiden mich davon überzeugen können", sage ich. „Nichts gegen Said, aber was Daniel sagt oder nicht sagt, spielt für mich keine Rolle. Und das ist auch total egal – Fakt ist, dass ich keinen Kopf dafür hab."

Billa und Micha werfen sich einen viel sagenden Blick zu, und ich weiß sofort, dass ich ein Thema angeschnitten habe, das schon öfters bei ihnen auf dem Plan stand. Jetzt werden sie mit mir über Daniel reden.

Und so kommt es auch.

„Das ist noch so eine Sache, Daniel und du. Ihr eckt ständig an, fällt uns auf", sagt Billa vorsichtig und ruckelt unbehaglich auf ihrem Drehstuhl herum. „Wir haben schon darüber nachgedacht, mal ein Gespräch mit euch beiden zu machen. Ganz in Ruhe, damit ihr euch mal aussprechen könnt, und wir wären dann als Vermittler dabei."

„Nee, danke“, sage ich und bemühe mich, nicht allzu unfreundlich zu klingen, was mir auch einigermaßen gelingt. Die Regalkante drückt in meinen Rücken, und ich stelle mich wieder aufrecht hin. Dieses Gerede bringt überhaupt nichts. Ich will jetzt los. Gucken, was Carolin macht, und dann raus. Vielleicht zu Bifi, vielleicht in die Oranienstraße, irgendwo draußen abhängen, einen Drink in der Hand. Sommer leben.

Aber nicht quatschen.

„Pass auf, John.“ Micha schlägt eine härtere Gangart ein. Ich kann seinem lächelnden Gesicht ansehen, dass er eigentlich auch total erschöpft ist und keinen Bock mehr hat. Aber er lächelt weiter, natürlich. Warum peilt er eigentlich nicht, dass er mit seinem künstlichen Getue bei mir absolut nicht landen kann? „Nur auf Konfrontationskurs, das läuft hier nicht“, sagt er, jetzt in deutlich schärferem Tonfall. „In dieser WG versuchen wir, die Dinge anzupacken und auch zu lösen, alle gemeinsam. Okay, du machst einen auf cool, schon klar. Aber wenn du schon unbedingt die Männerschiene fahren willst“, sagt er und hebt dabei die Stimme, „dann musst du dich vor allem mehr anpassen. Und dann musst du dich auch mit anderen Jungs arrangieren.“ Er lacht, sogar ganz schön laut. Viel zu laut für meinen Geschmack.

„Was meinst du eigentlich?“, frage ich ruhig. Micha hört sofort auf zu lachen.

„Das weißt du doch!“

„Nee“, sage ich und spüre, wie Wut in mir hochkriecht. „Ich hab keine Ahnung, wovon du redest.“ Er braucht gar nicht zu denken, dass ich seinen verächtlichen Unterton nicht mitgekriegt habe.

Der Drehstuhl quietscht, als Billa sich unruhig bewegt, aber Micha lehnt sich entspannt zurück und schlägt einen versöhnlicheren Tonfall an. „Du willst hier als Typ auftreten, das ist ja auch okay“, sagt er. „Wenn du meinst, dass du damit besser fährst, klar, nur zu, *take your chance.* Aber wenn du glaubst, Männlichkeit bedeutet, einen auf hypercool zu machen und sich sonst nur zu verweigern, da liegst du echt falsch.“

Ich kann gar nicht glauben, was ich da höre. Micha nimmt mich nicht ernst, verdammt. Der denkt, ich zieh eine Show ab, nur um meine Ruhe zu haben! Ich werfe einen Blick zu Billa. Sie guckt neben mir an die Wand. Das Thema ist ihr wahrscheinlich zu heikel.

Recht hat sie. Ist es ja auch.

„Ich will dir ja nichts unterstellen, aber hast du schon mal über Rollenbilder nachgedacht?" Michas Vortrag ist noch nicht zu Ende. „Und darüber, ob das Ganze nicht auch ein klitzekleines bisschen eine Modeerscheinung sein könnte?" Er hebt die Hände und setzt eine entschuldigende Miene auf, aber mir platzt fast der Kragen. „Um kein typisches Weibchen sein zu wollen, musst du dich ja nicht gleich zum Mann machen", sagt er grinsend. „Nachher bereust du das noch. Hast du darüber schon mal nachgedacht?"

„Darum geht es doch gar nicht", sage ich laut. Billa zuckt zusammen, aber Micha setzt ein Haifischgrinsen auf.

„Und worum geht's dann?"

Ich könnte ihm erklären, dass ich keine Wahl hatte, das zu fühlen, was ich nun mal fühle. Ich könnte ihm erklären, dass ich mir das Ganze nicht einfach mal eben so ausgesucht habe, um es leichter zu haben. Im Gegenteil, als Mädchen wäre ich weiß Gott besser gefahren.

All das könnte ich Micha erklären. Aber würde er mich verstehen?

„Erzähl du mir nicht, was ich fühle", sage ich ruhig. Micha sieht verdutzt aus, und auch Billa guckt mich verblüfft an. „Ich hab keine Lust, mit euch darüber zu reden", füge ich hinzu. „Das ist mein Ding, okay? Also, was steht noch an?"

Micha fasst sich als Erster. „Okay, akzeptiert", sagt er. „Wenn du meinst. Aber mit dem Verweigern, das geht nicht so weiter. Du hast die Wahl: Entweder du kreuzt ab sofort beim Berufsvorbereitungsjahr auf, oder du nimmst einen Beratungstermin wahr, gleich nächste Woche. Ansonsten ... ansonsten bist du hier nicht mehr tragbar." Er lächelt mich an. „Ist das okay für dich, John?"

„Jonny", sage ich ruhig. „Ich heiße Jonny, nicht John. Und ja, das ist okay. Muss es ja, oder?" Und damit geh ich zur Tür und lasse die beiden einfach da sitzen.

Verdammt, was für Heuchler.

7

Carolin fängt mich im Flur ab. „Jonny?"

„Ja?"

„Hast du jetzt Zeit?"

Eigentlich will ich raus, an die Luft, schreien, irgendwo gegen treten, Bier trinken, mich platt machen, bis ich nichts mehr spüre.

Aber da steht Carolin, mir gegenüber.

„Im Prinzip schon", sage ich vorsichtig. „Was steht denn an?"

Die Grübchen in Carolins Wangen sind wieder da, als sie lächelt. „Hast du diese CD da noch?"

Ich nicke.

„Lust, ein bisschen Musik zu hören?" Sie deutet zu ihrem Zimmer hinüber.

Jetzt lächele ich auch. „Ich hol sie nur kurz, okay?"

Auf dem Rückweg treffe ich Daniel im Flur. Er starrt mich giftig an, aber ich sehe über ihn weg. Seine Augen bohren sich in meinen Rücken, den ganzen Weg über, bis zu Carolins Zimmertür.

„Na, Caro die Pflaume polieren? Die lässt dich doch nie ran!", zischt er mir hinterher. „Aber mich hat 'se schon längst!"

Wortlos zieh ich die Tür auf.

Das kriegt er zurück. Irgendwann.

Das Fenster steht weit offen; warme Abendluft streicht herein. Carolin sitzt auf der Bettkante und baumelt mit den Beinen.

„Hier", sage ich und halte ihr die CD hin. „Für dich." Inga hat sie mir schon vor über einer Woche gebrannt, aber ich habe mich bislang nicht getraut, sie Carolin zu geben.

„Was, für mich?" Carolins Finger berühren meine, als sie die CD nimmt. „Danke, das ist total lieb. Aber …"

„Was?"

„Ich hab nichts zum Abspielen“, sagt sie und grinst schief. „Meine Anlage hab ich zu Hause gelassen. Und den Discman hat mein kleiner Bruder. Als Pfand.“ Für einen Moment verdunkeln sich ihre Augen.

Ich hab gar nicht gewusst, dass das wirklich geht: dass Augen dunkler werden, wenn jemand traurig ist. Aber es ist so.

„Pfand?“, frage ich, nur, um irgendwas zu sagen.

Sie nickt. „Bis mein Vater ausgezogen ist.“

„Und wann ist das?“

Sie antwortet nicht. Stattdessen guckt sie auf ihre Sandalen.

„Ich hol mal den Discman“, sage ich nach einem Moment.

Als ich zurückkomme, zieht Carolin sich gerade die Sandalen aus. Ich lege ihr die CD ein und reiche ihr den Discman. Carolin rutscht mit dem Rücken ganz an die Wand, zieht die Knie an und schaltet ein. Dann schließt sie die Augen.

Ich sehe mich um. Die Fotos vom letzten Mal hängen immer noch an der Wand, ein paar Klamotten sind im Zimmer verstreut. Auf dem Tisch liegt ein handgeschriebener Brief, ein aufgerissener Umschlag daneben. Ein roter Schal verdeckt das Fenster halb, das ist neu. Drüben im Neubau auf der anderen Straßenseite bringt die junge Mutter gerade ihre Kiddies ins Bett. Zum ersten Mal bekomme ich bei dem Anblick weder die Wut, noch werde ich traurig. Es sieht eigentlich ganz schön aus, wie sie das macht: ihre Jungs zudecken, ihnen über die Köpfe streicheln und dann noch einen Kuss auf die Stirn.

„Was wollten die von dir?“

Ich schrecke zusammen und drehe mich um. Carolin hat die Kopfhörer abgenommen und sieht mich an.

„Wer?“

„Na, Billa und Micha. Was wollten die denn eigentlich von dir?“

„Ach, ich ... ich soll zu diesem dämlichen Berufsvorbereitungsjahr. Wo Said und Daniel auch hingehen. Aber ich will nicht.“

„Warum denn nicht?“

Ich seufze, anscheinend so laut und tief, dass es Steine erweichen könnte.

„Schon gut.“ Carolin winkt lächelnd ab. „Ich meine ja bloß – mach das doch einfach. Geh doch mal hin.“ Sie klopft mit der flachen Hand neben sich aufs Bett.

Als ich nicht reagiere, klopft sie noch mal. Schließlich gebe ich mir einen Ruck, streife meine Turnschuhe ab und klettere neben Carolin. Sie dreht die beiden Hörermuscheln halb nach außen, hält sich die eine ans Ohr und macht eine einladende Handbewegung.

Langsam robbe ich dichter an sie heran und beuge den Kopf, bis mein Ohr an den Hörer gedrückt liegt.

Die warmen Klänge von *Zuckerklub* perlen durch mein Hirn. Carolin ist so dicht neben mir, dass ich ihre Wärme durch die Luft hindurch spüren kann. Ich sehe einen Teil ihres Gesichts, ihre nackte, glatte Schulter, einen Teil ihrer Brust unter dem ärmellosen Top.

Ich kann kaum atmen, aber ich muss. Bei jedem Atemzug sauge ich Carolins Duft in mich ein.

Die Zeit steht still, und dann läuft sie weiter. Draußen fährt ein Auto vorbei; wie von weit entfernt höre ich mit meinem freien Ohr das Schnurren der Räder, während in meinem anderen die Sängerin irgendwas über Wege und Ausfahrten singt. Carolin hat die Augen halb geschlossen, ihre Wimpern zittern ganz leicht.

In meinem Bauch zittert es auch.

Ob da was dran ist, was Daniel vorhin gesagt hat? Ich schiebe den Gedanken schnell fort.

Und wenn schon. Daran will ich nicht denken. Ich will nur hier sitzen und ...

Carolin nimmt den Hörer ab und dreht mir das Gesicht zu. Ihre wunderschönen Augen sind dicht vor meinen. Ich sehe dieses winzige Grübchen zwischen ihren Augenbrauen, als sie sich vorbeugt.

Und dann sind ihre Lippen auf meinen. Sie küsst mich.

Sie küsst mich!

Atemlos schnappe ich nach Luft. Carolin lächelt. Und dann beugt sie sich wieder vor, aber diesmal bin ich schneller. Meine Zunge gleitet wie von selbst zwischen ihre Lippen.

Plötzlich liegen wir; ich habe gar nicht gemerkt, wie das passiert ist. Carolins ärmelloses Shirt ist verrutscht, mein Finger streicht vorsichtig über die weiche Kuhle in ihrer Halsbeuge, meine Lippen folgen meinem Finger, ziehen Spuren über Carolins samtweiche Haut. Wie in aller Welt kann man so weiche Haut haben?

Immer noch bin ich atemlos. Oder schon wieder? Und ich zittere. Am ganzen Leib.

Carolin dreht sich halb auf die Seite, um mich besser ansehen zu können. „Jonny", sagt sie leise. Nur das. Nur meinen Namen.

Aber ich kann nicht antworten. Weil ich ihre Hand spüre. Carolins Hand, die sich unter mein Hemd geschoben hat und meinen Bauch streichelt.

Das geht nicht. Das ist zu gefährlich.

Das halt ich nicht aus.

Ruckartig greife ich nach Carolins Hand und ziehe sie unter meinem Hemd hervor. Das hier ist genau das, wovon ich immer geträumt habe. Aber jetzt ist es auch wieder nicht richtig.

Und ich hab Angst. Beschissene Angst.

Carolin sieht ein wenig erstaunt aus, aber dann lacht sie bloß, küsst mich auf den Mund, nimmt mein Gesicht in ihre Hände. „Das ist süß", flüstert sie leise und berührt sanft das Muttermal auf meiner Wange. Davon kriege ich ein Gefühl, als müsste ich weinen. Schnell drehe ich mich weg.

„Bleib da", flüstert Carolin.

Aber ich kann nicht.

Ich halte das wirklich nicht aus.

8

Im Durchgang kommt mir ein nagelneuer BMW entgegen. Ich drücke mich an die gekachelte Wand und lasse ihn vorbeifahren. Dann gehe ich langsam weiter.

Im Hof ist ein neuer Weg angelegt. An der Mauer sind Parkplätze angelegt worden, zwei saubere Mittelklassewagen stehen auf den gekennzeichneten Plätzen. Ein Baugerüst zieht sich die gesamte Hausfassade entlang. Das Obergeschoss liegt im Dunkeln, aber im Parterre sind neue Fenster eingesetzt. Durch die hell erleuchteten Scheiben hindurch kann ich Tische und Büroschränke sehen und zwei ordentlich frisierte Männer, die sich über ihre Computerbildschirme beugen.

Ich weiß schon jetzt, dass es sinnlos ist, aber dennoch steig ich die Treppe hinauf. Die Tür oben ist nagelneu und abgeschlossen, eine Tafel neben dem Eingang verkündet, dass hier das Architekturbüro Janzen seinen Firmensitz hat.

Einen Moment lang schwebt mein Finger über der Klingel. Dann lass ich ihn wieder sinken.

Blöder geht's ja wohl kaum, Jonny.

Als ich die Treppe wieder hinunterlaufe, geht die Tür im Erdgeschoss auf, und einer der beiden Männer im Anzug tritt heraus. „He, warte mal, bitte. Was hast du da oben zu suchen gehabt?"

„Kai", sage ich und gehe an ihm vorbei.

„Kai? Was für ein Kai?"

„Kai eben", sage ich bockig.

„He, warte mal, Junge!"

Ich fahre herum. „Kai!", schreie ich ihn an. „Ich wollte zu Kai! Und jetzt lassen Sie mich in Frieden!"

9

Den Jungen mit dem Ziegenbart und dem blonden Topfschnitt, der mir die Tür aufmacht, hab ich noch nie gesehen. Ralle, Kais alter Kumpel, wohnt nicht mehr da, erklärt er mir gelangweilt, und auch Nonno ist ausgezogen. Nach einem Hin und Her drückt er mir einen Zettel mit Ralles neuer Adresse in die Hand und knallt dann die Tür mit dem Absatz hinter mir zu.

Ralle wohnt nur drei Straßen weiter, in einem frisch renovierten Altbau. Ich hab Glück, er ist zu Hause. Als er öffnet, starrt er mich einen Moment lang verdutzt an, dann nickt er. „Jenny", sagt er kühl. „Hab dich fast gar nicht erkannt." Die beiden Hunde wieseln ihm um die Beine und kommen wedelnd auf mich zu, und ich streiche ihnen über die Köpfe, bevor Ralle sie zurückpfeift und die Tür weiter zuzieht.

„Ist Kai vielleicht bei dir?“, frage ich

Ralle runzelt die Stirn. Hinter ihm taucht eine Frau im Türrahmen auf. Debbie ist es nicht. Die hier ist mindestens zehn Jahre älter, aber besonders freundlich sieht auch sie mich nicht gerade an.

„Wer ist denn das, Ralle-Schatz?“, fragt sie mit nörgelnder Stimme, und Ralle murmelt etwas Beschwichtigendes und zieht die Tür noch ein Stück weiter zu. „Ej, ich hab kein‘ Schimmer, wo Kai abgeblieben ist“, sagt er durch den winzigen Türspalt hindurch. „Den hab ich seit mindestens ’nem halben Jahr nicht mehr gesehen. Ich dachte, der ist mit dir zusammen weg?“

Ich drehe mich einfach um und gehe los.

Noch eine Weile suche ich in der Simon-Dach-Straße und den Kneipen in der Gegend herum und frage nach Kai, aber niemand hat ihn gesehen. Er ist nicht mehr da. Wie vom Erdboden verschluckt.

Weg. Einfach weg.

Auf dem Weg zum U-Bahnhof merke ich, dass mir die Tränen die Wangen herunterlaufen, und ich wische sie fort.

Was heule ich denn? Ich hab es doch selbst so gewollt – ich hab mich doch schließlich davongestohlen, klammheimlich, mitten in der Nacht.

Hab ich ja auch, und es war ja auch gut so.

Aber irgendwie fehlt mir Kai trotzdem. Ich denk oft an ihn. Und irgendwas an der Geschichte mit Carolin hat mich dazu gebracht, nach ihm zu suchen.

Ich würde jetzt gern mit ihm reden, ihm alles erzählen, mein ganzes Dilemma. Denn von allen Menschen, die ich jemals gekannt habe, ist Kai mir am ähnlichsten, das weiß ich genau. Wie ich steht er zwischen den Stühlen. Will sich nicht festlegen. Und kann es auch nicht.

Ich hätte gern seinen Rat. Aber dafür ist es anscheinend zu spät.

Als ich die Treppen zur U-Bahn hinunterlaufe, spüre ich ein beklemmendes Drücken in der Brust. Es fühlt sich fast an wie Heimweh.

Aber wonach? Nach Svens Käsefüßen, dem desinteressierten Gesicht meiner Mutter, Timos und Janinas Gezanke, dem ewigen Fernsehergedudel? Kann doch nicht sein.

Ist aber so.

10

Kurz nach Mitternacht trudele ich vorm *Roses* ein. Ich will gerade die Vortreppe hinaufgehen, als oben die Tür aufgestoßen wird und ein Typ rausstürzt. Er hat einen Affenzahn drauf und segelt fast die Stufen runter, aber kurz vor mir kriegt er das Geländer zu fassen und hält sich fest. Ich gucke direkt in ein schmales, nicht besonders sauberes Gesicht, über dem ein paar große Haarstacheln steil emporragen.

„Stachel!", rufe ich überrascht.

„Jenny?" Stachel, mein alter Kumpel von der Gedächtniskirche, schwankt ein bisschen, während er mich verdutzt anstarrt, dann lässt er das Geländer los und stürzt zu guter Letzt doch noch auf mich runter. Gemeinsam landen wir auf dem Bürgersteig, aber immerhin aufrecht.

„Oh, Shit", murmelt Stachel und hält sich an mir fest. „Bisschen viel Schwung gehabt, was? Aber ich musste da oben schnell verschwinden. Die stehen nicht auf Schnorrer!"

„Biste rausgeflogen?"

Stachel nickt. „Macht aber nichts, ich wollt sowieso gerade gehen." Er grinst, und ich sehe, dass seine Schneidezähne futsch sind. Alle beide. Stachel scheint keine besonders gute Zeit gehabt zu haben, seit wir uns zuletzt gesehen haben.

„He, aber was is' denn mit dir?", fragt er mich und tritt einen Schritt zurück. „Hätt dich ja fast nicht erkannt." Er kneift die Augen zusammen.

„Mir geht's gut", sage ich schnell. „Und was machen die anderen so? Ulf und der Rest?"

„In alle Winde zerstreut." Stachel lässt seine mageren Hände flattern. Ich kann ein paar unschöne Wunden in seinen Armbeugen erkennen, die wie entzündete Nadelstiche aussehen, aber ich will gar nicht erst darüber nachdenken.

„Und Ronja?", frage ich.

Stachel muss einen Moment überlegen, dann hellt sich sein Gesicht auf. „Ronja? Die Kleene mit den Rastalocken, oder? Na, die ist wieder zurück in Dessau."

Ronja ist also wieder bei ihren spießigen Eltern und auf ihrer langweiligen Schule. Wirklich überraschen kann mich das nicht.

„Wat steht denn an?", fragt Stachel und reibt sich fröstelnd die nackten Arme. „Was hast 'n jetzt vor?" Hoffnungsvoll sieht er mich an, und sofort schalte ich auf Abwehr. Stachel ist zwar ein netter Kerl, aber er erinnert mich einfach zu sehr an das, was hinter mir liegt.

Ich fische einen Fünfer aus meiner Tasche und drücke ihn Stachel in die Hand. „Na, ich bin hier verabredet, tut mir Leid, Kumpel", lüge ich und schäme mich gleichzeitig dafür. Aber Stachel guckt sowieso nur auf den Schein in seiner Hand.

„He, haste im Lotto gewonnen?"

„Nee, ich kriege Taschengeld. Vom Jugendamt."

„Wat?" Stachel steckt den Fünfer ein. „Jugendamt? Was haste denn mit dem Haufen zu tun?"

„Ich wohne jetzt in einer Jugend-WG, die ist ganz okay", erkläre ich. Und dann, mit einem Anflug von schlechtem Gewissen, füge ich hinzu: „He, Stachel, wär das nicht auch was für dich? Du musst nur zum Jugendamt gehen und sagen, du brauchst einen Platz. Dann helfen die dir. Ganz ohne Haken. Echt!"

Stachel sieht mich einen Moment lang mit einem seltsamen Gesichtsausdruck an, den ich überhaupt nicht deuten kann, dann winkt er ab. „Nee, lass mal", sagt er. „Ich bleib da, wo ich hingehör. Mich kriegt keiner mehr von der Straße. Ciao, Jenny." Und damit dreht er sich um und schlurft davon.

Ich sprinte die Treppe hoch. Als ich die Hand auf die Klinke lege, geht mir auf, was Stachels Gesichtsausdruck bedeutet hat.

Er hält mich für einen Verräter.

Aber das ist mir egal.

Komisch, ich hab Kai gesucht und Stachel gefunden, aber geholfen hat mir das auch nicht.

11

Eine Wolke von Zigarettenrauch und Schweißgeruch weht mir entgegen, als ich schließlich die Tür zum *Roses* aufziehe. Ich zwänge mich an einem kichernden Frauenpärchen vorbei und setze mich auf den einzigen freien Barhocker. Die Frau und den Typen hinter dem Tresen kenne ich beide nicht. Überhaupt kenne ich heute niemanden hier. Obwohl's ganz schön voll ist – klar, heute ist Samstag, Touristenabend.

Ich bestelle mir ein Bier und trinke es zügig aus, und dann ordere ich noch eins. Immer mehr Gäste kommen herein. Überall sind gut gelaunte Leute, die sich miteinander unterhalten, und die Tresenkräfte kommen mit den Bestellungen kaum noch hinterher. Im hinteren Eck scheint jemand Geburtstag zu feiern, denn ab und zu übertönen laut dahingegrölte Geburtstagsständchen die 80er-Jahre-Hits, die der Barmann lauter und lauter dreht.

Und zum ersten Mal, seit ich das *Roses* kenne, fühle ich mich hier verloren.

Es wird auch nicht besser, als kurz darauf die Tür aufgeht und Nina reinkommt, die hübsche Dunkelhaarige, mit der ich im Winter mein erstes und einziges Date hier in Berlin gehabt hab. Sie zieht eine langhaarige Schönheit in unserem Alter hinter sich her und guckt komplett durch mich hindurch, als ich ihr zunicken will.

Ich drehe mich auf meinem Hocker herum, kippe mein Bier runter und bestell mir das dritte.

Aber irgendwie wirkt der Alkohol bei mir heute nicht. Ich fühle mich immer noch nüchtern, und in meinem Kopf drehen sich andauernd die gleichen Gedanken. Keiner davon ist geeignet, mich in bessere Stimmung zu versetzen: Carolin, vor der ich solche Angst hab. Kai, den ich verloren hab, wahrscheinlich für immer. Stachel, der jetzt irgendwo rumläuft, um mit meinem Bestechungsfünfer Alk oder Drogen zu kaufen.

Meine Vergangenheit. Und meine Zukunft.

Mein ganzes, verkacktes Leben.

Klar, ich bin verliebt. Eigentlich ist das ja was Schönes.

Aber mir macht es nur Stress.

Alles macht mir irgendwie Stress.

Ich hab schon das dritte Bier intus, als ein Schwung junger Typen reinkommt und sich am anderen Ende des Tresens versammelt. Eine Weile beratschlagen sie, was sie trinken wollen, dann gibt der Größte von ihnen beim Barmann die Bestellung auf. Die anderen lehnen sich gegen den Tresen, ziehen Zigaretten heraus, zünden sie sich mit großen Gesten gegenseitig an und unterhalten sich lautstark, während sie sich lauernd im Laden umsehen.

Irgendwas an ihrem Benehmen ist merkwürdig, finde ich, und ich sehe sie mir genauer an.

Es sind sechs Typen, nicht viel älter als ich. Alle sechs, bis auf den, der bestellt hat, sind ziemlich klein geraten. Zwei schleppen deutlich ein paar Kilo zu viel mit sich herum; ein dünner Blonder hat ein richtiges Narbengesicht. Besonders gut, stelle ich fest, sieht eigentlich keiner von ihnen aus, aber an Selbstbewusstsein scheint es ihnen trotzdem nicht zu mangeln. Im Gegenteil, ich habe selten so einen Trupp mackermäßiger Jungs gesehen. Sie tragen ausgesprochen arrogante Mienen zur Schau und gebärden sich, als würde der komplette Laden ihnen gehören. Und, das fällt mir plötzlich auf, alle haben Koteletten und Bart, entweder einen schmalen Schnäuzer oder aber einen Mini-Zickenbart.

Plötzlich lacht der mit dem Narbengesicht übertrieben laut auf. Seine Stimme, das hör ich bis hierhin, kiekst, als wär er im Stimmbruch. Der Dunkelhaarige neben ihm sagt irgendwas, und dann drehen beide plötzlich die Köpfe und sehen zu mir. Ein bisschen aggressiv, neugierig, aber irgendwie auch ganz wohlwollend.

Ich starre zurück. Und plötzlich, als der mit dem Narbengesicht anfängt zu lächeln und sein Gesicht auf einmal ganz weich wirkt und weiblich, plötzlich geht mir schlagartig auf: Die Jungs da drüben sind eigentlich keine. Ihre Bärte sind nicht echt, sondern aufgemalt oder angeklebt. Und ihr mackermäßiges Getue ist einfach nur Show.

Ich bin wie elektrisiert. Und gleichzeitig bin ich auch enttäuscht.

Drüben schlägt der Blonde dem Dunkelhaarigen auf die Schulter, der Große stellt sich breitbeinig hin und pfeift einer Frau hinterher, die gerade an ihm vorbeigeht, und zwei von den anderen boxen sich grölend gegenseitig auf die Oberarme, während sie ihre Bierflaschen schwenken.

Ich sitze stocksteif auf meinem Hocker.

Klar, die sechs dadrüben haben echt Spaß. Und kann ja sein, dass einer von ihnen wie ich fühlt, ein Transmann ist – ein Typ im Körper einer Frau, wie die Barfrau Moni mir neulich ausführlich erklärt hat –, oder transgender, nicht festgelegt eben. Kann durchaus sein.

Aber so wie's bei mir ankommt, ist das Ganze für die da drüben eher ein Spiel. Eine witzige Show.

Und das ist es für mich garantiert nicht.

Ich lege ein paar Münzen auf den Tresen und rutsche vom Hocker. Für heute ist mir das alles einfach zu viel.

12

Mascha ist noch auf, und allein ist sie auch. Sie hat gelesen, ein paar Magazine liegen auf dem Küchentisch, daneben steht eine angebrochene Flasche Rotwein. Mascha bietet mir ein Glas an, aber ich lehne dankend ab.

„Stör ich sehr?“, frage ich.

„Setz dich einfach und erzähl“, sagt sie und schenkt sich Wein nach.

Mehr braucht es gar nicht. Kaum sitze ich, sprudelt's nur so aus mir heraus. „Ich sitz echt in der Falle, Mascha! Ich bin die totale

Mogelpackung. Wenn Carolin rauskriegt, dass ich ein Mädchen bin, redet die doch nie wieder mit mir! Die muss doch denken, dass ich sie verarscht hab!"

„Oder, dass du Angst gehabt hast", sagt Mascha.

„Meinst du, ich soll es ihr sagen?"

Mascha überlegt einen Moment, dann nickt sie schließlich. „Ja", sagt sie. „Ich finde schon, dass du es ihr sagen solltest. Aber nur, wenn du wirklich mit ihr zusammen sein willst." Sie lehnt sich auf ihrem Stuhl zurück und trinkt einen Schluck Wein. Das Fenster hinter ihr steht weit offen; milde Nachtluft weht herein. Es ist lange nicht mehr so heiß wie tagsüber, und plötzlich fällt mir auf, wie gut die Luft riecht.

„Aber weißt du, Mascha", sage ich langsam und rutsche auf meinem Stuhl nach vorn, „das Problem ist, Carolin hat ein ganz eigenes Leben." Ich denk an die Fotos an ihrer Wand, den geöffneten Brief auf ihrem Schreibtisch.

„Was soll denn das heißen?" Auf Maschas Stirn ist eine unwillige Falte.

„Dass sie eins hat, ein eigenes Leben", sage ich und stütze den Kopf in die Hände. „Aber ich hab irgendwie keins. Noch nicht so richtig."

„Eben: noch nicht", sagt Mascha, streckt eine Hand aus und fährt mir über den Kopf. Die Berührung tut mir gut, und unwillkürlich schmiege ich meinen Schädel in Maschas trockene Hand. Ohne aufzusehen, weiß ich, dass Mascha lächelt.

„Aber das kommt noch", sagt sie und streicht mir über die Stirn. „Das kommt noch. Und jetzt mach ich dir die Kammer rasch fertig, zum Schlafen. Heute Nacht bleibst du besser mal hier."

13

Ich bleibe nicht nur eine Nacht, sondern gleich drei Tage bei Mascha. Alfons, den ich auf ihr Drängen hin gleich am nächsten Morgen anrufe, gibt sein Okay, ohne viel nachzufragen, und so hänge ich drei Tage ab und erhole mich wieder.

Carolin sagt nichts, als ich schließlich wieder in der WG auftauche. Sie guckt mich nur an. Und ihr Lächeln raubt mir mal wieder den Atem.

Ich versuche tapfer, mir nichts anmerken zu lassen, und verschwinde zügig in meinem Zimmer. Und da bleibe ich auch erst mal.

Ich kann jetzt noch nicht mit Carolin reden. Erst brauche ich noch etwas Zeit. Und ein paar Dinge abchecken, das muss ich auch.

Bevor ich jedoch dazu komme, bestellt Alfons mich zum Gespräch ins Büro.

„Jonny", sagt er und legt sein freundliches Gesicht in sorgenvolle Falten. „Pass auf, so geht es leider tatsächlich nicht weiter. Ich hab wirklich Verständnis für dich, Junge, aber das Jugendamt sitzt uns im Nacken. Wenn du nicht zum Berufsvorbereitungsjahr gehst, wird dein Pflegesatz gestrichen. Und dann fliegst du raus. Möchtest du das?"

Ich kippele auf meinem Stuhl vor und zurück. Alfons zupft sich am Bart. Der Bart ist echt Scheiße, fisselig und mit grauen Strähnen durchsetzt. Ob er 'ne Freundin hat, die da drauf steht?

Ich weiß kaum etwas von ihm, und ich glaube, das finde ich an Betreuern und Therapeuten grundsätzlich so doof: Man weiß nichts über sie, sie aber wollen alles über einen wissen.

Bei Alfons stört es mich allerdings nicht ganz so sehr. Ich mag ihn; er war immer nett zu mir, von Anfang an. Wenn ich zu irgendjemandem hier ehrlich sein kann, dann zu ihm.

„Manchmal möchte ich das, ja", sage ich schließlich. „Aber dann auch wieder nicht."

Alfons atmet tief aus. „Dann versuch's doch einfach mal", schlägt er mir vor. „Und wenn du nur einfach da rumsitzt und an was anderes denkst – Hauptsache, du lässt dich da blicken. Vielleicht gefällt es dir sogar! So schlimm kann's doch nicht sein, versuch's einfach mal."

14

Aber so schlimm ist es doch. Kaum bin ich da, bereu ich's auch schon.

Das Ganze kommt mir vor wie ein Kindergartenverein. Die Kids, fast ausschließlich Jungs, sind rotzfrech und gelangweilt, die Lehrer total überfordert. Vormittags gibt's Frontalunterricht, Deutsch, Mathe und Technisches Zeichen, danach soll dann Praxis dran sein: tischlern, sägen und hämmern.

Doch dazu komm ich erst gar nicht. Im Unterricht ist es so laut, dass ich fast kein Wort von dem verstehe, was der bärtige Lehrer da vorne nuschelt. Der Junge neben mir spielt Racer auf seinem Handy, die beiden am Tisch vor mir lesen Mangas, und Daniel und drei andere beugen sich über ein Pornoheft.

Den Lehrer scheint das nicht zu stören. Die Hälfte der Schüler hört sowieso nicht zu, ein Viertel ist bekifft, und der Rest ist schlichtweg behämmert.

Wenn ich hier weiter rumsitze, werde ich bekloppt. In der Pause, beschließe ich, werde ich abhauen. Aber erst mal muss ich noch pinkeln.

Auf dem Männerklo gibt's nur eine Kabine, und die ist Gott sei Dank frei. Ich bin gerade fertig geworden und mache die Tür auf, als Daniel und zwei seiner hohlköpfigen Kumpels reinkommen. Vorhin, im Unterricht, hat Daniel mich keines Blickes gewürdigt, aber jetzt nimmt er mich voll ins Visier. „Wat ist denn mit dir?", fragt er und deutet mit dem Kinn auf die Kabine. „Biste 'n Sitzpinkler oder was?"

„Ich sitz immer beim Scheißen. Du nicht?", frage ich ruhig und stopfe mir das Hemd in die Hose.

Daniel guckt mich fies an. „Ach, mussteste scheißen? Vor lauter Schiss, mich zu sehen, wa?" Er grinst, und die beiden Hohlköpfe an seiner Seite grölen vergnügt.

„Dich?", frage ich und stecke die Hände tief in die Taschen meiner Cargo. „Vor so was wie dir kann man doch keine Angst haben."

Daniel kneift die Augen zusammen. Und plötzlich weiß ich endlich, an wen er mich erinnert: an den Alten von meinem Halbbruder Sven. Daniel hat die gleichen stechenden Augen. Und den gleichen miesen Charakter.

Wütend starrt er mich an. Dann beugt er sich vor. „Rate mal, wer mir einen geblasen hat, als du weg warst?", fragt er und grinst. „Deine Carolin. Aber mach dir nichts draus. Die taugt nichts, die Braut. Die bringt's überhaupt nicht. Da kannste deinen Schwanz auch in 'nen Senftopf schieben, so wenig, wie die sich da anstrengt. Echt null wert, deine Braut. Aber wahrscheinlich", – er fängt fies an zu grinsen –, „wahrscheinlich reicht dir das ja!"

Die Hohlköpfe glucksen vergnügt. Ich sage keinen Ton. Stattdessen puste ich mir nur eine unsichtbare Strähne aus Stirn, und Daniel zuckt weg. Wahrscheinlich denkt er, dass ich ihn anspucken will.

Ich grinse so breit ich kann.

„He, Alter!" Daniel bringt sein Gesicht dicht vor meins. „Du bist irgendwann dran!"

„Du auch", sage ich ruhig, und dann geh ich einfach an ihm und seinen Hohlkopfkollegen vorbei.

Klar weiß ich, dass er lügt wie gedruckt.

Aber wenn doch was dran ist? Woher weiß ich eigentlich, dass Carolin dieses Arschloch nicht mag?

Nur weil ich ihn nicht abkann?

15

Am Freitag drauf bringe ich gerade Bifi, der mich besucht hat, zur Tür, als Carolin aus dem Gemeinschaftsraum kommt.

„Hallo, Jonny!"

„Hi, Carolin", sage ich verlegen. Bifi macht Stielaugen. Er hat Carolin noch nie gesehen, und jetzt bleibt mir nichts anderes übrig, als die beiden einander vorzustellen, bevor es peinlich wird.

„Das ist mein Freund Bifi", sage ich und stoße Bifi unauffällig in den Rücken, damit er endlich aufhört zu glotzen. „Und das ist Carolin."

Erst viel später fällt mir auf, dass ich nichts weiter gesagt hab. Nur ihren Namen. Aber der sagt ja wohl alles.

Oder eher, wie ich ihn ausgesprochen hab.

Carolin schmunzelt. „Bifi?", fragt sie. „Witziger Name."

„Ich bin ja auch witzig", sagt Bifi und zieht eine alberne Grimasse. Ich stoße ihn noch mal in den Rücken, aber Carolin lacht.

„Was habt ihr denn vor? Geht ihr aus?"

Ich will gerade antworten, da kommt Bifi mir zuvor. „Na ja, eigentlich haben wir zwei Karten fürs Kino geholt, für *Pockers*. Aber jetzt ist mir was dazwischen gekommen. Tja, Pech."

Das ist mir ja ganz neu, dass er nicht mehr mitkommt! Verwundert starre ich Bifi an. Aber er ignoriert mich komplett.

„Also, eine Karte ist jetzt noch über", sagt er zu Carolin und zuckt mit den Schultern. „Die werden wir jetzt eh nicht mehr los. Vielleicht hast du ja Lust, mitzugehen? Ist Jonny bestimmt recht. Stimmt's, Jonny?" Jetzt ist er es, der mir in den Rücken stößt, und ich merke, wie ich schlagartig erröte.

„Äh, ja, klar", würge ich heraus. „Sicher, wenn du mitkommen willst, gerne." Ich schaff's einfach nicht, Carolin anzusehen. Wie gebannt starre ich auf meine Schuhe und wünsche Bifi zum Teufel.

Ein paar Sekunden lang herrscht tiefes Schweigen. Dann höre ich Carolins Stimme.

„Gerne", sagt sie. „Aber nur, wenn du das wirklich in Ordnung findest, Jonny. Ich meine, du kannst ja auch jemand anderen fragen ..."

Bifi stößt mich noch mal in den Rücken, und ich blicke auf. „Nee, ist schon okay."

Carolin schenkt mir eins ihrer atemberaubenden Lächeln. „Gut", sagt sie. „Dann ziehe ich mir nur rasch was anderes an. Dauert eine Minute!" Und damit dreht sie sich um und verschwindet im Flur.

Bifi stößt mir noch mal in den Rücken. „Siehste!", flüstert er zufrieden. „So macht man das! Und jetzt viel Glück, Alter! Ich zieh schon mal los. Mach mir bloß keine Schande! Und hinterher erstattest du ausführlich Bericht, ist das klar?"

16

Und so kommt es, dass ich eine halbe Stunde später neben Carolin im Kino sitze und auf die Leinwand starre, ohne auch nur das Geringste mitzukriegen.

Ich kann nur daran denken, wie es war, sie neulich zu küssen. In den letzten Tagen hab ich das erfolgreich verdrängt, aber jetzt, da Carolin neben mir sitzt, geht das nicht mehr. Ob sie auch daran denkt?

Ungefähr in der Hälfte der Vorführung dreht Carolin mir ihr Gesicht zu. Bunte Schemen flitzen über ihre Wangen, der Widerschein der Lichter, aber ihre Augen sind trotzdem ganz klar zu erkennen. „Geht es dir gut?", flüstert sie.

Ich nicke langsam. Carolins Duft dringt mir in die Nase, und die Grübchen in ihrer Wangen vertiefen sich, als sie anfängt zu lächeln. Plötzlich hebt sie die Hand und berührt das Muttermal auf meiner Wange. Ihre Fingerspitze ist warm.

„Ich hab dich vermisst", flüstert sie mir ins Ohr.

Der Rest des Films vergeht wie im Flug. Ich sitze sehr gerade da und sehe auf die Leinwand, mit klopfendem Herzen. Carolin hat sich an meine Schulter gekuschelt, unsere Hände sind ineinander verschränkt. Ab und zu streichelt Carolin meine Finger, und jedes Mal stockt mir der Atem.

Das ist nicht wahr.

Ist es aber doch.

Ich kann's bloß nicht glauben.

Als der Film aus ist, gehen wir schweigend nach Hause. Der Abend ist lau, Autos rollen an uns vorbei, aus weit geöffneten Fenstern dröhnt laute Musik, irgendwer pfeift im Vorüberfahren. Ich halte Carolins Hand locker in meiner; Carolin hat die Lippen gespitzt und pfeift vor sich hin. Von Zeit zu Zeit sehe ich sie an. Dann lächelt sie mir zu, und jedes Mal könnte ich sterben vor Aufregung und Glück.

Und vor Angst.

Vor der Haustür rutschen unsere Hände wie verabredet auseinander. Oben dudelt der Fernseher aus dem Gemeinschaftsraum, im Duett mit schrillen Quietschtönen, die garantiert aus Ronnys Handy stammen. Wir bleiben im Flur stehen und sehen uns einen Moment lang in die Augen.

Dann ist alles klar.

17

Carolin macht kein Licht in ihrem Zimmer. Im Schein der Straßenlaternen, der von draußen hereinfällt, sehe ich ihr schönes Gesicht, diese winzigen Grübchen in ihren Wangen, ihr Lächeln, als ich mich über sie beuge und sie küsse.

Sie lässt es zu, dass ich ihr das Top über die Schultern streife und noch weiter hinunter. Ihre Haut ist unendlich weich und warm; noch nie hab ich so etwas Weiches berührt, wirklich, das weiß ich genau.

Carolin legt sich zurück und zieht mich auf sich. Einen Moment bin ich ganz starr. Meine Brüste sind verdammt gut verpackt, aber trotzdem. Wenn sie sie spürt?

Carolin küsst mich und führt meine Hand unter ihr Top, und dann vergesse ich meine Brüste und bin nur noch bei ihren.

Carolin stöhnt leise, und ich zucke zusammen. Und dann, einen Moment später, merk ich, dass wir uns bewegen. Zusammen, im Gleichklang. Ganz eng aneinandergepresst.

Und alles ist heiß.

Beim letzten Mal waren wir nur zärtlich. Jetzt ist es anders.

Hätte ich einen Schwanz, dann wär er jetzt steif.

Aber so bin ich feucht zwischen den Beinen. Zittrig. Voller Hitze. Und unglaublich verliebt.

Carolins nackte Schultern schimmern sanft, als ich ihr das Top ausziehe. Dann sind die Jeans dran. Carolin zerrt an meinem T-Shirt, aber ich schüttele sie ab und lege mich ganz dicht an sie dran. Meine Hand rutscht wie von selbst in ihren Slip, gleitet noch tiefer.

Carolin stöhnt und schlingt ihre Arme um meine Schultern.

Auch da ist sie weich, unendlich weich. Und feucht ist sie auch.

Carolin zittert in meinen Armen, stöhnt in mein Ohr, krallt sich in meine Schultern. Für einen winzigen, bangen Moment taucht die Erinnerung an den Riesen im Klo von Jörns Kneipe in mir auf, aber ich schiebe sie gewaltsam beiseite. Das hat mit dem, was gerade geschieht, überhaupt nichts zu tun. Nicht das Geringste.

Carolin küsst mich ein weiteres Mal, und dann rutscht mir die Welt fort.

Nur Carolin ist noch da. Carolin und ich, wir beide. Und mein klopfendes Herz. Aber sonst nichts.

Ich schließe die Augen.

Irgendwann reiße ich sie auf, fasse nach Carolins Fingern und halte sie fest. „Stopp!", sage ich scharf.

Carolin stutzt, dann löst sie ihre Finger aus meinem Griff. „Was ist los? Warum darf ich dich nicht anfassen?"

Die Stunde der Wahrheit. Ich hole tief Luft. „Ich muss dir was sagen", presse ich heraus.

Carolin setzt sich auf. Ihre schönen Augen sehen auf einmal ganz dunkel aus. „Was denn? Was ist?"

Noch mal hole ich tief Luft. Aber ich krieg es nicht raus. Ich kriege die Worte einfach nicht raus. „Nichts", flüstere ich schließlich. „Gar nichts."

Carolin zieht die Brauen zusammen. „Jonny, du bist echt komisch drauf", sagt sie leise. „Du bist der süßeste, liebste Junge, den ich kenne, aber irgendwie werd ich nicht schlau aus dir. Du bist echt komisch drauf."

Plötzlich ist mir ganz kalt. Komisch drauf, klar, das bin ich bestimmt. Aber wenn Carolin erst mal weiß, wie ich in Wirklichkeit drauf bin ...

„Lauf nicht schon wieder weg, Jonny!", bittet Carolin, als ich mich nach meinen Schuhen bücke.

Aber ich kann nicht. Das alles ist mir zu heftig.

„Jonny ..." Sie langt nach meiner Schulter, aber ich schüttel sie ab und springe vom Bett.

„Jonny, bitte, jetzt warte doch mal!“

„Lass mich in Ruhe!“, fahr ich sie an. Carolin zuckt zurück.

„Ich will nur meine Ruhe!“, sage ich laut, viel lauter als nötig. Gleich darauf geht die Tür hinter mir zu.

„Ich will nur meine Ruhe“, flüstere ich vor mich hin, und mein Flüstern klingt wie ein Schluchzen.

Aber eigentlich, und das weiß ich genau, will ich das gar nicht.

Nichts will ich weniger als meine Ruhe.

18

Ziellos laufe ich durch die Gegend. Nachtschwärmer brausen mit heruntergedrehten Fenstern an mir vorbei, auf einer nahen Grünanlage kicken ein paar Jugendliche im Laternenlicht eine Colabüchse herum, und auf einer Bank daneben hockt ein Betrunkener und murmelt Verwünschungen vor sich hin.

Mein Kopf ist so voll, dass er gleich platzt. Immer wieder kommen dieselben Gedanken und Bilder: Carolins verwirrtes Gesicht. Ihre Hand unter meinem Hemd, auf dem Weg zu meinen Brüsten.

Noch nie hat jemand meine Brüste berührt. Kein Mädchen, kein Junge, nicht Dörthe, nicht Ida und auch keiner sonst. Wenn's nach mir ginge, gäb es sie gar nicht. Sie gehören nicht zu mir.

Aber sie sind da. Wie mein ganzer Körper. Mein Mädchenkörper, der mir alles verbaut. Noch nie hab ich ihn so sehr gehasst wie jetzt, in diesem Moment.

An der nächsten Straßenecke schließlich bleibe ich stehen und atme tief durch.

Ich kann nicht mehr zurück und so tun, als wär nichts passiert.

Aber vorwärts kann ich irgendwie auch nicht. Ich kann Carolin nicht sagen, was mit mir los ist. Es ist einfach zu schwer. Das bringe ich nicht.

Aber was dann?

Ein weiterer Wagen mit lachenden Jugendlichen darin fährt an mir vorbei. Ich höre die schrillen Stimmen der Mädchen und das tiefe Lachen der Jungs.

Ich kann nicht mehr zurück. Ich kann kein Mädchen mehr sein.

Also muss ich mich trauen.

Oder mich ewig verstecken.

Und das, das weiß ich auf einmal genau, das wäre noch schlimmer.

Ich drehe mich um und gehe los.

19

Die Tür ist nur angelehnt, aber Carolins Zimmer ist leer. Einen Moment lang steh ich dumm da, dann schlendere ich zum Gemeinschaftsraum rüber und stoße langsam die Tür auf.

Carolin sieht mich zuerst. „Jonny!", ruft sie überrascht und springt auf. Daniel, der dicht neben ihr gesessen hat, zuckt erschrocken zusammen.

Einen winzigen Moment lang sieht er ertappt aus. Und einen winzigen Moment lang bin ich verunsichert. Stimmt es also doch? Haben die beiden echt was zu laufen?

Aber dann sehe ich Carolins argloses Gesicht und weiß Bescheid.

Jonny!", sagt sie und kommt auf mich zu. „Mensch, ich hab mir schon Sorgen gemacht!"

Aber ich kann nicht zuhören. Ich kann nur Daniel ansehen, der sich zufrieden zurücklehnt, ein höhnisches Grinsen in seinem fiesen Gesicht.

„Was läuft denn hier ab?", frage ich ruhig. Erst jetzt fällt mir die leise Musik auf, die aus den Lautsprechern klingt. Irgendein Softsong.

Wie passend.

Ich stehe breitbeinig da, jeder Muskel meines Körpers zum Zerreißen gespannt. „Was läuft denn hier ab?", frag ich noch einmal.

„Wieso, was ... was ist denn los?“ Carolin runzelt die Stirn.

Daniel hört auf zu grinsen und steht ebenfalls auf. „Was ist denn? Hast du 'n Problem oder was?“, fragt er schroff.

„Ja“, sage ich leise. „Hab ich. Und zwar mit dir und deiner blöden Visage.“

„Weil du nicht landen kannst, was, Alter? Tja, ej, weggegangen, Platz vergangen!“

„Was redest du denn da für 'n Unsinn, Daniel“, mischt Carolin sich ein. „Jonny, wir haben hier nur einfach gesessen und ...“

„Arschloch“, sag ich und gehe noch einen Schritt auf Daniel zu. „Du miese, dämliche Ratte. Meinst du, du kannst mich verarschen?“

Daniel winkelt die Arme an und ballt die Fäuste. Seine Augen sind nur noch kleine Schlitze. „Ej, peilst du nicht, dass du nur nervst, Alter? Zieh Leine, los!“

„Zieh du doch Leine, du Arsch!“

Mein erster Schlag sitzt, ein Kinnhaken, voll ins Gesicht, aber der Zweite geht leider daneben, denn Daniel hat sich geduckt. Im nächsten Moment rammt er mir seinen Schädel mit Wucht in den Bauch. Ich schnappe nach Luft, greife nach seinem Arm und drehe ihn um.

Mein Muskeltraining hat wirklich genützt, aber Daniel ist flinker als ich. Im nächsten Moment kriege ich seine Faust ins Gesicht und einen Tritt ans Schienbein, und außer mir vor Wut schlage ich zurück.

„Arschloch!“, brülle ich. „Mieses Schwein, du!“

Hinter mir höre ich Carolin schreien: „Hört auf, ihr Idioten! Was soll denn der Scheiß!“, aber es ist mir egal. Ich will es Daniel endlich zurückgeben, seine beschissenen Sprüche, sein fieses Lachen. Ich will es ihm zeigen, und nicht nur ihm, sondern allen, die so mies sind wie er: Sven, seinem Alten, Robin aus Schmarl und seinen bescheuerten Kumpeln, dem ekligen Riesen, der mich in Jörns Kneipe fast vergewaltigt hat, den Typen, die mich ausgeraubt haben, Percovic, Tina, die immer nur blöd zu mir war, allen will ich es zeigen!

Aber dann ist es auf einmal vorbei. Daniel hat mich am T-Shirt gepackt und zerrt heftig daran, und mit einem lauten Ratschen zerreißt es. Ruckartig bleibt Daniel stehen und bewegt sich nicht mehr.

Und Carolin ist plötzlich still.

Alle beide starren mich an.

Langsam sehe ich an mir hinunter.

Nicht nur mein Shirt ist zerrissen, sondern auch mein Bustier. Und meine Brüste, meine beschissenen, dämlichen Brüste, sind ganz deutlich zu sehen.

Für Daniel.

Für Alfons, der gerade zur Tür hereinkommt.

Und für Carolin auch.

„Ej, du bist ja 'ne Braut!“ Daniels Lachen klingt so verdammt hässlich. „Du bist ja 'ne Braut! Ich fass es ja nicht!“

„Jonny!“, sagt Alfons und hebt beschwörend die Hände. „He, Jonny, warte mal!“

Aber ich sehe nur Carolins schreckgeweitete Augen.

Und dann schubs ich Alfons einfach beiseite und renne davon.

20

„Is' Bifi da?“

„Der ist unterwegs mit Michelle, aber frag mich nicht, wo. Im *Roses* vielleicht.“ Hüri öffnet einladend die Tür, aber ich schüttele den Kopf. Ihre Augen weiten sich. Jetzt erst, im Lichtschein, der aus der Wohnung fällt, sieht sie mein blaues Auge. Jedenfalls vermute ich, dass ich eins hab. Weh genug tut's dafür schon. „He, was ist denn mit dir passiert?“, ruft Hüri besorgt. „Warte mal, Jonny, komm doch erst mal rein!“

Aber ich bin schon wieder auf dem Weg nach unten.

Draußen scheint sich alles um mich zu drehen. Ich weiß überhaupt nicht, wie ich eigentlich hergekommen bin; ich kann mich an nichts erinnern. Wahrscheinlich bin ich gelaufen. Na klar, ich bin gelaufen. Im Flur in der Jugend-WG hab ich mir die nächstbeste Jacke gegriffen und übergezogen. Es ist eine von Sara, glaube ich jedenfalls. Ein knackeneng sitzendes Jeansteil, 'ne richtige Mädchenklamotte.

Aber sie verdeckt meine Brüste.

Ich gehe weiter, so schnell, wie ich kann, obwohl mir richtig schlecht ist vor Aufregung und Scham. Aber die U-Bahn kann ich jetzt nicht nehmen. Ich kann keine forschenden Blicke mehr ertragen.

Von Bifis Bude bis zum *Roses* sind es viertausendeinhundertundzwei Meter. Ziemlich genau doppelt so weit wie von Groß Klein bis zum Leuchtturm in Warnemünde. Ich weiß das; ich hab es gezählt: Drei Schritte ergeben zwei Meter. Viertausendeinhundertundzwei also mal drei, und dann wieder durch zwei ...

Bevor ich es ausrechnen kann, bin ich schon fast da. In der Oranienstraße ist richtig viel los. Überall sind Leute unterwegs, schlendern die Gehsteige entlang, stehen und hocken vor den Kneipen herum. Ich bahne mir meinen Weg mittendurch, den Blick stur auf den Boden gesenkt. Vor dem *Bierhimmel* steht eine dichte Traube von Leuten. Das ist mir zu viel, und ich wechsele auf die andere Straßenseite hinüber, da ist es leerer. Noch hundert Meter bis zum *Roses*.

Zwei Typen kommen mir entgegen. Ich will an ihnen vorbei, aber plötzlich stellen sie sich mir in den Weg.

„Die Fresse kenn ich doch, ej!", sagt der Größere von beiden. Er trägt seine schwarzen Haare in der Mitte gescheitelt, und einen Moment lang weiß ich nicht, wo ich ihn hinpacken soll.

„Das ist doch die Braut, die einen auf Typ macht!", fügt sein Kumpan grinsend hinzu. „Na, kleine Nutte?"

Und da fällt es mir ein: meine erste Nacht hier in Kreuzberg. Der Überfall, klar! Das sind die beiden – der Große mit dem Mittelscheitel, der Kleinere mit dem Messer. Das hat er jetzt nicht in der Hand, aber irgendwo steckt es, da bin ich mir sicher.

Breitbeinig stehen sie da und versperren mir den Weg. „He Flittchen, hat dich dein Zuhälter vermöbelt oder was?", lacht der

Größere und stupst mir mit einem Finger in die Schulter. „Geiles blaues Auge. Warste etwa unartig?"

Ich versuche einen Schritt an ihm vorbei, aber er schubst mich zurück. Schnell sehe ich mich um, aber zu meinem Pech ist gerade kein Mensch in der Nähe, und von den Leuten auf der anderen Straßenseite sieht niemand zu uns herüber.

„He, du bist uns noch was schuldig", fährt der Große fort und lacht höhnisch. „War 'n bisschen wenig letztes Mal. Das siehst du doch ein!"

Plötzlich habe ich überhaupt keine Kraft mehr. Ich lasse die Arme hängen. Sollen sie doch! Sollen sie mich doch verprügeln, mir ist es egal.

„He, was ist denn mit dir?", lacht der Kleinere und schubst mich weiter nach hinten. „Biste stumm geworden, oder wie?" Er greift in seine Tasche.

„Rück raus mit der Kohle. Los, mach schon. Wir haben nicht ewig Zeit." Der Größere kommt bedrohlich nahe an mich heran.

„Jonny!", schreit plötzlich jemand mit gellender Stimme. Ich fahre herum. Quer über die Straße kommen Bifi und Michelle gelaufen, direkt auf uns zu. Bifis schmales Gesicht ist zu einer drohenden Grimasse verzerrt, und Michelles lange blonde Mähne weht hinter ihr her.

Die beiden Arschlöcher vor mir treten zurück, und der Kleine nimmt die Hand aus der Tasche. Dann sind Michelle und Bifi auch schon bei uns. Bifi fasst meinen Arm und schiebt angriffslustig das Kinn vor, und Michelle baut sich auf meiner anderen Seite auf und reckt sich zu ihrer vollen Größe. Mit Stöckeln misst sie 1,92; das hat sie mir mal verraten. Und das ist jetzt nicht zu übersehen.

„He, Kumpel, ihr wollt doch meinen kleinen Freund hier nicht etwa blöd anmachen?", fragt sie und legt mir beschützend den Arm um die Schultern. „Das tut man aber nicht!" Und dann wirft sie dem mit dem Mittelscheitel einen Kussmund zu und schiebt mich auf die Straße.

Ich rechne damit, dass die beiden auf uns losgehen werden, aber sie sehen total verdutzt aus.

„Schönen Abend noch!", ruft Michelle und winkt ihnen zu, während wir über die Straße ziehen. „Und hört mal auf, böse Jungs zu spielen! Geht lieber nach Hause ins Bett!"

Der Größere spuckt angewidert aus und dreht sich um, und sein Kumpan schließt sich ihm an, aber nicht, ohne uns den Mittelfinger gezeigt zu haben.

„Wir sehen uns wieder, Missgeburt!" ruft er mir nach, als sie abziehen.

„Pu, was für unangenehme Zeitgenossen du aber auch kennst!", seufzt Michelle. „Alles in Ordnung, mein Kleiner?"

„Ich weiß nicht", flüstere ich mit zittriger Stimme.

Bifi streichelt mir tröstend über den Rücken, während er und Michelle mich so behutsam auf die andere Straßenseite führen, als wäre ich eine Schwangere auf dem Weg zum Kreißsaal. Kaum sind wir drüben, fang ich an zu weinen. „Ich bin wirklich 'ne Missgeburt!", schluchze ich laut und wische mir über die Augen, aber das tut höllisch weh. Und so lasse ich die Tränen einfach fließen.

„Ach, Süßer, du hast Recht", sagt Michelle und tätschelt mir die Wange. „Du bist 'ne Missgeburt, tja, in den Augen der Leute bestimmt. Aber das Beschissene ist: Du kannst nichts daran ändern, Schätzchen. Du bist, was du bist. Leb damit, Baby! Das ist das Einzige, was du machen kannst. Aber vielleicht solltest du dich mal beraten lassen. Es gibt doch Beratungsstellen für Jungs wie dich ... und für Mädels wie mich!" Sie zwinkert mir zu. „Oder du redest mal mit meinem Freund Till. Der ist nämlich nebenbei auch noch Arzt für Hormonbehandlungen und trägt mit seinen niedlichen kleinen Spritzen dazu bei, dass ich immer weiter so unwiderstehlich gut und feminin aussehe!" Sie tänzelt auf ihren Stöckelschuhen einmal im Kreis um mich herum, dann bleibt sie stehen und sieht mich auffordernd an. „Rede ruhig mal mit ihm, er hat bestimmt ein paar gute Tipps für dich!"

„Nein", schluchze ich auf. „Ich will keinen Arzt! Und ich will keine Tipps! Ich will ... ich will einfach nur meine Ruhe."

„Ach, Schätzchen", sagt Michelle seufzend, und dann nimmt sie mich fest in den Arm. Auch Bifi schlingt seine Arme um mich, und so stehen wir da, alle drei, fest ineinander verschlungen, so lange, bis meine Tränen endlich versiegen.

„Ich kann nicht mehr zurück", flüstere ich.

„Musst du auch nicht", sagt Michelle. „Und komm, jetzt gehen wir erst mal ins *Roses*, und du erzählst, was passiert ist." Sie tritt einen Schritt zurück und zupft an meiner Jacke, und ihre Augen blinzeln belustigt. „Und dann besorgen wir dir mal was Neues zum Anziehen. So 'n Mädchenjäckchen steht dir irgendwie nicht, Süßer!"

21

Mein Gespräch mit Micha, Billa und Alfons zwei Tage später dauert nur kurz. Alfons setzt sich zwar für mich ein, aber vergebens. Meine „Verweigerungshaltung", wie Micha es nennt, und die Prügelei obendrein, das war einfach zu viel. Daniel kriegt noch eine Chance, aber mein Rauswurf ist schon beschlossene Sache. Doch ich wär sowieso nicht geblieben. Ich bin nur hier, um meine Sachen zu packen.

Ich bin gerade dabei, meine Klamotten aus dem Schrank in meine Reisetasche zu räumen, als es klopft.

„Darf ich reinkommen?" Carolin steht im Türrahmen.

„Klar", sage ich, ohne innezuhalten. Carolin tritt zögernd ins Zimmer und bleibt dicht an der Tür stehen.

„Gehst du?", fragt sie, und ihre Stimme klingt doch tatsächlich traurig.

„Siehste doch", sage ich und lege Bifis Footballhemd in meine Tasche.

„Und wohin?"

„Erst mal zu 'ner Freundin, und dann mal sehen." Mascha wartet unten mit ihrem Wagen vor der Tür. Sie hat mit hochkommen wollen, aber ich will das hier alleine durchziehen.

„Und du kommst nicht wieder?"

Ich schüttele den Kopf und werfe einen Stapel T-Shirts in meine Tasche.

Carolin geht hinter mir durch bis zum Schreibtisch und lehnt sich an die Kante. Eine Weile schaut sie mir schweigend beim Packen zu, dann fragt sie leise: „Jonny? Willst du nicht mit mir reden?"

„Was soll ich denn sagen?", frage ich, ohne aufzusehen, und lasse meine gesamten Socken in die Tasche kollern. „Ist doch eh alles gegessen." Der Schrank ist jetzt leer, und ich stehe auf. Nur noch der Nachtschrank und das Regal über dem Bett, dann bin ich fertig.

„Für mich nicht", sagt Carolin. „Für mich ist das absolut nicht gegessen." Ihre Stimme klingt komisch, und endlich, zum ersten Mal, schaffe ich es, aufzublicken und ihr ins Gesicht zu sehen. In ihren Augen stehen Tränen.

„Jonny", sagt sie, „ich ... ich versteh das alles nicht so richtig. Das ging alles so schnell. Erst hab ich mich in dich verliebt, und dann ... dann ..."

Ich seufze auf. „Okay", sage ich ergeben. „Okay, ich weiß, ich hätte es dir früher sagen sollen. Aber ich hab's nicht fertig gebracht." Ich will weiterreden, aber Carolin unterbricht mich.

„Und ich bin trotzdem in dich verliebt", sagt sie leise und lacht traurig auf. „Verstehst du, Jonny, das ist es eben, ich bin trotzdem in dich verliebt. Obwohl du ein Mädchen bist."

„Ich bin kein Mädchen", sage ich mit rauer Stimme. „Ich bin kein Mädchen, Carolin."

„Ja, klar, du willst ein Junge sein." Carolin nickt. „Aber das ..."

„Carolin, ich will kein Junge *sein*", stelle ich klar. „Ich *bin* einer. Ich hab nur nicht den richtigen Körper erwischt."

Carolin betrachtet mich stumm. Das Grübchen zwischen ihren Augenbrauen ist wieder da. Für einen Moment ist mir ganz heiß, so gern möchte ich sie da küssen.

Aber das geht natürlich nicht. Jetzt nicht. Und wahrscheinlich nie mehr.

„Ich glaube, ich muss das erst mal verdauen", sagt Carolin schließlich.

Ich nicke. „Tu das", sage ich mit möglichst gelassen klingender Stimme und wende mich wieder meiner Tasche zu. Mit Schwung fege ich die Bücher auf dem Regal über dem Bett in meine Tasche. Dann öffne ich den Nachtschrank.

„Ich geh auch bald wieder nach Hause", sagt Carolin hinter mir. „Ich warte nur drauf, dass meine Mutter endlich zur Vernunft kommt und meinen Stiefvater rausschmeißt. Am besten, bevor es zur Gerichtsverhandlung kommt."

„Und wie stehen die Chancen?", frage ich leichthin und räume zwei zerfledderte Mangas in meine Tasche und meinen Wecker hinterher. Dann richte ich mich auf. Das war's. Ich bin fertig mit Packen.

„Ich weiß nicht", sagt Carolin leise. „Aber ich glaub, gar nicht so schlecht."

Einen Moment lang stehen wir uns unbeholfen gegenüber, dann schultere ich meine Tasche. „Also", sage ich. Meine Stimme kiekst, und ich räuspere mich und setze noch mal an. Diesmal geht's besser. „Also, dann viel Glück."

Carolin stößt sich vom Tisch ab, kommt auf mich zu und nimmt für einen Augenblick mein Gesicht in ihre Hände. Überrascht hole ich Luft.

„Tschüss, Jonny", flüstert sie. „Tschüss, und pass auf dich auf." Ihre Lippen legen sich auf meine, eine federleichte Berührung, die mir einen Schauder durch den ganzen Körper jagt. Dann lässt sie mich los, und ich flüchte aus dem Zimmer, ohne noch etwas zu sagen.

Ich will nicht sehen, wie sie weint.

Vor allem will ich selbst nicht weinen.

Im Flur stehen Sara, Ronny und Said und haben die Köpfe zusammengesteckt. Als sie mich sehen, treten sie schnell auseinander. Ich gehe mit schnellen Schritten an ihnen vorbei und hebe lässig die Hand.

„Ciao, allesamt."

Said wendet den Blick ab, Sara rümpft verächtlich die Nase und nickt, und Ronny starrt mich mit weit aufgerissenen Augen an, so, als würde er die Welt nicht mehr verstehen. Und so ist es ja wahrscheinlich auch.

„Tschüss, Jon…“, fängt er an und verstummt dann.

„Jonny“, sage ich und ziehe die Tür auf. „Ich heiße Jonny. Wie Jenny. Nur eben mit O.“

Kapitel 6

1

Bei Mascha zu sein ist, wie nach Hause zu kommen und in Kur zu fahren zugleich.

Irgendwann demnächst werde ich mir eine andere Bleibe suchen, aber Mascha drängt mich nicht. Bis auf weiteres kann ich bei ihr bleiben, und das ganz ohne Miete. Nur für mein Essen muss ich aufkommen, und das kann ich zum Glück auch. Mir ist es nämlich tatsächlich gelungen, ein bisschen von dem Taschengeld, das ich in den drei Monaten in der Jugend-WG bekommen habe, zur Seite zu legen. Eine Weile wird das fürs Nötigste reichen, und da ist ja auch immer noch mein Aushilfsjob bei Inga, ein- oder zweimal die Woche. Der sich allerdings dem Ende zuneigt – das Haus ist nahezu fertig saniert und komplett durchrenoviert. Und obwohl meine Zukunft in finanzieller Hinsicht ungewisser denn je aussieht, mache ich mir darum keine großen Sorgen. Fürs Erste bin ich einfach heilfroh, wieder hier bei Mascha zu sein und meine kleine Kammer bewohnen zu können.

Mascha ist auch froh, dass ich wieder da bin, das merke ich gleich. Obwohl bei ihr auch nicht alles zum Besten steht. Tina und sie haben sich getrennt. Nicht, dass ich darüber allzu unglücklich bin – aber Maschas Niedergeschlagenheit ist nicht zu übersehen, und das tut mir Leid. Also bemühe ich mich, zumindest eine gute

Ablenkung zu sein. Wieder spiele ich nach Kräften den Hausgeist und putze und halte die Wohnung in Ordnung. Mascha quittiert es mit einem Lächeln, wenn sie nach Hause kommt. Und mit langen Gesprächen über ihre Zukunftspläne, meine eigenen, das Leben, die Liebe. Es kann sein, dass Mascha jetzt, wo ihre eigene Beziehung zerbrochen ist, besonders sensibel in dieser Hinsicht ist, jedenfalls schlägt sie mir mehrfach vor, zu Carolin Kontakt aufzunehmen.

Aber ich will nicht. Oder besser, ich kann nicht.

Carolin hat ihr eigenes Leben; das war von Anfang an klar. Ich hingegen muss meins erst noch finden. Und ich glaube nicht, dass ich in ihres reinpasse. Wenn sie erst wieder zu Hause in Lichtenberg wohnt und ihre alten Leute vom Gymnasium um sich hat, was soll sie da schon mit jemandem wie mir: einem Jungen ohne Geld, ohne Job, ohne Wohnung, ohne klare Pläne – und vor allem ohne den richtigen Körper?

Natürlich weiß ich, wie schwer es zu verstehen ist, dass ich wirklich ein Junge bin und kein Mädchen. Für mich selbst ist es ja schon schwierig. Und ich kann es auch nicht besonders gut erklären, auch wenn ich's immer wieder versuche. Zum Beispiel Hüri.

„Nicht, dass ich dir zu nahe treten will, Jonny“, sagt sie eines Abends, als wir zusammen mit Bifi in ihrer Küche sitzen. „Aber kann es nicht sein, dass das Ganze nur 'ne Phase ist?“

„Eine Phase, die schon mein ganzes Leben lang dauert?“

Bifi lacht, aber Hüri runzelt nachdenklich die Stirn. „Versteh mich nicht falsch – aber als Lesbe wärst du doch auch gut dran. Die Mädels stehen doch total auf dich.“

„Tja“, sage ich und zucke mit den Schultern. „Ich kann's mir eben nicht aussuchen, Hüri.“

„Wirklich nicht?“ Ihre dunklen Augen halten mich in Schach. Im Oktober wird sie anfangen, Psychologie zu studieren, und je näher der Zeitpunkt rückt, desto kritischer scheint sie ihre Umgebung zu betrachten. Jetzt bin also ich ihr Untersuchungsobjekt.

„Wirklich nicht, Hüri. Früher, zu Anfang, als Kind oder so, da hätte ich mir vielleicht, ganz vielleicht noch aussuchen können, ob ich lieber ein Junge oder ein Mädchen sein will", sage ich, obwohl ich eigentlich auch davon nicht überzeugt bin. „Aber jetzt kann ich das nicht mehr. Jetzt ist es eben so, wie es ist. Es hat sich einfach dahin entwickelt."

„Ich meine ja nur." Hüri gibt einfach nicht auf. „Nachher willst du dich noch umoperieren lassen oder so."

„Na, und wenn schon!", mischt Bifi sich ein. „Dann ist es auch okay. Was hast du denn dagegen?"

„Nichts", sagt Hüri und fährt sich durch die dichten Locken, die sie sich neuerdings lang wachsen lässt. „Ich hab nur irgendwie das Gefühl, dass Transgender so eine Modeerscheinung ist, bei manchen Leuten jedenfalls. Und so eine Geschlechtsumwandlung, das ist ja schon heftig. Wenn man das nachher bereut ..."

„Mensch, Hüri, so weit ist es doch noch gar nicht!" Langsam wird Bifi sauer. „Jonny hat doch keinen Ton von einer OP gesagt! Was reitest du denn jetzt darauf rum?" Seine Augen blitzen, als er sich Bier nachschenkt und Hüri und mir auch welches anbietet.

Mann, hab ich ihn gern, diesen dünnen, hibbeligen Kerl, der treu und unerschütterlich zu mir steht! Hüri mag ich zwar auch, aber trotz allem bleibt sie mir fremd. Vielleicht wirklich, weil sie ein Mädchen ist. Oder eher eine Frau, wie sie immer wieder betont. Wahrscheinlich habe ich deshalb immer schon Jungs als Freunde gehabt, ob Jirko, Kai, Dresche oder jetzt Bifi: Weil ich selbst einer bin.

„Ich überlege eben manchmal, ob du nicht einfach ein Typ sein willst, weil du dachtest, du müsstest dich entscheiden: entweder Tussi oder Macker", sagt Hüri langsam und linst vorsichtig zu mir rüber. „Und Tussi kam für dich nicht in Frage, also blieb nur der Kerl. Kanntest du denn überhaupt Lesben da oben in Meck-Pomm?"

Ich schüttele den Kopf. Nein, Lesben sind nie ein Thema gewesen. Nur Schwule, wenn überhaupt. Tucken. Tunten, Warme Brüder. Schwuchteln. Schwanzlutscher, so wurden die Schwulen verächtlich genannt. Aber Lesben, die gab's eigentlich nicht.

Und solche wie mich erst recht nicht.

Hüri blickt triumphierend drein. „Siehst du! Vielleicht wäre es ja anders gekommen, wenn du Lesben gekannt hättest. Oder andere, coolere Frauen! Es gibt so viele Möglichkeiten, als Frau gut drauf zu sein und überhaupt null mäuschenhaft. Aber vielleicht hattest du ja nur diese beiden zwei stinknormalen Vorbilder, Tussi oder Macker. Ist nur so eine Theorie", fügt sie eilig hinzu, als sie Bifis verächtliche Miene und mein Stirnrunzeln sieht. „Meinst du, da könnte was dran sein?"

„Also, erstens gibt es in Meck-Pomm nicht nur Tussis, Hüri. Da liegst du echt falsch!", sage ich mit fester Stimme. „Und zweitens – ich glaub nicht, dass das damit was zu tun hat. Ich weiß nur, dass ich mir meine Gefühle nicht aussuchen konnte, sonst hätte ich das garantiert getan. Den Stress hier hätte ich mir gerne erspart, das kannst du mir glauben!"

Hüri nickt, aber sie wirkt nicht ganz überzeugt. Und irgendwie kann ich's ihr auch nicht verdenken. Es ist einfach echt schwer zu verstehen.

Aber anscheinend nicht für alle. Denn Bifi hebt lächelnd sein Bierglas. „Dann lasst uns mal anstoßen!", sagt er und stößt sein Glas gegen meins und dann gegen Hüris. „Darauf, dass der Stress bald vorbei ist und jeder einfach das ist, was er ist, punktum und basta!"

2

Hüris Bemerkung über eine Geschlechtsumwandlung ruft mir ins Gedächtnis, wie wenig ich eigentlich darüber weiß. Überhaupt weiß ich nicht gerade viel über das ganze Thema mit all seinen verschiedenen Aspekten. Also mache ich mich dran, das zu ändern. In den nächsten Tagen und Wochen sammle ich Infos: über Transgender, Inter- und Transsexualität, Geschlechtsumwandlungen, Hermaphroditen und Zwitter und was sonst noch irgendwie damit zu tun hat. In Kneipen durchforste ich die ausliegenden Zeitungen und Zeitschriften, zu Hause, bei Bifi und wo immer ich eingeladen werde, suche ich die Bücherbestände ab, und ein paar Mal gehe ich sogar in Bibliotheken. Und in eine Schwulenberatungsstelle gehe ich auch, um dort einschlägige Lektüre zu studieren.

Ich erfahre Erstaunliches, Kompliziertes und auch Banales. Als Erstes lerne ich, zwei wichtige Begriffe in der ganzen Diskussion darum auseinander zu halten: Geschlecht und Gender. Das Geschlecht, lerne ich, ist biologisch bestimmt – also angeboren – Gender jedoch, die sogenannte Geschlechtsidentität, das ganz persönliche Gefühl der Geschlechtszugehörigkeit, Gender bildet sich erst im Laufe des Lebens heraus und hängt auch davon ab, mit welchem kulturellen Hintergrund man aufwächst.

Ich lese über Hermaphroditen, die als Junge und Mädchen zugleich auf die Welt kommen, und über das ähnlich gelagerte, eigenartige Klinefelter-Syndrom, das Betroffene mit hohen Stimmen und einem unangenehmen Wesen ausrüsten soll. Ich erfahre viel über die Wirkung von Hormonen und Keimdrüsen, lerne einiges über XY-Frauen, Frauen, die von der Erbanlage eigentlich Männer sind, und über Menschen mit Androgenresistenz, die sich ganz anders entwickeln als zunächst angelegt. Und ich lese über Menschen wie mich und über Leute, die es noch viel schlimmer getroffen hat. Ein Bericht berührt mich besonders und lässt mich lange nicht los: Die Story von einem Jungen, der mit fünfzehn plötzlich aus dem Schwanz blutet. Weil er seine Regel gekriegt hat und eigentlich eine Frau ist. Unglaublich, aber wahr!

Von all den seltsamen Begriffen und Berichten schwirrt mir richtig der Kopf. Aber manchmal schiebe ich die Bücher einfach beiseite. Das alles ist sehr interessant, aber vieles, sogar das meiste davon, hat herzlich wenig mit mir zu tun. Körperlich und hormonell ist bei mir offensichtlich alles in Ordnung.

Mein Körper passt bloß nicht zu meinen Gefühlen.

Oder, anders gesagt: Mein Geschlecht passt nicht zu meinem Gender.

Ein Film, den Mascha und ich ein paar Tage später ansehen, bestätigt mir das. An einem schwülen Abend Anfang Juli gehen wir zusammen in einen nicht mehr ganz taufrischen Dokumentarfilm, *Das verordnete Geschlecht*, in dem einige Intersexuelle zu Wort kommen, Menschen, deren Geschlecht bei der Geburt nicht festgelegt ist. Ein Hermaphrodit oder Zwitter, das weiß ich danach hundertprozentig, bin ich jedenfalls nicht.

Mit Begeisterung registriert Mascha mein neu erwachtes Bedürfnis nach Informationen. Immer wieder fragt sie nach, was ich gerade lese, und gibt mir Tipps zu Filmen und Büchern. Und ein paar Tage später sehen Bifi und ich uns auf ihre Empfehlung hin *Boys Don't Cry* an. Die Geschichte der jungen Teena Brandon, die unter dem Namen Brandon Teena als Junge zu leben versucht, ihre erste große Liebe mit einem Mädchen erlebt und schließlich von zwei vermeintlichen Freunden erst vergewaltigt und dann ermordet wird, als sie ihr gut gehütetes Geheimnis aufgedeckt haben. Diese todtraurige und brutale Geschichte berührt mich zutiefst. Es ist das erste Mal in meinem Leben, dass ich im Kino anfange zu weinen und nicht mehr aufhören kann.

Auch Bifi hat feuchte Augen, als das Licht angeht. „Ach, Jonny, ich werde dich immer verteidigen, mit Klauen und Zähnen", sagt er kämpferisch und reckt das Kinn vor, als wir das Kino verlassen. Und trotz meiner aufgewühlten Gefühle muss ich darüber lächeln. Bifi ist schließlich so mager und schmächtig. Im Zweifelsfall wäre ich allein wahrscheinlich besser dran als mit ihm an meiner Seite.

Aber er ist mein Freund. Und das soll er auch bleiben. Kai zu verlieren hat mir gereicht.

Mit manchen Büchern, die Mascha mir empfiehlt, kann ich wenig anfangen. Aber andere sind wirklich gut und bringen mich weiter.

Leslie Feinbergs *Träume in den erwachenden Morgen* zum Beispiel. Eines Abends, als ich wieder einmal in Maschas Bücherregalen stöbere, drückt Mascha es mir in die Hand. „Hier", sagt sie. „Das könnte dir gefallen."

Ich habe das Buch zuvor schon bemerkt, aber wegen seines schwülstigen Titels und des verwaschen wirkenden Gemäldes auf dem Cover nicht ansprechend gefunden. Jetzt aber schlage ich es auf und kann nicht mehr aufhören zu lesen. Erst als der Morgen graut, klappe ich es zu. Aber auch dann kann ich lange nicht einschlafen. Die Geschichte der coolen New Yorker Butch Jess, die in den Siebzigern zeitweilig als Mann lebt und sich ständig gegen die Brutalität ihrer Mitmenschen und der Polizei wehren muss, lässt mich nicht los.

Wie gut, dass ich hier und jetzt lebe und nicht damals und dort. Gegen Jess' Probleme sehen meine geradezu lächerlich aus. Von Gewalt bin ich bisher so ziemlich verschont geblieben, und auch gedisst und abgelehnt werde ich, verglichen mit Jess, relativ wenig.

Am meisten zu kämpfen, das wird mir in dieser Nacht klar, hab ich mit mir selbst.

Und das sind gar keine schlechten Aussichten. Bessere, als andere sie haben. Auf jeden Fall lässt sich was draus machen.

Und das habe ich vor.

3

Nicht lange nach unserem Kinobesuch kommt Bifi an einem knallheißen Nachmittag Mitte Juli unangemeldet bei mir vorbei. Eigentlich hatte ich vor, Inga bei den restlichen Arbeiten im Keller zu helfen, aber ihr ist etwas dazwischengekommen. Wir sind fast fertig mit dem Keller und damit dem gesamten Haus, nur noch gut eine Woche Arbeit wartet auf uns. Das ist ein merkwürdiges, irgendwie unangenehmes Gefühl. Schon wieder geht etwas zu Ende.

„Los, Jonny!", ruft Bifi aufgeregt, kaum dass ich die Tür geöffnet hab. „Du musst mitkommen!" Die Wohnung betreten will er nicht, und er weigert sich auch, mehr zu erzählen. Ungeduldig tritt er von einem Stiefel auf den anderen, während ich meine Jacke nehme und Tabak und Schlüssel einpacke. Dann zieht er mich mit sich, aber verraten will er mir trotzdem nichts. Nicht, dass er auf dem Weg schweigen würde – nein, er plappert ohne Unterlass, über Rudis Eltern, Russlanddeutsche, die demnächst aus dem Emsland zu Besuch kommen, über die Schule, die bald wieder anfängt, und anschließend versucht er mich über Mascha und Tina und deren Trennung auszuquetschen.

Bifi ist und bleibt eine alte Quatschtasche. Irgendwo hab ich mal gelesen, dass Männer weniger reden als Frauen. Was mich betrifft, so stimmt das sicher. Aber was Bifi angeht …

Unser Weg führt uns schnurstracks zu Bifi nach Hause. In der Küche sitzen Hüri, Rudi und Jim und Ilona, die beiden anderen WG-Bewohner, die ich bislang nur selten gesehen hab. Allesamt tragen sie feierliche Mienen zur Schau.

„Setz dich", sagt Bifi und drückt mich auf den letzten freien Stuhl. Dann hockt er sich selbst auf die Heizung und verschränkt die Arme vor der Brust.

„Was ist denn los?", frage ich und sehe nervös von einem zum anderen. „Bin ich angeklagt oder was?"

„Quatsch!" Hüri lacht. „Im Gegenteil! Wir …"

„Wir wollten dich fragen …", fährt Bifi fort, und Jim nimmt den Faden auf.

„Wir wollten dich fragen, ob du Lust hast …"

„… hier einzuziehen!", beendet Ilona den Satz.

„Hä? Ich? Hier einziehen?" Ich glaube fast, nicht richtig gehört zu haben, aber die anderen nicken ernst.

„Jim und ich, wir gehen nämlich nach Paris", erklärt Ilona. „Wir haben tatsächlich Studienplätze dort bekommen." Sie langt nach zwei Briefumschlägen, die auf dem Tisch liegen. „Hier", sagt sie und wedelt damit herum, dass ihre silbernen Armbänder klirren, „im Oktober geht's los!"

„Aber wir würden am liebsten sofort gehen", fügt Jim hinzu. „Wir könnten in Paris bei Freunden unterkommen und uns eine Bude suchen und schon mal einleben. Aber das geht nur, wenn wir zwei Leute finden, die sofort für uns einziehen."

„Und da haben wir an dich gedacht", ruft Bifi zufrieden von der Heizung.

„Also?" Hüri sieht mich auffordernd an. Die anderen auch. Einen Moment lang ist alles ganz still. Nur in meinem Kopf nicht.

Da tobt ein Feuerwerk: Unglauben. Aufregung. Und Freude, das vor allem.

„150 Euro kostet das Zimmer, oder?", frage ich vorsichtig.

„Genau", sagt Bifi.

Blitzschnell überschlage ich meine Finanzen. Einen Monat krieg ich zusammen, bestimmt, aus Erspartem und dem Hilfslohn von Inga. Aber dann wird es heikel. Ich weiß nicht recht – sicher, ich werde mir ohnehin einen anderen Job suchen müssen, wenn die Arbeit bei Inga vorbei ist. Aber was, wenn ich keinen finde? Oder die Kohle schlichtweg nicht reicht?

Die anderen sehen mich immer noch erwartungsvoll an.

Das ist zu riskant. Es geht nicht, im Moment jedenfalls nicht.

Ich will gerade den Mund öffnen, als es mich siedend heiß durchfährt. Ich bin ja gar nicht mehr illegal unterwegs! Ich könnte zum Jugendamt gehen, Unterstützung beantragen! Wohngeld zum Beispiel, Unterhalt, Sozialhilfe sogar, wenn nötig.

Und außerdem bin ich bald achtzehn. Irgendwas findet sich schon!

„Cool", sage ich ruhig und nicke, und die anderen brechen lauthals in Jubel aus. Jim und Ilona fallen sich in die Arme, Rudi strahlt übers ganze Gesicht, Hüri lacht fröhlich, und Bifi ist aufgesprungen und führt einen kleinen Kriegstanz auf, bevor er zu mir herüberhüpft und mir freudig auf den Rücken klopft.

„Und das andere Zimmer, wer zieht da ein?", frage ich schließlich, als der Lärm sich wieder auf ein erträgliches Maß eingependelt hat.

Rudi hebt einen Finger. „Ich", sagt er leise und lächelt von einem Ohr zum anderen. Und dann macht er den Mund wieder zu.

„Jaha!", ruft Bifi und dreht eine übermütige Extra-Pirouette, „so hab ich's gern! Alle meine Lieben dicht zusammen!"

Hüri deutet meinen nachdenklichen Blick richtig. „Na, ob das wohl hinhaut?", fragt sie schmunzelnd. „So dicht, wir alle zusammen, mit unseren unterschiedlichen Vorstellungen und ... Geschlechtern?" Sie zwinkert mir zu, und der spitzbübische Ausdruck in ihrem Gesicht bringt mich zum Lächeln.

„Gender, nicht zu vergessen", füge ich hinzu, und dann zwinkere ich zurück.

Klar ist es ein Wagnis.

Aber ein spannendes.

4

Am ersten Freitag im August macht Inga den letzten Pinselstrich im Keller. „Fertig", ruft sie und tritt einen Schritt zurück. „Oh, Mann, ich kann es kaum glauben." Stirnrunzelnd betrachtet sie das Ergebnis unserer wochenlangen Arbeit. Decken und Wände leuchten in strahlendem Weiß, die Mauern sind so glatt verputzt, dass sie als Ausstellungsräume eines neuen Museums durchgehen würden, und auf dem Boden glänzt neugelegter Estrich.

„Fast schade, dass hier nur Abstellräume draus werden", sage ich und nehme ihr den Pinsel ab.

„Allerdings. Würdest wohl gern hier einziehen, was?", lacht Inga und wischt sich die Hände an ihrem Overall ab.

„Nee, lass mal. Ich fühl mich ganz wohl in meinem neuen Zimmer. Auch wenn der Ausblick da nicht viel besser ist als hier", füge ich hinzu und deute auf die vergitterten Fensterluken, die auf den kleinen, dunklen Innenhof hinausführen.

„Irgendwann komme ich dich da mal besuchen und sehe mir deine Bude an", sagt Inga augenzwinkernd und schraubt die Teleskopstange zusammen.

„Klar, gern!"

Inga nickt befriedigt. „Ein Mann, ein Wort!", sagt sie und geht zu den anderen Malerutensilien hinüber, die ich schon an der Treppe bereitgestellt hab.

Seit genau einem Jahr bin ich jetzt in Berlin, und seit zwei Tagen wohne ich in der WG mit Bifi, Rudi und Hüri. Mein Zimmer ist winzig und hat keine besonders berauschende Aussicht – der Blick führt genau auf eine olle Backsteinmauer, vielleicht drei Meter weit entfernt von meinem Fenster. Aber ich bin glücklich.

Oder sagen wir mal so: Ich weiß, dass ich dort glücklich sein kann. Wenn alles andere auch geregelt ist.

Und dafür muss ich selbst sorgen. Schritt für Schritt. Einer davon ist jetzt fällig, das ist mir klar.

Ich sehe zu, wie Inga prüft, ob die Eimer richtig verschlossen sind – na klar, ich bin ja nicht blöd! – und nach dem Besen greift. Dann nehme ich meinen Mut zusammen.

„Du, Inga, was ich dich noch fragen wollte“, sage ich und balle die Fäuste in meinen Hosentaschen. „Wegen der Malerlehre ...“

Inga dreht sich mit gerunzelter Stirn zu mir um. „Ja?“

Einen Moment lang habe ich ein doofes Gefühl. Was, wenn sie es gar nicht ernst gemeint hat? Aber dann frage ich trotzdem. „Steht das Angebot noch? Also, dass du dich vielleicht mal drum kümmern würdest?“

Inga lässt den Besen sinken. Ein paar Augenblicke lang mustert sie mich mit hochgezogenen Brauen, dann fängt sie an zu lächeln. „Wow! Das klingt ja gut! Ich muss erst mit meinem Partner sprechen, aber ich denke, einen tüchtigen Lehrling können wir auf jeden Fall brauchen!“ Und dann kommt sie zu mir herüber. Sie hat mich noch nie zuvor umarmt, und über ein gelegentliches Schulterklopfen ist unser körperlicher Kontakt bislang nicht herausgekommen. Aber jetzt nimmt sie mich ohne viel Federlesens in den Arm und drückt mich so fest, dass mir die Luft wegbleibt. Aber ehe ich reagieren kann, lässt sie mich auch schon wieder los und hält mich ein Stück von sich ab, um mich ansehen zu können. „Super!“, ruft sie vergnügt. „Und ich dachte schon, ich sehe dein dummes Gesicht jetzt nur noch alle paar Monate! Wär ja auch zu schade gewesen. Wir sind doch ein ganz gutes Team, findest du nicht?“

„Ja“, sage ich und nicke heftig. „Ja, das finde ich auch!“

5

Die Sachbearbeiterin erkennt mich nicht wieder, das merke ich sofort. Große Mühe gibt sie sich allerdings auch nicht, denn sie eilt sofort zum Aktenschrank hinüber, kaum dass ich meinen Namen genannt habe, und rollt eine lange Schublade heraus.

„Wegener", murmelt sie vor sich hin. „Jonny Wegener ... Moment mal ... aha, hier haben wir's. Wegener, *Jenny*!", korrigiert sie meine Namensangabe tadelnd, fischt einen Hängeordner heraus und kommt damit zum Schreibtisch zurück. Ohne mich anzusehen, schlägt sie die Akte auf und vertieft sich hinein.

Ich ziehe den Besucherstuhl an den Tisch und setze mich ungefragt hin. Der Farn auf dem Fensterbrett ist gewachsen, ein neuer Topf scheint hinzugekommen zu sein, wenn ich mich nicht täusche. Und der Scheitel der Sachbearbeiterin ist nicht mehr grau, sondern kastanienrot wie die ganze Pagenfrisur. Frisch gefärbt. Oder getönt – das konnte ich noch nie unterscheiden.

Nach einer ziemlich langen Weile räuspere ich mich. „Hallo?" Abrupt sieht die Sachbearbeiterin hoch. Zwei gezupfte Brauen tauchen über der Schmetterlingsbrille auf. „Ja, bitte?"

„Möchten Sie nicht vielleicht erst wissen, weswegen ich hier bin?"

Sie starrt mich finster an und lässt sich auch nicht durch mein freundliches Lächeln erweichen. „Nein, das möchte ich nicht", sagt sie mit schneidender Stimme. „Ich möchte erst Ihre Akte einsehen. Ist das für Sie in Ordnung?"

„Ja, ja, kein Problem", sage ich rasch und verkneife mir ein Grinsen. Sie sieht so verdammt aufgebracht aus, meine Güte! „Ich meinte ja nur."

Kopfschüttelnd presst die Sachbearbeiterin die Lippen zusammen und vertieft sich wieder in meine Akte. „Ich lese hier, dass Sie die Jugend-WG nach knapp vier Monaten wieder verlassen haben, weil die Einrichtung Sie als für nicht mehr tragbar befunden hat", sagt sie schließlich, und der missbilligende Ton in ihrer Stimme ist unüberhörbar.

„Stimmt."

„Das ist natürlich nicht schön." Sie wirft mir einen kurzen, vernichtenden Blick zu. „Und ich sehe hier nicht nur, dass Sie nicht kooperationsbereit waren, sondern auch, dass Sie die angebotene Berufsvorbereitung nicht wahrgenommen haben. Das ..."

„Das ist auch richtig“, falle ich ihr ins Wort und beuge mich vor, ohne mich von ihrem pikierten Gesichtsausdruck einschüchtern zu lassen. „Aber es war einfach nicht das Richtige für mich. Und seitdem ist ganz schön viel passiert. Ich habe jetzt ein Zimmer in einer richtigen Wohngemeinschaft. Und am 1. Oktober fange ich eine Ausbildung an. Zum Maler!“, sage ich stolz.

Einen Moment lang sieht die Sachbearbeiterin so aus, als könnte sie sich nicht entscheiden, ob sie mich zurechtweisen oder beglückwünschen soll. Dann nickt sie vorsichtig. „Ja, da ... da hat sich ja viel für Sie getan“, sagt sie und schiebt ihre Brille ein Stückchen höher. „Und, äh, weswegen ... was ist dann der Grund Ihres Besuches?“

„Ich wollte Sie fragen, ob Sie mir vielleicht ein bisschen helfen können, mich besser zurechtzufinden. Mir erklären, was ich genau machen muss, um Wohngeld zu bekommen, und was es noch so für mich gibt. Vielleicht hab ich ja sogar Anspruch auf Kindergeld, keine Ahnung. Aber Sie wissen das doch sicher alles.“

Die Sachbearbeiterin sieht mich erstaunt an.

„Und außerdem“, füge ich hinzu, „waren Sie letztes Mal echt nett zu mir.“

Ich kann mich täuschen, aber für einen Moment lang hab ich den Eindruck, dass eine leichte Röte das Gesicht der Sachbearbeiterin überzieht. Schnell blickt sie noch einmal in meine Akte hinein, dann klappt sie den Deckel ganz langsam zu, mit einer beinahe zärtlichen Geste. „Ja, gut“, sagt sie, und ihre Stimme klingt völlig verändert, ganz freundlich und sanft. „Dann werde ich mal sehen, was ich für Sie tun kann.“

„Danke!“, sage ich. „Und übrigens“, ich deute zum Fensterbrett rüber, „echt schön, der Farn. Besonders der Große. Der ist mächtig gewachsen, nicht wahr?“

Die Sachbearbeiterin betrachtet mich prüfend, und als sie sieht, dass ich es ernst meine, fängt sie breit an zu lächeln. „Oh, ja“, sagt sie, „Acht Zentimeter in diesem Jahr, hab ich gerade heute gemessen!“

6

„Wie läuft es in der WG?“, fragt Mascha und schneidet den Rest ihrer gefüllte Aubergine in zwei ungleiche Hälften.

„Klasse. Mir gefällt's gut, obwohl es manchmal ein bisschen hektisch ist. Aber das bin ich ja von Haus aus gewohnt. Bei dir zu wohnen, das war echt richtig Erholung.“ Ich schiebe meinen leeren Teller zur Seite und lehne mich satt und zufrieden zurück. Am Tisch neben uns serviert der Kellner einem gut gekleideten Pärchen gerade eine brutzelnde Gemüseplatte. Würzig duftender Dampf steigt in den abendlichen Sommerhimmel auf, begleitet von den bewundernden Ausrufen der umsitzenden Gäste. Mascha hat mich zum Essen eingeladen, zu unserem Lieblings-Inder in der Großbeerenstraße. Dessen Spezialität sind heiße Platten, die mir aber nicht schmecken. Ich halte mich lieber an Spinat in indischem Rahmkäse.

„Soll das denn heißen, dass die WG für dich Stress ist?“ Mascha schiebt sich eine weitere Gabel voll Gemüse in den Mund und verdreht genießerisch die Augen.

„Nee“, sage ich und muss lächeln, weil sie so verzückt aussieht, „aber ruhig ist es da jedenfalls nicht. Ständig sind Leute um einen herum. Hüri kriegt andauernd Besuch, auch von ihrer Riesenfamilie, und wenn's gerade mal still ist, kommt garantiert Bifi an und will quatschen. Kennst ihn ja, oder?“

Mascha lacht. „Und ob! Dass Rudi das aushält! Aber der sagt ja so gut wie nie einen Ton. Wahrscheinlich hat er es aufgegeben, weil er sowieso nie zu Wort kommt.“

„Da kannst du durchaus Recht haben.“ Wir sind uns einig, dass Rudi ein feiner Kerl ist und er und Bifi ein prima Paar abgeben. Ich hatte ja ein bisschen Schiss davor, mit einem Pärchen zusammenzuziehen, aber mit den beiden klappt's ausgezeichnet. Vielleicht auch, weil sie sich nie streiten. Echt harmonisch, die beiden.

„Und mit Hüri?“, fragt Mascha und nimmt einen Schluck von ihrem Bier, bevor sie sich das letzte Stück Aubergine auf die Gabel schiebt, garniert mit ein paar Reiskörnern. „Wie geht es mit ihr?“

„Ach, mit Hüri ist es ein bisschen schwierig. An sich verstehen wir uns gut, aber irgendwie hat sie ihr Psychoding zu laufen und will andauernd mit mir über Rollenverteilung und Männlichkeit und Weiblichkeit diskutieren. Das geht mir auf den Senkel." Ich trinke meine Cola aus und luge zum Nebentisch hinüber, wo das Pärchen jetzt mit ratlosen Gesichtern auf die zischende Gemüseplatte starrt. Die Soße ist längst verdampft, und das Gemüse färbt sich am Boden schon braun, so heiß ist die Platte.

„Das wirst du noch öfter erleben, dass Leute damit nicht klarkommen", sagt Mascha achselzuckend. „Mach dir nichts draus. Nimm's einfach sportlich – ist eine gute Schulung. Je mehr du mit Hüri, die dich ja eigentlich gern hat, diskutierst, desto besser bist du gegen andere Klugscheißer gewappnet. Streiten schärft den Verstand." Sie kichert vergnügt, steckt sich den letzten Bissen Aubergine in den Mund und kaut genüsslich. „Jedenfalls", sagt sie, als sie geschluckt und mit Bier nachgespült hat, „wo wir schon vom Wohnen reden: Du fehlst mir. Ganz schön leer jetzt so ohne dich, meine Wohnung."

„Zieh doch auch mit ein bei uns", schlage ich vor. „Oben bei Michelle ist bestimmt noch ein Zimmer frei. Die hat doch so viel Platz. Oder Rudi zieht zu Bifi ins Zimmer und du in seins. Die schlafen doch eh immer da."

Mascha winkt lachend ab. „Vielleicht später. Wenn ich alt bin, dann könnt ihr mich ja vielleicht alle zusammen pflegen. Rudi ist doch sowieso Krankenpfleger, nicht wahr?"

Der Kellner kommt, um das Geschirr abzuräumen, und ich nutze die erzwungene Gesprächspause, um zum Nebentisch hinüberzusehen. Das gut gekleidete Pärchen kaut mit langen Zähnen auf ihren verschmorten Gemüsestreifen herum. Am Tisch dahinter setzen sich gerade zwei neue Gäste hin, ein punkiger Jüngling und ein Mädchen mit bunten kurzen Haaren. Plötzlich muss ich an Kai denken, an unser Schlemmermahl damals beim Chinesen in der Nähe des Alexanderplatzes, auf Kosten des Geschäftsmannes, dem Kai die Brieftasche geklaut hatte.

Wie lange das her ist! Ich vermisse Kai, immer noch, immer wieder. Das ist das einzige, was ich bereue und was sich nicht mehr gutmachen lässt: dass ich ohne Abschied von ihm abgehauen bin.

Mascha reißt mich aus meinen Gedanken. „Komm, wir stoßen mal an!", ruft sie und hebt ihr Glas. „Auf dich und die WG! Und die staatliche Unterstützung, die dir dank deinem charmanten Einsatz bei Frau Stabel bald zufließt!"

„Frau wer?"

„Na, deine Jugendamtstrulla!", erklärt Mascha empört. „Hast du die schon vergessen?"

„Nein, sie nicht. Aber ihren Namen", gebe ich schuldbewusst zu, während ich mein Glas hebe und mit Mascha anstoße. Ich bin Frau Stabel wirklich sehr dankbar, aber ein bisschen stolz auf mich bin ich auch. Es war ungelogen eine Meisterleistung, diese harte Nuss zu knacken und sie freundlich zu stimmen, das muss ich schon sagen.

„Siehst du", sagt Mascha, „und so fügt sich alles doch noch zum Guten. Du hast deinen Platz erst mal gefunden, deine Leute, dein Auskommen, sogar einen Job. Ist doch genial!"

Ich nicke und trinke einen großen Schluck. „Ja", sage ich, „klar. Aber es gibt eine Sache, die mir doch irgendwie zu schaffen macht. Ich ..." Mascha sieht mich fragend an, und ich zögere einen Moment. Eigentlich weiß ich nicht, ob Mascha die Richtige ist, um darüber zu reden, aber ich wüsste nicht, mit wem ich sonst sprechen sollte. „Ich mache mir ein bisschen Sorgen", sage ich. „Jetzt hab ich hauptsächlich mit Schwulen und Lesben zu tun. Ich wohne, arbeite, lebe mit Lesben und Schwulen. Ich weiß nicht ... Ich meine, ich selbst bin ja schließlich nicht lesbisch. Und schwul sowieso nicht. Meinst du nicht, ich müsste mich mit anderen Leuten zusammentun?"

Mascha setzt ihr Bier ab und betrachtet mich nachdenklich. „Mit Heteros, meinst du?"

Ich zucke verlegen mit den Schultern. Unter ihrem forschenden Blick wird mir heiß.

„Wieso das?", fragt Mascha nach.

„Weil ... weil ich schließlich heterosexuell bin. Und so, in dieser Szene, da lern ich doch keine Mädchen kennen", sage ich und versuche krampfhaft, jeden Gedanken an Carolin zu verdrängen.

„Also, da seh ich überhaupt keine Probleme", sagt Mascha mit fester Stimme. „Das kriegst du schon hin. Du bist ja schließlich nicht eingesperrt. Vergiss nicht, wir, deine Homofreunde, sind nur eine Minderheit. Die restliche Welt ist heterosexuell. Du wirst reichlich Gelegenheit haben, Mädchen kennen zu lernen!" Sie lächelt mir aufmunternd zu.

So, wie sie das sagt, glaub ich das eigentlich auch. Zumindest ist es nicht ganz unvorstellbar.

Und das reicht ja vielleicht schon aus.

Aber eigentlich will ich gar kein anderes Mädchen kennen lernen.

Wie es Carolin wohl geht? Ich hab nichts mehr von ihr gehört. Und gemeldet hab ich mich auch nicht. Trotzdem ist sie in meinem Kopf, und das andauernd. Wie ein Hintergrundgeräusch. Ein Tinnitus oder so.

Schöne Scheiße, das Ganze.

„Pass auf, Jonny", sagt Mascha, die mich nicht aus den Augen gelassen hat. „Ich kann dir nur eins raten: Bleib bei den Leuten, bei denen du dich wohl fühlst. Denn das sind deine Freunde, und es ist ganz egal, ob sie schwul, lesbisch, hetero, transgender oder sonst irgendwas sind. Hauptsache, sie halten zu dir und nehmen dich, so wie du bist."

Ich nicke langsam. Mascha hat Recht. Ich habe das gefunden, wonach ich mich immer gesehnt hab: Freunde, Menschen, die mich verstehen und mögen. Und das ist das Wichtigste. Und ob sie nun schwul sind oder nicht, ist im Grunde wirklich völlig egal. Denn dass mich mit Heteros wirklich mehr verbindet als mit Bifi und Co., glaub ich ja selbst nicht.

„Jonny?" Mascha sieht mich fragend an, und ich betrachte einen Moment lang ihr liebes, interessiertes Gesicht. Ich weiß gar nicht, warum ich überhaupt daran gezweifelt habe, mit ihr über diese Sache reden zu können. Klar ist sie die Richtige dafür.

Einfach nur, weil sie mich gern hat.

Und ich sie auch.

„Ja", sage ich. „Ja, du hast Recht. Vollkommen und hunderprozentig."

7

„Setz dich doch", sagt Till freundlich und zeigt auf den Lederstuhl vor seinem Schreibtisch. Vorsichtig nehme ich Platz. Die Praxis sieht nach Kohle aus, die gesamte Einrichtung ist nur vom Feinsten: eine Schrankwand aus edlem Holz steht neben einer teuer aussehenden Ledercouch, die gläserne Tischplatte ist auf dunklen, behauenen Stein gebettet. Und Till selbst sieht auch teuer aus, mit seinen eleganten Klamotten und der goldenen Rolex. Ich hätte gar nicht gedacht, dass man mit Leuten wie Michelle und mir so viel Geld machen kann.

„Hast du nur so Patienten wie Michelle und mich?" Die Frage rutscht mir einfach so raus.

Till lächelt, und auf einmal sieht er ganz jung aus und gar nicht mehr wie ein verkleideter Weißkittel. „Nein", sagt er. „Ich bin Endokrinologe, zu mir kommen alle möglichen Leute, die Probleme mit ihren Hormonen haben. Das muss gar nicht unbedingt immer mit dem Geschlechtsempfinden zu tun haben. Und, falls du deswegen fragst", Till macht eine ausladende Geste, die den gesamten Raum mit einschließt, „ich arbeite sehr viel mit Transsexuellen, mache Gutachten und Hormonbehandlungen und dergleichen, aber mein Geld verdiene ich eher mit anderen Patienten. Und solche Beratungen wie jetzt für dich mache ich nur nebenbei. Freundschaftsdienste, weißt du." Er lächelt mich wieder freundlich an, und ich fühle mich sofort ertappt.

„Ja, find ich ja auch toll", sage ich schnell. Dass Michelle mich nur mit großer Mühe hat überreden können, hierher zu gehen, verschweige ich ihm. Erst wollte ich nämlich partout nicht, aber Michelle hat so sehr von Till und seiner Fachkenntnis geschwärmt, dass ich dann doch neugierig geworden bin.

Till lächelt in sich hinein. „Michelle meint, du bräuchtest mal eine umfassende Beratung in Sachen Hormone und allem, was damit zusammenhängt", sagt er sanft und streicht sich über seinen gepflegten Dreitagebart.

„Ja, weiß ich gar nicht genau, ob ich das wirklich brauche. Ich hab schon eine ziemliche Menge dazu gelesen", sage ich und strecke meine Beine aus. Meine Skaters pflügen zwei tiefe Furchen durch den weichen Teppich. Gott sei Dank ist er nicht weiß.

„Aber du warst noch nie bei einer Beratungsstelle."

„Nein." Ich sehe seinen skeptischen Blick und füge hastig hinzu: „Ich weiß nicht, ich bin einfach eher der Typ, der alles mit sich ausmacht." Ich zucke mit den Schultern.

„Aber bei manchen Dingen stößt man dann doch an seine Grenzen, oder?", fragt Till freundlich.

„Ja", sage ich und fühle mich schon wieder ertappt. „Kann sein, ja." Vor Till auf dem Tisch, das fällt mir jetzt auf, steht ein Foto in einem Bilderrahmen, der halb zu mir herumgedreht ist. Soweit ich erkennen kann, ist eine langhaarige blonde Frau darauf abgebildet. Schwul ist Till also schon mal nicht.

„Noch nie bei einer Jugendgruppe für Transmänner gewesen?", fragt er ruhig.

Ich schüttele den Kopf. „Nee. Ich ... ich glaube, ich möchte einfach ein Typ sein und Schluss. Ich will mich nicht engagieren oder so. Das ist einfach nicht meins."

Till schmunzelt. „Du musst dich ja nicht gleich engagieren und mit großen Schildern auf der Straße demonstrieren. Aber manchmal ist es nicht schlecht, mit anderen zu reden, die in der gleichen Situation sind wie man selbst."

Ich muss an den Trupp junger Transmänner denken, den ich mal im *Roses* gesehen hatte. Vielleicht hat Till ja Recht, und es wäre ganz interessant, mich mit Jungs wie ihnen zu unterhalten. Aber das kann ich mir ja noch überlegen. Jetzt bin ich erst mal hier, und das hat mich fürs Erste genug Überwindung gekostet.

Till scheint mir meine Gedanken vom Gesicht ablesen zu können, denn er lehnt sich zurück. „Egal, das ist dein Ding. Jetzt lass uns erst mal die wichtigsten Fragen klären, in Ordnung?"

In der nächsten halben Stunde begreife ich sehr gut, warum Michelle so darauf gedrängt hat, dass ich mich von Till beraten lassen sollte. Er erklärt mir nämlich alles Wichtige so gut, dass ich überhaupt nicht nachfragen muss, und irgendwie gelingt es ihm auch, eine ganze Reihe von Fachausdrücken einzuwerfen, ohne mich damit durcheinander zu bringen.

Für Leute wie mich, die sich in ihrem Körper nicht zu Hause fühlen und das ändern möchten, gibt es zwei gesetzliche Wege, so erfahre ich von Till. Der eine, etwas einfachere, ist die so genannte „Kleine Lösung", bei der man seinen Vornamen ändern lassen kann, wenn man deutscher Staatsangehöriger und volljährig ist und zwei Gutachter einem bescheinigen, dass man sich seit mindestens drei Jahren als zugehörig zum anderen Geschlecht empfindet. Dann bekommt man neue Papiere, in dem zwar der neue Vorname, aber dummerweise das alte Geschlecht eingetragen sind.

Als Till mir von Fällen erzählt, wo Leute dann von ihrem Arbeitgeber mit „Herr Gabriele Schulze" angesprochen worden sind, muss ich zwar erst grinsen, aber dann bleibt mir das Lachen doch in der Kehle stecken. Wenn mich einer „Frau Jonny Wegener" nennen würde, fänd ich das garantiert nicht so lustig.

Die „Große Lösung" hingegen, erläutert Till mir weiter, besteht in der Personenstandsänderung. Dazu werden der alte Vorname und das ehemalige Geschlecht in allen Papieren geändert. Wer das geschafft hat, der ist unwiderruflich Angehöriger des neugewählten Geschlechts. Aber davor steht eine Reihe von gewaltigen und manchmal schier unüberwindbaren Hürden: der so genannte „Alltagstest", bei dem verlangt wird, dass man schon vorab über lange Zeit, oft Jahre, in der neuen Rolle lebt, zahllose Behördengänge und Anträge, die Gutachtersuche und, am wichtigsten vielleicht, die Hormoneinnahme und eine geschlechtsangleichende Operation. Was genau dabei gemacht wird, sieht, so erklärt es mir

Till, von Fall zu Fall unterschiedlich aus. Hauptsache, man kann hinterher keine eigenen Kinder mehr haben.

Ein bisschen schaudert's mich schon, als ich das höre: Mann-zu-Frau-Transsexuelle lassen sich meist die Geschlechtsteile entfernen und eine Scheide machen, Frau-zu-Mann-Transsexuellen, wie ich einer bin, werden in der Regel die Brüste und Eierstöcke entfernt.

„Und einen Penis und Hoden, so was wird nicht gemacht?", frage ich nach.

„Doch." Till nickt zögerlich. „Aber die Ergebnisse sind nicht gerade ermutigend. So weit ist die Forschung einfach noch nicht, da etwas Befriedigendes zu erschaffen. Möchtest du mal ein paar Fotos dazu sehen?"

„Gern, ja."

Till steht auf, und ich nutze die Gelegenheit, beuge mich vor und drehe den Bilderrahmen auf seinem Schreibtisch ein Stückchen weiter zu mir herum. Die Frau auf dem Foto, entdecke ich überrascht, ist Michelle. Ob Till etwa verliebt in sie ist?

Ich kann nicht weiter darüber nachdenken, denn Till kommt zurück und legt vor mir einen Ordner auf den Tisch. Die Fotos darin verschlagen mir fast den Atem. Ich sehe winzige, wurstförmige Anhängsel, die zwischen behaarten Schenkeln herabhängen, rundliche Fleischstücke, die keinerlei Ähnlichkeit mit einem Penis besitzen, und dann die Alternative: durch Hormongabe vergrößerte Kitzler.

„O Mann, das sieht ja wirklich nicht gerade toll aus! Funktionieren die Dinger denn überhaupt?"

Till zieht eine Grimasse. „Die meisten sind froh, wenn sie mit ihrem Kunstglied vernünftig urinieren können", sagt er achselzuckend. „Also, wenn du von einem richtigen Penis träumst, dann musst du dich auf Probleme gefasst machen, das sag ich dir gleich."

Ich schüttele den Kopf. „Da bin ich gar nicht so scharf drauf." Ein Schwanz, finde ich, muss nicht unbedingt sein. Bislang geht es für mich ja auch ohne. Und lieber keinen als so ein trauriges Teil wie da auf diesen Fotos.

„Umso besser für dich! Aber du bist noch jung, vielleicht hast du ja auch Glück. Wer weiß, wie weit die Medizin in ein paar Jahren ist." Till schlägt den Ordner zu und legt einen zweiten auf den Tisch. „Aber weißt du, es gibt sehr viele Transsexuelle, die keinen Wert auf einen Schwanz legen. Der Penis ist schließlich nicht das Wichtigste – das Wichtigste ist doch, dass man sich wohl fühlt! Und da hat jeder seinen eigenen Weg. Manche wollen alles verändern, anderen reicht es, nur einen anderen Vornamen zu tragen und als Mann – oder eben als Frau – durchzugehen. Aber jetzt sieh mal hier", sagt er und klappt den zweiten Ordner auf. „Das kommt dabei raus, wenn man eine erfolgreiche Hormonbehandlung hinter sich hat." Er schiebt mir den Ordner rüber. Ich blättere ihn langsam durch, und von Bild zu Bild wächst meine Verblüffung.

Nie im Leben wäre ich darauf gekommen, dass die Männer auf den Fotos vor mir nicht schon als Jungs geboren wurden. Von den Bildern lachen mir ganz verschiedene Typen unterschiedlichen Alters entgegen, biedere, brave, ausgeflippte, langweilige, interessante, die nur eines alle gemeinsam haben: Sie sehen aus wie Männer.

Und das sind sie ja auch.

„Erstaunlich, was?" Till betrachtet mich mit einem Lächeln. „Das alles kann eine richtige und gut durchgeführte Hormonbehandlung bewirken. In dieser Hinsicht sind biologische Frauen wirklich vom Schicksal begünstigt: Bei ihnen schlagen die Hormone meistens gut an, und nach einer Weile sieht kein Mensch mehr einen Unterschied zu geborenen Männern – solange sie sich nicht nackt ausziehen."

„Und wie lange dauert das, bis man so aussieht?", frage ich und tippe auf das Foto eines jungen Typen, der mit ausgebreiteten Armen auf einem Skateboard steht und frech in die Kamera grinst.

„Das kommt darauf an, wie die Hormone anschlagen", sagt Till. „Aber meistens bemerkt man nach den ersten paar Wochen schon deutliche Veränderungen: Der Bart fängt an zu sprießen, man kommt in den Stimmbruch, kriegt insgesamt eine maskulinere Erscheinungsform und ein männlicheres Gesicht, und der Menstruationszyklus hört auf."

„Cool!", sage ich. So was wäre natürlich toll, vor allem das mit der Regel. Aber sonst ... im Grunde komme ich ganz gut klar so bis jetzt. Ich fühle mich eigentlich einigermaßen okay, mit meinen weiten Klamotten, den engen Bustiers, dem Suspensorium, wenn ich mal drauf Lust habe, mit dem Muskeltraining und meinem Namen. Vielleicht ändere ich mal meine Meinung und nehme Hormone, aber im Moment wär's mir zu heftig. Nur das mit der Namensänderung, das finde ich echt interessant. Das wäre was für mich.

Ich schlage die nächste Seite um und erstarre mitten in der Bewegung.

Den dunkelhaarigen, gutaussehenden Typen auf dem Foto kenne ich. Verwirrt betrachte ich die dunklen Augen, den südländischen Teint, die muskulösen, vor der breiten Brust verschränkten Arme.

Till beugt sich vor und wirft einen Blick auf das Foto. „Kennst du Luis?"

Ich nicke wortlos. Luis, Michelles sympathischer Freund, den ich das erste Mal vor ein paar Monaten zusammen mit seinem kleinen Sohn Rasmus gesehen habe und seither gelegentlich, wenn er bei Michelle zu Besuch ist. Unglaublich – nie im Leben wäre ich darauf gekommen, dass Luis als Mädchen zur Welt gekommen ist.

Ich werfe einen letzten Blick auf seine kräftigen Beine in den locker sitzenden Jeans, dann klappe ich den Ordner zu und sehe auf.

Till beobachtet mich aufmerksam. „Wie sieht es aus, Jonny", fragt er vorsichtig. „Kommt das für dich in Frage? Möchtest du denn vielleicht eine Hormobehandlung versuchen?"

Einen Moment überlege ich, dann schüttele ich langsam den Kopf. „Nein, erst mal nicht. Oder", ich zögere kurz, „oder muss ich etwa Hormone nehmen, um meinen Vornamen ändern zu können?"

„Nein“, sagt Till. „Nein. Das musst du nicht. Um deinen Vornamen zu ändern, musst du nur du selbst sein und fest zu dir stehen. Und du brauchst zwei Gutachter, die dir das bescheinigen.“ Er hebt eine Braue. „Einer sitzt schon mal vor dir“, sagt er und lächelt mich an. „Und den anderen kann ich dir auch noch empfehlen. Hört sich das gut an?“

„Das hört sich perfekt an“, sage ich und lächele zurück.

8

„Los, pusten!“

„Nun mach schon!“

„Nicht so lahm, Jonny! Komm schon, zeig, was du kannst!“

„Mann, jetzt hetzt mich doch nicht so!“ Ich hole tief Luft, beuge mich vor und puste in einem Zug alle achtzehn Kerzen aus, die auf Rudis selbst gebackener Schokoladentorte stecken. Sofort beginnen die anderen wie wild zu klatschen, und gleich darauf ertönt ein vielstimmiger Jubelgesang.

„Hoch soll er leben! Hoch soll er leben! Dreimal hoch!“

Besonders schön hört sich‘s nicht gerade an, aber für mich ist es trotzdem das schönste Lied, das mir jemals gesungen wurde. Endlich bin ich achtzehn! Volljährig. Frei! Keiner kann mir mehr was sagen. Mein Leben gehört endlich mir. Mir ganz allein!

„Herzlichen Glückwunsch, liebster Jonny!“ Bifi überreicht mir ein riesiges Paket, um das eine rosa Schleife gebunden ist. Es ist verdächtig leicht, und unter dem diebischen Grinsen der anderen Gäste hocke ich mich hin und fange an auszupacken. Kaum habe ich die erste Lage Papier aufgerissen, kommt ein neues Päckchen zum Vorschein, auch das in mehrere Schichten Papier gewickelt und mit reichlich Bindfaden verschnürt, und so geht es weiter. Am Ende hocke ich in einem riesigen Berg Papier und Pappe und halte einen Briefumschlag in den Händen, der mit lauter Unterschriften verziert ist: Michelle, Hüri, Rudi, Bifi, Moni und Mascha, sogar Luis – alle haben sie ihren Emil draufgesetzt.

„Los, mach schon auf!", ruft Bifi aufgeregt und stößt mir den Ellbogen in die Rippen.

Vorsichtig reiße ich den Umschlag auf und ziehe eine selbst bemalte Karte heraus. Ein etwas unförmiges Schiff ist darauf zu sehen, das auf eine knallgelbe Sonne zuhält, die tief am Horizont hängt. Ich drehe die Karte um. Nur ein Satz steht darauf: *Gutschein für ein Wochenende mit uns allen in einem Ferienhaus in Gedser/Dänemark! Abfahrt: nächsten Freitag, 14h!*

„Na, was sagste?", fragt Hüri neugierig.

„Cool, oder?" Bifi kann sich nicht beherrschen.

Ich lasse die Karte sinken und sehe in die gespannten Gesichter meiner Freunde. „Wow! Das ist ja genial!"

Bifi stürmt auf mich zu, reißt mich erneut in die Arme und wirbelt mich herum. „Und wir kommen alle mit!", ruft er vergnügt. „Das wird total witzig!"

Mir ist ein bisschen schwindlig, als er mich endlich wieder loslässt, aber ich muss einfach grinsen. „Cool! Super! Danke!"

Nacheinander treten die anderen vor, umarmen und beglückwünschen mich. Mascha ist als Letzte dran.

„Damit du noch mal in die weite Welt kommst, bevor der Ernst des Lebens anfängt!", sagt sie und blinzelt mir zu.

„Apropos!" Inga tritt vor. „Ich kann zwar leider nicht mit nach Dänemark kommen, aber ich dachte mir, das hier kannst du danach dann sicher gut brauchen!", sagt sie und gibt mir ein flaches Päckchen, das sich weich anfühlt.

Unter den neugierigen Blicken meiner Gäste packe ich es aus. Zum Vorschein kommt ein nagelneuer, blendend weißer Maleroverall mit vielen Taschen, in denen lauter kleine Schokoladentäfelchen stecken. Ich probiere ihn gleich über.

„Passt doch super!", ruft Bifi, und Michelle kommt zu mir herüber und legt mir den Arm um die Schultern.

„Du siehst ja so schnuckelig darin aus, mein Kleiner!", flüstert sie mir verschwörerisch zu. „Pass bloß auf, dass ich dich nicht doch mal verführe!"

„Och“, sage ich und gebe ihr einen Kuss auf die Wange. „Wer weiß, vielleicht könnte ich von dir ja noch was lernen!“

Michelle lacht schallend, und während die anderen sich schon über den Geburtstagskuchen hermachen, schlingt sie die Arme um mich. „Luis und ich müssen leider schon wieder los!“, sagt sie bedauernd. „Luis muss Rasmus abholen. Und ich will den Kleinen unbedingt wieder mal sehen. Also, mein Süßer, feier noch schön!“

„Klar, werde ich machen!“ Ich sehe zu Luis hinüber, der sich gerade von Mascha verabschiedet. Hoffentlich ist ihm nicht aufgefallen, dass ich ihn heute die ganze Zeit verstohlen anstarre. Aber ich kann es einfach nicht ändern – so einen sportlich-männlichen Körper wie er möchte ich auch gerne haben. Der Typ sieht einfach echt gut aus, keine Frage.

Plötzlich fällt mir der tiefe Blick auf, mit dem Mascha und Luis sich ansehen. Sie haben sich gerade erst kennen gelernt, aber das sieht deutlich nach mehr aus.

Michelle hat mir gesteckt, dass Rasmus bei seiner leiblichen Mutter lebt, sie und Luis sind seit einer Weile getrennt. Und Mascha ist schließlich auch solo, also steht einer Liebesgeschichte zwischen ihr und Luis ja wohl kaum etwas im Wege.

Auch Michelle hat die Blicke zwischen Mascha und Luis bemerkt. „Wäre kein schlechtes Pärchen, die beiden, oder was meinst du?“, sagt sie leise und lacht vergnügt vor sich hin. Dann löst sie sich von mir, winkt Luis zu, und die beiden gehen zur Tür. Dort dreht Luis sich noch einmal zu Mascha um und lächelt sie viel sagend an.

Und Mascha steht da, ihr Glas in der Hand, und lächelt zurück.

Ob das gut gehen könnte: Mascha, die Lesbe, und Luis, der Mann? Aber warum eigentlich nicht?

Ich stehe schon eine ganze Weile gedankenverloren da, als Rudi mich anstupst. „Jonny, gehst du mal bitte zur Tür? Dein Typ wird verlangt“, sagt er und schenkt mir eins seiner schüchternen Lächeln.

„Bestimmt Michelle, was?“, frage ich und verdrehe die Augen. „Hat sie wieder irgendwas vergessen?“

Rudi zuckt nur mit den Schultern, und ich setze mich in Bewegung und trabe nach vorne zur Tür.

9

Aber es ist nicht Michelle, die da im Flur steht.

Es ist Carolin.

Carolin mit längeren Haaren, einem roten T-Shirt, das ich nicht kenne, einem verlegenen Ausdruck im Gesicht und diesem absolut süßen Grübchen zwischen den Brauen.

Ich hab ganz vergessen, wie es ist, keine Luft mehr zu kriegen, weil sie in der Nähe ist. Aber jetzt weiß ich es wieder.

„Hi", sagt Carolin.

„Hi." Ich stecke die Hände in meine Hosentaschen, und dann hol ich sie wieder raus.

Ach, du Scheiße. Carolin steht hier. Direkt vor mir.

„Herzlichen Glückwunsch", sagt sie nach einem weiteren langen Moment und reicht mir einen Umschlag. Ich nehme ihn in die Hand, und dann stehe ich weiter blöd da und glotze Carolin an.

„Musst du nicht jetzt aufmachen", sagt sie. „Kannst du ruhig später."

„Okay. Ja. Äh, danke."

Wieder schweigen wir. Dann setzen wir gleichzeitig zu sprechen an.

„Du zuerst", sagt Carolin und lächelt hilflos, aber ich schüttele energisch den Kopf.

„Nee, du." Ich hab sowieso eigentlich nichts zu sagen. Außer dass ich immer noch in sie verliebt bin.

Vielleicht sogar noch mehr als vorher.

„Ich wollte dir sagen, dass ich dich total vermisse, Jonny", sagt Carolin hastig. „Und dass ich viel nachgedacht hab über alles und so. Ich weiß nicht, aber ..." Sie verstummt, und ich habe schon Angst, dass sie nicht mehr weiterredet, aber dann fährt sie doch fort: „Ich möchte gern, dass es weitergeht mit uns, Jonny. Irgendwie." Sie lächelt schief. „Ach, ich hab's aufgeschrieben. Vielleicht liest du es erst mal." Sie deutet auf den Umschlag in meiner Hand. „Hat ein bisschen gedauert. Ich hab einfach etwas Zeit gebraucht, weißt du."

„Ich glaube, ich auch", sage ich ruhig.

Carolin lächelt mich an, nur ganz kurz, aber so hübsch, dass mir weich in den Knien wird. „Ich wohne übrigens wieder zu Hause. Mein Stiefvater ist weg", sagt sie, und ihr Gesicht wird ganz weich. Ich kann sehen, wie glücklich sie darüber ist, und das berührt mich zutiefst. „Du kannst mich ja mal besuchen kommen, wenn du magst", fügt sie hinzu „Die Adresse hab ich dir aufgeschrieben."

„Mach ich", sage ich und spüre, wie meine Versteinerung sich langsam auflöst. „Mach ich auf jeden Fall. Sag mal ..."

„Ja?"

„Hast du schon was wegen der Gerichtsverhandlung gehört?"

Carolins Gesicht verfinstert sich. „Die ist nächsten Monat."

„Also, wenn du willst, dann komme ich mit", sage ich und weiß gar nicht, woher ich den Mut dazu genommen habe.

Carolins Miene hellt sich schlagartig auf. „Ehrlich?", fragt sie. „Du würdest mitkommen?"

„Ja. Vorausgesetzt natürlich, du willst."

Einen Moment stehen wir uns still gegenüber, dann nickt Carolin heftig. „Ja", sagt sie. „Ja, das fände ich klasse. Wirklich!" Sie macht eine Bewegung auf mich zu, aber dann verharrt sie.

Genau wie ich auch. Auch ich habe mich vorgebeugt und dann innegehalten.

Wir sehen uns in die Augen. Und ich bin mir ziemlich sicher, dass wir beide genau dasselbe möchten, aber nicht hinkriegen.

Jedenfalls jetzt nicht. Vielleicht ist es dafür zu früh oder so, keine Ahnung.

„Ich ... äh, ich ... ich geh jetzt mal lieber", sagt Carolin. „Bis bald, ja?" Sie streckt einen Arm aus und berührt mit der Fingerspitze sanft das Muttermal auf meiner Wange, dann tritt sie vor und küsst mich dorthin. Und dann dreht sie sich um und springt die Treppe hinunter. Auf dem Absatz bleibt sie kurz stehen und lächelt noch einmal zu mir herauf. „Steht dir übrigens prima, der

Overall!“, ruft sie. Und damit ist sie auch schon verschwunden, und im nächsten Moment knallt die Tür unten hinter ihr zu.

Tja, Mädchen sind manchmal einfach mutiger als Jungs.

Aber vielleicht krieg ich ja noch meine Chance.

Ich sehe auf den Umschlag in meiner Hand hinunter, dann mache ich ihn ganz vorsichtig auf und ziehe den Inhalt heraus.

Heute ist anscheinend Gutscheintag: Ein Kinogutschein für zwei Personen ist drin, mit einem gelben Post-it darauf: „Mit mir, wenn du Lust hast?“ steht da in Carolins fein geschwungener Handschrift. Ein Brief ist auch noch dabei. Aber den mach ich noch nicht auf. Ich stecke ihn in meine Overalltasche und berühre mit den Fingerspitzen vorsichtig meine Wange, die Stelle, wo Carolin mich geküsst hat.

Carolin.

Shit!

Nach einem Moment spüre ich, dass ich breit grinse.

10

Irgendwann legt jemand eine Hand auf meine Schulter. „Na, wie sieht's aus, Alter?“, fragt Bifi. „Alles in Ordnung?“

„Ja, glaube schon.“

Bifi mustert mich ausgiebig von oben bis unten. „Und, siehst du sie wieder?“

Ich nicke. „Auf jeden Fall. Ich denke, ich geh sie bald mal besuchen.“

„Was denn, ehrlich? Du gehst Carolin besuchen, die Frau mit – wie hast du's noch immer genannt – ihrem eigenen Leben?“

„Ja, klar“, sage ich lässig. „Ich hab ja jetzt auch eins. Und ins Kino“ – ich schwenke meinen Gutschein –, „ins Kino gehen wir auch.“

„Kino ist immer 'ne gute Entscheidung. Hab ich dir damals schon gesagt!“ Bifi lacht und klopft mir auf die Schulter. Dann hält er inne. „He, warte mal einen Moment!“ Und damit dreht er sich rum und flitzt die Treppe hinunter.

Ich höre ihn unten die Haustür aufziehen, und als ich mich neugierig über das Geländer beuge, kommt er auch schon wieder die Treppe hinauf, mit einem Schild in der Hand. Es ist das handgemalte Schild von der Tür: *Achtung: Heterofreie Zone* steht drauf.

„Das gehört hier schließlich nun echt nicht mehr hin!", stößt Bifi schwer atmend hervor.

„Nee, eigentlich nicht, da hast du Recht." Seit Monaten geh ich hier ein und aus und sehe das Schild jeden Tag an der Tür, aber auf den Gedanken, dass es nicht mehr hierher passt, bin ich noch gar nicht gekommen.

„Ist sowieso Quatsch", sagt Bifi und klemmt sich das Schild unter den Arm. „Ich mal gleich ein neues: *Herzlich willkommen!* Klingt doch besser, findest du nicht?"

„Allerdings, das finde ich auch." Und dann nehme ich Bifis überraschtes Gesicht in beide Hände und pflanz ihm 'nen dicken Kuss auf die Stirn. Einfach nur so. Weil er so süß und aufmerksam ist. Und weil er mein Freund ist.

Und weil Carolin da war.

Und weil ich Geburtstag habe.

Und weil mir mein Leben endlich, endlich gefällt.

11

Später gehen wir ins *SO*. Da ist heute *Genderparty*, gemischt, für alle Geschlechter. Ich bin eigentlich gar nicht so scharf drauf, fast lieber würde ich zu Hause bleiben, ins Bett gehen und träumen. Mascha und Inga kommen nicht mehr mit, aber die anderen, vor allem Bifi und Moni, wollen noch weiterfeiern, und so ziehe ich mit.

Der Laden ist überfüllt, die Luft stickig, aber die Stimmung ist richtig heiß. Eine Gruppe von türkischen Schwulen legt auf der Bühne zu orientalischen Klängen eine wahnsinnige Show hin und wird heftig beklatscht, unten auf der Tanzfläche tanzt eine lange Schlange von Leuten wie wild Polonaise, und dazwischen üben sich zahlreiche Paare im Engtanz.

Bifi und Moni stürzen sich sofort ins Gedränge, Hüri dreht eine Runde, in der Hoffnung, ihre neue Geliebte zu finden, und Rudi sucht sich wie immer ein ruhiges Plätzchen zum Gucken. Ich besorge uns zwei Bier und hocke mich neben ihn.

Rudi schweigt, wie meistens hat er nicht viel zu sagen, aber das ist mir gerade recht. So kann ich wenigstens in Ruhe an Carolin denken: Vor meinem inneren Auge sehe ich uns beide, nebeneinander in zwei Kinositzen. Vor uns flackert ein Film über die Leinwand, und Carolin kuschelt sich an mich. Ich vergrabe mein Gesicht in ihrem Haar, küsse ihren samtweichen Hals, streichele ihre Hände, erst einen Finger, dann ganz langsam den nächsten, ihren niedlichen Daumen mit dem leicht angeknabberten Nagel ...

„Juhu!" Moni und Bifi tanzen Arm in Arm direkt vor mir vorbei, mit hochroten Gesichtern und lauthals kichernd. Rudi neben mir verdreht die Augen und lächelt, und ich stoße noch mal mit ihm an.

Aber das Träumen fällt mir jetzt, nach der Unterbrechung, viel schwerer, und nach einer Weile beschließe ich, doch nach Hause zu laufen. Ich warte, bis Moni und Bifi wieder vorbeitanzen, verabschiede mich von ihnen und Rudi und mache mich auf dem Weg zum Ausgang. Am Tresen sehe ich Hüri mit ihrer neuen Freundin knutschen. Ich will nicht stören, aber gerade, als ich vorbeigehe, blickt Hüri auf, und ich winke ihr zu.

Die Nachtluft draußen ist mild. Ein paar Leute torkeln über den Gehsteig, Besoffene der friedlichen Sorte, dahinter ein junges Pärchen, beide mit ganz kurzen Haaren. Ich schlängele mich an ihnen vorbei und passiere das *Roses*.

„Jenny?"

Die Stimme kommt mir bekannt vor. Ein Schauder läuft mir über den Rücken. Ich gehe langsamer, dann bleibe ich stehen.

„Jenny? He, Jen, bist du's?"

Adrenalin schießt durch meine Blutbahn. Ich zähle bis drei, dann dreh ich mich um.

Das junge Pärchen ist ebenfalls stehen geblieben. Das Mädchen sieht aus wie Ida. Und dann doch wieder nicht. Ein bisschen ist es, als ob diese kurzhaarige junge Frau in dem geringelten T-Shirt und den überweiten Jeans nur so ähnlich aussehen würde wie die Ida, die ich früher mal gekannt habe.

Aber sie ist es. Das hier ist Ida. Ida aus Groß Klein.

„Hallo, Ida!", bringe ich schließlich heraus.

Ida starrt mich einfach nur an. „Wahnsinn, Jenny", sagt sie schließlich. „Du hast dich ja tierisch verändert!"

Ich zucke mit den Schultern. „Du dich aber auch." Und das stimmt. Es ist gerade mal etwas mehr als ein Jahr her, dass ich aus Groß Klein weg bin, aber Ida sieht völlig verändert aus. Nicht nur älter, sondern so, als wäre sie ein komplett anderer Typ Mädchen geworden. Immer noch frech und cool, aber ... Ich seh an ihr runter, und dann hab ich's.

Ida ist schwanger. Ihr halbnackter Bauch wölbt sich bereits über der Jeans; das Piercing im Nabel steht deutlich heraus.

Ich bin wie vom Donner gerührt. Ida und schwanger?

Ida hat meinen Blick verfolgt. „Na, da biste platt, was?", sagt sie und grinst frech.

„Allerdings."

„Betriebsunfall." Ida deutet mit dem Daumen über die Schulter zu ihrem Freund, der sich hinter ihr rumdrückt und gerade eine Zigarette ansteckt. „Gummi gerissen. Aber wegmachen lassen wollte ich's auch nicht. Und wenn's nur halb so gut aussieht wie Robin, dann geht's ja."

Robin! Ich hab ihn überhaupt nicht erkannt mit den blondierten kurzen Haaren. Er sieht kurz zu mir rüber, 'n angewiderten Ausdruck in seinen Augen. Dann dreht er sich weg.

Ida und Robin? Das passt doch kein Stück.

„Da staunste, was?", sagt Ida noch mal, aber ihr Grinsen ist jetzt irgendwie weniger frech. Eher fast ein bisschen verlegen.

„Und ihr seid jetzt hier auf Besuch oder wie?", frage ich.

„Ein paar Tage, ja. Einfach einen draufmachen, weißt du", sagt Ida, und dann schweigen wir erst mal eine Weile.

Ich bin immer noch völlig platt. Ida hätte ich alles Mögliche zugetraut – dass sie abhaut, vielleicht sogar ins Ausland, oder einen reichen Touristen heiratet oder als Groupie mit 'ner Band durch die Lande tourt oder sogar lesbisch wird. Aber nie im Leben hätt ich gedacht, dass sie in Groß Klein bleibt und mit Robin ein Baby kriegt. Niemals!

Dass es doch so ist, haut mich fast um.

Aus dem *Roses* kommt ein Trupp Schwuler und drängelt sich an uns vorbei, und danach schlendert ein Lesbenpärchen vorüber. Idas Blick rutscht über die beiden Frauen hinweg und dann wieder zu mir. In ihrer Miene kann ich nichts lesen, nicht das Geringste.

Mann, ist das lange her, das mit uns beiden. Ob sie sich noch dran erinnert, an die Nacht auf der Wiese?

„Macht Kathleen noch die Lehre?", frage ich schließlich, einfach um irgendwas zu sagen.

„Nee, natürlich nicht. Die hat sie geschmissen", sagt Ida. „Die hat so 'n Typen im *Club 88* kennen gelernt und ist mit dem nach Bad Doberan, keine Ahnung, was sie da will."

„Und Dörthe?"

„Dörthe? Die is' auch schwanger. Von Robin sein' Freund." Ida mustert mich lauernd, aber ich bin nicht überrascht. Jetzt nicht mehr.

Ida und Robin. Und Dörthe und Robins dämlicher Kumpel. Okay, wenn sie meinen, dass es so sein soll! Ich hoffe nur, dass es Dörthe gut damit geht.

„Na, geht ja heiß her bei euch da oben", sage ich, und Robin zieht hinter Ida verächtlich die Nase hoch und spuckt auf die Straße.

„Und du?", fragt Ida ungerührt. „Was machst du so?"

„Mir geht es bestens", antworte ich knapp. Mehr will ich nicht erzählen. Ich will einfach nach Hause und träumen. Von Carolin träumen. Und das hier vergessen.

„So siehste auch aus", sagt Ida, und ihr Tonfall klingt tatsächlich ein bisschen bewundernd. „Aber gut drauf warst du ja eigentlich schon immer."

Das geht mir runter wie Butter. Aber Ida wäre nicht Ida, wenn nicht noch was hinterherkäme.

„He, du trägst ja immer noch diese olle Cargo. Ist die nicht langsam reif fürs Museum?", fragt sie und stupst mit der Schuhspitze gegen meinen ausgefransten Hosensaum.

Verblüfft sehe ich an mir hinunter. Tatsächlich, ich hab meine alte Cargo an, die, mit der ich damals aus Groß Klein geflüchtet bin. Ein bisschen schrottig ist sie inzwischen, da hat Ida Recht. „Ja und, was dagegen?"

Ida grinst. „Nee, gar nicht. Jedem das Seine. He, das war schon schräg letzten Sommer, dass du einfach weg bist. Wie damals Dresche. Kennst du den noch?", setzt sie hinzu.

Ich nicke. „Na, klar kenn ich Dresche."

„Hast du schon gehört? Der ist tot. Vor die U-Bahn gefallen."

„Ich weiß", sage ich ruhig.

Ida verlagert das Standbein, und dann guckt sie mich schräg von unten rauf an. Ihre Augen werden ganz schmal. „Sag mal, gehst du jetzt gerade oder trinkst du noch was mit uns?" Sie legt ihren Verführerblick auf, den ich noch ganz gut kenne von damals.

Mann, hat die Alte 'nen Knall! Baggert mich an, mit Robin hinter sich und seinem Kind in ihrem Bauch. Aber irgendwie find ich das auch gut. Ein bisschen was von der alten, coolen Ida ist also noch übrig! Aber sie hat keine Chance mehr bei mir. Jetzt nicht und auch nicht in Zukunft.

„Nee, du", sage ich. „Lass mal, nee. Ich will los."

„Schade." Ida zieht die Schultern hoch. „Okay, dann mach's mal gut."

Als wär's das Zauberwort, schmeißt Robin demonstrativ seine Kippe zu Boden und latscht langsam davon, natürlich ohne zu grüßen. Nicht, dass ich traurig darüber wäre.

Aber Ida bleibt stehen. „Sehen wir uns mal wieder?" Ihre Augen verdunkeln sich für einen Moment.

„Ich weiß nicht", sage ich. „Vielleicht."

Und plötzlich wird mir klar, dass ich keinen gesteigerten Wert darauf lege. Wenn wir uns mal wieder begegnen, ist es okay. Wenn nicht, ist es auch gut. Aber mich mit Ida verabreden oder ihr meine

Adresse geben, das will ich nicht. Ich will's lieber dem Zufall überlassen.

Und Ida scheint das zu spüren, denn sie tritt einen Schritt zurück.

„Also, dann tschüss", sage ich. „Grüß mir die Heimat. Und viel Spaß mit dem Kind!"

„Na, logisch!" Ida nickt, und dann lächelt sie plötzlich. „Wenn es ein Mädchen wird, nenne ich's Jenny!"

„Und wenn's ein Junge wird, Jonny", sage ich, und dann füg ich hinzu: „So heiß ich jetzt nämlich."

Ida sieht überhaupt nicht erstaunt aus. Sie nickt bloß, und dann dreht sie sich um und geht los, hinter Robin her, lässig und cool.

Fast so wie früher.

Und trotzdem ist alles ganz anders.

Ich drehe mich ebenfalls um und gehe los, die Hände tief in den Taschen meiner alten, schrottigen Cargo. Und mit jedem Schritt entferne ich mich weiter von Ida, von Robin, von allem, was früher mal war und nicht mehr so ist.

Aber was mich betrifft, finde ich das gut.

Und ich glaube, es wird noch viel besser.

Kapitel 7

1

Zweitausendundsechsundneunzig Meter.

Entweder ich hab mich verrechnet.

Oder ich mache jetzt größere Schritte.

Egal. Fakt ist, dass Groß Klein sich verändert hat. Klar, um die Grundschule herum ist immer noch dieser Käfigzaun. Die sanierten Platten dahinter stehen auch noch da, und das Unkraut dazwischen schießt auch jetzt wild in die Höhe.

Kann sein, dass ein paar mehr leere Fensterscheiben zu sehen sind als noch vor einem Jahr. Und ein bisschen mehr Müll liegt auch rum. Aber das ist es nicht, was mich so verblüfft, dass ich jetzt hier an der Ecke stehe wie festgewachsen und einfach nur rüberstarren kann auf die andere Straßenseite.

Die Stadtplaner haben's also doch noch geschafft: Die beiden abrissreifen Platten sind weg. Einfach futsch, mitsamt dem bröckelnden Putz, den mit Brettern vernagelten Türen, den Graffittis. Stattdessen befindet sich dort jetzt ein Neubau, groß, weiß und sauber. Acht Stockwerke hoch, schicke Balkons. Vom obersten starrt eine Frau zu mir runter.

Und neben dem Neubau steht das letzte übrig gebliebene Würfelhaus, das, in dem ich früher gewohnt hab. Die rissige Fassade ist unter 'nem knallweißen Anstrich verschwunden, eine neue

Metalltür ist drin, und das Beet vor dem Eingang ist mit Grünzeug bepflanzt. Als hätten sie groß reine gemacht, nachdem ich abgehauen bin.

Aber irgendwie passt das ja auch.

Ein Auto saust an mir vorbei. Der Fahrer drückt auf die Hupe, aber ich rühre mich nicht. Ich stehe ganz still da und sehe das Haus an. Oben, im dritten Stock links, sind zwei Fenster geöffnet. Dahinter meine ich eine Gestalt zu erkennen, aber ich bin mir nicht sicher.

Vom Hafen kommt das lang gezogene Tuten einer Schiffshupe, gefolgt von einem metallischen Dröhnen. Vertraute Geräusche. Es tut gut, sie zu hören, aber sonst ...

Ich stecke die Hände tief in die Hosentaschen. Komisch, ich fühle nicht viel. Keine Wut, keine Trauer, keine Sehnsucht. Eigentlich gar nichts, so richtig.

Als hätte ich nie hier gelebt.

Kinderstimmen schrecken mich auf. Drüben, auf der anderen Straßenseite, kommen zwei kleine Jungs gelaufen. Einer trägt Fußballschuhe in der Hand, der andere hat kurze, struppige Haare, die mir bekannt vorkommen. An der Ecke bleibt der mit den Fußballschuhen stehen, der andere tritt einen Schritt vor. „Jenny?", ruft er quer über die Straße.

Timo! Mein jüngster Halbbruder Timo. Ich hebe die Hand und winke ihm zu.

Timo schießt los, direkt auf mich zu. Zum Glück kommt gerade kein Auto.

„Jenny!" Schnaufend bleibt er vor mir stehen und wischt sich den Rotz ab. „Ej, Jenny, gibt's ja gar nicht! Was machst 'n du hier?"

„Ich guck mich bloß mal um", sag ich. Timo sieht mich mit großen Augen an. Er scheint erkältet zu sein, denn er wischt sich wieder über die Nase, und seine Stimme klingt leicht verschnupft.

Und gewachsen ist er auch. Nicht viel, aber ein Stückchen.

„Bist du zurück? Kommst du wieder nach Hause?", fragt er und lächelt mich vorsichtig an.

„Quatsch, bist du blöd? Auf gar keinen Fall!“ Ich zeig ihm einen Vogel und verdrehe die Augen, und Timo kichert. Seine Vorderzähne stehen ganz schön schief. Das ist mir früher nie so aufgefallen.

„Du siehst so anders aus“, sagt Timo, als er sich wieder eingekriegt hat, und mustert mich von oben bis unten.

„Du nicht, alte Rotznase. Wie geht's dir denn so überhaupt?“

Timo zuckt mit den Schultern. „Geht so. Wie immer.“

„Und die anderen? Was macht denn Sven?“

„Der nervt, wie immer“, sagt Timo.

„Und Janina?“ Ich möchte eigentlich lieber nach meiner Mutter fragen, aber das krieg ich nicht hin.

„Janina? Die nervt auch“, sagt Timo, und dann lachen wir beide. Eigentlich hab ich ihn immer ganz gern gehabt, diesen kleinen Hosenscheißer hier. Auf jeden Fall ist er der Netteste von der ganzen Bande; im Gegensatz zu den anderen hat er nichts Fieses oder Gemeines an sich.

Aber das kann ja noch kommen. Als Sven noch klein war, haben wir uns schließlich auch gut verstanden.

Wie auch immer, ich krieg's dann ja nicht mit. Ich wohne nicht mehr hier.

„Mama und der Alte, die waren ja total sauer, wie du weg bist.“ Timo zieht die Nase hoch und wirft einen schnellen Blick zu seinem kleinen Kumpel rüber, der immer noch auf der andren Straßenseite steht und ungeduldig von einem Fuß auf den anderen tritt.

„Wieso, waren die nicht froh?“

„Nee“, sagt Timo, „glaub nicht. Die fanden das Scheiße. Haben erst immer gestritten deswegen. Aber dann ...“ Er verstummt und guckt auf das sonnengesprenkelte Gras zu unseren Füßen.

„Dann war's auch wieder okay, oder was?“

Timos blassblaue Augen sehen traurig aus, als er wieder aufblickt. „Ja“, sagt er leise. „Irgendwo schon. Jedenfalls haben sie dann nicht mehr drüber geredet.“

Scheiße, das sitzt. Ich versteh selbst nicht warum, aber es sitzt.

„Hast du mich denn wenigstens ein bisschen vermisst?“ Ich kann nicht anders, irgendwie muss ich das fragen.

„Doch, ja“, sagt Timo und nickt heftig. „Wie du noch da warst, da war es irgendwie ...“ Er sucht nach dem richtigen Wort, aber er findet es nicht. Wieder guckt er nach seinem Kumpel. „Ich muss mal bald los“, sagt er unruhig, „der Steffen und ich, wir wollen noch runter zum Fußballplatz.“

„‘ne Runde bolzen?“

Timo nickt und wischt sich über die Nase.

„Hast du immer noch keine Fußballschuhe?“, frage ich.

Timo schüttelt den Kopf. Jetzt ist er schon auf dem Absprung. Zeit für die letzte Frage. Die ist mir gerade noch eingefallen, bei Ida neulich hab ich sie vergessen.

„Haste mal was von Jirko gehört?“

„Jirko? Nee, keine Ahnung. Den hab ich lang nicht gesehen.“

„Gut, dann zieh mal los. Dein Kumpel wartet auf dich.“

Timo nickt, aber er zögert. „Kommst du mal wieder?“, fragt er.

„Mal sehen“, sage ich, und dann fahre ich ihm übers Haar. „Irgendwann komm ich bestimmt wieder vorbei. Und jetzt zieh ab.“

Für einen Moment schmiegt Timo seinen struppigen Schädel in meine Hand, dann schießt er los, quer über die Straße zu seinem Kumpel. Die beiden stecken kurz die Köpfe zusammen, dann traben sie weiter. An der Ecke dreht Timo sich noch einmal um und winkt zu mir rüber, und ich winke zurück.

Ich sehe zu unserem Würfelhaus hinüber. Oben im dritten Stock glaube ich schon wieder eine Bewegung hinter dem Fenster zu erkennen, aber auch dieses Mal bin ich mir nicht sicher.

Ich atme tief ein. Die Luft riecht nach Ostsee, nach Meer, Tang und ganz schwach nach Dieselöl. Das ist das Schönste an Groß Klein. Immer gewesen.

Sonst war nicht viel.

Und jetzt ist fast nichts mehr.

Ich atme noch mal tief ein, und dann laufe ich los, zum Leuchtturm zurück, wo die anderen auf mich warten.

2

Der Boden unter meinen Füßen erzittert. Ein dunkles Grollen ist zu hören, dann quillt eine dicke Wolke schwarzen Rauchs über mir aus dem mächtigen Schornstein, und der Geruch von Dieselöl weht übers Deck.

„Jonny?", ruft Bifi zu mir rüber. „Kommst du mit nach vorne?"

„Ja, gleich!" Ich winke ihm und den anderen zu, lehne mich an die Reling und sehe hinunter.

Rechts, auf der anderen Seite der Unterwarnow, ragen die Plattenbauten von Groß Klein und dahinter Schmarl in den Spätsommerhimmel. Genau gegenüber liegt die Wiese zwischen dem Kanal und dem Dieselmotorenwerk. Auf der Kaimauer hockt eine Gestalt. Sie ist zu weit entfernt, um sie genau zu erkennen. Ich kann noch nicht mal sagen, ob es eine Frau oder ein Mann ist. Oder vielleicht auch ein Junge, ein schmächtiger, langaufgeschossener Junge mit pickliger Hühnerbrust und hellgrünen, leicht hervorstehenden Augen.

Die Schiffshupe ertönt, ohrenbetäubend laut. Die *Prins Joachim* erzittert erneut, und dann, kaum merklich, legt sie von der Kaimauer ab. Für einen Augenblick habe ich das Gefühl zu schweben. Dann spüre ich wieder das Stampfen der Maschinen unter meinen Füßen.

Mit zwei Fingern taste ich nach Carolins Brief in meiner hinteren Hosentasche. Lang ist er nicht, aber das, was drin steht, macht mir Mut.

Wir werden es einfach versuchen, Carolin und ich. Wir beide, zusammen, und jeder für sich.

Wind kommt auf, als die Fähre an Geschwindigkeit zulegt. Wieder ruft Bifi mich beim Namen, und seine Stimme wird um ein Haar vom Dröhnen der Maschinen verschluckt. „Jonny!" Fast klingt es wie „Jenny", und für einen winzigen Moment ist es tatsächlich egal, wie er mich nennt.

Vielleicht werde ich eines Tages ein Mann im Körper eines Mannes sein. Aber im Moment bin ich es nicht. Im Moment bin ich das, was ich bin. Oder der, der ich bin: ein junger Mann im Körper einer jungen Frau.

Und damit geht es mir so weit erst mal ganz gut.

Bifi gibt mir ein Zeichen. „Wir gehen schon mal vor!", ruft er gegen den Maschinenlärm an und zeigt zur vorderen Reling hinüber, und dann hakt Rudi sich bei ihm ein und zieht ihn mit sich nach vorne, wo Michelle, Mascha, Hüri und die anderen schon warten. Wie auf Kommando winken sie mir alle zu, und ich winke zurück. Dann lehne ich mich wieder über die Reling.

Die *Prins Joachim* nimmt weiter an Fahrt auf, und ich sehe zu, wie die Wiese am Dieselmotorenwerk und dahinter die Häuser von Groß Klein langsam verschwinden. Die Gestalt an der Kaimauer unten ist kaum noch zu erkennen, aber jetzt hebt sie einen Arm und fängt an zu winken.

Und ich winke zurück.

Ich bin auf dem Weg.

Immer noch und schon wieder. Und vielleicht auch für immer.

Ein literarischer, verführerischer Genuss!

Karen-Susan Fessel

Unter meinen Händen

Roman

Broschiert, 192 S., 3-89656-100-6

Nach ihren Kultromanen *Bilder von ihr* und *Bis ich sie finde* liefert Karen-Susan Fessel eine Geschichte voller Licht und Schatten … und vor allem voll prickelnder Erotik!

W W W . Q U E R V E R L A G . D E